# 香君<sub>향군</sub>
## 향기의 소리를  듣는 자

# 香

향기의 소리를 듣는 자

# 君

下

## 머나먼 길

우에하시 나호코 지음 | 임희선 옮김

# 목차

Map: Yukiko Saito / Bungeishunju Ltd.

## 주요인물 일람

| | |
|---|---|
| **아이샤 켈루안** | 주인공 소녀. 특수한 후각을 가짐. 서칸탈 번왕의 손녀. |
| **마슈 카슈가** | 번왕국 시찰관. 신 카슈가 가문 전 당주의 동생인 유마 카슈가의 아들. |
| **올리애** | 향군. 리그달 번왕국의 작은 귀족 집안 딸. |
| **라오 카슈가** | 구 기슈가 가문의 당주. 향사들의 수장인 대향사. |
| **미지마 오르카슈가** | 향군궁에서 일하는 상급 향사. 라오의 작은 딸. |
| **이르 카슈가** | 신 카슈가 가문의 당주. 부국대신. |
| **유기르 카슈가** | 이르 카슈가의 아들. |
| **유마 카슈가** | 마슈의 아버지. 마슈가 17살 때 행방불명이 됨. |
| **아미르 카슈가** | 초대 황제와 함께 신의 나라 오아레마즈라에서 초대 향군을 데리고 온 남자. 카슈가 집안의 시조. |
| **켈루안 왕** | 아이샤의 조부. 서칸탈 번왕이었으나 왕좌에서 쫓겨났다. |
| **미르차 켈루안** | 아이샤의 남동생. |

제  장

# 오고다의 비밀

# 7

## 바닷바람 속의 오아레 벼

   큰 창문 밖에는 끝도 보이지 않을 만큼 넓은 오아레 벼 이삭의 황금색 물결이 파도치고 있었다.

   흔히 보아왔던 오아레 벼보다 더 크고 더 커다란 알곡이 달린 이삭이 바닷바람에 물결치듯 흔들렸다.

   "아니, 이런……! 바다 가까운 땅에서 어떻게!"

   창백하게 질린 얼굴로 올람이 중얼거리자 밀리야가 그 말을 이어받았다.

   "오아레 벼가 자랄 수 있냐고요? 보시다시피 잘 자라고 있잖아요?"

   올람은 오아레 벼에서 눈을 떼지 못한 채 고개를 절레절레 흔들었다.

   "있을 수 없는 일이야. 난 지금껏 몇 번이나 똑똑히 봤어. 어떤 토양이건 가리지 않고 잘 자라던 오아레 벼가 바닷바람이 부는 땅에서만큼은 맥을 못 추고 시커멓게 시들어 죽어버리는 것을."

그 말을 들은 밀리야가 싱긋 웃었다.

"맞아요. 죽어버리죠. 당신들이 지도한 대로 비료를 주고 키우면."

그 말의 뜻이 머릿속에 스치듯 지날 때 올람의 표정이 경악으로 물들었다.

"설마!"

"맞아요."

밀리야가 창가로 다가가 창틀에 손을 얹었다.

"이건 우연의 산물이랍니다. 난 아마 죽을 때까지 그날 오후를 잊지 못할 거예요. 내 배를 맡아서 일하는 선장이 허겁지겁 뛰어들면서 말했지요. 서쪽 항구 근처에서 알곡이 달린 오아레 벼를 봤다고. 처음에는 설마 싶었지요. 오고다에는 섬이 많아요. 바다 가까운 곳에서 어떻게 해서라도 오아레 벼를 키울 수는 없을까 싶어 당신네 향사들에게 물어봤는데 당신네는 절대 불가능하다면서 웃기만 하고 상대도 안 해 줬어요."

올람은 아무런 말도 못한 채 밀리야의 옆얼굴만 쳐다보았다.

"섬에는 향사가 오지 않으니 오히려 고맙더군요. 감시하는 눈이 없는 거니까. 바닷바람은 염분 때문에 논밭을 망치기도 하지만 잘만 하면 곡물을 키울 수도 있지요. 정말로 불가능한지 궁금해서 농사에 뛰어난 사람들을 추려 섬에서 오아레 벼를 경작하게 해 보았어요. 그랬더니 처음에는 당신들 말대로 모조리 죽어버리더군요."

바닷바람이 불어 밀리야의 머리를 휘날렸다. 오아레 벼도 바람에 물결치고 있었다.

"서쪽 항구 해변에서 자란 오아레 벼를 보면서 고민해 봤어요. 눈앞에서 자란 오아레 벼와 제국에서 하사받은 오아레 벼는 어떤 점이 다를까 하고. 예전에 우리는 제국에서 하사받은 오아레 벼의 볍씨로 이 섬에서 재배를 시도한 적이 있어요. 해변에서 자란 벼는 그 당시 제국의 하사품인 볍씨를 항구에서 실어 오다가 흘린 볍씨에서 싹이 나서 자랐음을 추정할 수 있었죠. 그렇다면 경작을 시도했던 볍씨와 같은 볍씨에서 자라난 셈이에요. 그런데 경작 시도는 실패했고, 해변의 이 오아레 벼는 제대로 자라났어요. 그러면 해변에서 자생한 오아레 벼와 향사의 지도에 따라 재배한 오아레 벼의 차이는 무엇이었을까요?"

"⋯⋯."

밀리야가 뒤돌아서 올람을 바라보았다.

"비료더군요. 제국에서 하사받은 비료."

밀리야의 눈이 무섭게 번뜩였다.

"해변에서 자생한 오아레 벼를 보면서 그런 생각을 하게 되었지요. 이렇게 거대한 사기로 타국을 옭아매려는 자들의 뜻대로 절대 놀아나지 않겠다고."

올람이 인상을 찌푸리면서 작게 고개를 저었다.

"그건 그쪽의 오해다. 우리는 사기를 치려고 비료를 쓰게 하는 게 아니야. 부끄럽게도 나는 모르고 있었지만 오아레 벼는 엄청나게 강인한 생명력을 가진 곡물이니, 자생한 오아레 벼라면 바닷바람이 부는 곳에서도 살아남을 수 있었을지 모르지. 그렇지만 그런 오아레 벼는 떨어진 오아레니 식용으로 쓰지는 못할 터. 야생 오아레 벼는 강한 독성을 가지고 있기에 우리는 비료를 써서 그 독성을 죽이고 안심하고 먹을 수 있게 만들어 온 것이다."

밀리야는 잠시 말없이 올람을 빤히 쳐다보다가 이윽고 실눈을 떴다.

"정말 모르는 건가?"

"……뭘 모른다는 건가?"

미심쩍은 표정으로 되묻는 올람을 보며 밀리야가 한숨을 내쉬었다.

"당신의 표정을 보니 정말 모르는 거군요. 그렇다면 향군궁도 부국성도 향사들한테조차 진실을 알려주지 않은 셈이네요. 하긴, 그것도 괜찮은 방법일 수 있지요. 진실을 아는 자가 많을수록 밖으로 새어나갈 위험도 커질 테니."

올람의 눈빛에 짜증이 비쳤다.

"도대체 무슨 소리를 하는 건가?"

짜증스러운 말투에서 마음속의 흔들리는 불안감이 느껴졌다.

밀리야가 조용한 목소리로 차분히 설명하기 시작했다.

"우리가 치치야를 써서 몰래 비료를 자체 생산하려 한다는 사실을 제국이 몰랐을 리가 없잖아요? 사실 우리는 제국이 얼마나 격렬한 반응을 보일지 가늠하며 기다렸지요. 그런데 엄해 보이기는 해도 우리가 각오했던 정도의 처벌이 내려지지는 않더군요. 오요마 발생이 비료의 밀조 때문이라며 제국이 우리 쪽으로 비난의 화살을 돌렸을 때는 '아차, 당했네' 하는 생각도 했어요. 하지만 아무리 제국에 지략이 뛰어난 자들이 많다 해도 우리가 비료 밀조를 시작한 시점에서 장차 오요마가 발생할 것까지 예견하지는 못했겠지요. 그리고 설사 예견이 가능했다 하더라도 우리를 궁지에 몰겠다고 자국에도 해가 되는 그런 일을 방치했을 리도 없을 테고요. 그렇다면 제국은 우리의 비료 밀조에 대해 겉으로는 심각해 보여도 실제로는 비교적 가벼운 반응을 보인 셈인데, 그 점을 통해 유추할 수 있는 사실이 있지요."

밀리야의 눈이 싸늘하게 빛났다.

"당신은 이상하다는 생각 안 해봤나요? 우리가 독자적으로 비료를

15

만들 수 있게 되면 큰일인 거잖아요? 그런데도 어째서 당장 엄벌을 내리거나 막아서지 않았을까요? 향군궁도 부국성도 왜 당황하지 않았을까요?"

"……."

"그건 말이죠, 우리가 독자적으로 비료를 만들 수 있게 된다 해도 제국에는 별 타격이 없기 때문이에요."

올람이 얼굴을 찌푸렸다.

"억측이 너무 심하지 않은가? 제대로 된 지식이 없는 자가 비료를 만든다 한들 제대로 된 품질이 나올 리가 만무하다. 그래서 우리는 오고다가 밀조를 하려 한다는 소식을 들었을 때도 놀라기는 했어도 당황하지는 않았다. 하지만 비료를 밀조하려 했다는 사실 자체가 제국을 등지겠다는 의지를 나타낸다. 그 점은 제국이 용납할 수 없는 일이니 번왕국이 보이는 반역의 움직임을 가만히 좌시할 리가 없다."

밀리야가 쓰게 웃었다.

"정말 알고도 모르는 척하는 거라면 어찌 받아들여야 할지 모르겠네요."

고개를 설레설레 저으며 밀리야가 말을 이어갔다.

"제국에게 타격이 없다는 의미는 우리가 자체적으로 비료를 만들었다고 해도 우리에게 이득이 안 된다는 소리예요."

"……."

"아까 그런 말을 했죠? 야생 오아레 벼에는 강한 독성이 있어서 그 독성을 억제해서 식용에 적합한 벼로 만들기 위해 비료를 준다고. 그 말이 맞아요. 비료는 오아레 벼를 잘 자라게 하기 위해서가 아니라 약하게 만들기 위해, 억제하기 위해 주는 거였어요."

올람이 의아해하는 표정으로 말했다.

"……그렇다. 그런 식으로 말하지는 않았어도 우리는 항상 그렇게 지도해 왔다. 비료는 오아레 벼의 독성을 약화시키고 건강하게 자라게 하기 위한 것이라고. 그 점은 비밀도 무엇도 아닐 텐데."

밀리야의 눈이 강하게 번뜩였다.

"네, 맞아요. 그렇죠. 눈앞에 버젓이 노출되어 있기에 더욱 알아차릴 수 없었던 거죠. 정말 기가 막힌 사기 방법이에요. 바로 그래서 지금껏 아무도, 당신 같은 향사들조차 이상하게 생각하지 못했던 거죠."

밀리야가 한숨을 쉬었다.

"그런데 말이죠, 당신들이 우리를 지도해 온 내용에 아주 큰 거짓말이 하나 있더라고요."

올람이 눈살을 찌푸렸다.

"거짓말?"

"네."

"어떤 점이 거짓말이라는 건가?"

"비료의 양. 당신들이 가장 적합하다고 지도했던 비료의 양. 이게 하한의 한계치고 이보다 더 적게 주면 오아레 벼를 먹지 못하게 된다고 했던 비료의 양. 혹시 한 번이라도 직접 실험해 본 적이 있나요? 하한의 한계치보다 적은 양의 비료로 오아레 벼를 키워본 적 있어요?"

허를 찔린 사람처럼 올람은 그 자리에 얼어붙었다.

아이샤도 누군가에게 정수리를 얻어맞은 듯한 충격을 느꼈다.

'하한의 한계치보다 적게……?!'

그런 실험은 해 본 적이 없었다. 늘려본 적은 여러 번 있었지만 하한의 한계치 이하로 줄여본 적은 한 번도 없었다.

올람 같은 향사들이 최적량이라고 배운 비료의 양을 바꿔본 적이 없는 것은 당연한 일이다. 그런 시도는 향사에게 무의미한 행위일 뿐이다. 게다가 일찍이 그 적정량을 정한 것은 살아있는 신이었던 초대 향군마마이니 의문을 품는 것 자체가 불경한 짓이다. 향사는 자신이 담당하는 재배지의 조건에 따라 비료의 양을 조금씩 가감하도록 지도하기만 할 뿐이며 그렇게 가감할 수 있는 양조차도 규정으로 정해져 있다.

그러나 비료의 비밀을 오래도록 연구해 온 자신조차 지금껏 하한의 한계치에 대해 아무런 의문을 품지 않았다는 사실에 아이샤는 아연실색했다.

"당신들은 우리를 하찮게 볼지 몰라도 우리는 결코 무능하지 않답니다."

밀리야가 말했다.

"바닷바람이 거세게 부는 메마른 토지밖에 없는 섬에서 살아가는 게 얼마나 고생스러운지 모를 거예요. 이 섬에서는 사람들이 충분히 먹고 살 만큼의 곡물을 수확할 수 없기에 우리는 교역으로 백성들을 먹여 살려야 했지요."

한낮의 햇빛이 밀리야의 얼굴을 비추었다. 햇살을 받은 쪽의 얼굴은 환해서 나이보다 훨씬 젊어 보였지만 그림자가 진 반대편의 깊은 주름은 제 나이를 가늠케 했다.

"섬에서 곡물을 재배하는 것은 우리의 오랜 꿈이었어요. 그래서 우리는 유능한 젊은이들을 이웃에 있는 마잘리아 왕국으로 보내서 그 토양에 맞는 재배법을 배워 오게 했지요. 마잘리아는 전국이 바닷바람의 영향을 받는 해양 왕국이에요. 그런 환경을 가진 나라에서 어떻게 농작물을 재배하는지 배워 오면 여러모로 쓸모가 많으리라 생각했어요."

밀리야의 볼에 살짝 웃음이 묻어났다.

"우린 그 청년들을 제국 판도 안의 번왕국으로 보내지 않았어요. 우마르 제국의 지배 아래 있는 번왕국은 오아레 벼밖에 안 만드니까요. 바닷바람 속에서는 자라지 않는 벼 따위 배워봐야 무슨 소용이 있겠어요?"

미소를 지은 밀리야가 말을 이었다.

"그런데 말이죠. 마잘리아에서 배우고 돌아온 우수한 청년들이 다시 한번 오아레 벼의 비료를 조사해 보더니 나에게 그런 보고를 하더군요. '이 비료는 이상하다. 일반적인 비료와 다른 점이 여러 가지 있는데 그중에서도 제일 특이한 점은 염분이 많이 포함되어 있다는 것이다' 라고 말이에요."

밀리야가 번뜩이는 눈빛으로 올람을 쏘아보았다.

"오아레 벼의 비료에는 요치풀이 많이 포함되어 있어요. 워낙 짜서 소금 대신 조미료로 쓰기도 할 정도로 염분이 많은 요치풀 말이에요! 바닷바람에 약하고 염해에 약한 것으로 알려진 벼에 어째서 일부러 염분을 주는 걸까요? 약하게 하기 위해서라고밖에 할 수 없지 않겠어요?"

올람이 멍한 표정으로 밀리야를 쳐다보았다. 밀리야가 입술을 씰룩거리며 웃었다.

"그래서 비료에서 염분을 제거해 버리고 양도 하한의 한계치보다 줄였더니 오아레 벼가 제대로 영글더군요. 비료로 염분을 주었는데 거기에 바닷바람에 섞인 염분까지 더해지다 보니 염분 과잉으로 죽는다. 바닷바람 속에서 자라지 않는 이유가 바로 그거였어요."

"……."

"그런데 문제가 있었어요. 그렇게 만들어진 오아레 벼는 당신들 말대로 독성이 너무 강해서 먹을 수가 없었죠.”

한숨을 쉬며 밀리야가 말했다.

“염분을 어느 정도로 줄이고 비료를 얼마나 줄여야 하는지 몰라서 몇 번이고 시행착오를 되풀이했지요. 그러다가 드디어 바닷바람을 맞으면서도 자라고 먹을 수도 있는 오아레 벼를 재배하는 데 성공했어요. 이 벼는 먹을 수 있을 뿐만 아니라 지금 보시는 대로 일반 오아레 벼보다 알곡이 커서 수확량도 훨씬 많답니다.”

밀리야는 눈빛을 번뜩이면서 무시무시한 미소를 지었다.

“우리가 발견한 비료의 최적량은 당신들이 하한의 한계치라고 했던 것보다 적은 양이었어요.”

올람의 얼굴에 경악하는 표정이 떠올랐다.

밀리야가 앙칼진 목소리로 다그쳤다.

“이게 무슨 뜻인지 알아요? 제국은 번왕국을 풍요롭게 해주려고 오아레 벼를 하사한다면서 실제로는 오아레 벼의 수확량을 조작하고 있었다는 거예요. 번왕국이 자국의 재량으로 수확량을 더 늘려서 국력을 증강하지 못하도록 말이죠!”

아이샤가 입술을 깨물었다.

‘……아니야.’

초대 향군이 오아레 벼를 억제한 데에는 뭔가 다른 이유가 있을 것이다.

그러나 지금 밀리야에게 그렇게 말할 수는 없었다. 오아레 벼가 가지고 있는 여러 가지 비밀을 이 사람에게 알리면 번왕국과 제국의 관계에 어떤 영향을 미칠지 모르기 때문이다.

‘하지만……’

아이샤는 미간을 찌푸렸다.

온몸을 얻어맞은 듯한 충격이었다.

'초대 향군이 정한 하한의 한계치보다 적게 비료를 주어도 사람이 먹을 수 있는 오아레 벼가 생산되었다는 말이 사실이라면 하한의 한계치는 그 이하로 줄이면 독성이 생기게 되는 한계치가 아니었다는 뜻인가?'

오아레 벼에 뭔가 큰 문제가 생겨 너무 약해져서 일시적으로 비료를 줄일 필요가 있을 경우에도 이보다 아래로 줄여서는 절대 안 된다며 초대 향군이 정해놓은 하한의 한계치. 영토를 확대하기 위해 비료의 양을 줄여 오아레 벼를 점점 강하게 만들어 온 제국의 역사 속에서도 끝끝내 지켜온 하한의 한계치.

그 하한보다 비료의 양을 더 줄이면 오아레 벼의 독성이 강해져서 사람이 먹을 수 없게 된다는 가르침을 받아왔고 다쿠 아저씨조차도 그 말을 굳게 믿었다.

'……그런데'

아이샤는 창밖에서 무럭무럭 잘 자라고 있는 오아레 벼로 눈길을 주었다. 저 벼를 진짜로 먹을 수 있다면 하한의 한계치는 독성을 약하게 만들 수 있는 최소한의 양이 아니라는 뜻이다.

그렇다면 어째서, 무슨 이유로 초대 향군은 하한의 한계치를 정해서 엄격하게 지키도록 했을까?

밀리야는 여전히 매서운 표정으로 올람을 노려보면서 말하고 있었다.

"바닷바람 속에서도 알차게 영근 오아레 벼를 보고 우리는 환호성을 질렀지요. 그런데 이제야 희망의 빛이 보인다 싶었을 때 오요마가 발생해 버린 거예요."

"……."

"우리 오고다는 오요마의 발생으로 엄청난 위기에 봉착하게 되었어요."

밀리야가 눈을 감았다가 뜨더니 말했다.

"세상에 둘도 없는 사랑하는 우리 아들 아과가 우마르 제국의 지배 아래로 들어가겠다는 말을 꺼냈을 때 나는 반대했어요. 물론 오아레 벼는 매력적이었지만 한 가지에만 의존하는 게 얼마나 위험한 일인지 몇 번이나 설득했지요. 그런데 아과는 내 말을 듣지 않았어요. 학자들이 따져보니 내륙에서 키울 수 있는 오아레 벼의 수확량만으로도 지금까지 오고다가 얻어온 것보다 훨씬 이득이 더 크다는 계산 결과가 나왔기 때문이었죠. 오아레 벼에만 의존하는 건 위험하다고 하지만 지금까지 바다에만 의존해서 살아온 거나 마찬가지 아니냐고 아과가 그랬지요. 언제 조난될지 모르는 위험을 감수하면서 바다를 건너 교역하는, 불안정하고 위험한 일을 지금까지 잘 극복해 오지 않았냐면서. 오아레 벼를 얻어서 키우게 되면 바다에 풍랑이 일어서 선단이 가라앉는 재난이 닥쳐도 백성들을 먹여 살릴 수 있는 여유가 생긴다고 말이죠.

사실 아들의 말이 논리적으로 맞기도 했고, 우마르 제국의 지배 아래 들어가게 되면 발생하는 의무사항도 납득할 만한 정도였기에 나도 최종적으로는 아들의 판단을 지지했어요."

밀리야가 한숨을 쉬었다.

"지금 와서 이런 말을 해 봐야 아무런 소용이 없지만 그 당시 나는 오아레 벼가 우리 오고다의 인구를 얼마나 늘리게 될지까지는 미처 생각하지 못했어요."

밀리야가 입에 올린 그 단어가 갑자기 아이샤의 귀에 확 꽂혔다.

'……인구.'

예전에 마슈가 했던 말이 귓가에 맴돌았다.

'오아레 벼는 사람을 늘린다. 오아레 벼를 먹게 되면 어김없이 인구가 늘어난다. 사람들이 굶주리지 않게 되고 충분히 먹어서 건강해지니까 큰 걱정 없이 자식을 많이 낳아서 그렇기도 하지만 가만히 보면 좀 이상하리만치 인구증가가 급속도로 일어나지.

오아레 벼를 생산하고 먹는 곳에서는 인구가 늘어난다. 역시 오아레 벼는 생물을 변화시킨다고 봐야 하겠지. 요마가 오요마로 변화하듯이.'

밀리야는 고개를 설레설레 저으면서 말했다.

"아이들이 늘어도 오아레 벼는 그 입까지 충분히 먹여 살려 주었기 때문에 아무도 신경 쓰지 않았고 오히려 좋은 일이라고 생각했어요. 그런데 진작에 알아차렸어야 했지요. 그 현상이 가지고 있는 위험성을 말이에요. 오요마가 생기는 바람에 오아레 벼를 먹지 못하게 된 지금, 우리는 다른 산업만으로는 잔뜩 불어버린 백성들을 먹여 살릴 수가 없게 되었어요. 오아레 벼의 볏짚을 먹여서 키운 소와 돼지는 크게 자라고 육질도 좋아지고 새끼도 많이 낳지요. 그런데 먹이를 목초로 되돌렸더니 순식간에 새끼도 줄어들고 육질도 나빠졌어요. 게다가 오아레 벼를 재배한 땅에서는 다른 곡물이 자라지 않아요. 이제 우리는 예전보다 훨씬 많아진 인구를 먹여 살릴 식량을 생산할 방도가 없는 거예요."

밀리야는 분노에 찬 눈빛을 번뜩이면서 올람을 쏘아보았다.

"그런데도 우리는 제국에 세를 바쳐야 하지요. 우리에게 남은 얼마 안 되는 식량을 굶주린 아이들 입에 넣어주지 못하고 제국으로 보내야 하는 겁니다."

"……"

"전쟁이라는 수단을 쓰지 않고 자진해서 지배 아래 들어오면 너희에게 오아레 벼의 은혜와 풍요롭고 안정된 삶을 줄 것을 약속하마. 그 말을 믿었기에 우리는 제국의 지배 아래로 들어갔어요. 그런데 실제로는 수확량을 교묘하게 제어 당했을 뿐만 아니라 오아레 벼를 받아들이는 바람에 백성들이 지금 기아에 허덕이게 됐어요. 그런데도 제국은 도움의 손길을 뻗기는커녕 간교한 선전으로 우리에게 모든 책임을 돌리고 번왕국의 백성들이 굶어 죽건 말건 뒷짐만 지고 있지요.”

밀리야는 담담한 말투로 이야기했다. 그런데 아이샤는 그 한마디 한마디가 자기 폐부를 찌르는 것처럼 느껴졌다.

“오고다에 대한 제국의 처사를 다른 번왕국들도 똑똑히 지켜보고 있을 거예요. 번왕국이 위기에 빠졌을 때 제국이 어떤 태도를 보이느냐를 말이지요.”

올람이 딱딱하게 굳은 표정으로 밀리야를 바라보면서 선포하듯이 말했다.

“이번에 생긴 오고다의 위기는 오고다가 자처한 일이다. 그 사실은 다른 번왕국들도 알고 있다.”

밀리야가 쓰게 웃었다.

“하긴 당신은 그렇게 대답할 수밖에 없겠네요. 아니면 설마 진심으로 그렇게 믿고 있나요? 오요마가 발생한 것이 우리가 만든 비료 때문이 아닌데도?”

“……”

“우리가 만든 비료는 한정된 곳에서만 사용되었어요. 제일 처음 오요마가 발생한 곳은 당신들이 하사해준 비료를 쓴 밭이었답니다.”

“……!”

올람의 얼굴에 경악하는 표정이 떠오르는 것을 보면서 밀리야가 말을 이었다.

"각오해요. 오고다와 제국 본토는 국경을 마주하고 있지요. 조만간 제국 본토 백성들도 오아레 벼에 오요마가 다닥다닥 달라붙어 있는 광경을 직접 보게 될 테니까. 아마 그러면 부국성의 나리들은 또 우리 오고다 탓을 하면서 자기 백성들의 원망을 이쪽으로 돌리려고 하겠죠. 그렇게 해서 원망의 대상을 우리 쪽으로 돌릴 수는 있어도 피해가 점점 퍼지는 것까지 막을 수는 없을 거예요. 제국 사람들도 온 땅의 오아레 벼가 불타는 광경을 목격하게 될 겁니다."

할 말을 잃은 채 망연자실해서 쳐다보는 올람에게 밀리야가 조용히 말했다.

"당신은 자국 백성들을 살리고 싶나요?"

"……."

"살리고 싶으면 나에게 힘을 보태줘요."

올람이 눈을 깜박거렸다.

"힘을 보태라고? 당신한테? 내가?"

"그래요."

밀리야가 싱긋 웃더니 창밖으로 눈길을 돌렸다.

"당신들이 지금 보고 있는 저것이야말로 백성들을 구하는 희망의 벼예요."

# 8
## 오로키의 보고

문이 열리는 기척을 느낀 마슈는 자리에서 일어나 라오를 맞았다.

"오래 기다리게 했구나."

라오는 쉰 목소리로 말하고는 언제나 앉던 의자에 털썩 주저앉아 긴 한숨을 내쉬었다.

스승의 피로를 생각한 마슈는 가볍게 목례를 하고 짧게 물었다.

"형님은 뭐라고 하던가요?"

라오는 다시 한번 한숨을 푹 내쉬고 대답했다.

"네가 짐작한 대로다."

"오요마가 발생한 요고세나의 오아레 벼는 물론이고 인접한 지역의 오아레 벼까지 철저하게 소각한다. 소각처분이 내려진 지역의 세금은 면제하고 국가 저장고에서 적정량을 배급하여 백성들이 굶지 않도록 조치한다. 그 밖에도 이르답게 다방면을 고려한 면밀한 시책을 제출하더구나. 황제 폐하는 숙고하겠다고 하셨지."

마슈가 어두운 표정으로 말했다.

"너무 노골적이네요."

라오가 고개를 끄덕였다.

"나도 그 점을 황제 폐하께 아뢰었다. 그 시책대로 하면 제국 본토인 요고세나와 번왕국인 오고다에 대한 대우가 너무 눈에 띄게 차이가 난다. 이미 많은 아사자가 나왔고 올해도 수없이 많은 사람이 기아에 허덕이게 될 오고다에서 이렇게 노골적으로 차이 나게 대우한 것을 알면 원성이 더욱 높아질 게 자명하다. 요고세나에 대한 구제책을 펼 작정이면 오고다를 구제할 조치도 동시에 발표해야 한다."

"하지만 형님은 찬성하지 않았겠지요?"

마슈의 물음에 라오는 다시금 끄덕였다.

"대놓고 반대하지는 않았지만 생각해 볼 필요가 있다는 식으로 제지를 하더구나. 이번 재앙의 원인을 오고다로 돌리는 기존의 정책 방향을 바꿀 수는 있다, 그러나 어떤 식으로 할지 그 방법은 신중하게 따져봐야 한다면서."

"그 말도 일리는 있지만 그렇다고 마냥 시간을 끌 수는 없는 일 아닙니까? 오요마가 발생한 곳은 오고다와 인접한 카시마 지역이 아닙니다. 오고다에서 멀리 떨어진 요고세나입니다. 오고다 번왕은 보통내기가 아닙니다. 그 사실을 알면 오요마의 발생이 자기들 탓이 아니라는 증좌證左가 바로 여기 있다고 다른 번왕국에 떠벌릴 겁니다. 제국 입장에서 뭐라 탓할 수 없는 교묘한 방식으로 말입니다."

라오가 "그러고 보니" 하고 말을 이어받았다.

"유기르가 너와 같은 말을 하더구나."

마슈가 놀란 표정으로 눈썹을 추켜올렸다.

"유기르가요?"

"그래."

라오가 고개를 끄덕이더니 슬며시 미소 지었다.

"아비에게 한 소리 듣고 물러나기는 했지만 말이다. 아비의 노여움을 사더라도 할 말을 한 게지. 그 녀석도 많이 컸어. 오고다의 참상을 직접 눈으로 본 일이 큰 영향을 준 모양이다."

"그렇군요."

이르의 중압 아래서 자란 젊은 조카가 번왕국의 백성을 생각하는 마음을 가지고 용기를 내서 한마디 했다는 사실을 안 마슈는 잠깐이나마 마음이 푸근해졌다.

표정에 드러난 마슈의 심정을 살핀 라오가 말했다.

"네가 회의에 참석했더라면 방향이 많이 바뀌었을 텐데."

마슈가 고개를 저었다.

"제기 끼어들면 형님이 완고해집니다."

"하긴 황제 폐하께서도 그 점을 아시니 오늘 회의에 너를 부르시지 않았겠지. 너에게 직접 하문하실 일도 있을 테니 조만간 알현하라는 명이 내려질 거다."

탁자 위에 놓여 있던 차를 한 모금 마신 라오가 신음하듯이 중얼거렸다.

"……그런데 요고세나라니. 역시 오요마는 어디에서든 발생한다는 것이로군."

"더구나 이제부터는 확산이 더욱 빠를 겁니다. 발생한 지역의 오아레 벼를 소각하는 것만으로 막을 수 없다는 사실은 오고다의 상태만 봐도 명백합니다. 유이노 평야의 볍씨 생산지에 오요마가 발생해 버리면 차마 눈 뜨고는 못 볼 참상이 벌어질 겁니다. 형님도 그 점을 충분히 알고 있을 텐데……."

그때 문밖에서 방울 소리가 들렸다.

"무슨 일이냐?"

라오가 물었다.

"오로키 무어 님께서 오셨습니다. 급히 마슈 님을 뵙고 싶다는 전언입니다."

마슈와 라오의 눈길이 마주쳤다. 곧바로 일어나려는 마슈를 라오가 말렸다.

"여기서 얘기해라. 무슨 일인지 모르지만 나도 알아야겠다."

마슈가 고개를 끄덕이고 문밖에 지시했다.

"들여보내라."

문이 열리기가 무섭게 오로키가 뛰어들었다. 오로키는 땀투성이였다. 옷에 땀자국이 번져 있고 장화는 진흙으로 범벅이 되어 있었다.

"이런 차림새로 면목 없습니다."

숨을 헐떡이면서 고개를 숙인 오로키에게 라오가 말을 걸었다.

"괜찮다. 이쪽으로 와서 일단 앉아라."

그리고 문밖에서 대기하는 시종에게 명령했다.

"마실 것을 가져오너라."

"아닙니다!"

오로키가 손을 들어 말렸다.

"마음 써 주셔서 감사합니다. 하지만 지금은 아무것도 필요치 않습니다."

29

오로키의 표정을 읽고 무슨 뜻을 전하려는 것인지 알아차린 라오가 끄덕였다.

"마실 것은 되었다. 잠시 다들 물러나 있으라고 해라."

그렇게 말하자 시종이 "예. 알겠습니다." 하고 대답하고는 문을 닫았다. 발소리가 멀어지는 것을 확인한 다음 마슈가 오로키를 향해 몸을 돌렸다.

"무슨 일이냐? 올람에 대한 것이라면 비둘기 편으로 연락받았다."

오로키는 숨을 가다듬으면서 입을 열었다.

"아이샤가 납치되었습니다."

그 소리를 들은 라오가 외쳤다.

"뭐라? 어쩌다가? 누구한테?"

오로키는 슬쩍 마슈 쪽을 쳐다봤다. 마슈가 고개를 끄덕이는 것을 확인하고서야 이야기를 시작했다.

"순서대로 말씀드리겠습니다. 저는 마슈 님의 명을 받아 오고다 번왕국 총무청을 살피고 있었습니다. 오고다의 새벽이 하는 활동 중에 오고다인의 정보망만으로는 알 수 없을 것으로 여겨지는 정보들이 섞여 있는 일이 몇 번 있었기에 우마르인 내통자의 존재를 의심하게 되었습니다. 부하들도 풀어서 오랫동안 다방면으로 찾아다녔는데 마슈 님께서 번왕국 총무청이 가장 의심스럽다고 하셔서 대상을 몇 명으로 좁혀 철저히 조사해 보니 약초·향료관리부의 부장이 오고다의 새벽과 내통하고 있다는 사실을 알게 되었습니다."

"······역시 토알르였군."

마슈가 말하자 오로키가 고개를 끄덕였다.

"토알르였습니다. 총무청 약초·향료관리부에 출입하는 업자들을 통해 토알르가 묘한 움직임을 보인다는 사실을 알아차린 후 감시를 계속하고 있었습니다. 그러던 차에 어느 날 퇴청 시간 이후에 짐마차 하나가 몰래 총무청 안으로 들어가더니 거적으로 둘둘 만 커다란 짐을 창고 안으로 들여놓는 광경을 목격했습니다. 시간상으로 봐도 보통 일이 아님은 자명했기에 심야에 다시 조사해 보려고 밤이 깊은 다음 다시 창고 쪽으로 돌아갔는데 그때 제가 큰 실수를 저지르고 말았습니다."

오로키의 표정이 긴장감으로 딱딱해졌다.

"아무래도 제가 창고를 감시하고 있다는 사실이 이미 발각되었던 모양입니다. 함정에 빠진 사실도 모른 채 어리석게도 거기 발을 들여놓은 겁니다. 꼼짝없이 붙잡히게 된 찰나에 담 바깥에서 손가락 피리 소리가 들렸습니다. 도망치라는 신호였습니다."

"아이샤였군."

마슈가 나지막한 소리로 말하자 오로키가 고개를 끄덕였다.

"어째서 아이샤가 그곳에 있었는지는 모르지만 덕분에 저는 도망칠 수 있었습니다. 아이샤를 구하고 싶었지만 적의 수가 워낙 많아서……."

오로키가 창백한 얼굴로 이를 악물었다. 마슈가 고개를 저었다.

"곧바로 도망친 네 판단이 옳았다."

'올람을 뒤쫓고 있었군.' 마슈가 마음속으로 중얼거렸다.

'올람이 비밀 밭에서 납치되었음을 알고는 어떻게든 구하고 싶었겠지.'

문득 예전의 광경이 머리에 떠올랐다. 주쿠치에게 '독을 먹었다'고 알려줄 때의 아이샤의 표정과 그 목소리가.

적이건, 혹은 살려주면 안 되는 자이건 죽게 내버려 둘 수는 없다는, 그런 아이라는 사실을 잘 알고 있었다.

'틀림없이 올람의 뒤를 쫓을 사람이라는 걸 알고 있었는데…….'

제국 본토에서 오요마가 발생했다는 소식에 정신이 팔려서 미처 대응하지 못한 것에 대한 후회가 몰려왔다.

"어째서 비둘기를 쓰지 않은 것이냐?"

마슈가 물었다.

"송구합니다. 비둘기가 있는 곳까지 가는 시간이 아까웠습니다. 아이샤가 잡혔을 때 저는 일단 도망친 다음 그길로 부하들에게 가서 오고다의 새벽이 사람을 운반할 때 쓸 만한 인물과 장소들을 수소문하여 감시하게 했습니다."

라오가 윗몸을 내밀었다.

"그래서 알아냈느냐? 어디로 끌려갔는지?"

"가능성이 있는 장소가 두 군데로 좁혀졌습니다."

"어디냐?"

"양쪽 모두 섬입니다. 하나는 알리아나섬, 또 하나는 길람섬입니다. 향사를 납치하는 것은 대죄입니다. 오고다는 바다의 민족입니다. 내륙부에 숨기기보다는 섬에 숨기는 편이 추적을 따돌리기 쉽다고 생각하지 않았을까 싶습니다."

오고다의 새벽과 관련이 있는 자들이 이튿날 아침 짐을 잔뜩 싣고 출항한 목적지가 이 두 섬이라는 오로키의 보고를 다 들은 마슈가 책상을 툭 하고 손가락으로 쳤다.

"오로키."

"예."

"네가 해야 할 일이 있다."

"예. 분부만 내리십시오."

# 9
## 길람섬의 사정

나뭇잎끼리 쓸리는 소리가 파도 소리처럼 들렸다.

길람섬은 내륙보다 더웠다. 바닷바람은 시원하지만 피부가 끈적거리는 게 문제였다.

농원 여기저기서 여자 농부들이 강한 햇살에도 아랑곳하지 않고 빙둘러앉아 웃고 떠들면서 즐겁게 점심을 먹고 있었다.

아이샤와 올람은 햇볕에 너무 타는 게 꺼려져서 점심때는 되도록 정자 그늘에 들어가 있는 편이었다.

농원에 있을 때나 숙소로 주어진 작은 집에서 잠을 잘 때까지도 무인 몇 명이 밀착해서 감시하기는 했지만 수갑과 족쇄는 풀어줬고 식사도 좋은 음식을 먹고 있었다.

그래도 밤에는 좀처럼 잠을 자지 못했고 간신히 잠이 들어도 수시로 눈이 떠지곤 했다.

무엇을 하고 있건 앞으로 어떻게 될지 모른다는 불안감이 잠시도 쉬지 않고 가슴을 헤집었기 때문이다.

섬의 상황을 어느 정도 알게 되고 감시자들의 눈길이 좀 풀어지면 도망갈 가능성이 생길지도 모르지만 그런 상태가 되려면 시간이 상당히 필요할 것이다.

'미안'이라고 외치고 뛰어가 버린 오로키의 모습이 생각날 때마다 마슈가 구출하러 와 줄지도 모른다는 실낱같은 희망이 뇌리를 스치기도 했다. 그러나 마슈도 이러한 상황에서 우리를 구출해내기는 어려울 것이라는 냉정한 판단이 그런 희망에 금세 찬물을 끼얹어버렸다.

게다가 이 섬에 있다는 사실을 알아냈다 하더라도 올람이라는 존재가 있다.

마슈와 함께 진행하는 계획만을 생각한다면 올람이 목숨을 잃지도 않고 이르 카슈가에게 비밀 밭에 대해 보고할 가능성도 없는 이 상황이야말로 더할 나위 없이 바람직하다.

올람과 자기가 목숨을 잃을 위험 없이 이 섬에서 계속 살 수 있다면 그것이 지금 이 상황에서 바랄 수 있는 최상의 상태가 아니겠는가.

그렇게 생각하며 다른 것들은 포기하는 수밖에 없다고 몇 번이고 스스로를 타일러도 자꾸만 마음에 걸리는 점들이 떠오르곤 했다.

오라니 마을의 비밀 밭은 이제 막 시작한 시점이었다. 비밀 밭을 제대로 만들지 못하면 오라니 마을 사람들은 어떻게 될까? 그런 생각이 떠오르면 속이 타들어가는 것만 같았다. 다른 마을들도 마음에 걸렸다. 여기저기 마을에서 만났던 갓난아기들의 해맑은 얼굴과 사람 좋은 할머니들의 웃는 얼굴 등이 생각날 때마다 초조감에 안절부절못할 지경이었다.

미지마가 얼굴을 잘 숨기고 대신 일해줄 수도 있겠지만 사람의 얼굴 특징은 눈매에 나타나기 때문에 미지마처럼 오랜 세월 각지를 돌아다니면서 널리 얼굴이 알려진 상급 향사가 그 일을 하면 자칫 정체가 드러날 위험이 커진다.

미르차와 할아범도 걱정이었다. 소식을 알 수 없는 상태가 오래 계속되면 걱정을 많이 할 테고 애타게 기다릴 것이다.

그런데 그런 여러 가지 일들을 고민하는 마음 저편에 전혀 다른 마음도 싹트고 있었다. 그리고 날이 갈수록 그 마음이 희미해지기는커녕 더욱 강해졌다.

그것은 밀리야가 창문을 활짝 열어 바닷바람 속에서 나부끼는 오아레 벼를 보여주었을 때, 그리고 그 광경을 바라보는 밀리야의 옆얼굴을 봤을 때 아이샤의 가슴속에 생겨난 마음이었다.

"안 드세요?"

멍하니 농원을 바라보며 점심에 손을 대지 않는 올람에게 묻자 올람은 갑자기 정신이 든 사람처럼 "아아" 하는 소리를 내더니 생선국이 든 그릇을 집었다.

흰살생선을 통째로 끓인 치브라는 국은 생선에서 우러나온 누런 기름이 떠 있어서 처음 봤을 때는 비린내가 날 것 같았다. 하지만 머뭇거리면서 한 모금 마셔봤더니 감귤류 과일의 향긋한 냄새와 새콤한 맛 덕분에 비린내가 전혀 느껴지지 않았다.

나푸라는 커다란 나무 열매를 반으로 자르면 분홍빛이 도는 과육과 새콤달콤한 과즙이 흘러나오는데 그 나푸의 과즙과 과육도 국에 들어 있었다. 그것이 오히려 국물에 깊은 맛을 더해주었다.

전분으로 빚은 타파를 생선 국물에 적셔서 먹는 게 이 섬의 가장 흔한 점심 식사인 모양이었다.

식어서 기름막이 살짝 낀 국물에 타파를 적셔서 먹는 동안에도 올람은 아무 말이 없었다. 그는 들고 있던 타파를 다 먹더니 한숨을 내쉬었다.

올람은 한숨을 자주 쉬었다.

밀리야가 한 이야기를 듣고 바닷바람 속에서 잘 자라는 오아레 벼를 직접 눈으로 목격하면서 올람의 마음속에 지금까지는 생각해 보지도 않았던 여러 가지 의심들이 생겨나기 시작한 모양이었다.

향사들은 《향사 제 규정》을 달달 외울 정도로 배우고 익힌다. 어느 지방의 논에 비료를 어느 정도 사용하느냐는 규정에 따라 실행한다.

규정에는 평균적인 기온부터 겨울에 얼음이 얼마나 어는가까지 모든 세부 사항들이 망라되어 있었다. 지금껏 이 규정에 따라 실행했던 일 때문에 문제가 발생한 적은 한 번도 없었기에 비료의 양에 따라 오아레 벼의 성질이 실제로 어떻게 바뀌는지까지는 아마 올람도 제대로 생각해 본 적이 없었을 것이다.

'······올람 님만 몰랐던 게 아니야.'

아이샤도 밀리야의 지적을 들을 때까지는 하한의 한계치에 대한 것은 물론이고 비료에 요치풀이 첨가되었다는 사실과 바닷바람 속에서 오아레 벼가 자라지 않는다는 고정관념 사이에 어떤 관련성이 있는지 알아차리지 못했다.

어쩌면 다쿠 아저씨 일가는 알고 있었을지도 모른다. 그러나 아이샤는 내륙의 곡물 재배 방법에만 온통 정신을 쏟느라 섬 지방에 관한 사항은 머릿속에 아예 들어있지 않았다.

하한의 한계치가 만들어진 의미에 대해서도 지금까지 그저 독성의 문제라고만 단순히 믿어왔다. 그 이외의 이유가 있을 수도 있다는 가능성에 대해서는 전혀 생각지도 못했다.

오아레 벼는 신기한 곡물이다. 살피고 조사하고 연구해서 이제 그 정체를 파악했다 싶으면 어느 날 갑자기 전혀 예상치도 않은 면모를 드러내곤 한다.

그 냄새를 처음 맡았을 때부터 아이샤는 오아레 벼에 위화감을 느꼈다. 어디가 어떻게 이상하다고 설명할 수 있는 감각이 아니었다. 아이샤는 모든 오아레 벼에서 똑같은 느낌을 받았다.

그러나 바닷바람 속에서 자란 오아레 벼의 냄새가 불러일으킨 느낌은 위화감처럼 애매한 감각이 아니라 공포였다.

그 후로 오랫동안 벼 냄새를 맡아와서 이제는 심하게 동요하지는 않게 되었다. 하지만 이 섬의 오아레 벼가 뭔가 무시무시한 존재 같다는 느낌은 여전히 남아있다.

'어째서 무서운 걸까?'

그 점이 자꾸 마음에 걸렸다.

바닷바람 속에서 자란 오아레 벼를 먹었다가 죽을 뻔했다는 경험이 있다면 모를까 생전 처음 본 존재에 대해 왜 공포심이 느껴질까?

신기했고 마음이 불편했지만 그래도 도망치고 싶다는 생각은 들지 않았다. 오히려 어떻게 해서든 이 공포의 근원을 알아내고 싶다는 욕구가 뱃속 저 밑바닥에서부터 부글부글 끓어오르는 느낌이었다.

'이런 감각을 만들어 내는 무언가가……'

초대 향군이 하한의 한계치를 정한 이유와 관련이 있을지도 모른다.

밀리야는 아직 성안에 있는 오아레 벼 농원의 출입을 허락해 주지 않았다.

자신들의 비밀을 드러내기 전에 상대를 찬찬히 알아보는 시간이 필요하다고 판단해서 그런지도 모른다. 아이샤와 올람은 오아레 벼의 영향 때문에 잘 자라지 않게 된 곡물을 개량하라는 명령을 받고 요 며칠간 농원에서 지내고 있었다.

제일 먼저 본 작물은 락키라는 식물이었다. 이 식물의 열매에서 채취하는 기름이 길람섬의 특산품 중 하나였다는데 오아레 벼의 실험 경작지와 가까워서인지 열매가 잘 열리지 않게 되었다고 했다.

'성 안의 농원에서는 무슨 실험을 하고 있을까?'

이 섬에서 무언가가 시작되려 한다. 그런 예감이 자꾸 들었다. 성안의 농원에서 무슨 일이 벌어지는지 궁금해서 견딜 수가 없었다.

손에 묻은 기름을 수건으로 닦으면서 올람이 중얼거렸다.

"……참 대담한 여자야. 설마 이런 일이 섬 안에서 일어나고 있을 줄이야."

문득 올람의 눈빛에 초조함이 비쳤다.

아이샤에게 눈길을 돌린 올람이 말했다.

"여기서 무슨 일이 벌어지고 있는지 이르 님께 어떻게든 전할 수 있으면 좋으련만. 오고다는 위험하다. 바닷바람 속에서 오아레 벼를 재배하는 것도 그렇지만 비밀 밭도 마음에 걸리는구나. 도대체 어떻게 오아레 벼의 영향을 받은 땅에서 요기보리를 키우는 데에 성공했는지 모르지만 그런 일을 이루어낼 만한 기술력이 오고다에 있다는 사실 자체가 커다란 위협이다."

감시자가 수상하게 여기지 않을 정도의 낮은 목소리로 속삭이는 올람의 말을 들으면서 아이샤는 마음속으로 어떻게 대답해야 할지 궁리했다.

감시자에게 들키지 않고 대화할 만한 상황이 되자 올람은 기다렸다는 듯이 아이샤에게 비밀 밭에 대한 이야기를 하며 그것이 얼마나 위험한 일인지를 끝도 없이 늘어놓았다. 그렇게 이야기하는 올람에게서 풍겨온 냄새를 맡으면서 아이샤는 마슈가 했던 말이 비로소 처음으로 피부에 와 닿았다.

'너는 너무 어리숙하다. 사람의 목숨이 그 무엇보다 소중하다고 생각하지?'

그 말을 들었을 때 아이샤는 발끈해서 대들었다. 목숨이 소중하지 않다고 여기는 사람이 오히려 이상한 게 아니냐고 말이다.

그러자 마슈가 쓴웃음을 지으며 이렇게 말했다.

'그건 그렇지. 하지만 사람의 목숨을 어떻게 지켜야 하는가 하는 문제에 대해서는 모두가 같은 답을 갖고 있지는 않다. 제국이 붕괴하면 수없이 많은 사람의 목숨이 위험해진다. 그러니 우선은 제국을 지탱하는 토대부터 확실하게 지켜야 한다고 생각하는 사람들은 일개 번왕국의 몇몇 마을에 사는 사람들의 목숨 정도는 희생해도 된다고 여기지. 물론 그런 사람들도 누군가 죽어가는 모습을 보는 것은 괴롭다. 그러나 심정적으로 힘들다, 힘들지 않다는 부분은 현실을 위해 해야 할 일과는 별개라고 생각하지.'

표정을 바로잡고 진지한 눈으로 바라보며 "내가 이렇게 느끼니까 다른 사람들도 똑같이 느낄 것이라고 믿어서는 안 된다. 그런 착각을 하는 순간에 빈틈이 생기는 것이다." 하고 말하던 마슈의 얼굴이 눈에 선하게 떠올랐다.

올람은 좋은 사람이다. 이런 곤경에 빠지는 바람에 둘이 오랜 시간을 함께 있게 되면서 올람의 인품에 대한 아이샤의 존경심은 예전보다 더욱 깊어졌다.

올람이라면 알아주지 않을까 하는 생각이 몇 번이고 머릿속에 떠올랐고 그럴 때마다 비밀 밭의 진실에 대해 털어놓고 싶어졌다.

설명을 제대로 잘해서 우리가 왜 그런 일을 시작하게 되었는지 이해하면 올람도 동지가 될 수 있지 않을까? 그런 바람이 생겨서 몇 번이고 입을 열 뻔했다.

그런데도 지금껏 충동을 억제할 수 있었던 이유는 비밀 밭에 대해 올람이 이야기할 때 그의 몸에서 풍겨온 냄새, 비밀 밭의 존재를 위협으로 간주하며 혐오하는 냄새를 맡았기 때문이다.

올람은 번뜩이는 눈빛으로 아이샤를 바라보며 낮은 목소리로 말했다.

"어쩌다 방심하는 바람에 잡혀 오기는 했어도 이곳으로 끌려온 것이 오히려 다행일 수도 있다는 생각이 드는구나. 오고다의 내부 깊숙이 들어와서 그들의 비밀을 알아낼 기회가 생긴 것이니 말이다. 저 오아레 벼를 어떻게 키우고 있는지 세부적인 부분을 알 수만 있다면. 그리고 그것을 이르 님께 전할 방법을 찾아낼 수만 있다면……."

그 목소리를 들으면서 아이샤는 문득 눈살을 찌푸렸다. 바람을 타고 뭔가 마음에 걸리는 냄새가 풍겨왔기 때문이다.

약간 떨어진 곳에서 점심을 먹던 감시자가 이쪽을 뚫어지게 쳐다보고 있었다. 무슨 말을 하는지까지는 들리지 않더라도 올람의 자세나 표정에서 무언가가 느껴졌는지 남자는 경계하는 냄새를 뿜어내고 있었다.

아이샤는 자리에서 일어나 허리를 쭉 폈다.

그리고 다 먹은 국그릇을 쟁반에 얹기 시작했다.

당혹스러운 표정으로 이쪽을 보는 올람에게 아이샤는 미소를 지으며 물었다.

"이거 치워도 되죠?"

올람의 그릇을 가리키자 올람이 고개를 끄덕였다. 팔을 뻗어서 그릇을 치우면서 아이샤가 속삭였다.

"감시자가 이쪽을 보고 있어요."

퍼뜩 정신이 든 올람에게 아이샤가 말했다.

"우선은 잘 자라지 않게 된 작물을 개선하는 데에 집중해서 그 사람들의 신뢰부터 얻어야 할 것 같아요."

올람도 아이샤를 도와 접시를 쟁반에 올려놓으면서 "그렇지" 하고 맞장구를 쳤다.

'올람 님은 언제쯤 알아차리실까?'

아이샤는 마음속으로 그런 생각을 했다.

'오아레 벼의 영향을 받는 땅에서 요기보리를 키울 수 있는 기술이 있다면 다른 곡물도 충분히 재배할 수 있다는 뜻이니 굳이 우리에게 부탁할 필요가 없다는 사실을.'

올람이 그 사실을 알아차리면 오고다의 기술력으로는 비밀 밭에서 요기보리를 재배할 수가 없다는 점을 깨달을 것이다.

올람은 현명한 사람이다. 이쪽에서 털어놓을 필요도 없이 언젠가는 진실을 스스로 알아차릴 수도 있다.

'……그때는…….'

이야기해야지. 아이샤는 마음속으로 각오를 다졌다. 그때는 성심성의껏 이야기해서 이해해 달라고 해야겠다.

바닷바람이 불어와 아이샤의 머리카락이 휘날렸다.

올람에게는 상대방의 신뢰를 얻기 위해 곡물을 구할 방법을 찾아보자고 했다. 하지만 아이샤는 수단으로서가 아닌 순수한 마음으로 오아레 벼 때문에 자라지 못하게 된 곡물을 구하는 방법을 찾고 싶었다.

그것은 바닷바람 속에서 한들한들 흔들리는 오아레 벼를 희망의 벼라고 부르던 밀리야의 옆얼굴을 봤을 때 마음속에 떠오른 생각이었다.

오고다 사람들은 굶주리고 있다.

번왕국 사람들의 목숨과 제국 본토인들의 목숨은 다를 게 없다.

한낮의 새하얀 햇살 아래 서 있던 밀리야에게서는 기대와 불안의 냄새가 풍겼다.

'이 사람도 오아레 벼에서 기쁨과 비탄을 보고 있어.'

아이샤의 할아버지와 정반대의 선택을 한 밀리야. 그러나 아이샤는 그녀의 옆얼굴을 바라보면서 생각했다. 할아버지도 왕위에 계실 때 저런 표정을 짓지 않으셨을까?

# 10
## 포코의 냄새

점심시간 이후 아이샤와 올람은 락키의 성장 정도가 장소에 따라 달라지는지 여부를 조사하러 다녔다. 그렇게 일하다가 해가 지기 시작할 무렵에야 숙소로 돌아왔다.

계속 강렬한 햇빛을 받고 다녀서 그런지 이 무렵이 되면 묘하게 피곤함이 몰려왔다. 올람은 저녁 먹기 전에 잠시 쉬겠다면서 숙소로 들어갔다. 아이샤도 쉬고 싶었는데 그 전에 땀을 씻어야겠다는 생각에 숙소 뒤편 우물가로 향했다.

건물 모퉁이를 도는 중에 갑자기 신기한 광경이 눈에 들어왔다.

우물가에 통나무배처럼 생긴 것들이 몇 개씩 줄지어 놓여 있었고 그 옆에 여자 몇 명이 서서 열심히 뭔가를 하고 있었다.

농원에서 일하는 사람들 대부분은 여자였다. 남자들이 바닷일을 하러 나가면 여자들은 건어물을 만들기도 하고 채소를 키우기도 하며 살림을 꾸리는 게 이 섬의 관습인 모양이었다.

옹기종기 모여 있는 여자들 사이에 올람과 아이샤를 위해 항상 밥을 날라다 주는 쿨리나의 모습이 보였다. 아이샤는 가까이 다가가서 물었다.

"지금 뭐 하는 거예요?"

쿨리나가 얼굴을 들더니 "아아" 하고 말했다.

"포코 독을 빼는 중이지라."

길람섬 말은 오고다 내륙부 말보다 사투리가 많고 억양이 세다. 하지만 대화가 안 될 정도는 아니다. 그래도 순간적으로 잘못 들었나 싶어서 되물었다.

"독이요?"

쿨리나가 웃으며 말했다.

"맞구먼이라. 포코에는 독이 있응께 속을 갈아서 이렇게 한참 동안 물에 담가서 독을 빼는 거구먼. 손도 많이 가고 살에 닿으면 막 거칠거칠해져서 영 구찮아도, 캇치치가 안 자라니께 인제는 포코밖에 안 남었어라."

비스듬히 놓인 통나무배처럼 생긴 물건 바닥에 허연 것이 가라앉아 있었다.

"혹시 우리가 항상 먹는 타파를 이걸로 만들어요?"

"맞지라. 좀 시큼허기는 헌디 맛은 나쁘지 않지라?"

그 말대로 향기롭고 맛난 타파였다.

여자들이 햇볕에 그을린 튼튼한 팔뚝으로 물을 길어오기도 하고 씻어내기도 하는 모습을 보면서 아이샤는 문득 고개를 갸웃거렸다.

"자라지 않게 되었다는 캇치치는 감자 같은 작물 맞지요? 그럼 이 포코도 감자 종류인가요?”

손을 움직이면서 쿨리나가 대답했다.

“감자 맞어라. 모냥도 비슷혀서 아아들헌티 절대 잘못 보믄 안 된다고 신신당부를 하지라. 캇치치인 줄 알고 먹었다간 큰일 나버링께.”

“그럼 같은 밭에서 키워요?”

“맞구먼이라. 캇치치는 손은 덜 가도 비가 오믄 금방 썩어뿡께 포코도 같이 심어두는 거지라. 승질 드런 것들이 그저 키울 때는 손이 많이 가도 목심 하나는 질겨뿐다고 울 엄니가 그라던디 그 말이 딱 맞어라.”

웃으며 말하던 쿨리나가 목소리를 낮췄다.

“근디 포코는 캇치치만큼 많이 안 나지라. 이런 말허기 뭐허지만 오아레 벼 같은 기 섬에서 안 자랐으믄 훨씬 더 편했을 틴디. 으짜다가 이리 되브러서 아주 힘이 들어라. 육지 것들은 몰러도 우덜은 캇치치 허구 포코만 있으믄 먹구 살았어라. 캇치치가 안 자라브러서 포코만 가지고 인제 우째 살어야 할랑가······.”

커다란 눈망울을 연신 굴리면서 말하는 쿨리나의 말을 아이샤는 자기도 모르게 중간에 잘랐다.

“저, 부탁이 있는데, 포코를 키우는 밭 좀 볼 수 있을까요?”

“잉? 지금 당장이어라?”

“아, 아니, 하던 일을 마저 하고 나서 가도 돼요.”

머뭇거리며 손사래를 쳤더니 우물에서 물을 긷던 아낙이 말했다.

“쿨리나, 퍼뜩 모시고 댕겨 와. 여그 일은 알아서 헐팅께.”

밀리야가 농원에서 일하는 사람들에게 올람과 아이샤에 대해 어떤 식으로 말해두었는지는 알 길이 없었지만 이 농원의 아낙들은 언제나 아이샤와 올람을 깍듯하게 대해주었다. 어쩌면 밀리야가 두 사람에게 그만큼 기대하고 있다는 뜻인지도 모른다. 어찌 되었건 아낙들이 협조적인 것은 고마운 일이었다.

쿨리나의 안내를 받아 걸어가다 보니 바닷바람 속에 오아레 벼의 냄새가 느껴졌다. 밀리야가 실험하고 있는 오아레 벼의 경작지가 근처에 있는 모양이었다.

쿨리나가 데리고 간 밭에는 갈색으로 시들어가는 줄기가 몇 갈래 있을 뿐이었다.

"저게 포코예요? 다 시들어버린 건가요?"

"아아, 아니어라. 저게 맞는 거여라. 다 되어서 캘 때가 되믄 저런 모냥이 되는 거구먼. 이파리가 시들시들허니 색이 바래믄 포코가 땅땅허니 다 여물었다는 표시지라. ……자, 이렇게."

쿨리나가 두툼한 손으로 흙을 파더니 땅속에 있던 감자를 잡고는 쑥 뽑아 올렸다. 둥글둥글하게 자란 감자를 흔들면서 쿨리나가 웃었다.

훅 하니 독특한 냄새가 코를 찔렀다. 밭에 다다르기 전부터 느꼈는데 땅속에서 캐내자 그 냄새가 더욱 강하고 분명하게 풍겨왔다.

'……히키미랑 비슷하네!'

포코의 냄새는 오아레 벼를 억제하는 비료에 쓰는 감자 냄새와 아주 비슷했다. 가루를 내서 타파로 구워냈을 때는 몰랐는데 흙 속에 있는 포코는 주변에 자기주장을 강하게 하고 있었다.

아이샤는 가슴이 두근거리기 시작했다.

포코의 냄새는 오아레 벼 때문에 자라지 못하게 된 작물을 어떻게 해서든 살리고 싶었는데 이곳에는 그 일에 필요한 식물이 없었다.

오아레 벼는 무언가를 뿜어낸다. 눈에 보이지 않는 무언가를. 그것이 주변의 흙 속으로 스며들면 흙냄새가 바뀌어버린다.

그런데 워낙 복잡하게 변하기 때문에 처음에는 아이샤도 흙냄새가 어떤 식으로 바뀌었는지 알지 못했다. 그러나 다쿠 아저씨와 함께 다양한 시행착오를 겪는 사이에 점점 알게 되었다.

그리고 요기보리와 요기메밀이 살기 쉬운 흙냄새가 나도록 하는 비료를 만들어 냈다. 그 비료를 뿌린 덕분에 얄라 마을에서 요기보리를 키우는 데 성공한 것이다.

그러나 길람섬은 내륙과 식물 생태가 다르다. 따라서 그 비료를 만들기 위해 필요한 식물을 모을 수도 없고 무엇보다도 내륙과 섬은 토양 자체가 다르다.

바닷바람의 영향을 받는 데다가 평지가 거의 없는 이 섬에는 농작물을 키울 수 있는 곳이 제한되어 있기 때문에 어느 재배지건 밀리야가 여기저기 실험적으로 키우는 오아레 벼 경작지와 가까울 수밖에 없었다. 항상 오아레의 영향을 받는 셈이니 흙을 완전히 갈아엎어도 다른 작물들은 자랄 수가 없었다.

결국 비료로 토양을 바꾸는 방법밖에 없는데 비료의 재료가 없어서 난처해하던 참이었다.

'포코를 히키미처럼 쓸 수 있을지도 모르겠다.'

실제로 오아레 벼의 냄새가 풍기는 이 밭에서도 포코는 튼실하게 잘 자라고 있었다.

아이샤는 눈을 감고 밭의 냄새를 한껏 들이마셨다.

'……아아!'

냄새를 통해 눈앞에 펼쳐진 광경을 본 아이샤는 자기도 모르게 미소를 지었다.

시든 것처럼 보이는 포코의 줄기가 늘어선 곳은 수면에 떨어진 기름

방울이 물을 밀쳐내듯 다른 곳과 다른 흙냄새를 풍겼다. 포코가 풍기는 냄새는 자기 주변의 흙을 잘 감싸서 지켜내고 있었다.

하지만 이것 하나만으로는 부족하다. 오아레 벼의 영향을 억제하기 위해서는 미묘한 조절이 필요하다. 그 토양에 맞도록 여러 가지 사정을 고려해서 만들어야 한다.

다쿠 아저씨랑 같이 만들 때도 시행착오를 되풀이했다. 다행히 오고다 내륙의 산간 지역은 다쿠 아저씨네 산장 부근과 식물 생태나 토질이 아주 비슷해서 미리 만들어 둔 비료를 약간만 조절해서 사용할 수 있었다. 그러나 이곳은 그렇게 할 수 없다.

'어쨌든 이런 작물이 여기에 있다는 사실을 안 것만으로도 큰 수확이지. 오아레 벼가 뿜어내는 냄새를 조절할 수 있는 식물을 찾아보자.'

몇 년이 걸릴지 모르지만 지금 할 수 있는 일부터 하는 수밖에 없다. 그렇게 마음을 먹으면서도 지금부터 얼마나 걸릴지 모른다는 생각이 들자 아이샤의 입에서 저절로 한숨이 새어 나왔다.

"저기, 혹시 생각혔던 감자가 아니어라?"

쿨리나의 물음에 아이샤는 허겁지겁 고개를 저었다.

"아니요, 볼 수 있어서 큰 도움이 되었어요. 감사합니다."

"헌디 아주 땅이 꺼지게 한숨을 쉬던디."

"아아, 그건⋯⋯."

뭐라고 설명해야 하나 고심하는데 쿨리나가 제 딴에 열심히 포코를 감싸는 변명을 했다.

"이눔이 손이 많이 가기는 혀도 고마운 감자여. 땅이 마르고 박혀도 잘 자라중께."

그 말처럼 감자나 고구마 같은 구황작물은 메마른 땅에서도 잘 자라는 경우가 많다. 내륙의 감자류는 비가 오지 않는 지역에서 오히려 잘 크는데 이 섬은 내륙보다 기온이 높고 비도 많다. 그런 조건에서도 자라는 감자인 셈이다.

"비료도 쓰나요?"

그렇게 물었더니 쿨리나가 두툼한 손을 휘휘 저으며 웃었다.

"쓰기는 쓰지라. 그래도 옛날부터 주던 비료만 주믄 알아서 잘 자랑께. 그기 캇치치…… 아니, 포코의 좋은 점이지라. 오아레 벼는 제국에서 하사해준 비료가 아니믄 안 된다 그랑께. 근디 섬에서 자라는 감자는 그런 귀한 비료가 필요 없어라."

그 말을 하더니 갑자기 쓸데없는 소리를 해 버렸다는 표정으로 허겁지겁 덧붙였다.

"아이고, 이눔의 주둥아리가 향사님헌티 쓸데없는 말을 했구만이라. 그냥 못 들은 걸로 해 주쇼잉."

아이샤가 미소를 지으며 고개를 저었다.

"괜찮아요. 걱정 마세요. 그나저나 정말 고마운 작물이네요. 그래도 오아레 벼도 비료는 필요하지만 그것 말고는 손 가는 게 거의 없어서……."

거기까지 말하다가 갑자기 뭔가 뇌를 스치고 지나갔다.

'뭐지? 지금 무슨 생각이 떠오른 거지?'

방금 자기가 한 말을 되짚어보던 아이샤가 눈을 크게 떴다.

'맞아! 오아레 벼에 쓰는 비료!'

쿨리나가 걱정스러운 표정으로 아이샤의 얼굴을 들여다보았다.

"워째 그라싱능가?"

"……아, 아무것도 아니에요. 잠깐 뭐가 생각난 게 있어서요. 저, 쿨리나 씨, 포코를 보여주셔서 감사합니다. 이제 숙소로 돌아갈게요. 일하는 데 방해해서 죄송해요."

"아, 아니어라. 그럼, 이따 저녁 때 또 식사를 들고 갈팅께."

"네. 항상 챙겨주셔서 고맙습니다. 나중에 뵐게요."

아이샤는 쿨리나에게 다시 한번 인사를 하고 뒤돌아서 숙소로 향했다.

벌써 해가 낮게 기울었고 하늘은 붉게 물들기 시작했다. 문밖의 의자에 앉아 있는 감시자에게 가볍게 고개를 숙이고 아이샤는 숙소 안으로 들어갔다. 감시자는 숙소 안까지는 들어오지 않지만 창문과 출입구를 엄중히 감시하고 있어서 그들의 눈을 피해 숙소를 드나들 수는 없었다.

숙소 안은 바깥보다 어두웠다. 활짝 열린 창문으로 저녁 바람이 한들한들 날아 들었다. 아이샤는 안쪽 방에서 곤히 자는 올람이 깨지 않도록 조심하면서 찬장을 열어 불 피우는 도구용 상자를 꺼내 불을 밝혔다.

그리고는 일할 때 쓰라고 준 잡기장을 책상 위에 펼쳐 놓고 식물 이름을 적기 시작했다.

이 섬에서는 찾을 수 없는 성분, 즉 오아레 벼를 억제하는 힘을 가진 식물의 성분이 오아레 벼에게 주는 비료에 들어있다. 그중 몇 가지의 배합을 이 섬의 작물에 맞게 조정할 수 없을까 생각해 보았다.

밀리야는 오고다에서 자체 비료 생산을 시도했다. 그렇다면 무슨 방법을 썼는지는 몰라도 오아레 벼의 비료 성분을 안다는 뜻이다. 그럼 틀림없이 그 재료도 가지고 있을 것이다.

오아레 벼의 비료 성분은 극비여서 상급 향사조차 배합된 모든 소재의 이름을 알지 못한다. 그러나 기초가 되는 재료는 아이샤 같은 일반 향사들도 알고 있다. 그 부분은 계절이나 토지의 조건에 따라 양을 가감할 필요가 있기 때문이다.

그렇게 기초가 되는 재료에 더해지는 가장 중요한 극비 성분을 아는 사람들은 신구 카슈가 집안의 당주들뿐이다. 그래서 모든 비료는 일단 카슈가 당주들에게 들어갔다가 거기에서 다시 각지로 배분되는 시스템이라고 알려져 있다. 그러나 이 모두가 속임수에 불과하다는 사실을 아이샤는 알고 있었다.

볍씨로 사용하게 될 오아레 벼에게 주는 비료 이외의 일반 비료에는 극비 성분 따위는 들어있지 않았다. 그런 성분이 있다는 착각을 하게 할 뿐이다.

다쿠 아저씨가 그런 사실을 이야기해 주었을 때 아이샤는 진심으로 놀랐다. 단순하면서도 정말 효과적인 거짓말이라는 생각이 들었다. 인간이라는 존재가 어떤 식으로 생각하는지 잘 파악한 사람이 생각해낸 거짓말이었다.

'비료를 조사해 봤다고 그랬는데 밀리야가 기초재료에 대해 모두 알고 있다고 한다면…….'

향사 중 누군가를 회유해서 끌어들인 것인지도 모른다. 아니면 비료 생산 공장으로 들어가는 재료의 납품처를 하나하나 꼼꼼히 찾아냈든지.

기초재료가 무엇인지 안다고 하더라도 오아레 벼의 비료를 만들지는 못한다고 상급 향사들까지 모두 믿고 있어서인지 재료 납품처 같은 정보들을 그다지 엄중한 비밀로 취급하지는 않았다.

그러나 각각의 토지가 가진 토양 조건과 수리, 기후 등 많은 조건에 맞춰서 이루어지는 배합의 미묘한 조절은 절대적인 대외비로 처리되기에 향사들도 비밀 엄수 서약을 했다.

재료를 어떻게 배합하느냐는 부분까지 밀리야가 알고 있다면 향사를 끌어들였다고 볼 수밖에 없다.

향사를 끌어들여서 소재와 배합을 알게 되면 오아레 벼의 비료는 누구나 만들 수 있다.

다만 그렇게 만든 다음 제국에서 내리는 비료와 함께 양을 늘려서 논에 뿌려봐야 오아레 벼의 수확량은 늘지 않는다. 오히려 줄어 버린다. 경우에 따라서는 벼가 시들어버리는 수도 있다. 그래서 부국대신인 이르 카슈가조차 비료의 소재가 알려지는 일을 별로 걱정하지 않았다.

'여기서 무슨 일이 벌어지고 있는지 이르 카슈가가 알면 어떻게 될까?'

뛰어난 지략가로 우마르 제국을 실질적으로 움직이고 있다는 이르 카슈가. 그의 모습은 먼발치에서 잠깐 봤을 뿐이지만 어딘지 마슈와 닮은 느낌이었다.

'아무리 총명한 사람이라도 알아차릴 수 없는 일이 있겠지. 아니면 이르 카슈가는 이런 사태까지 염두에 두고 있었을까?'

그런 생각을 하는데 문득 올리애의 목소리가 귓가에 되살아났다.

'마슈나 이르는 항상 아주 높은 곳에서 멀리까지 바라보며 일하지만 난 그런 걸 잘 못 한단다. 의례 행차 때문에 농촌에 갔을 때도 햇살을 받아 따뜻해진 흙이나 그것을 일구는 사람들 얼굴에 더 눈길이 가고 마음이 쓰이거든.'

그렇게 말하며 쓴웃음을 짓던 올리애의 얼굴이 눈에 선했다. 아이샤는 '아아, 올리애 님이 보고 싶다'는 생각을 했다.

올리애를 만날 수 있는 기회는 얼마 되지 않았지만 만날 때마다 올리애를 따르는 마음이 강해졌다. 올리애 곁에 있으면 따뜻하고 환한 햇살을 받으며 마음 편히 쉬는 느낌이 들었다.

그 드넓은 향군궁 안에서 향군으로서의 모습을 유지하면서 살아가야 하는 올리애.

올리애는 거짓으로 만들어진 모습을 하고 살아가는 힘든 나날을 지낸다는 사실조차 아이샤에게 숨기지 않았다. 그래서 아이샤도 올리애 앞에서는 솔직한 모습으로 있을 수 있었다.

'인간이라는 존재는 과거에 행복했던 기억만으로는 살아가지 못하는 모양이야.'

언제였는지 문득 올리애가 했던 그 말이 아이샤는 종종 생각났다.

'앞으로도 뭔가 행복한 일이 있을 거라는 기대감이 없으면 힘든 일을 이겨내지 못하는 것 같아. 내가 하는 일은 의미 있는 일이다, 남들을 행복하게 해 줄 수 있다는 믿음이 나에게 그나마 위안이 되는 거야. 앞으로 무슨 일이 일어날지 알 수는 없지만……'

아이샤는 창밖으로 눈길을 돌렸다. 푸른색이 짙어지는 저녁 하늘에 햇빛의 노란 색이 아직 섞여 있었다.

'의미 있는 일을 하고 있다는 믿음이 있으면 나도 지금을 견딜 수 있어.'

숨을 한 번 들이쉬고 다시 잡기장으로 시선을 돌렸다.

'이치풀, 실마풀, 오키노풀, 히키미, 요치풀……'

써 내려간 식물의 이름들을 보면서 아이샤는 하나하나의 냄새를 떠올렸다.

일반적인 비료에는 사용되지 않는데 오아레 벼의 비료에만 들어가는 식물들의 냄새.

이 재료들은 모두 각각의 방식으로 오아레 벼의 힘을 억제한다. 요치풀은 밀리야의 말대로 염분을 가지고 있고 다른 풀들도 각각 다양하게 서로 다른 힘을 가지고 있다. 무엇을 얼만큼 사용하느냐는 그것을 쓸 장소에서 나는 냄새 소리를 들으면서 시험해 보는 수밖에 없다.

'기름을 짜는 락키, 이 섬의 사람들이 주로 먹던 캇치치. 우선 이 두 가지부터 실험해 보자.'

각각의 식물이 자라는 땅의 냄새, 그 주변에 있는 식물들의 냄새. 그런 냄새에는 그 식물이 자라날 수 있었던 성분의 특징이 나타난다. 식물 하나가 시들면 그 주변에 있는 다른 식물들도 영향을 받는다. 피해를 받는 식물도 있고 이득을 보는 식물도 있다. 무언가 쇠퇴하면 어김없이 다른 무언가가 번성한다. 이 세상이 돌아가는 이치가 그런 것 같다.

오늘 락키 재배지에서 맡은 냄새와 포코 밭에서 맡은 냄새를 떠올려 보았다.

락키 재배지에 서서 맡았을 때는 냄새 소리에서 여러 가지 혼란을 느꼈다. 어느 곳이나 다양한 생물이 각각 경쟁도 하고 혹은 돕기도 하면서 존재하기에 냄새 소리는 똑같을 수가 없고 시시각각 변화하는 유동적인 것이기도 하다. 하지만 신기하게도 그 장소가 병들어있는지 건강한지는 충분히 느낄 수 있다.

냄새 소리를 들으면서 토양을 계속 개량해 나가면 락키를 구할 수 있을지도 모른다.

그런 생각을 정신없이 하느라 아이샤는 올람이 말을 걸 때까지 그가 일어나 있는 줄도 몰랐다.

"쉬지도 않았느냐?"

안쪽 방에서 올람이 나왔다.

어느새 해가 저물어 있었다. 음식 냄새가 풍겨왔다. 조금 있으면 쿨리나가 저녁을 들고 올 것이다.

"무엇을 하는 거냐?"

잡기장을 들여다본 올람이 눈썹을 추켜올렸다.

"뭐 하려고 비료의 재료들을?"

아이샤가 올람을 올려다보았다.

얼굴이 딱딱하게 굳으면서 심장이 두근거렸다.

'조금 더 있다가, 어떻게 설명할지 생각한 다음에 하려고 했는데……'

이렇게 되어버린 이상 이야기할 수밖에 없다. 락키를 살리는 데 오아레 벼의 비료를 사용한다는 생각을 실행에 옮기려면 올람에게 숨길 수는 없을 테니까.

"……생각이 떠오른 게 있어서요."

아이샤는 각오를 단단히 하고 자기 생각을 설명하기 시작했다.

# 11
## 발각

"토양을 개량하는 데 오아레 벼의 비료를 쓴다고?"

올람의 표정이 험악해졌다.

"그게 무슨 말도 안 되는 소리냐! 그런 짓을 하면……"

올람은 계속 말하려다가 문득 입을 다물더니 아이샤를 뚫어지게 바라보았다. 얼마 안 가 그의 눈에 경악하는 빛이 보였다.

올람이 온몸에서 강하게 내뿜는 냄새를 맡으면서 아이샤의 심장은 더욱 거세게 방망이질 쳤다.

"……설마,"

낮은 목소리로 올람이 말했다.

"비밀 밭에서 요기보리를 재배하도록 한 게 오고다의 새벽이 아니라 구 카슈가 집안인 거냐?"

"……."

"그런 거구나?! 너도 그 일에 관여했고?"

목소리가 살짝 떨리고 있었다.

"어쩐지 이상하다 싶었다. 그렇게 오아레 벼 밭과 가까운 장소에서도 요기보리를 재배할 수 있는 기술이 있다면 여기서도 그 기술을 쓰면 되는데 어째서 주요 특산물을 수확하지 못할 지경에 빠졌을까 했다."

올람의 눈이 엄청난 노여움으로 번뜩였다.

"어쩌자고 그런 일을! 라오 스승은 어쩌려고 제국을 위태롭게 하는 그런 일을 벌인 건가!"

책상을 주먹으로 치면서 올람이 소리쳤다.

"모든 향사들을 이끄는 수장씩이나 되는 분이 이 무슨 망발이란 말인가! 어쩌다가 그런 어리석은 짓을!"

올람이 풍기는 분노의 냄새와 그가 내뱉는 말에 아이샤의 마음속에서 무언가가 폭발했다.

온화하고 사려 깊은 이 사람조차 이런 사고방식에서 벗어나지 못하는구나, 하는 서글픔이 가슴속에 퍼지면서 온몸을 뒤흔들었다.

올람을 응시하면서 아이샤는 쥐어 짜내듯이 말했다.

"진짜로 라오 스승님께서 지금 무슨 일을 벌이셨는지, 그 의미를, 그리고 그게 어떤 결과를 초래할지 모르신다고 생각하시나요?"

아이샤의 눈에 눈물이 고였다.

"올람 님. 오요마의 피해가 정말 오고다 한군데만으로 끝나리라고 보시나요? 해충이 생기지 않아야 할 오아레 벼에 해충이 생겼듯이 오아레 벼에 병이 발생하면 어떻게 하나요? 오고다 사람들에게 명령했듯이 제국의 모든 백성에게도 명령할 건가요? 오아레 벼를 불태워라! 다 굶어 죽어라! 라고?"

말이 심하다는 생각은 들었다. 그렇지만 이제껏 꽉꽉 눌러두었던 무언가가 터져 나오는 것을 주체할 수가 없었다.

"번왕국 사람들의 목숨도, 제국 백성들의 목숨도 모두 오아레 벼 하나에 달려 있잖아요. 그게 얼마나 무시무시한 일인지 왜 올람 님 같은 분이, 굶어서 죽어가는 사람들을 직접 눈으로 보셨던 당신 같은 분까지……."

목이 메어서 목소리가 나오지 않았다. 눈물이 볼을 타고 흘렀다.

올람은 눈살을 찌푸리며 아이샤를 바라보다가 이윽고 한숨을 푹 내쉬면서 말했다.

"좀 진정해라. 그렇게 감정적으로 나오면 대화고 뭐고 못하지 않느냐? 오아레 벼 하나에만 의지하는 것이 얼마나 위험한지는 이르 님은 물론이고 우리 상급 향사들 모두가 잘 알고 있다. 그렇기에 더더욱 만에 하나 생길 수 있는 위급상황에 대비하기 위해 다량의 볍씨를 저장해 두는 것이다. 너도 알지 않느냐? 오아레 쌀이 얼마나 오랫동안 보존되는지. 제국 백성 모두를 1년 동안 넉넉히 먹여 살릴 만한 쌀이 저장되어 있다. 가령 제국에 오요마가 발생했다 하더라도 조기에 대책을 취하면 굶어서 죽는 백성이 나올 리가 없다. 오고다의 경우는 본보기의 의미도 있었다. 참담한 일이지만 그런 필요성 때문에 대책이 늦어진 게다. 제국에서는 그런 일이 일어날 리가 없다는 말이다."

아이샤는 어이가 없어서 멍한 표정으로 올람을 올려다보았다.

이 사람이 이런 말을 입에 올리다니. 가장 근본적인 부분에서부터 말이 통하지 않는다는 느낌이 들었고 그 사실이 너무 무서웠다.

"올람 님이 말씀하신 제국의 백성은 누군가요?"

그렇게 질문하자 올람이 눈살을 찌푸렸다.

"리그달이나 동서칸탈의 백성은 올람 님 마음속에 없나요? 오아레 벼를 통해 풍요롭게 만들어 주겠다고 제국이 약속했고, 그 약속을 믿고 번왕국이 된 나라의 사람들까지 모두 그 저장된 쌀로 먹여 살릴 수 있나요?"

올람이 쓴웃음을 지었다.

"한꺼번에 전체가 다 피해를 당하면 당연히 저장미로 구제할 수 없겠지. 그러니까 그렇게 되지 않도록 각지에 향사들을 파견해서 오요마의 발생을 조기에 알아차릴 수 있도록 엄중한 경계망을 깔아둔 것이다. 너도 그 정도는 알지 않느냐?"

아이샤는 올람을 물끄러미 쳐다보다가 고개를 설레설레 저었다.

"그 얘기를 진짜로 믿고 계시는 건가요?"

올람이 발끈한 표정이 되었다.

"그게 무슨 뜻이냐?"

"그 경계망으로 오요마의 확산을 막을 수 있다고 진심으로 믿고 계시느냐고요! 아니면 그냥 저를 달래려고 그러시는 건가요?"

올람은 실눈을 뜨고 아이샤를 바라보기만 할 뿐 묵묵부답이었다.

"경계망이라고 해도 우리 향사들은 번왕국을 포함한 모든 재배지를 상시 조사하는 게 아닙니다. 그러다가 한 번이라도 오요마 발생을 놓쳐서 창궐하게 되면 완전히 봉쇄하기란 불가능하지요. 그러니까 대량 발생해 버리면 막을 수가 없다는 뜻입니다."

아이샤가 말을 이었다.

"처음에 라파에서 발견되었을 무렵에는 저도 조기에 발견해서 그곳만 불태우면 해결되리라고 생각했습니다. 그런데 이제는 도저히 그럴 수 없다는 걸 잘 알아요. 그 당시하고는 발생 방법이 달라졌으니까요.

그 당시에는 알이 몇 개 달라붙어 있는 식이었는데 오고다에서 대량 발생했을 때는 한꺼번에 어마어마한 수의 오요마가 생겨났지요.

불로 태워도 태워도 주변으로 피해가 퍼지는 오고다의 참상을 빠짐없이 지켜보았던 향사라면 누구나 일단 대량 발생해 버린 오요마는 절대 막을 수 없다는 사실을 뼈저리게 느꼈을 거예요."

"……."

"게다가 다른 향사라면 모를까 올람 님은 지난번 오고다 대비와의 대화로 오고다에서 오요마가 발생한 이유가 오고다의 자체 생산 비료 때문이 아니라는 사실을 눈치채셨을 것 아닙니까?"

올람을 응시하며 아이샤가 말했다.

"오요마는 자연 발생한 거예요. 그러니까 어디서든 발생할 수 있다는 뜻이지요. 더구나 일단 발생하면 그 주변으로 눈 깜짝할 사이에 확 퍼져 버리죠. 그게 얼마나 무서운 일인지 이르 님이 과소평가하리라고는 생각하지 않아요. 저 같은 사람은 짐작도 못하지만 뭔가 대책을 강구하고 계시는 것 아닌가요?"

"……."

"적어도 라오 스승님은 벌써 오래전부터 그 위험성을 느끼고 계셨다고 했어요. 그러니까 대책을 마련하고 계셨던 거죠."

올람이 미간을 좁히며 입을 막 열려는 참에 쿨리나의 밝은 목소리가 들려왔다.

"저녁밥 왔어라!"

조금 전부터 쿨리나의 냄새가 느껴지기는 했다.

그녀가 좀처럼 들어오지 못한 이유는 아이샤와 올람이 날이 선 어조로 언쟁하는 기척이 느껴져서 주저했기 때문인지도 모른다.

"많이 늦어져서 죄송허구만이라. 찬은 적어도 맛나게 드쇼잉."

닭고기를 바짝 구워 새콤달콤한 과즙으로 만든 소스를 뿌린 구이요리와 포코 가루를 빚어 커다란 나뭇잎으로 싸서 쪄낸 쫀득쫀득한 식감의 찜 요리 등을 식탁에 차려놓은 쿨리나가 두 사람에게 인사하고 나갔다.

아이샤는 과실주가 든 병을 들어 올람의 잔을 가득 채우고 자기 잔에도 반 정도 따랐다.

"먼저 잡수시고 계세요."

그리고는 물을 담을 그릇을 들고 바깥으로 나갔다.

쿨리나가 저녁때 가져다주는 과실주는 달콤하고 맛있기는 해도 아이샤에게는 너무 세서 우물에서 물을 길어와 타서 마셨다. 갓 길어온 우물물은 차가워서 그걸 타서 마시면 과실주가 아주 맛있어졌다.

아이샤가 바깥에 있는 동안 올람은 음식에 손도 대지 않은 채 멍하니 과실주 술잔만 쳐다보고 있었던 모양이었다.

아이샤가 자리에 앉아서 식사 인사를 하자 올람은 그제야 정신이 든 사람처럼 자기도 인사하고 앞접시에 닭고기를 덜어서 먹기 시작했다.

활짝 열어놓은 창문으로 나방이 들어와 천장에 몸을 부딪치며 타닥타닥 소리를 냈다. 창문 밖에 쿨리나가 피워둔 모기향 연기도 바람을 타고 방안으로 흘러들어왔다.

천장 여기저기에 몸을 부딪치던 나방이 휑 하니 창밖으로 날아갔을 때 올람이 고개를 들었다.

"아까 하려다 만 말인데⋯⋯."

올람은 어떻게 말해야 할지 궁리하는 사람처럼 천천히 말을 이어갔다.

"이번에 일어난 오요마 사건의 경우도 이르 님께서 라오 스승보다 선견지명이 없으셔서 그런 게 아니다. 지향하는 바가 같더라도 어떤 방식이 바람직한가에 대해서는 두 분의 생각이 서로 다르신 것이라고 본다."

"……"

"라오 스승께서는 무엇보다 사람의 목숨이 가장 중하다고 생각하시는 분이지만 이르 님께서는 구제하는 방법에 따라서 더 많은 희생자가 나올 수도 있다고 생각하시는 분이다."

아이샤가 고개를 저었다.

"그건……"

올람이 손을 들어서 아이샤의 말을 막았다.

"일단 끝까지 들어보거라. 보통 같으면 상급 향사가 아닌 자에게 할 이야기는 아니다. 하지만 상황이 이렇고 앞으로도 우리 둘이서 오랫동안 함께 지내야 할지 모르는 일이니 공연한 오해가 남지 않도록 충분히 이야기해 두는 편이 낫겠구나."

부드러운 말투였다.

"……네."

아이샤는 얼굴을 살짝 붉혔다.

'이런 분인데도 이렇게 모르나, 라느니 근본부터가 너무 다르다, 라느니…….'

자기 생각에만 사로잡혀 밀어붙인답시고 공격적인 말을 마구 쏟아냈던 조금 전의 미숙한 행동이 떠오른 아이샤는 너무 창피해서 쥐구멍이라도 찾고 싶은 심정이었다.

밖에 있는 감시자의 귀에 들어가지 않게 올람은 목소리를 약간 낮춰서 말하기 시작했다.

"우마르 제국은 지금 큰 변동기에 접어들었다고 생각한다. 오요마의 일도 그렇지만 이 시기에 황제 폐하가 새로 즉위하셨기 때문이다. 이런 말을 입에 올리면 불경죄가 되겠지만, 뭐랄까, 지금 제국의 토대에는 느슨한 부분이랄까, 아직 제대로 갖춰지지 않은 부분이 있다. 그런 시기에 오아레 벼라는 테두리, 번왕국과 우리를 하나로 묶어주는 테두리에 대한 믿음이 사라질지도 모른다는 소문이 퍼지면 얼마나 무시무시한 일이 일어날 수 있는지 너도 짐작할 수 있겠지?"

나무통 주변을 묶어두는 테두리가 망가지면 나무판 하나하나가 바깥으로 빠져서 나무통은 해체되어 버린다. 그런 식으로 제국이 산산조각이 나는 모습을 상상해 본 아이샤가 고개를 끄덕였다.

올람이 과실주를 한 모금 마셨다.

"이르 님께서 오고다에 대해 이런 대처를 하신 데에는 그런 배경이 있다. 일단 새로운 황제 폐하의 통치 체제가 반석에 오를 때까지는 사소한 약점이나 불안 요소 하나라도 밖으로 드러낼 수 없는 일이다. 번왕국 사람들이 제국의 앞날에 불안을 느끼기라도 하는 날에는 영토 확대를 꾀하려 호시탐탐 기회만 노리는 진걸국 같은 나라가 그런 세력을 끌어들여서 제국을 해체하려 달려들 테니까. 그렇게 되면 전쟁이 일어난다. 거기다 기근까지 겹치게 되면 제국은 붕괴해 버린다. 그런 일이 일어나면 과연 번왕국 백성들은 행복해질까? 내 생각에는 그렇지 않다."

창문으로 저녁 바람이 살며시 불어와 불빛을 흔들었다.

"오고다 대비가 한 말처럼 모든 곳에서 인구가 늘어나고 있다. 예전의 산업으로는 먹여 살릴 수 없을 정도로 증가하고 있는 것이다. 그 상태에서 우마르 제국을 집어삼키려는 이웃 나라 편에 서서 반역을 꾀한다 해도 그 이웃 나라들 중 어디도 번왕국 백성들을 먹여 살려줄 만큼의 여유는 없다. 결국 번왕국 백성들이, 모두 다는 아니더라도 조금이라도 더 많이 살아남을 수 있느냐의 여부는 역시 오아레 벼의 수확량에 달려 있다는 말이다."

과실주를 한 모금 더 입에 머금은 다음 올람이 말을 이었다.

"네 말대로 오요마의 피해를 막기란 불가능에 가까울지도 모른다. 그 사실은 알고 있다. 그러나 오아레 벼 하나에만 의존하는 상황을 바꾼다 해도 시간이 필요하다. 오아레 벼는 제국의 모든 일과 밀접하게 연결되어 있다. 그러니 세부적인 점 하나하나까지 고려하면서 신중하게 서서히 바꿔가지 않으면 수많은 것들이 무너져 버린다. 그래서 오아레 벼에 대한 신뢰를 흔들 수 있는 일은 적어도 지금 단계에서는 절대적으로 해서는 안 된다는 말이다. 제국의 토대를 무너뜨리지 않고 상황을 개선해 나가려면 시간이 필요하다. 이르 님께서는 그 시간을 벌기 위해 우리에게 오요마의 조기 발견과 신속한 대처를 명하신 것이다. 오요마의 피해가 확대되는 일을 막을 수는 없다 하더라도 그 속도를 늦추는 일은 가능할 수도 있다. 우리는 거기에 희망을 걸고 있다."

이르 카슈가 그런 식으로 생각한다는 말은 마슈에게서도 들은 적이 있었다. 그런데 올람의 표현 방식이 달라서인지 지금 들은 이야기가 훨씬 순수하게 마음에 와닿았다.

과실주를 잔에 따르면서 올람이 온화한 말투로 계속했다.

"아까는 나도 모르게 흥분해 버렸구나. 그런데 생각해 보니 라오 스승께서는 오요마의 급속한 확산을 막지 못했을 경우를 대비해 대처방안을 강구하려 하신 것이겠지."

아이샤가 고개를 끄덕였다.

"네. 맞아요."

올람이 한숨을 쉬었다.

"라오 스승도 참 비범하신 분이다. 신구 카슈가 양가가 서로를 보완해 주는 수레의 양쪽 바퀴가 되어서 제국을 이끌어가면 참 좋으련만 그게 쉬운 일이 아니지. 비밀 밭에 대한 사실이 드러나면 라오 스승은 궁지에 몰리실 게다. 이르 님은 이런 좋은 기회를 그냥 놓치실 분이 아니니……."

그렇게 말하다가 문득 뭔가 떠오른 듯 올람의 표정이 흐려졌다.

"……설마."

그 눈에 갑자기 강한 의심의 빛이 떠올랐다.

# 12
## 의심

올람이 매서운 눈빛으로 아이샤를 쏘아보았다.

"설마 너희는 오고다의 새벽과도 내통하고 있는 것이냐?"

"······."

"그런 거냐? 그래서 비밀 밭을 발견한 나를 잡아 온 게냐?"

가슴을 짓누르는 듯한 긴장감에 사로잡힌 아이샤가 새파랗게 질렸다.

"모르겠어요."

자꾸만 떨리려는 목소리를 애써 가다듬으며 아이샤가 대답했다.

올람의 눈에 떠오른 표정을 보면서 아이샤는 필사적으로 할 말을 찾았다. 올람을 해칠 뜻은 전혀 없다는 사실을 알아주었으면 하는 마음이었다.

자기의 후각에 대한 것과 동지에 대해서는 숨겨야 한다. 하지만 그 외에 대해서는 거짓말을 하고 싶지 않았다.

올람을 바라보면서 아이샤가 말했다.

"솔직히 말씀드리면 그럴지도 모른다는 생각을 저도 한 적이 있어요. 올람 님에게 비밀 밭을 들켜버린 점은 우리에게 정말 난처한 일이었고 올람 님이 비밀 밭을 발견했을 때 오고다의 새벽이 나타나서 납치해간 일은 우리로서는 너무도 적절한 때에 일어난 횡재였으니까요."

"……."

"그렇지만 지금은 아니라는 생각이 들어요. 왜냐하면 저도 붙잡혔으니까요."

올람이 인상을 찌푸렸다.

"그건 이유라고 볼 수 없을 텐데. 이런 말을 하기는 뭣하지만 감시를 위해 너를 붙여두었을 수도 있는 일 아니냐?"

낮은 목소리로 따지는 말을 들은 아이샤가 고개를 저었다.

"그런 일은 있을 수 없어요. 믿기 힘드실지도 모르지만……."

말하면서 머릿속에 떠오른 근거를 그대로 입 밖으로 꺼냈다.

"무엇보다 그렇게 할 필요가 뭐가 있을까요? 무엇을 위해 감시해야 하죠?"

"……."

"비밀 밭에 대한 발설을 막기 위해서라면 이 섬에 올람 님을 가둬두기만 해도 충분하지 않겠어요? 일부러 저까지 붙여서 감시할 필요가 있을까요?"

올람은 미간에 주름을 잡으며 생각에 잠겼다.

얼마 후 딱딱하게 굳었던 표정이 약간 풀린 듯했다. 그래도 여전히 의심하는 눈빛을 완전히 거두지는 않았다.

그런 올람의 표정 변화를 지켜보는 사이에 아이샤도 마음이 약간 진정되었다.

"사실 제가 잡혔다는 점이 라오 스승님과 오고다의 새벽이 내통하지 않은 증거라고 말씀드릴 수 있는 이유는, 제가 올람 님이 감금되어 있던 창고를 감시하다가 붙잡혔기 때문이에요."

올람이 눈을 깜박거렸다.

"내가 감금되었던 창고?"

"네. 번왕국 총무청 창고였어요. 기억 안 나세요?"

"전혀."

올람이 고개를 저었다.

"잡힌 후로 여기 올 때까지는 기억이 띄엄띄엄 날 뿐이어서. 그런데 번왕국 총무청 창고라고?"

"네."

고개를 끄덕인 아이샤가 "차례대로 설명해 드리겠습니다." 하고 말했다.

"그날 저는 비밀 밭에 갈 필요가 있어서 산길을 걷고 있었는데 낯선 무인들의 모습이 보여서 무슨 일인가 하고 몰래 뒤따라가 봤어요."

아이샤는 이야기를 약간 바꿔서 올람에게 말했다.

"그러다가 올람 님이 붙잡히는 모습을 보고는 들키지 않게 그 뒤를 쫓아갔던 거예요. 그 사람들은 볏짚을 모으는 짐마차에 올람 님을 실었고 그 길로 번왕국 총무청 창고로 가서 올람 님을 그 안에 숨겼어요. 누군가에게 알리고 싶었지만 제가 눈을 뗀 사이에 다른 곳으로 옮겨지면 안 되겠다 싶어서 밤까지 그 창고를 먼발치에서 지켜보고 있었지요. 그런데 근처를 너무 오래 서성거리는 바람에 저를 수상하게 여겼나 봅니다. 그날 밤 저도 붙잡혀 버렸거든요."

"……."

아이샤가 올람을 빤히 보면서 말했다.

"라오 스승님이 오고다의 새벽과 내통하셨다면 오고다의 새벽은 비밀 밭을 만들게 한 사람이 저라는 사실을 알고 있었을 거예요. 저를 붙잡을 필요도 없었을 테고 잘못 알고 붙잡았다 해도 올람 님과 함께 저까지 납치했다는 말을 라오 스승님께 했다면 저는 그냥 놓아주었을 겁니다."

거기까지 말한 아이샤가 다시 덧붙였다.

"물론 이건 그냥 그 일 때문에 제가 품고 있던 의심이 좀 풀렸다는 말에 불과합니다. 올람 님 입장에서 생각하면 제가 감시하는 임무를 맡고서 같이 있을 가능성도 있으니까 이런 이야기만 가지고는 아무런 증명이 되지 못하겠지요……."

"……."

"그리고 또 한 가지 있어요. 이것 때문에 제가 가지고 있던 의심이 풀리기도 했는데, 그건 아까 올람 님도 말씀하신 대로 저도 오고다 대비를 만났을 때 역시 라오 스승님과 오고다의 새벽은 내통하지 않았구나 하고 느꼈어요. 만약 서로 내통하고 있었다면……."

그제야 비로소 올람이 납득이 됐다는 표정을 지었다.

"그 기술을 써서 락키를 보호할 수 있었을 테니 말이지."

아이샤가 살짝 고개를 갸웃거렸다.

"하지만 그 기술로 곧바로 락키를 보호하기는 힘들 거예요. 그러니까 저를 보냈을 가능성도 있기는 하지만 적어도 그렇다면 저에게만큼은 미리 알려줬겠지요."

그렇게 말하다 말고 아이샤는 엉겁결에 쓴웃음을 지었다.

"소용 없었네요. 이런 말을 해도 의심이 풀리시지는 않겠어요."

올람도 픽 하고 쓴웃음을 지었다.

"그렇군. 얼마든지 의심할 수 있지. 의심할 수는 있는데……"

그러더니 천천히 고개를 저었다.

"라오 스승이 오고다의 새벽과 내통하고 있건 말건, 네가 감시자 혹은 이 섬을 돕기 위해 파견된 사람이건 말건 내가 처해 있는 상황이나 입장은 달라지지 않지."

불빛에 이끌려 활짝 열어둔 창문을 통해 날아 들어온 벌레들이 불꽃에 다가갔다가 천장으로 날아오르고 천장에 몸을 부딪치고는 다시 밖으로 날아갔다.

두 사람은 말없이 그 모습에 눈길을 주었다.

창문 밖에서 쿨리나의 냄새가 아까부터 계속 풍겨왔다. 감시자와 사이가 좋은지 그녀는 항상 아이샤와 올람이 저녁을 다 먹고 그릇을 밖으로 내갈 때까지 감시자와 수다를 떨면서 기다리곤 했다.

"……그릇 내놓고 올게요."

아이샤가 말하자 올람이 얼굴을 들고 "그래."라고 대답했다.

과실주 술병과 술잔만 남겨놓고 나머지 그릇을 쟁반에 엎어서 밖으로 나갔더니 감시자와 무언가 떠들고 있던 쿨리나가 생긋 웃었다.

"아아, 다 드셨어라?"

"네. 미안해요. 너무 늦어졌죠?"

"아니어라. 괜찮구만이라."

두툼한 손으로 가볍게 쟁반을 받아든 쿨리나는 감시자에게 "잘 계쇼잉." 하고 인사하더니 돌아갔다.

집 안으로 들어오니 올람은 아까 아이샤가 비료의 재료들을 적어둔 잡기장을 들여다보고 있었다.

아이샤를 올려다보며 올람이 물었다.

"오아레 벼의 비료를 어떤 식으로 쓴 거냐?"

불빛이 흔들릴 때마다 올람의 얼굴에서 그림자가 춤췄다.

"이야기가 길어질 것 같은데요."

올람이 희미하게 미소 지었다.

"괜찮다. 찬찬히 말해 봐라."

아이샤가 끄덕였다.

"우선 재료의 조합을 실험하는 것부터 시작했어요."

"조합?"

"네. 오아레 벼의 비료에 들어가는 재료는 서로 다른 작용을 하지요. 오아레 벼를 억제하는 방법도 다르고 토양을 어떻게 바꾸는지도 다 달라요."

올람은 미간에 주름을 지으며 진지한 표정으로 집중해서 들었다.

비료를 쓰는 토지의 토양 상태나 기후에 따라 재료를 미세하게 조절하는 것은 향사의 중요한 업무다. 그러나 이럴 때는 이런 식으로 하라고 《향사 제 규정》에 모두 나와 있어서 그대로 실행에 옮기기만 할 뿐 각각의 재료가 어떻게 토양을 바꾸고 어떤 식으로 오아레 벼에 영향을 미치는지까지는 생각해 본 적이 없었을 것이다.

"우선 요치풀과 히키미만 쓴다든지 오키노풀과 실마풀만 쓰는 식으로 다양한 조합을 실험해 보고 각각 어떻게 토양을 변화시키고 어떻게 오아레 벼를 억제하는지 조사했어요. 그런 다음 조합과 양을 조절해서 토양을 어떻게 바꾸면 요기보리나 요기메밀 같은 곡류가 살아남을 수 있는지 몇 번씩 이렇게도 해 보고 저렇게도 해 보면서 실험했지요."

올람의 얼굴에 놀라는 표정이 떠올랐다.

올람은 뛰어난 향사다. 그 작업을 하는 데에 얼마나 많은 수고와 시간이 필요한지 충분히 짐작할 수 있을 것이다.

그뿐만 아니라 라오 스승의 각오가 어느 정도인지를 새삼 실감했을지도 모른다.

리아 농원에서도 채소나 과일 등을 효율적으로 키우기 위해 비슷한 실험을 하고는 있지만 《향사 제 규정》을 무시하고 비료를 바꿔서 오아레 벼를 키워보는 짓은 하지 않는다. 그것은 금기이며 자칫하다가는 처형될 가능성도 있는 엄중한 반역행위다.

올람은 고민에 빠진 표정으로 진지하게 아이샤의 말에 귀를 기울였다.

아이샤는 다쿠 아저씨와 그 아들들의 햇볕에 탄 까무잡잡한 얼굴을 떠올리면서 이야기를 계속했다.

# 13
## 쿨리나의 보고

"락키에 꽃눈이 달렸다고?"

밀리야는 들고 있던 서적을 탁자에 내려놓고 보고를 올린 신하를 쳐다보았다.

"아직 미처 한 달도 안 되지 않았느냐? 오아레 벼의 비료를 쓰고 싶다고 한 지가."

"예. 25일째이옵니다."

"그런데 꽃눈이 달렸다는 말이지?"

"예. 꽃눈이라고는 해도 이제 막 부풀기 시작한 정도인데 농부들에 따르면 이런 형태가 되면 틀림없이 꽃이 핀다고 하였사옵니다."

밀리야는 한참 동안 신하의 얼굴을 물끄러미 쳐다보다가 말했다.

"쿨리나는 와 있느냐?"

"예. 대기하고 있사옵니다."

"그럼 들라 이르라."

신하는 고개를 숙이고 방에서 나갔다. 얼마 후에 쿨리나가 들어왔다.

쿨리나는 방으로 들어오자마자 두꺼운 손가락을 이마 앞에서 맞잡고 최경례<sub>最敬禮</sub>를 했다.

"이리 가까이."

밀리야가 손짓해서 부르자 쿨리나가 가까이 다가왔다. 밀리야가 반갑게 말을 걸었다.

"오래간만이구나."

"대비마마, 보고가 늦어져서 송구하옵니다."

"괘념치 말거라. 너희 일은 그 사람들과 자연스럽게 어울리는 것이다. 보고하러 자주 들르기보다 필요한 역할에 녹아드는 게 중요하다는 것쯤은 충분히 알고 있느니라."

쿨리나가 싱긋 웃으며 고개를 깊이 숙였다.

다시 고개를 들자 기다렸다는 듯이 밀리야가 물었다.

"락키에 꽃눈이 달렸다던데 오아레 벼의 비료가 효과를 본 것이냐?"

쿨리나가 끄덕였다.

"예. 아이샤의 말에 따르면 락키는 오아레 벼와 경합하는 곡류가 아니기에 효과가 빨리 나타난 것 같다 하옵니다."

밀리야가 뜻밖이라는 듯이 눈썹을 치켜올렸다.

"아이샤? 올람이 아니고?"

쿨리나의 눈이 반짝였다. 그 둥근 얼굴에서는 평소의 활달한 아낙의 모습을 찾아볼 수 없었다.

"예. 아이샤가 맞사옵니다. 황공하오나 대비마마, 소인의 눈에는 그 아이가 올람보다 훨씬 쓸모 있는 존재로 보입니다."

밀리야가 눈을 가늘게 떴다.

"네가 그리 말하는 걸 보니 뭔가 확실한 근거가 있는 모양이구나."

쿨리나가 고개를 끄덕였다.

"락키 재배지의 개량은 아이샤가 주도해서 한 일이옵니다. 올람은 오히려 지시를 받는 입장이었사옵니다."

쿨리나는 아이샤가 어떤 식으로 비료를 사용했는지 상세하게 아뢰기 시작했다.

"아이샤는 우선 락키 재배지를 크게 두 구획으로 나눴사옵니다. 그리고 한쪽 구획을 다시 다섯 개의 구획으로 나누어 어느 구획에는 비료의 재료 중 세 가지를 배합한 것, 다른 구획에는 네 가지를 배합한 것을 흙과 잘 섞어서 며칠 동안 상태를 살폈사옵니다. 그러더니 어느 날 갑자기 그때까지 비료를 뿌리지 않았던 구획 전체에 세 가지 재료를 배합한 비료를 뿌리기 시작했사옵니다."

밀리야는 그 이야기에 빨려들었는지 윗몸을 앞으로 내밀었다.

"꽃눈이 달린 게 그 구획이었구나?"

"예, 그렇사옵니다. 그 구획과 처음에 세 가지 재료를 배합한 비료를 뿌린 구획의 락키에 꽃눈이 달렸사옵니다."

"재미있구나! 처음에 시험적으로 뿌리고 나서 상태를 살펴볼 동안 어떤 변화가 나타났느냐?"

쿨리나는 그 질문을 받자 볼이 살짝 붉어졌다.

"그것이……"

밀리야는 머뭇거리며 좀처럼 대답하지 못하는 쿨리나를 의아해하는 표정으로 바라보았다.

"왜 그러느냐? 네가 대답을 못하다니 신기한 일도 다 있구나. 두려위하지 말고 네 생각을 말해 보거라."

"예. 실은 아이샤가 무엇을 보고 네 가지 재료의 배합이 아닌 세 가지를 배합한 비료를 뿌린 쪽을 선택했는지 알 수가 없었사옵니다. 부끄럽사오나 소인도 그렇고 다른 아낙들도 어느 구획에서도 아무런 변화를 발견하지 못하였사옵니다."

밀리야가 놀란 표정을 지었다.

"너야 그럴 수도 있겠다만 다른 아낙들은 오랜 기간 동안 락키를 키워온 경험 많은 농부들이 아니더냐? 그런 자들조차 구획마다 어떤 변화가 있었는지 알아차리지 못했다는 말이냐?"

"예."

"아주 궁금해지는구나. 그 아이만 알 수 있는 징후 같은 것이 있다면 거기에 오아레 벼를 제어하는 비결이 숨겨져 있는지도 모르겠다. 너는 관찰력이 남다르게 뛰어난 걸로 아는데, 그런데도 전혀 아무런 기색을 느낄 수가 없었다고?"

쿨리나는 잠시 망설이다가 입을 열었다.

"이것은 소인의 직감일 뿐이옵고, 조금 황당하게 들릴 수도 있사온데……."

"괜찮다. 말해 보아라."

"아이샤에게는 다른 사람…… 소인뿐만 아니라 올람조차도 알지 못하는 무언가를 느끼는 능력이 있을 수도 있사옵니다."

"……."

"아이샤는 가끔 눈을 감곤 하옵니다."

"눈을?"

"예. 눈을 감고 바람을 얼굴에 맞으며 가만히 제자리에 서 있는 일이 있사옵니다. 그냥 서 있기만 하는 게 아니라 눈을 감은 채 돌아다니는 일도 있사옵니다."

"뭐라?"

"소인이 농부 아낙들과 잡담하고 있을 때, 그러니까 소인들이 보고 있지 않다고 여겼을 때 아이샤가 눈을 감은 채로, 그런데 마치 눈을 뜨고 있는 사람같이 자연스러운 속도로 락키 주변을 빙글빙글 도는 모습을 본 적이 있사옵니다. 다만……"

"다만 무엇이냐?"

"아이샤는 엄청나게 예리한 직감을 가지고 있사옵니다. 그때 소인이 보고 있다는 사실을 알아차렸을 수도 있사옵니다. 그 뒤로 소인 앞에서는 다시는 눈을 감고 행동하지 않았사옵니다."

밀리야가 미간을 찌푸렸다.

"네가 감시자라는 사실을 눈치챘다는 말이냐?"

"잘은 모르오나 그렇지 않을까 싶사옵니다. 만약 그게 맞다면 전적으로 소인의 실수이옵니다."

밀리야가 '으음' 하는 신음 소리를 냈다.

"뭐, 그것 자체는 큰 문제가 아니다. 만약 그렇다 해도 다른 자를 써서 감시하면 그만이니…… 그런데 너처럼 노련한 감시자를 알아본 게 사실이라면 정말 네 말대로 예사 아이가 아니겠구나."

쿨리나가 긴장된 표정으로 끄덕였다.

"아이샤가 눈을 감고 돌아다니는 모습을 보았을 때 소인의 오라비가 했던 이야기가 생각났사옵니다."

밀리야도 고개를 끄덕였다.

"나도 같은 것을 떠올리던 참이다. 얄라 마을을 구한 밀사 이야기 말이지? 점쟁이가 남긴 소원의 비둘기를 날리면 그 마을을 찾아왔다던."

"예. 오라비가 얄라 마을 촌장에게 들은 바로는 밀사는 밤에도 얼굴 전체를 천으로 완전히 가리고 다녔는데, 앞이 전혀 보이지 않을 것 같은 차림인데도 지팡이도 없이 마치 눈을 뜨고 대낮에 걸어 다니는 사람처럼 자유자재로 다녔다 하옵니다."

"나도 그런 보고를 받은 바가 있다. 뭔가 속임수를 쓰는 요사스러운 사기꾼이라고만 생각했는데 아니었을지도 모르겠구나. 눈을 감고도 걸어 다닐 수 있다는 말이 도무지 믿기지는 않는다만 그 아이가 밀사라면 여러 가지가 맞아떨어지기는 하는구나."

밀리야는 볼을 발그레 물들이며 반짝거리는 눈으로 손바닥을 마주 비볐다.

"나는 네 오라비에게 보고를 들은 이후로 지금까지 비밀 밭을 만들어서 얄라 마을을 구한 자는 향군마마거나 부국성 쪽 사람, 그러니까 향사가 아닐까 짐작하고 있었다. 오아레 벼를 억제하는 방법을 알고 있으니 향군마마거나 향군마마와 관계가 있는 자가 틀림없을 것이다. 그런데 그렇다면 어째서 당당하게 구제하지 않았을까?

가능성은 두 가지다. 하나는 오요마의 발생을 우리 탓으로 돌리고 있는 마당에 공공연하게 우리를 구제할 수는 없었다는 가능성. 또 한 가지는 얄라 마을을 이용해서 그들이 발견한 방법이 효과가 있는지 실험해 보았을 가능성이다. 둘 다 가능성이 있고, 어느 쪽이 맞건 실제로 움직인 자는 향사였을 것이다. 그렇다면 신구 카슈가 집안 중 어느 쪽의 향사일까 궁금하던 참이었다."

그렇게 말하며 밀리야가 입가를 실룩였다.

"그 아이가 밀사였다면 구 카슈가 쪽이었다는 뜻이로구나."

쿨리나가 고개를 끄덕였다.

"적어도 신 카슈가 집안 쪽은 아닐 것이옵니다. 올람과 아이샤의 행동을 보면 그 점은 확실해 보이옵니다."

"재미있군. 아주 재미있어."

미소를 지으며 밀리야가 말했다.

"내일이라도 그 아이를 이곳으로 불러야겠다."

# 14
## 벼가 부르는 소리

쿨리나가 다가오는 모습을 보면서 아이샤는 마음속으로 한숨을 쉬었다.

'⋯⋯아아!'

역시 그렇구나, 하는 서글프기도 하고 허전하기도 한 마음이 가슴속에 퍼져나갔다. 밝은 성격의 쿨리나를 좋아하는 마음이 있었기에 자기가 한 짐작이 틀리기를 바랐는데 지금 다가오는 쿨리나에게서는 밀리야의 냄새가 났다.

쿨리나가 좀 이상하다고 느끼기 시작한 것은 락키 재배지를 개량하는 시도를 했을 때부터였다.

그 이전에도 이쪽에 강한 관심을 보이는 냄새가 쿨리나한테서 풍겨오는 일이 종종 있었는데 그때까지만 해도 그냥 호기심이 많은 사람이라고 여길 만한 정도였다.

그런데 락키의 개량을 시작하고부터는 쿨리나에게서 풍겨오는 냄새가 확연히 변했다. 아이샤에 대한 남다른 관심이 있음을 알 수 있는 냄새가 뚜렷하게 나기 시작한 것이다.

평소처럼 웃는 얼굴로 가까이 다가오던 쿨리나가 아이샤의 표정을 알아차리더니 천천히 그 웃음을 얼굴에서 지웠다.

잠시 동안 진지한 표정으로 아이샤를 쳐다보다가 이윽고 조용한 목소리로 말했다.

"올람 님, 아이샤 님, 대비마마께서 찾으십니다. 소인이 성으로 모시고 가겠습니다."

쿨리나의 말에는 이 섬의 사투리가 하나도 섞여 있지 않았다.

올람이 깜짝 놀라며 말했다.

"자네는…… 우리를 감시하고 있었던 건가?!"

쿨리나는 "예." 하고 짧게 대답한 다음 시선을 아이샤에게로 돌렸다.

"아이샤 님께서는 알고 계셨던 모양이군요. 제가 실수를 하였나요?"

아이샤는 말없이 고개를 저었다.

"그렇다면 어떻게 알아차리셨습니까?"

아이샤는 그 물음에 답하지 않고 그저 쿨리나를 빤히 쳐다보기만 했다. 이윽고 쿨리나의 얼굴에 쓴웃음이 떠올랐다.

시선을 허공으로 돌린 쿨리나가 말했다.

"저는 이 일을 제 나이 열 살 때부터 해 왔습니다. 그 뒤로 몇십 년간 이렇게 살아 왔는데 탄로 난 이유를 모른 것은 이번이 처음입니다."

한숨을 쉬더니 한 마디를 덧붙였다.

"탄로가 나서 마음이 허전해진 것도 그렇고요."

그리고는 두 사람에게 시선을 돌리며 말했다.

"자, 저를 따르십시오."

성이 보이는 곳에 다다랐을 때 아이샤는 자기도 모르게 발걸음을 멈췄다.

"왜 그러십니까?"

쿨리나가 물었는데 아이샤는 그 목소리조차 귀에 들어오지 않았다.

'냄새가 달라졌어.'

해변에서 자랐다는 그 오아레 벼의 냄새가 완전히 달라져 있었다.

그 냄새가 지금 아이샤에게 소리로 다가왔다.

'······이리 와······'

저 먼 곳을 향해 부르는 소리. 바람을 타고 멀리멀리 날아가는 소리.

'······이리 와······'

고독한 존재가 무언가를 부른다. 먼 곳에 있는 무언가를. 그 소리의 절실함과 애달픔이 온몸으로 스며들면서 아이샤는 문득 가슴 속 저 깊숙한 곳으로부터 슬픔이 솟아나는 것을 느꼈다.

'난 이 소리를 알아.'

황혼이 질 때 문득 찾아오는 뭐라 형용할 수 없는 슬픔. 무엇으로도 채울 수 없는 고독. 먼 곳의 무언가를 향해 살려달라고 외치고 싶은 그 느낌.

'나는 그걸 알아.'

그 느낌이 자꾸만 머릿속에 떠올라 아이샤는 자기도 모르게 눈을 감았다. 눈물이 솟아오르더니 볼을 타고 흘렀다.

"······왜 그러십니까? 어디 몸이 불편하십니까?"

어깨를 만지는 감촉에 아이샤는 번뜩 정신이 들었다. 그때까지 자신이 있던 세상을 감싸던 얇은 막이 한순간에 사라진 듯한 신기한 느낌이 들었다. 아이샤는 숨을 깊게 들이쉬며 현기증이 나는 것을 가까스로 참았다.

"괜찮으냐?"

올람도 걱정스러운 표정으로 들여다보았다.

"괜찮아요. 죄송합니다. 걱정하지 않으셔도 됩니다."

바닷바람 냄새가 났다. 그 속에는 여전히 오아레 벼의 소리가 섞여 있었다. 하지만 아이샤는 그 소리를 듣지 않으려고 애써 마음의 문을 닫고 걷기 시작했다.

어렸을 때부터 언제나 냄새 소리를 들으며 살아왔다. 온 세상에 가득 찬 냄새 소리에 정신을 쏟을 때면 가족들과 함께 있어도 자기 혼자 얇고 투명한 막으로 둘러싸인 다른 세상에 있는 듯한 느낌이 들었다.

그래서 아이샤에게는 그런 느낌이 신기한 일이 아니었다. 그런데 방금 오아레 벼의 소리에 이끌려 들어간 다른 세상은 지금까지 느껴온 것과는 달랐다. 뭔가 훨씬 이질적인 곳이었다.

'왜 그럴까?'

묘하게 그리웠다. 아까 있던 그곳으로 자꾸 돌아가고 싶었다. 그러나 한편으로 돌아가고 싶다는 마음이 너무 강하게 들어서 오히려 두려웠다.

'돌아가 버리면…….'

그러면 틀림없이 나는 지금의 내가 아니게 된다. 그런 예감이 들었다.

처음 끌려갔을 때와 같은 방 앞에 다다르자 쿨리나는 손에 들고 있던 작은 종을 흔들어 소리를 냈다. 안쪽에서 그에 답하는 종소리가 들리자 쿨리나는 올람에게 말했다.

"송구하지만 올람 님은 여기서 잠시 기다려 주십시오."

그리고는 쿨리나가 문을 열었다.

당혹스러워하는 올람을 무시하고 쿨리나는 아이샤에게 안으로 들어가라고 했다.

자기 혼자만 방안으로 들이는 의미를 생각하면서 아이샤가 안으로 들어서자 갑자기 오아레 벼의 냄새 소리가 크게 들렸다.

'……이리 와……이리 와……이리 와……'

아이샤는 끝도 없이 이어지는 그 소리를 애써 무시하고 안쪽을 향해 걸어 들어갔다.

밀리야는 지난번보다 느긋한 표정으로 기다리고 있었다.

가까이 오라는 손짓에 따라 다가가자 밀리야가 미소를 지으며 아이샤를 바라보고 말했다.

"고마워요."

락키에 꽃눈이 달린 일에 대한 인사라고 생각해서 머리를 조아렸는데 밀리야가 한 마디를 덧붙였다.

"얄라 마을을 구해준 일에 대해서도 인사하는 거예요. 밀사님에게."

아이샤는 고개를 들면서 가까스로 표정에 티를 내지 않고 버텨냈다.

'역시 쿨리나가 보고 있었구나.'

정신없이 냄새 소리를 듣다가 얼떨결에 눈을 감은 채 걸어 다니고 말았던 적이 있었다. 그 모습을 쿨리나가 보았던 게 틀림없다.

아무런 대답이 없는 아이샤를 빤히 바라보던 밀리야가 말했다.

"나에게까지 숨길 필요는 없지 않겠어요? 우리로서도 제국이 알면 좋을 게 없으니 외부에 알릴 생각은 없어요. 게다가 그쪽 의도가 무엇이었건 오고다의 백성을 굶주림에서 구하려 한다는 점에서는 우리와도 이해관계가 일치한다고 할 수 있잖아요."

'……이리 와……이리 와……이리 와……'

문을 계속 두들겨대는 듯한 냄새 소리가 머릿속에 울려서 밀리야의 말에 정신을 집중할 수가 없었다.

아이샤는 눈을 감고 주먹을 꽉 쥐면서 소리를 마음속에서 몰아냈다. 그런 다음 당장 직면하고 있는 문제만을 생각했다.

그러자 지금 어떻게 해야 하는지가 머릿속에 떠올랐다.

아이샤는 눈을 뜨고 밀리야를 바라보았다.

"얄라 마을에서 아사자가 나오지 않았다는 사실은 우리 향사들 사이에서도 화제가 되었기에 잘 알고 있습니다. 그렇게 구제한 자가 저라고 생각하신 모양이네요. 올람 님을 밖에서 기다리게 하고 저만 방으로 들이신 이유는 그 사실이 신 카슈가 집안 쪽에 알려질까 두려워서 제가 사실대로 말하지 않을 수도 있다고 생각하셔서인가요?"

밀리야가 눈썹을 치켜올렸다.

"그렇다고 한다면?"

"올람 님을 들어오게 해 주세요."

"어째서?"

"올람 님에게 숨길 이유가 없으니까요."

밀리야는 무언가 궁리하는 표정으로 아이샤를 빤히 쳐다보았다. 그러다가 입을 열었다.

"그렇군요. 올람에게 숨길 필요가 있는 사실은 아예 말할 생각이 없다는 말이군요. 게다가 이렇게 둘이서만 이야기하는 시간이 길면 길수록 올람의 의심만 더 사게 될 테고."

밀리야가 싱긋 웃었다.

"그래, 알겠어요. 급한 것도 없으니 궁금한 점은 차차 물어보면 되겠지요. 오늘 이곳에 부른 이유가 밀사에 대해 듣기 위해서도 아니고."

밀리야가 탁자 위에 있던 작은 종을 들어 딸랑딸랑하고 흔들었다.

문이 열리며 쿨리나가 올람과 함께 들어왔다. 올람은 심각한 표정으로 아이샤를 흘깃 보더니 밀리야를 향해 말했다.

"나 혼자만 밖에서 기다리게 한 이유를 듣고 싶군."

밀리야는 싱긋 웃기만 할 뿐 대답하지 않았다. 대신 아이샤가 낮은 목소리로 말했다.

"대비께서는 제가 그 비밀 밭을 만들게 했다고 생각하셔서 저에게 사실 여부를 물으셨어요."

그 말을 들은 올람이 놀란 표정을 지었다. 밀리야도 흠칫 놀란 얼굴이 되었다. 그러더니 무슨 생각을 하는지 눈을 가늘게 떴다.

이윽고 밀리야가 쓴웃음을 지었다.

"역시 보통내기가 아니군요."

올람이 인상을 찌푸리면서 밀리야를 쳐다보았다.

"뭔가 근거가 있어서 하는 말인가? 아이샤가 그 비밀 밭에 관여했다는 증거라도?"

밀리야가 고개를 저었다.

"지금 당신들과 그 이야기를 할 생각은 없어요. 그보다 당신들에게 보여주고 싶은 게 있어요."

밀리야는 그렇게 말하더니 창가 쪽으로 다가갔다.

밀리야의 뜻을 알아차린 호위 무관이 중앙정원을 바라보는 커다란 유리문을 열었다. 큰 유리문 밖에 있던 다른 신하가 밀리야에게 손을 내밀어 바깥으로 나가는 것을 보필했다.

밀리야는 아이샤와 올람 쪽을 돌아보며 말했다.

"따라와요."

'……이리 와……이리 와……이리 와!'

눈부신 햇살과 함께 냄새 소리가 파도처럼 밀려왔다. 아이샤는 엉겁결에 손으로 얼굴을 가렸다.

"왜 그러느냐?"

올람이 묻자 아이샤는 고개를 저었다.

"괜찮아요. 죄송합니다. 먼저 가세요."

"아까부터 이상하구나. 안색도 안 좋고."

"현기증이 좀 나서 그랬어요. 이제 괜찮아졌어요."

오아레 벼가 바닷바람에 흔들리고 있었다. 벌써 이삭이 나온 싱싱한 벼들이 산들산들 물결치고 있었다.

원래는 정원이었는지 멀리 정자가 보이는데 지금은 광대한 토지 대부분이 오아레 벼 밭이 되어 있었다.

논으로 만들 수는 없는 땅이어서 밭으로 만들었고 그 밭을 폭이 넓은 통로로 구획을 지어 놓은 상태였다.

중앙 통로를 걸어가면서 아이샤는 미간을 찌푸렸다.

'그 소리를 내는 건 이 밭의 오아레 벼가 아니야.'

여기 벼들이 내는 소리도 무서웠지만 아까 그 소리를 내던 쪽은 훨씬 더 두려웠다. 그 냄새 소리는 지금 향하고 있는 쪽에서 바람을 타고 밀려들고 있었다.

전방에 근처 풍경과 어울리지 않는 묘한 것이 보였다. 높은 벽이었다. 나무판자로 된 높은 벽이 전방의 한 구획을 둘러싸고 있었다. 그 냄새 소리는 마치 뱀처럼 꿈틀거리며 그 벽을 타고 넘어 땅바닥으로 내려와 지면에 들러붙듯이 끈적하게 기어서 다가왔다.

밀리야가 벽 쪽으로 다가가더니 발걸음을 멈추고 이쪽을 봤다.

"빨리 와요."

자세히 보니 벽에 문이 달려 있었다. 아이샤와 올람이 가까이 오기를 기다렸다가 밀리야가 문을 툭 치자 안쪽에서 문이 열렸다.

"어서 안으로 들어가요!"

재촉하는 소리에 안으로 들어서자 밀리야도 곧바로 뒤따라 들어 왔다. 옆에 지키고 서 있던 병사가 곧바로 문을 닫았다.

위쪽이 그물로 막혀 있어서 햇빛이 약간 희미해지는 느낌은 있어도 어두컴컴할 정도는 아니었다.

다만 후덥지근하고 숨이 막혔다. 사방이 벽으로 둘러싸여 있어서 그런 것 같았다. 커다란 벌레망 같은 이 공간은 오아레 벼로 가득 차 있었다.

아이샤는 자기도 모르게 신음을 하면서 두 손으로 얼굴을 가렸다.

오아레 벼의 냄새 소리는 사방의 벽에 부딪히고 반사되어 성난 파도처럼 소용돌이치면서 아이샤를 휘감았다.

"왜 그래요?"

밀리야가 놀라서 아이샤의 어깨에 손을 얹었다.

아이샤는 두 손으로 얼굴을 가린 채 간신히 대답했다.

"어쩌자고 이런 짓을. 일부러 오요마를 이 벼들에게……!"

밀리야가 눈썹을 치켜올렸다.

"어떻게 알았어요? 하긴 이 그물을 보고 눈치챘을 수도 있겠네."

올람이 심각한 표정으로 벼 쪽으로 가서 손을 가만히 뻗어 그 벼를 만져보더니 놀라서 외쳤다.

"여기 오아레 벼는 알곡이 달렸어! 오요마가 잔뜩 달라붙어 있는데도……."

밀리야의 얼굴에 미소가 떠올랐다.

"그래요. 당신들이 이곳에 왔을 때는 아직 오요마를 여기에 풀지 않은 상태였지요. 그런데 바닷바람 속에서도 자라난 이 오아레 벼는 일반 오아레보다 줄기가 굵고 전체적으로 튼튼해졌기 때문에 괜찮을 거라고 기술자들이 말하더군요. 그 말대로 알곡이 달렸어요. 게다가 사람이 먹을 수 있는 알곡이에요."

올람이 펄쩍 뛰어오르듯이 돌아보았다.

"설마 그걸 먹은 건가?!"

"네. 물론이죠. 처음에는 시험 삼아 개한테 주었어요. 개가 멀쩡하기에 다음에는 죄수들에게 먹게 했지요. 누구 하나 이상해진 자가 없었어요."

밀리야는 오아레 벼를 바라보며 눈을 가늘게 떴다.

"오고다의 기술자들은 당신 같은 향사들조차 하지 못한 일을 이루어 낸 거예요. 비료의 양을 다시 미세하게 조절해서 바닷바람에도, 심지어 오요마에게도 지지 않는 강인함을 남기면서 먹을 수도 있는 오아레 벼를 만들어 내는 데 성공한 거죠. ……다만,"

올람과 아이샤 쪽으로 시선을 돌린 밀리야가 말을 이었다.

"이 오아레 벼에서는 볍씨를 받을 수가 없어요."

그 눈길을 받은 올람이 낮은 목소리로 말했다.

"우리에게 볍씨 받는 법을 물어봐야 소용없다. 그 방법을 아는 사람은 이 세상에 네 분밖에 없으니까. 향군마마와 황제 폐하, 그리고 신구 카슈가 집안의 당주들뿐이다."

밀리야가 입가를 씰룩였다.

"그렇겠죠. 그런 게 아니라면 속 편하게 향사들을 번왕국에 파견할 리가 없을 테니. 향사들도 사람이라 얼마든지 배신할 가능성이 있는데."

그리고는 아이샤 쪽으로 휙 눈길을 돌렸다.

"그래도 당신들이 우리보다는 오아레 벼에 대해 자세히 알고 있을 테지요. 이 기적의 오아레 벼에서 볍씨를 받아낼 수 있도록 힘을 써 주세요."

미소를 지우고서 밀리야가 물었다.

"당신들은 요고세나라는 농촌지대를 알아요? 제국 본토인데."

갑자기 그걸 왜 묻나 하는 표정으로 올람이 대답했다.

"물론 알지."

밀리야의 얼굴에 다시금 미소가 떠올랐다.

"그렇다면 요고세나가 오고다에서 얼마나 멀리 떨어져 있는지도 알겠네요?"

"……."

밀리야의 미소가 더욱 커졌다.

"요고세나에서 오요마가 발생했어요."

아이샤가 놀라서 눈을 크게 떴다. 올람도 경악한 표정을 감추지 못한 채 밀리야를 쳐다보았다.

"그건 제국이 발표한 정보인가?"

올람이 떨리는 목소리로 물었다.

"그래요. 며칠 전에 발표했지요. 하지만 발생이 확인된 건 훨씬 전이겠지요. 오요마 발생이 우리 오고다 때문이 아니라는 사실을 이제 모든 번왕국이 알게 되었어요. 오요마는 어디서든 발생할 수 있어요. 눈 깜짝할 사이에 제국 본토에 퍼지겠지요."

밀리야가 아이샤를 빤히 응시하면서 말했다.

"이 오아레 벼의 볍씨를 받을 수 있게 만들어요. 성공하면 오고다뿐만 아니라 오아레 벼에 의존해서 살아가는 모든 사람들을 구하는 일이 될 테니까."

※

숙소로 돌아와 둘만 남게 되자 올람이 기다렸다는 듯이 입을 열었다.

"큰일 났구나. 어떻게 대처해야 할지 신중하게 고민해봐야겠다."

흥분한 목소리로 올람이 말했다.

"볍씨를 만들 방법을 찾으라니. 절대 해서는 안 되는 일이다. 가능한 방법을 찾았다 하더라도 그런 걸 번왕국에 알려주면 제국은 붕괴한다. 하지만……"

고뇌하는 표정을 지으면서 올람이 신음을 했다.

"오요마가 제국 본토에서도 발생했다는 말이 사실이라면 밀리야의 말처럼 저 벼는 사람들을 구할 수 있는 희망의 빛이 된다."

아이샤가 고개를 끄덕였다.

기어이 이렇게 되어버렸다. 오요마가 지역과 상관없이 다발적으로 퍼지기 시작했다.

항상 염려하고 두려워하던 일이었다. 오랫동안 다양한 방법으로 대비해 오기는 했어도 아직 어느 땅에서나 대응이 가능한 결정적인 대책은 발견되지 않았다. 오요마가 빠르게 확산하면 기근은 막을 수 없다.

초조감과 공포가 아이샤의 가슴을 짓눌렀다. 그러나 가슴을 짓누르고 있는 감각은 그것만이 아니었다.

아이샤가 올람을 보며 낮은 목소리로 말했다.

"일단은 해 보는 수밖에 없겠네요. 방법을 찾는다고 해도 어차피 오랜 시간이 필요하니까 그동안 생각해 볼 시간은 충분할 거예요."

올람이 고개를 끄덕였다.

"그렇지. 그래. 네 말대로 우선은 해 보는 수밖에 없겠다."

올람은 쿨리나가 두고 간 과실주를 잔에 따라 마시기 시작했다. 그러나 아이샤는 과실주에 손을 대지 않고 묵묵히 저녁을 먹었다. 맛도 느끼지 못한 채 기계적으로 입을 움직이면서, 아이샤는 마음속에 생겨난 갈등을 들여다보았다.

아이샤는 볍씨 만드는 방법을 알고 있었다. 다쿠의 산장에서 마슈와 올리애가 아이샤에게 여러 가지 이야기를 처음 해 주었을 때 그 방법도 가르쳐주었다.

볍씨를 받는 오아레 벼에 주는 비료에는 청향초 뿌리를 갈아서 만든 가루를 섞는다.

한 해의 마지막 날, 가는 해와 오는 해 사이에 있는 그 새벽에 신ᅮ카슈가 집안 당주들이 비료창고에 들어가 볍씨를 만들 오아레 벼의 비료에 그 가루를 섞는 것이 대대로 내려오는 관례라고 했다.

그것 하나만 넣고 오아레 벼의 볍씨를 땅에 뿌리면 싹이 나는 이삭으로 바뀐다고 했다.

'청향초는 오아레를 잠에서 깨운다고 《향군 이전》에 적혀 있어.'

올리애가 그렇게 가르쳐주었다.

'오아레 벼에게 주는 일반 비료에는 볍씨를 잠들게 하는 힘이 있고 청향초에는 깊이 잠든 볍씨를 깨우는 힘이 있다고.

청향초도 오아레 벼처럼 타향에서 온 식물이야. 이 둘 사이에는 뭔가 유대 관계 같은 게 있는지도 모르지.'

올리애가 몰랐던 것처럼 청향초 냄새는 타향과 연관이 없는 사람들은 알아차릴 수 없다. 가루로 만들어 버리면 비료에 섞여 있는 성분이 무엇인지 판별이 가능한 사람은 없을 것이다. 그렇기에 비료의 비밀은 몇 대나 이어져 내려오는 동안에도 지켜질 수 있었다.

'이곳에는 청향초가 없어.'

망설이고 말고 할 일이 아니다. 볍씨를 받아내는 오아레 벼는 이곳에서 만들지 못하니까.

낙담해야 할 일이겠지만 오히려 그 사실이 아이샤의 마음을 편하게 해 주었다.

올람은 저 벼에서 볍씨를 받아내면 오요마의 피해를 입은 모든 백성들을 기근에서 구할 수 있는 희망이 되리라고 생각하는 모양이다. 그런데 아이샤는 저 벼가 얼마나 대단한 벼인지 알게 된 지금도 여전히 하한의 한계치를 무시하고 만들어 낸 저 오아레 벼가 무서웠다.

저 벼가 부르는 소리 때문일까?

오요마가 달라붙어 있어도 죽지 않는 저 오아레 벼는 산 채로 계속 잡아먹히고 있는 셈이다. 그래서 있는 힘을 다해 오요마의 천적을 부르고 있겠지만 그 냄새 소리에 반응해서 천적이 날아온 기척은 없다.

'천적이 날아와 오요마를 먹어서 오아레 벼를 살려준다면 모두가 굶주림에서 벗어날 수 있다.'

그런데도 어째서 천적을 부르는 소리가 이토록 무서운 걸까?

저녁 식사를 마치고 올람이 침실로 들어간 다음에도 아이샤는 오래도록 자리에 앉아 식탁 위에서 춤추는 촛불 그림자만 물끄러미 쳐다보았다.

# 15

## 마슈와 오고다 대비

들고 온 아침을 식탁에 차리면서 쿨리나가 말했다.

"오늘 하루는 집안에만 계십시오."

올람이 눈썹을 치켜올리며 물었다.

"왜지?"

쿨리나는 어깨를 으쓱하더니 번왕국 시찰관이 순방하러 오는 날이라는 대답만 하고는 올람과 아이샤에게 목례를 하고 나가버렸다.

올람이 문가로 가서 바깥을 내다보고 돌아오며 말했다.

"감시하는 인원이 늘었다."

올람은 의자를 앞으로 당겼다.

"어떻게든 우리가 여기 있다는 사실을 알릴 수 있으면 좋겠는데."

"그러게요."

아이샤가 창밖을 바라보니, 화창한 날씨여서 높고 파란 하늘이 펼쳐져 있었다.

'……마슈 님.'

기대와 절망이 뒤섞이며 가슴을 죄는 듯했다.

섬지방의 정기순방은 도서島嶼부 담당관이 맡아서 한다고 들은 적이
있다. 그러니 오늘 이 섬에 오는 사람은 마슈가 아니다. 그렇게 생각하
면서도 자꾸만 가슴이 두근거리는 것을 어찌하지 못했다.

마슈가 보고 싶었다. 하고 싶은 이야기, 의논하고 싶은 것이 너무 많
았다.

'다들 어떻게 지낼까?'

올리애 님은 잘 계실까? 요고세나에서 오요마가 발생한 일에 책임을
느끼고 괴로워하시지는 않을까? 비밀 밭 만드는 일은 어떻게 되고 있
을까? 미르차와 할아범은 잘 지내나?

걱정해 봐야 소용없는 일이어서 지금까지 되도록 머릿속에서 밀어
내려 했던 현실, 지금의 자기 처지와 바깥 상황에 대한 염려가 한꺼번
에 밀려와서 숨이 막힐 지경이었다.

새장 안에 갇힌 새는 이런 심정으로 바깥 하늘을 바라보겠구나. 파
란 하늘을 보면서 아이샤는 문득 그런 생각이 들었다.

밀리야는 어두운 표정으로 번왕국 시찰관의 도착을 기다리고 있었
다. 도서부 담당관이 아니라 마슈 카슈가 직접 온다는 소식을 어젯
밤에 들은 이후로 이런저런 이유가 자꾸 떠올라서 마음이 어지러웠다.

'뭐, 어쩔 수 없지.'

무슨 이유 때문이건 그게 무엇인지 알고 난 다음에 대처하면 되는 일이다. 그렇게 마음을 먹는 참에 문밖에서 방문자의 도착을 알리는 종소리가 들렸다.

"안으로 모셔라."

신하에게 명한 후, 밀리야는 의자에서 일어났다.

문이 열리며 마슈 카슈가가 들어왔다. 느긋한 발걸음으로 다가오는 남자를 보면서 밀리야는 마슈 카슈가가 호위도 없이 혼자 온다고 했던 아들의 말이 생각났다.

아무런 거리낌 없이 가까이 오는 남자에게서 자신은 한 사람의 남자이지만 제국 그 자체이기도 하다는 목소리가 들려오는 듯했다.

단에서 내려가 마슈 카슈가를 맞으면서 밀리야는 그 눈을 빤히 쳐다보았다.

"번왕국 시찰관님을 뵙습니다."

"오고다의 대비마마를 뵙습니다."

서로 인사를 나눈 다음 밀리야가 손짓으로 자리를 가리켰다.

"편히 앉으시지요."

마슈 카슈가는 고개를 끄덕이기는 했지만 자리에 앉기까지 살짝 뜸을 들였다. 뭔가에 정신을 빼앗겼는지 아니면 컨디션이 안 좋은지 멍하니 잠시 넋을 잃은 표정을 짓고 있었다. 그 표정이 마음에 걸려서 밀리야는 자기도 모르게 물었다.

"괜찮으신가요?"

그 말에 마슈는 갑자기 정신이 번쩍 돌아온 사람처럼 밀리야를 쳐다보더니 살짝 미소를 지었다.

"실례했습니다. 괜찮습니다. 뱃멀미를 약간 한 듯한데 큰 문제는 아닙니다.”

둘은 마주 앉아서 우선은 배를 타고 온 여정 등의 가벼운 대화를 하면서 차를 마셨다. 그리고 밀리야가 미리 준비한 각종 서류를 마슈에게 건네주고, 마슈가 그것을 보면서 몇 가지 확인차 질문하는 통상적인 작업이 순조롭게 진행되었다.

한 차례 작업이 끝나고 새롭게 차와 다과가 나왔을 때 밀리야가 말했다.

“오늘은 평소의 담당관이 아닌 마슈 님이 직접 오신다 해서 조금 놀랐습니다.”

그러자 마슈가 미소를 지었다.

“송구합니다. 제가 뱃멀미를 좀 해서 지금까지 도서부 담당관에게만 맡겨두었는데 오늘은 긴히 드릴 말씀이 있어 직접 오게 되었습니다.”

“그러세요? 무슨 이야기일까요?”

마슈가 옆에 늘어서 있는 신하들에게 눈길을 흘깃 주면서 말했다.

“죄송하지만 가능하면 따로 내밀하게 말씀드렸으면 합니다.”

부드러운 말투였지만 그것은 명령이었다.

염려스러운 표정을 짓는 신하들에게 밀리야는 물러가라는 손짓을 했다. 그들이 나가고 나자 바닷바람이 창문을 흔드는 작은 소리까지 들릴 정도로 조용해졌다.

마슈는 바람 소리를 듣는 사람처럼 창문 쪽을 바라보았다.

“그래서 무슨 이야기인가요?”

밀리야가 약간 재촉하듯이 묻자 마슈가 그녀에게 시선을 돌렸다.

그 눈을 본 밀리야가 흠칫하고 놀랐다. 눈앞에 있는 남자는 방금 전까지 있던 부드러운 분위기의 남자가 아니었다.

"당신은 참으로 담대한 분이지만,"

마슈가 입을 열었다.

"넘어서는 안 될 선이라는 게 있는 겁니다."

밀리야가 고개를 살짝 갸웃거렸다.

"어머? 제가 뭔가 시찰관님 마음을 상하게 했나요?"

"그렇지요. 향사를 납치하는 것은 대역죄입니다. 당신의 목숨 하나 가지고는 감당이 안 되는 죄이지요."

밀리야는 곤혹스러워하는 듯한 표정을 지었다. 하지만 말이 나올 가능성이 있겠다고 생각했던 몇 가지 중에 포함된 일이었기에 놀라지는 않았다.

밀리야가 무언가 말하려하자 마슈가 손을 들어 제지했다.

"쓸데없는 대화는 생략합시다. 이곳에 두 사람이 있다는 사실을 알고 있습니다. 당신이 그 사실을 부정해도 소용없습니다."

밀리야가 고개를 갸웃거렸다.

"소용이 없다고요? 그건 아니지요. 난 향사를 납치한 적이 없으니까요. 무슨 트집을 잡는 건지 모르겠지만 증명이 안 되면 죄를 물을 수 없는 것 아닌가요?"

마슈가 고개를 저었다.

"증명할 필요는 없습니다. 죄를 물을 생각이 없으니까요."

"……?"

밀리야가 미간을 찌푸렸다. 상대방의 의도가 보이지 않아 초조하고 불안해졌다.

"죄를 물을 생각이 없다고요? 죄가 있다고 지적했으면서?"

"그렇습니다."

마슈가 고개를 끄덕이고는 미소를 지었다.

"향사를 납치했다는 사실에 대해서는 죄를 물을 생각이 없습니다. 그러나 당장 두 사람을 풀어주고 이곳으로 데리고 오지 않으면 당신에게는 다른 죄를 물을 작정입니다."

밀리야가 실눈을 떴다.

"다른 죄?"

"예. 반역을 선동한 죄입니다."

"……."

"따님이신 마알라 님의 반지를 만드는 보석세공사에 대해 부하가 상세히 조사해 보았지요."

가까스로 표정을 유지하기는 했어도 밀리야는 긴장으로 몸이 딱딱하게 굳어지는 게 느껴졌다. 마슈는 덤덤한 말투로 말을 이었다.

"당신은 참으로 섬세하게 일을 진행하고 있더군요. 그 보석세공사의 제자가 우연히 다른 건으로 붙잡혀서 거래를 제안하지 않았더라면 우리조차도 알아차리지 못했을 겁니다. 반지의 보석을 끼웠다 뺐다 할 수 있게 만들어서 거기에 문서를 숨기는 방법은 흔히 보았지만 보석의 세공법과 장식 자체를 암호해독의 열쇠로 쓰는 방식은 참으로 기발하더군요."

가슴 전체로 차디찬 것이 퍼져나가는 것을 느끼면서 밀리야는 눈을 감았다. 여전히 감정이 거의 느껴지지 않는 마슈의 목소리가 들렸다.

"제자에게 그 방법을 진술하게 해서 제 부하가 그것을 글로 작성해 두었습니다. 그리고 최근에 입수한 오고다의 새벽이 동지에게 보낸 암호문을 그 진술서를 통해 해독해서 그것이 암호의 열쇠임을 확인했습니다. 제보자의 스승인 보석세공사에게는 알려지지 않도록 신경을 썼으니 아마 따님은 아직 모르실 겁니다."

"……."

"대비마마."

마슈가 부르는 소리에 밀리야가 천천히 눈을 떴다.

"제 손에 든 칼날이 지금 당신의 목을 겨누고 있는 겁니다. 그러나 당신이 오고다의 새벽의 두목이라는 점을 가지고 지금 당장 어찌할 생각은 없습니다."

밀리야가 상대를 가늠하듯 눈을 가늘게 뜨면서 입을 열었다.

"향사 두 사람을 돌려주면?"

마슈가 고개를 끄덕였다.

"향사 두 사람을 돌려주면……."

밀리야가 쓴웃음을 지었다.

"물론 내 목에 칼을 들이대고 있다고 생각하기에 그렇게 요구하는 것이겠지만 그 정도로 저 향사가 소중한 이유는 비밀 밭을 만들게 한 밀사여서인가요?"

마슈의 눈빛이 미세하게 흔들리는 것을 보면서 밀리야가 말을 이었다.

"당신이 이런저런 무기를 쥐고 있는 것처럼 내 손에도 마찬가지랍니다. 나에게도 눈이 되고 귀가 되는 사람들이 있으니까요. 당신 어머니가 서칸탈 사람이라는 사실도, 저 아이샤라는 향사를 서칸탈에서 데리고 온 사람이 당신이라는 사실도 알고 있어요."

밀리야가 미소를 지었다.

"당신은 신 카슈가 집안 전 당주의 양자. 현 당주인 형님과는 사이가 안 좋고 오히려 라오 카슈가와 가깝다면서요. 그렇다면 이번에 당신이 일부러 아이샤를 찾아가려고 온 이유도 자연스레 알 수 있지요. 참고로 나는 아이샤라는 저 향사가 밀사라는 사실을 이르 카슈가에게 발고할 준비도 갖춰 둔 상태예요."

밀리야는 얼굴에서 웃음을 지우고 날카로운 목소리로 쏘아붙였다.

"배는 언제든 가라앉을 수 있는 거예요, 마슈 카슈가! 당신이 탄 배가 가라앉으면 누군가 우리를 지목해서 처벌하려 하겠지만 그 소식이 닿기 전에 어디서 나왔는지 모를 교묘한 고발이 이르 카슈가에게 전달되도록 만반의 준비가 되어 있다는 소리예요."

마슈의 눈가에 천천히 미소가 번졌다.

"배를 가라앉힐 필요는 없습니다. 형님께는 언제든 사실을 전하시지요. 증거가 없어도 고발만 있으면 형님은 움직일 테지만 그렇다고 나를 막을 수는 없을 겁니다. 우리도 이제 슬슬 형님에게 전하려던 참이었습니다. 잘 아시는 바와 같이 제국 본토에서도 오요마가 발생했으니까요."

거기까지 말한 마슈가 웃음을 지웠다.

"믿고 안 믿고는 자유지만 라오 스승님은 어떻게든 아사자가 생기지 않게 하려고 필사적으로 노력하고 계십니다. 밀사처럼 수상한 방법을 써서 오고다의 산간 지역에 비밀 밭을 만들게 한 것도 다 그 이유에서입니다."

바닷바람이 창문을 흔들어서 작은 소리를 냈다.

"오요마의 피해는 너무도 빨리 확대되기에 형님을 설득할 시간이 없었습니다. 정치적인 부분을 조정하려고 하는 사이에도 오고다에서는 많은 사람들이 굶어 죽을 위기에 처하니 말입니다. 우리는 다만 몇 명이라도 아사하는 사람의 수를 줄이고 싶었습니다. 그러나 이제는 더이상 그런 방식을 쓰고 있을 때가 아니지요. 오고다에서 멀리 떨어진 제국 본토에서 오요마가 발생한 지금은 형님과 협의하는 과정에서 타협점을 찾을 가능성도 생겼고 말입니다."

마슈가 조용한 목소리로 말을 계속했다.

"솔직히 말하자면 지금은 오고다의 새벽에 신경을 쓸 겨를이 없습니다. 이런 집단은 정체를 모를 때는 위협이 될 수 있으나 현재 상황은 그렇지 않지요. 게다가 오고다의 안정을 위해서라도 오고다의 새벽은 무작정 처리하면 안 되는 대상이라고 나는 생각합니다."

마슈의 표정 때문인지 아니면 목소리 때문인지, 무엇이 그런 느낌을 주는지 확실히 알 수는 없어도 밀리야는 마슈가 진심을 말하는 것처럼 느꼈다.

마슈 카슈가는 변왕국을 위해 움직인다. 어머니의 핏줄 때문일 것이다. 그런 이야기를 서칸탈 변왕에게서 들은 적이 있었다. 그 당시에는 무슨 말도 안 되는 소리를 하나 생각했는데 그 이후로도 몇 번 비슷한 평가가 들려왔다. 이해관계나 상황, 또는 입장이 서로 다른 사람들로부터 비슷한 이야기를 듣는 경우는 거의 없기에 그것이 머리에 계속 남아있었다.

게다가 제국의 화신이라고도 할 수 있는 이르 카슈가가 이 남자를 경계하고 꺼린다는 점을 고려하면 이르 카슈가와는 다른 사고방식으로 움직인다는 사실 하나는 확실하다고 볼 수 있다.

이 남자를 본국으로 돌아가지 못하게 하는 방법도 있다. 그러나 이 남자와 자기가 쥐고 있는 무기의 힘에는 너무도 역력한 차이가 있었다.

비밀 밭을 만들게 한 것이 구 카슈가 집안 쪽이라는 고발이 이 남자에게 큰 타격을 주지 않는다는 말은 아마 사실일 것이다. 그렇지 않다면 올람까지 돌려달라 할 리가 없으니.

비밀 밭의 존재를 이르 카슈가에게 알리고 싶지 않다면 올람이 잡혀 있는 현재 상황이 이 남자에게 유리할 테니까.

물론 데려가서 확실하게 처리하려는 속셈일 수도 있지만, 그렇게 해주면 오히려 고마운 일이다. 그러나 이 남자는 올람은 없애버려도 아이샤를 죽이지는 않을 것이다.

아이샤와 올람에게 이곳에서 진행되는 일들을 알려버린 것이 너무도 후회되었다. 두 사람을 돌려주지 않는다는 선택은 거의 실현 불가능하다.

하지만 돌아가게 놔두면 바닷바람 속에서도 자라고 오요마에게 먹혀도 죽지 않는 오아레 벼의 존재가 세상에 알려지게 된다.

이 남자를 없애버리면 딸과 자기가 대역죄인이 된다. 죽이지 않아도 대역죄인이 된다.

밀리야는 의자를 뒤로 빼고 자리에서 일어나 천천히 창가로 다가갔다. 생각한 바가 있어서라기보다는 생각할 시간을 벌기 위한 행동이었다.

"대비마마."

마슈의 목소리가 들렸다.

"걱정되는 점이 있더라도 두 사람을 돌려주는 편이 타격이 적을 것입니다. 그 점은 말하지 않아도 알고 계시겠지요."

"……."

"그런데도 여전히 그토록 망설이는 이유는 그 창문 바깥에 있는 것 때문입니까?"

밀리야가 깜짝 놀라며 고개를 휙 돌렸다. 마슈가 미동도 하지 않은 채 가만히 이쪽을 응시하고 있었다.

# 16
## 마슈의 제안

밀리야가 말없이 마슈를 뚫어지게 쳐다보았다. 마슈는 무표정으로 보고 있었다.

'도대체 누가?'

내통했을 가능성이 있는 자들 몇몇의 얼굴이 머릿속에 떠올랐다가 사라졌다. 그러나 지금은 그것을 생각해 봐야 소용이 없었다.

소중하게 품어온 희망의 싹이 지금 이 순간 눈앞에서 덧없이 사라져 버리는 것을 느끼면서 밀리야가 처절한 미소를 지었다.

"역시 배를 가라앉히는 수밖에 없겠네요."

마슈가 한숨을 쉬었다.

"굶어 죽는 사람이 없게 만들고 싶다는 내 말이 그렇게 믿기 힘듭니까?"

밀리야가 눈을 깜박거렸다.

그 말이 뜻하는 바를 깨달은 밀리야가 믿기지 않는다는 표정으로 새삼 마슈를 빤히 쳐다보았다.

"그게 무슨 뜻인가요? 설마 오아레 벼의 무단재배까지 못 본 척하겠다고요?"

마슈가 고개를 끄덕였다. 밀리야가 미간을 찌푸리면서 물었다.

"왜죠? 어째서 못 본 척한다는 거죠?"

"그걸 고발해서 무슨 이득이 있을까요?"

너무도 뜻밖의 질문에 밀리야가 되물었다.

"이득? 오아레 벼의 무단재배를 용납하지 않는 이유는 그것이 제국을 지키기 위해 필수적인 조치이기 때문이잖아요?"

"지금까지는 그랬지요."

"……?"

"아직도 모르시겠습니까? 지금 제국은 어마어마한 위기에 처해 있습니다. 수많은 백성이 굶어 죽을지도 모르는 위기에."

"…….."

"해변에서도 오아레 벼가 자랄 수 있다면 그건 정말 큰 희망입니다."

마슈의 눈빛이 지금까지와는 다른 느낌으로 반짝였다.

"저기서 자라는 오아레 벼는 먹을 수 있는 거지요?"

밀리야가 고개를 끄덕였다.

"먹을 수 있어요. 그뿐만 아니라 오요마가 붙어 있어도 알곡이 맺히지요. 수확량도 더 많고요."

마슈의 눈이 휘둥그레졌다.

"그게 사실입니까?"

"그래요."

마슈의 얼굴에 밝은 웃음이 번져나갔다. 밀리야는 이 남자가 이런 식으로 웃으리라고는 생각조차 하지 못했다. 천진난만한 어린아이처럼 환하게 웃는 표정이었다.

"섬이라면 오요마의 피해에서 벗어날 수 있을지도 모르겠다고 생각했는데 그보다 훨씬 더 좋은 상황이네요!"

밝은 목소리로 마슈가 말을 계속했다.

"생각해 보십시오. 우리가 이 일을 고발해서 희망을 짓밟는 짓거리를 할 것 같습니까? 비밀 밭을 만들게 했던 우리가?"

꺼져가던 희망의 불이 다시 희미하게 타오르는 것을 느끼면서 밀리야는 한동안 마슈의 얼굴을 빤히 쳐다보았다.

"솔직히 말하자면,"

밀리야가 말했다.

"당신을 어느 정도 믿을 수 있겠다는 느낌이 들기 시작했어요. 하지만 이르 카슈가 오아레 벼의 자체 재배를 용납하리라는 생각은 못 하겠군요."

마슈가 끄덕였다.

"그렇지요. 하지만 방법은 있습니다."

"무슨?"

"자진 신고를 하는 겁니다."

"……?"

"떨어진 오아레의 신고 제도를 아시지요?"

그 말이 머릿속에 스며들면서 마슈가 어떤 생각을 하는지 짐작을 한 밀리야의 눈이 커졌다.

"오아레 벼는 번식력이 어마어마하니까 농민들이 알아차리지 못하는 사이에 전혀 뜻하지 않은 곳에서 싹이 나는 경우가 있지요. 그런 벼가 떼지어 자라 있어도 향사에게 신고만 하면 죄를 묻지 않습니다."

가슴이 벅차오르는 느낌을 받으며 밀리야는 숨을 얕게 헐떡였다.

"하지만…… 하지만 재배해 버렸으니 그런 변명은 통하지 않을 텐데요."

"그러면 이렇게 말하면 어떨까요?"

마슈가 제안했다.

"제국이 구제에 나서지 않는 상황에서 당신은 자국 백성을 기아에서 구할 방법을 찾고 있었다. 오고다에는 섬이 많다. 대륙에서 멀리 떨어진 도서지방이라면 오요마의 해도 미치지 않을 테니 섬에서 오아레 벼를 키울 수 없을까 생각한 당신은 이 섬에서 오아레 벼 재배를 시도했고 시행착오를 되풀이하다가 드디어 바닷바람 속에서도 자라고 먹을 수도 있는 오아레 벼를 만들어 냈다. 그런데 그 벼는 놀랍게도 오요마도 이겨낸다는 사실이 드러났다. 이런 식으로요."

"……."

"당신이라면 충분히 할 법한 일이니 형님도 믿을 겁니다."

밀리야가 미간을 찌푸렸다.

"믿기야 하겠지만 우리를 용서하지는 않겠지요. 그런 일을 용납하면 제국의 위신이 흔들릴 테고 오고다에 혐의를 뒤집어씌워서 벌을 주었던 자기 잘못을 인정하는 꼴이 되니까요."

마슈가 고개를 저었다.

"얼마 전이었다면 형님은 당신의 행위를 절대 용납하지 않았을 겁니다. 하지만 지금은 상황이 달라졌지요. 오고다에서 멀리 떨어진 제국 본토에서 오요마가 발생한 일 때문에 번왕국들도 이미 형님이 오고다를 비난한 일이 잘못이었을 가능성을 알게 되었습니다. 잘못을 인정하면 형님으로서는 타격이 있겠지만 그렇다고 인정하지 않으면 번왕국에 대한 제국의 공평성이 의심받게 됩니다. 그것은 오요마가 제국 전체로 퍼질 위기에 직면한 지금 시점에서 절대적으로 피해야 하는 일입니다."

마슈가 입을 씰룩거렸다.

"형님은 비정한 남자이지만 자신의 명예나 이익을 위해 제국을 위험에 빠뜨리는 짓은 절대 하지 않습니다. 그 부분에 있어서는 존경할 만큼 철저하지요."

"……."

"해변에서는 키울 수 없다고 여겨왔던 오아레 벼가 자라서 알곡이 맺혔다. 더구나 오요마를 이겨내고 식용도 가능하다. 이건 제국에게 헤아릴 수 없을 정도로 엄청나게 이득이 되는 일입니다. 게다가 지금은 오고다에 죄를 뒤집어씌우기보다 오고다를 구하는 편이 번왕국 지배에 유리합니다. 형님으로서는 오고다를 때리려고 매를 들었던 손을 어떻게 내려야 할지 궁리하던 참에 아주 그럴싸한 구실이 생긴 셈이지요."

"……그렇군요."

밀리야가 창가를 떠나 마슈 맞은편 의자에 앉았다.

"그래도 우리가 자체 생산한 비료를 오아레 벼에 줘서 재배한 것을 허용하면 다른 번왕국을 억제할 수 없게 되잖아요?"

마슈가 씨익 웃었다.

"그 또한 빠져나갈 방법이 있습니다. 당신은 아직 제국이 절대적으로 용납할 수 없는 선을 넘지는 않았으니까요."

"용납할 수 없는 선이라니. 그게 오아레 벼의 자체 재배가 아니라는 뜻인가요?"

"그렇지요."

"그럼 뭔가요?"

"볍씨를 받는 겁니다."

밀리야의 눈이 크게 벌어졌다.

'……아아!'

그렇구나, 하고 밀리야는 생각했다. 제국이 가장 두려워하는 일은 번왕국이 자체적으로 오아레 벼를 재배하는 것이 아니라 그 재배를 제국의 도움 없이 지속할 수 있게 되는 것이다.

"당신은 그 선을 넘지 않았습니다. 넘을 수 있을 리가 없지요. 형님은 그 사실을 알고 있습니다."

마슈가 창문 밖으로 시선을 던지면서 말을 이어갔다.

"오고다처럼 기술력이 있는 번왕국이 시도했는데 그래도 볍씨를 받을 수가 없었다는 사실은 오히려 제국의 위신을 지키는 데 도움을 줄 겁니다. 형님은 그 점을 잘 이용하려고 들 테지요. 우리도 옆에서 거들겠습니다. 제국이 판단을 잘못한 죄와 당신이 범한 죄를 상쇄하는 방향으로 끌고 갑시다."

밀리야는 복잡한 심경으로 까무잡잡하게 탄 남자의 얼굴을 바라보았다.

바닷바람 속에서도 자라고 오요마까지 이겨내는 오아레 벼, 그러나 볍씨를 받아내지 못하고 그 이득을 번왕국 독립이나 번영에 보탤 수가 없는 벼. 희망의 빛이라고 여겼는데 결국은 제국이라는 거대한 감옥 안으로 비쳐드는 한 줄기 가는 빛에 불과하다는 사실이 보이면서 밀리야는 마음속으로 한숨을 내쉬었다.

'저 향사들이 볍씨를 받아내는 데 성공했다면…… 상황이 달라졌을까?'

밀리야는 오랫동안 리그달이나 동서칸탈과 연계하는 방안을 모색해 왔다. 번왕국들끼리 몰래 손을 잡고 실력을 쌓아 최종적으로는 제국의 멍에에서 벗어날 만큼 힘을 길러낸다. 그런 미래를 꿈꿨다.

바닷바람 속에서도 오아레 벼가 자란다는 사실을 알았을 때, 더구나 비료의 양을 조절하기만 하면 오요마가 생겨도 알곡이 맺힌다는 것을 알았을 때, 밀리야는 그 꿈이 성큼 현실로 다가온 느낌이 들었다.

이 오아레 벼의 볍씨를 받아내는 기술만 가질 수 있으면 오고다는 번왕국 연합을 주도하고 리더 입장에 설 수 있다. 새로운 제국을 만들어 맹주가 되는 것도 허황된 꿈이 아니게 된다.

볍씨를 받는 방법을 찾아내려면 오랜 시간이 필요하다. 그러나 이렇게 되어버린 이상 이제는 그런 시간을 만들어 낼 재간이 없다.

'……이제는 별다른 수가 없네.'

밀리야가 한숨을 쉬고는 입을 열었다.

"그렇게 해 준다면 향사들을 돌려드리지요."

마슈가 고개를 끄덕이며 말했다.

"향사들은 납치가 아니라 바닷바람 속에서도 자라는 오아레 벼에 대해 상의하기 위해 초대한 것으로 하면 됩니다. 올람이 그 사실을 상부에 보고하지 않은 점에 대해서는 얼마든지 적당히 얼버무릴 구실을 만들 수 있습니다. 사정을 설명하면 올람도 입을 맞추는 데에 동의할 겁니다."

마슈의 목소리를 들으면서 밀리야는 문득 바닷바람에 산들산들 나부끼는 오아레 벼의 황금물결을 처음 눈앞에 봤던 때가 생각났다. 심장이 터질 듯이 두근거렸다. 그 추억을 아름답게 물들이던 찬란한 빛은 이제 색깔이 바랬지만 그렇다고 영영 없어진 것은 아니었다.

언젠가는 이르 카슈가와 담판을 지어야 할 때가 올 것이다. 그때 조금이라도 더 많은 실리를 챙기기 위해서 어떻게 하면 좋을지 밀리야는 궁리하기 시작했다.

새하얀 돛이 아침햇살을 품고 눈부시게 빛을 내고 있다. 바닷바람을 받아 펄럭이는 그 돛을 올려다보며 아이샤는 한숨을 내쉬었다.

이미 길람섬은 한참 멀어져서 지금은 작은 점으로만 보였다.

'이제야 돌아가는구나.'

오라니 마을 비밀 밭 만들기는 다쿠 아저씨의 아들들이 지도해서 순조롭게 진행되고 있다는 소식, 동생 미르차와 할아범도 별 탈 없이 지낸다는 소식을 마슈로부터 들은 아이샤는 일단 마음이 놓였다. 그러나 섬에 감금되어 있던 사이에 오요마의 피해가 급속도로 확대되어 감당할 수 없을 지경에 이르렀다는 말에 초조감에 사로잡히기도 했다.

그 초조감에는 불안도 섞여 있었다. 가서는 안 되는 방향으로 나아가려 하는 게 아닐까 하는 생각이 자꾸만 들었다.

마슈는《향사 제 규정》에는 위반되는 일이지만 밀리야가 키우고 있는 특수한 오아레 벼가 사람들을 구하는 희망의 벼가 될 수 있도록 힘을 빌려달라며 올람을 설득하는 중이었다.

저 오아레 벼를 대량으로 키울 수만 있다면, 그리고 저 벼가 진짜로 오요마의 피해를 이겨낸다면 틀림없이 이 위기 상황을 극복할 수 있다. 많은 사람들이 굶주림에서 벗어날 수 있다.

올람도 고개를 끄덕이면서 그 말을 듣고 있었고 표정에도 마슈의 책략을 적극적으로 지지하는 마음이 드러나 있었다.

마슈의 책략이 제대로 들어맞으면 밀리야도 처벌을 받지 않고 무사히 넘어갈 수 있다. 자신들을 납치해서 감금해둔 사람이기는 해도 아이샤는 밀리야를 미워할 수가 없었다. 그녀를 구할 방법이 있다는 사실을 알고는 한결 마음이 편해졌다.

제국 사람들도 번왕국 사람들도 굶주리지 않고 밀리야도 구할 수 있다. 좋은 점만 있는 책략임을 알면서도 영문을 알 수 없는 불안이 마음속에 도사린 채 가시지를 않았다.

아이샤는 한숨을 쉬고 갑판에서 내려와 선실로 향했다.

배 안쪽은 어두컴컴했고 다양한 낯선 냄새들로 가득했다. 흔들리는 나선형 계단의 손잡이를 꽉 잡고 한 발씩 내려갔다. 선실 문을 두드리자 안에서 웅얼거리는 대답이 들렸다. 아이샤는 문을 열고 안으로 들어갔다.

선실은 좁지만 밝았다. 높은 곳에 열려 있는 창문으로 빛과 바람이 들어오기 때문이었다.

마슈는 벽에 고정된 침대에 누워있었다. 머리는 봉두난발에 안색도 나빴다. 깜짝 놀란 아이샤가 침대로 다가가 마슈의 얼굴을 들여다보며 물었다.

"마슈 님 괜찮아요?"

마슈가 끄응 하고 신음하며 대답했다.

"……별로 괜찮지가 않군."

그러더니 아이샤를 빤히 보고는 말했다.

"다음에 붙잡힐 때는 섬이 없는 나라로 가라."

생각지도 못한 농담에 놀란 아이샤가 멀뚱히 마슈를 쳐다보았다. 마슈의 얼굴은 뱃멀미로 잿빛이 되었지만 그 눈동자만큼은 밝게 빛나고 있었다.

'마슈 님은 정말 안도한 모양이네. 우리를 구할 수 있어서. 그리고 사람들을 굶주림의 위기에서 구해낼 가능성이 보여서.'

아이샤가 침대 옆에 고정된 의자 등받이를 손으로 잡으며 말했다.

"몸도 안 좋은데 일어나게 해서 죄송해요. 물어보고 싶은 말이 있었는데 나중에 배에서 내린 다음에 할게요."

그러자 마슈가 답했다.

"아니, 지금 해."

"정말 괜찮아요?"

"그래."

아이샤는 고개를 끄덕이고 의자에 앉았다.

"마슈 님은 혹시 저 오아레 벼의 냄새가 어떻게 느껴졌어요?"

마슈는 기억해내려는 듯 눈을 가늘게 떴다.

"……강하다는 생각이 들었다. 다른 것들보다."

"그게 다예요?"

마슈의 눈이 빛났다.

"너는 뭔가 다른 게 느껴진 거냐?"

아이샤가 끄덕였다.

"전 무서웠어요."

"무서웠다고? 그 벼가?"

아이샤는 그 물음에 고개를 끄덕이려다가 멈칫했다.

'그런가? 난 그 벼가 무서웠던 걸까?'

그렇다는 생각이 드는 한편으로 어딘지 그렇게 단정 지을 수 없는 무언가도 있는 듯했다.

해변에서도 자라는 오아레 벼의 냄새가 지독하게 무서웠던 이유는 그것이 야생 오아레 벼에 가까웠기 때문이겠지. 비료로 억제해 놓은 오아레 벼와는 다른 강렬한 생명의 힘이 두렵게 느껴진 것이다.

그러나 오요마가 붙어 있는 오아레 벼의 냄새가 불러일으킨 공포는 그런 것과는 전혀 다른 느낌이었다.

마슈는 재촉하지 않고 아이샤가 생각하는 동안 기다려 주었다. 그렇게 곰곰이 생각하며 따져보니 뭔가 희미하게 보이는 듯했다.

"그 벼가 무섭다기보다……"

아이샤가 생각을 다듬듯이 한 마디 한 마디 신중하게 말했다.

"그 벼가 소리를 지르며 부르고 있다는 사실이 무서웠어요."

"소리를 질러?"

"못 느끼셨어요?"

마슈가 쓴웃음을 지었다.

"나는 너처럼 대단한 후각을 가지고 있는 게 아니다. 그 벼의 냄새가 워낙 강해서 대비의 방에 들어가자마자 느꼈지만 딱 거기까지였다."

그렇게 말하더니 얼굴에서 웃음을 지웠다.

"그 벼가 소리를 지르며 부르고 있었단 말이지?"

"네."

고개를 끄덕인 다음 아이샤가 연이어 "아아, 그렇구나." 하고 말했다.

"그 벼라고는 해도 제가 말한 건 대비의 방 바로 바깥에서 자라던 오아레 벼가 아니라서 못 느끼셨을지도 모르겠네요."

"그 오아레 벼가 아니라고? 그럼 어디 있는 벼가 소리를 질렀다는 거지?"

"중앙정원 한참 안쪽에서 키우는, 일부러 오요마가 먹게 했던 오아레 벼에서 나는 소리였어요."

"그렇다면 살려달라는 냄새를 풍기고 있었다는 뜻이네?"

"그런 것 같아요."

"오요마에게 먹히고 있으니 살려달라고?"

"네. 이리 와 하고 부르고 있었어요."

"그 냄새에 반응해서 뭔가 날아왔나?"

아이샤가 고개를 저었다.

"그런데 아무것도 오지 않았어요. 한동안 계속 소리를 지르고 있었을 텐데도 오요마를 먹어줄 천적은 날아오지 않은 것 같았어요."

"그게 무서웠다고?"

"네?"

"그 오아레 벼의 소리에 응답하는 존재가 없었다는 사실이?"

아이샤가 화들짝 놀랐다. 생각지도 못했는데 정말 그런 걸까?

식물들은 언제나 다양한 냄새 소리를 낸다. 진딧물에게 먹히는 꽃이 내는 냄새 소리를 듣고 무당벌레가 날아오는 것처럼 그 냄새 소리를 느끼는 존재가 있어서 다양한 생태 행위가 이루어진다.

그런데 오요마에게 먹히는 오아레 벼가 '와서 구해줘'라고 부르는 소리에는 주변에 아무런 반응이 없었다. 벌레도, 새도, 아무것도 날아오지 않았다.

'나는 그게 무서웠던 걸까?'

허공을 향해 질러대는 비명. 아무런 응답도 받지 못하는 슬픈 부르짓음이?

선창으로 비쳐드는 하얀 햇살이 바닥에 다양한 모양을 그리며 춤췄다. 아무 생각 없이 그 광경에 눈길을 주면서 아이샤가 말했다.

"모르겠어요. ……그럴지도 모르죠."

말하면서도 어딘지 모르게 답답했다.

"정확히는 모르지만 그래도 무서웠어요. 그 벼를 기르면 안 된다는 느낌이 자꾸 들어요."

마슈가 얼굴을 찌푸렸다.

"어째서?"

"모르겠어요. 그냥 그런 느낌이 든다는 거예요. 하지만……"

아이샤가 가슴에 손을 얹고 마슈를 바라보면서 말했다.

"그 벼는 하한의 한계치를 무시하고 재배된 오아레 벼, 그러니까 초대 향군이 기르지 못하게 했던 벼잖아요."

"……."

"초대 향군은 어째서 하한의 한계치를 그 양으로 정했을까요? 비료의 양을 그보다 적게 해도 사람이 먹을 수 있다면 왜 그 양으로 했을까요?"

목소리가 갈라져서 아이샤는 목을 가다듬고 다시 말을 이었다.

"난 초대 향군이 몰랐으리라고는 생각하지 않아요. 오요마도 이겨내면서 먹을 수도 있는 오아레 벼를 기르는 방법을 말이에요. 아니, 오히려 알고 있었기 때문에 하한의 한계치를 그 양으로 한 게 아닐까요? 오요마를 이겨내는 오아레 벼를 재배하지 못하도록 하기 위해서."

마슈는 말없이 듣고만 있었다.

그 표정을 본 아이샤는 마슈도 자신이 이야기한 점을 알아차리고 있었음을 알 수 있었다.

고양이가 우는 듯한 간드러진 소리가 들렸다. 바닷새 울음소리였다. 무리를 지어서 날아가는 모양이었다. 울음소리가 여러 군데에서 이리 저리 교차하면서 들려왔다.

이윽고 마슈가 입을 열었다.

"……너는 저 오아레 벼로 기근을 극복하는 방법에 반대하는 거지?"

아이샤가 마슈를 물끄러미 쳐다보았다.

반대한다고 말하고 싶었다. 그러나 그 말을 입 밖으로 내는 게 망설 여졌다. 오요마는 어마어마한 기세로 퍼져나가고 있다. 이대로 가다가 는 더 많은 사람들이 굶어 죽게 된다. 그 사람들의 목숨을 구할 수 있 는 벼를 기르지 말라는 말이 차마 나오지 않았다.

"초대 향군이 어째서 그 벼를 기르지 못하게 했는지, 그 이유를 알 수 있다면……. 옛날에 오요마가 초래했다는 재앙이 도대체 무엇이었 는지 알 수 있다면……. 그러면 찬성인지 반대인지 판단할 수 있겠지 만……."

아이샤가 한숨을 내쉬었다.

"그래도 저는 무서워요. 저 벼를 재배하면 안 된다는 생각이 자꾸 들 어요."

"……."

마슈는 다시금 입을 꾹 다물고 오랫동안 생각에 잠겼다. 그러다 입 을 열었다.

"미안하다. 속이 너무 안 좋아서 머리가 안 움직이네. 이건 중요한 일이다. 조금 더 생각할 시간이 필요해."

아이샤가 고개를 끄덕였다. 그렇게 하는 수밖에 없었다.

제 **5** 장

# 굶주림의 구름

# 1

## 비둘기 편지

저 멀리 눈길 닿는 곳 끝까지 황금색 이삭이 물결친다. 바람이 불어올 때마다 파도 소리를 내며 일렁이는 벼 사이로 올리애가 천천히 걷고 있다.

오랜만에 서칸탈을 방문하여 구원의 벼를 축복하는 향군마마의 모습을 한 번이라도 보려고 재배지 밖의 길거리에는 서칸탈 사람들이 발 디딜 틈 없이 몰려나와 올리애가 손에 든 벼 이삭을 조용히 흔들 때마다 환호성을 질러댔다.

재배지와 재배지 사이에 나있는 넓은 길을 정숙한 걸음으로 조용히 걸으면서 올리애는 바로 뒤에서 따라오고 있는 아이샤에 대해 생각했다.

아이샤를 향군 바로 곁에서 보필하는 향사로 임명하여 향군궁으로 불러들인 지 아직 얼마 되지 않았다. 그 사이 기회를 봐서 둘이서만 이야기를 나눠 본 올리애는 아이샤가 여전히 이 새로운 오아레 벼를 두려워한다는 사실을 알았다.

1년 전에 마슈가 아이샤와 올람을 길람섬에서 구출해낸 이후 제국과 번왕국의 상황이 크게 바뀌었다.

당시 제국 본토에서도 오요마의 피해가 확산되려 하고 있었다. 제국 남부는 고온다습한 기온이 전에 없이 광범위하게 지속되었던 탓에 감시의 눈길이 구석구석까지 미치지 못했다. 그래서 오요마의 알이 발생한 사실을 미처 발견하지 못한 재배지가 여러 곳 나왔고 그곳에서 오요마가 대량 발생하는 일이 잇달아 일어났다.

그 사실을 안 번왕국의 번왕들은 오요마의 발생이 오고다 탓이라는 제국의 주장에 의구심을 품었고 오요마로 인한 피해가 자기 나라에까지 미칠까 두려워하기 시작했다.

바로 그런 시점에 길람섬에 잡혀 있던 향사 올람이 구출되었다. 그리고 올람은 곧바로 이르 카슈가에게 가서 오요마에 지지 않는 오아레 벼가 길람섬에서 자라고 있다는 사실을 보고했다.

원래 바닷바람 속에서는 자라지 않는다고 여겨졌던 오아레 벼가 비료의 양을 조절하기만 하면 바닷가에서도 자라고 거기다 오요마가 있어도 알곡을 맺으며 식용이 가능한 데다가 수확량도 늘어난다는 보고를 들은 이르 카슈가는 그 즉시 황제에게 이 사실을 알렸다. 그리하여 이번 건에 관해서는 신구 양쪽 카슈가 집안이 앞장서서 진행해도 된다는 황제의 윤허를 받아냈다.

이르 카슈가의 움직임은 신속했다. 며칠 사이에 올리애를 설득하여 새로운 제조법으로 만들어진 오아레 벼에 축복을 내린다는 향군마마의 공식적인 말씀을 받았다. 그리고 오고다 대비를 제국 수도로 초대해서 라오 카슈가와 함께 자리를 만들어 회담을 진행했다.

그 자리에서 이르 카슈가는 오고다 대비에게 그 벼를 기르는 방법을 알려주는 데에 동의해 준다면 오고다가 무단으로 오아레 벼를 재배한 일에 대한 죄를 묻지 않겠다고 약속했다. 그뿐만 아니라 기근이 발생했을 때 구제를 위해 나서지 않았던 제국의 조치가 지나친 단죄였음을 인정하며 오고다에 사죄하겠다는 교환조건까지 제시했다.

이르 카슈가는 오고다 대비 밀리야가 발견한 오아레 벼, 즉 오요마에 지지 않고 알곡을 맺는 새로운 오아레 벼를 구원의 벼라고 부르면서, 오고다 대비의 업적에 대해 입에 침이 마르도록 찬사를 보냈다. 거기에 덧붙여서 오고다의 기근에 대해 구제 조치를 하지 않았던 제국의 처사는 지나친 징벌 조치였음을 공식적으로 인정했을 뿐만 아니라 황제에게 진언하여 오고다의 백성을 구하기 위한 구원물자로 오아레 벼를 넉넉하게 보내주었다.

그리고 향군의 지도를 받아 신구 카슈가 집안이 구원의 벼를 개량하는 데에 힘써서 볍씨를 채취하여 번왕국에 무료로 배급하겠다고 약속하였고 그 약속을 지켰다.

이런 제국의 행동이 번왕국 사람들의 마음에 강한 울림을 주었다. 오고다에 대해 자신들의 잘못을 인정하고 충분히 사죄한 이르 카슈가의 태도도 번왕국 사람들의 마음을 움직였다.

해충에 강하다고 선전하던 오아레 벼가 오요마에게 당하는 모습을 보고 기근의 공포에 떨면서 제국에 대한 불신과 불만이 쌓이고 있던 번왕국 사람들의 마음이 단숨에 제국을 예찬하는 방향으로 바뀌었다.

오요마가 달라붙어 있는데도 구원의 벼에 알곡이 맺히는 모습을 본 사람들은 기쁨의 눈물을 흘렸고 향군마마를 찬양하는 소리가 온 땅에 가득했다.

오요마는 여전히 오아레 벼에 붙어서 이파리를 갉아 먹었지만 예전 오아레 벼보다 큰 구원의 벼의 이파리는 아무리 먹혀도 계속 자라나서 벼가 시들거나 죽지 않았다. 게다가 줄기와 알곡이 예전의 오아레 벼보다 딱딱해서 오요마가 건드리지 못했다.

물론 탈곡은 예전보다 훨씬 힘든 작업이 되었다. 그러나 쌀 맛은 변함이 없는 데다가 수확량은 오히려 예전보다 늘었기 때문에 사람들은 탈곡이 힘들다는 사소한 단점쯤은 달갑게 받아들일 수 있었다.

구원의 벼는 요마를 오요마로 변이하게 만드는 힘이 강한지 오요마가 비정상적일 정도로 많이 늘어나서 주변으로 점점 퍼져나갔다. 이제는 오요마가 달라붙어 있지 않은 오아레 벼를 보기가 힘들 정도였고 사람들은 오요마가 붙어 있는 오아레 벼 이삭을 보는 것에 익숙해졌다.

'……아이샤는 지금'

길 양쪽으로 펼쳐진 논의 벼를 축복하면서 올리애는 생각에 잠겼다.

'이 벼에 대한 두려움을 느끼고 있을까?'

1년 전 마슈가 길람섬에서 돌아온 직후에 라오 스승의 저택에서 몰래 만났을 때 나누었던 이야기가 떠올랐다.

"아이샤는 그 벼가 무섭다고 하더군."

"무섭다고? 어째서?"

"왜 그런지는 자기도 잘 모르겠다던데."

등불의 빛을 받아 떠오른 마슈의 표정은 깊은 시름에 잠겨 있었다.

"두려워하는 이유를 알 수 있으면 아이샤의 뜻에 따라 행동할 수도 있겠지만."

"그 오아레 벼는 비료의 양을 하한의 한계치보다 더 적게 줘서 재배한 거잖아? 그것 때문 아닌가? 초대 향군마마가 오아레 벼에 쓰는 비료의 하한선을 정해놓고 무슨 일이 있어도 그보다 적게 하는 일이 없도록 하라고 명령한 데에는 뭔가 이유가 있을 테니까."

"······."

"생각해 봐. 하한의 한계치보다 비료를 적게 주기만 해도 오요마에 피해를 받지 않는 벼가 자랄 수 있다면 오요마 때문에 힘들었던 초대 향군이 어째서 그보다 많은 양을 하한선으로 정해놓고 일부러 오요마한테 지는 벼로 만들게 했겠어? 그렇게 한 데에는 그럴 만한 이유가 있었겠지. 하한의 한계치보다 비료를 적게 줘서 기른 벼에 뭔가 좋지 않은 성질이 나타날 수도 있잖아. 당신 아버님께서 걱정하셨던 대로 오요마가 계기가 되어 발생했다는 재앙을 초래할 성질이. 아이샤는 그걸 예감한 게 아닐까?"

"아이샤도 그 점을 염려했는데 그 좋지 않은 성질이 도대체 무엇인지 도무지 모르겠다고 하더군. 최소한 사람의 몸에 무언가 나쁜 영향을 주는 성질은 아닌 모양이야. 그 벼를 먹은 사람들에게 특별한 이상 증상이 나타나지는 않았으니까. 다만 아이샤는 직감적으로 만들어서는 안 되는 벼라고 느끼는 것 같아."

피부에 벌레가 기어가는 듯 소름 끼치는 불안감을 느끼며 올리애는 몸을 내밀어 책상 위에 있던 마슈의 팔을 잡았다.

"마슈, 아이샤는 향군이잖아. 진짜 향군. 아이샤가 두렵다고 한 거면 이르 카슈가한테 말하지 않는 편이 낫지 않을까? 이르가 일단 그 벼의 존재를 알게 되면 틀림없이 그 벼를 재배하려고 할 텐데."

마슈가 천천히 고개를 저었다.

"우리한테는 시간이 없어."

마슈의 눈동자가 미동도 하지 않고 이쪽을 가만히 바라보았다.

"오요마의 확산 속도는 어마어마하다. 아침에 도착한 비둘기 편지로 상황에 대한 정보를 들었을 텐데?"

"그래. 리그달에서도 발생했다면서?"

"리그달만 그런 게 아니야."

"뭐?"

"여기 오기 직전에 들어온 정보인데 동서칸탈에서도 발생했다더군."

"......!"

마슈가 깊은 한숨을 내쉬었다.

"우리가 발견한 방법으로는 모든 백성을 구할 수가 없다. 다른 곡류는 키우는 데에 시간이 걸리고 수확량도 오아레 벼와는 비교할 수 없을 정도로 적잖아. 인구가 적은 산골 마을이라면 어느 정도 연명이 가능해도 온 천지로 피해가 확대되면 손을 쓸 수가 없어. 반년 정도로 가라앉을 피해라면 비축미로 간신히 버틸 수 있겠지만 이대로 가다가는 엄청난 수의 사람들이 굶어 죽을 거야. 벌레를 없애는 방법을 찾지 못하는 이상 우리가 쓸 수 있는 방법에는 한계가 있다는 말이다."

멀리서 종이 울리기 시작했다. 한밤중을 알리는 종소리였다.

"나도 아이샤의 감각을 믿는다. 이게 우리가 계속 두려워하던 재앙의 시작이 될 수도 있다고 생각하고 있어."

마슈가 낮은 목소리로 말했다.

"나도 할 수만 있다면 저 벼를 기르지 않았으면 좋겠어. 하지만 지금은 달리 방법이 없다. 많은 사람들을 굶어 죽지 않게 할 수 있는 방법이."

"......"

"달리 길이 없다면 눈앞에 보이는 이 길을 따라가는 수밖에. 그렇게 가다가 발생한 일에 대해서는 그때 가서 대처하는 방법밖에 없겠지."

마슈가 예견하고 있는 혼란이 무엇인지 올리애도 짐작이 갔다.

황제가 바뀐 지 얼마 되지 않아 정권의 기반이 약한 이 시점에 굶주림에 대한 공포가 번왕국에 퍼지게 되면 혼란이 일어난다. 그 혼란을 틈타 이웃 나라에서 전쟁을 걸어올 가능성도 있다. 이런 일들이 다발적으로 일어나며 악순환이 시작되면 재난은 기근만으로 끝나지 않는다.

마슈의 큰 손이 올리애의 손을 살포시 감쌌다.

"올리애."

낮은 소리로 마슈가 불렀다.

"난 실패했어. 오요마가 창궐하기 전에 오아레 벼에 의존하는 상황을 바꾸지 못했으니까. 상황을 바꾸지 못한 채 재난이 시작되어 버린 이상 지금 내가 해야 할 일은 이미 금이 간 이 그릇이 산산조각으로 완전히 부서지는 일을 최대한 막는 거야."

'……금이 간 그릇.'

그것은 제국 그 자체뿐만 아니라 향군에 대한 믿음을 뜻하기도 했다.

오아레 벼에 어떻게 해충이 생겨날 수 있는가, 어째서 향군마마는 아무것도 해 주시지 않을까, 라는 소리를 백성들이 속삭이기 시작했음을 올리애도 알고 있었다.

마슈의 손에서 전해지는 따뜻한 온기를 느끼면서 올리애는 자신이 한심할 정도로 무력하다는 생각이 들었다.

'보나마나 이르 카슈가는 나에게 새로운 오아레 벼를 축복해 달라고 하겠지. 그리고 이렇게 된 이상 나는 그 벼를 축복하지 않을 수 없다. 초대 향군이 기르지 못하게 하려고 했던 오아레 벼를, 바로 내가…… 온 땅에 널리 퍼뜨리는 것이다.'

환호성이 계속 이어지고 있었다. 하늘은 파랗고 높았다. 바람이 불어올 때마다 구원의 벼의 향기로운 냄새가 볼을 간지럽혔다.

'아이샤는 이 냄새에서 어떤 소리를 듣고 있을까? 나도 그 소리를 들을 수 있으면 무언가를 바꿀 수가 있었을까? 향군으로 살아온 세월 동안에 정말로 사람들에게 도움을 줄 수 있는 무언가를……'

자신을 칭송하는 사람들의 목소리가 채찍이 되어 온몸을 내리치는 것 같이 느끼면서도 올리애는 얼굴에 미소를 지으며 계속 걸었다.

❋

향군마마께서 찾으신다는 말을 들은 아이샤는 저녁도 먹지 않고 향군 처소 가장 깊숙한 곳에 있는 올리애의 방으로 향했다.

문 양옆을 지키고 있는 호위무사들이 아이샤를 보더니 목례를 하고 말없이 문을 열어 아이샤를 안으로 들였다.

불빛이 여러 군데 있는데도 방이 워낙 넓어서 어두컴컴하게 느껴졌다. 그 넓은 방 안쪽 자리에 병풍으로 둘러싸인 향군 어좌가 있었다.

그곳에서 풍겨오는 올리애의 냄새에서 평소와는 다른 들뜬 마음이 느껴졌다. 지밀至密나인이 보이지 않아 올리애가 물러가 있게 했음을 알아차린 아이샤는 긴장이 되었다.

"향군마마, 아이샤 로리키이옵니다."

곧바로 올리애의 목소리가 들렸다.

"아이샤, 어좌 안쪽으로 들어와."

병풍 안쪽에는 아름답게 세공된 화로가 있었고 향기로운 냄새로 가득했다. 아이샤가 들어가자 올리애는 큼직한 의자에서 일어나 말했다.

"불러서 미안해. 저녁도 아직 못 먹었지?"

"괜찮습니다. 급한 볼일이 있으신지요?"

올리애가 고개를 끄덕이더니 책상 위에 있던 가늘고 긴 종이를 주며 말했다.

"이것 좀 읽어 봐."

"비둘기 편지네요."

"그래. 조금 전에 마슈한테서 왔어."

그 목소리에서도 흥분이 느껴졌다. 암호문을 받아서 읽기 시작한 아이샤는 헉 하고 숨을 들이켰다.

'아버지 귀환. 서둘러 아이샤를 리키다 마을로.'

"다른 세상으로 이어진 통로가 열린 거야."

올리애의 말에 아이샤는 고개를 들어 망연자실한 표정으로 올리애를 쳐다보았다.

"이 편지는 천로산맥 기슭의 삼림지대 비둘기 집에서 보내온 거야."

"……!"

올리애가 생긋 웃었다.

"천로산맥의 삼림지대면 네가 자란 곳이지? 마슈는 아마 국경 시찰을 위해 그 근처에 있었던 모양이야. 이런 때에 우리가 모두 서칸탈에 있다니 얼마나 다행스러운 일인지!"

올리애의 얼굴이 발그스레 상기되어 있었다.

"서둘러서 마슈한테 가 줘, 아이샤."

올리애의 눈망울에는 어딘지 서글픈 빛이 서려 있었다. 올리애가 살짝 갈라진 목소리로 속삭이듯이 말했다.

"진짜 향군이 태어난 곳, 네 어머니와 마슈의 어머니가 태어난 고향이 어떤 곳인지 알 수 있게 된 거야. 도대체 어떤 곳일까, 그곳은?"

# 2
## 기도하는 물가

연한 푸른색 하늘을 배경으로 새하얀 봉우리들이 선명한 모습을 드러내고 있다. 봉우리는 꼭대기만 눈으로 덮인 게 아니라 산등성이 전체가 새하얀 모습이었다.

그런데 산봉우리만 흰 게 아니었다. 산길 곳곳에 솟아있는 바위도 하얬다. 길 양옆으로는 나무들이 울창했고 그 속으로 숨듯이 피어있는 선홍색 꽃과 파란 꽃이 이따금 모습을 드러내며 가끔 불어오는 바람에 한들거렸다.

"아이샤."

길을 안내하는 남자 둘과 함께 앞서 걸어가던 마슈가 발걸음을 멈추었다.

"여기부터는 지반이 약하고 땅 아래가 비어서 발이 빠지는 곳도 있다. 그런 곳을 잘못 디뎠다가는 큰일 난다. 허리에 줄을 매줄 테니 이쪽으로 와라. 서두르지 말고 천천히 발치를 조심하면서 오거라.”

길을 안내해 주는 남자들은 둘 다 큰 키에 잘 길들인 가죽처럼 피부가 까무잡잡하고 반질반질했다. 얼굴 생김새부터 말투에 이르기까지 전형적인 유곡사람, 즉 마키시인 그들을 처음 봤을 때 아이샤는 그립고 반가운 느낌이 들었다.

고향을 떠난 지 벌써 6년이었다. 철없고 어리기만 했던 남동생 미르차도 어느새 아이샤보다 키가 큰 청년으로 자라났다. 동생은 제국 수도 근교에 있는 농원에서 농부로 일했다. 조부가 왕위에서 쫓겨나지 않았더라면 번왕의 자리를 계승할 후계자로 자랐을 아이다. 그러나 마키시 남자들에 지지 않을 만큼 까맣게 탄 얼굴로 신나게 밭일을 하고 있을 남동생을 생각하면 오히려 이렇게 된 게 다행이라는 생각이 들었다.

아이샤도 지금의 처지를 돌아볼 때마다 새삼 자신의 행운이 신기하기만 했다. 주쿠치에게 잡혀 죽을 뻔한 자신들이 이렇게 각자 자기의 능력을 발휘할 수 있는 곳에 있다. 아버지와 어머니가 저세상에서 지켜보고 계신다면 틀림없이 기뻐하시겠지.

토울라이라에 발을 들여놓으니 아버지와 어머니와 동생, 그리고 할아범까지 함께 살던 때의 추억이 새록새록 떠올랐다.

굶주림에 시달리며 피할 곳을 찾아 떠돌던 그 여정 때문에 어머니는 병이 생겨 자리에 눕는 일이 많았다. 그래서 즐거운 날들은 손꼽을 정도밖에 없었다. 그래도 환한 햇살 아래서 꼭 안아주었을 때의 따스함이나 어머니의 향기는 아직도 생각이 났다.

바람에 청향초 냄새가 섞여 있어서인지 숲속에서 길을 잃었을 때, 마슈의 큰할아버지가 구해준 이후에 어머니가 중얼거렸던 한 마디가 뇌리에 되살아났다.

'아아…… 그래서 청향초 냄새가 났구나.'

'……어머니.'

하얀 산봉우리를 바라보며 아이샤는 저 산 어딘가에 있다는 신의 나라 오아레마즈라를 생각했다.

어머니, 그리고 마슈의 어머님이 태어난 곳. 그곳은 어떻게 생겼을까? 그곳을 본 사람을 이제 곧 만나게 된다는 생각에 너무 흥분되어서 아이샤는 숨이 막힐 정도였다.

마슈의 고향인 아잘레에서 기다리고 있던, 지금 길을 안내해 주는 저 남자들은 기도하는 물가라고 불리는 산속의 기도소에서 내려온 수행자들이었다.

마키시는 천로산맥의 산들이 잠잠해져 사람들에게 산의 은혜를 내려주기를 기원하도록 매년 각 씨족마다 한 명씩 기도의 임무를 맡을 젊은이를 선출했다. 그렇게 선출된 젊은이들은 1년 동안 토울라이라 안쪽의 기도소에서 고향 사람들의 안녕을 기도하며 생활했다.

그런 젊은이 중에서도 특히 강건한 자는 산꼭대기에서 기도를 올리는 등정 수행을 시도하는데 산꼭대기로 가는 길은 매우 험하기에 이 위험한 수행을 이루어낸 수행자는 동료들로부터 선한 자라는 칭송을 받았다.

토울라이라에는 예로부터 신들의 입이라고 불리던 신비한 연못이 곳곳에 있었다.

눈 녹은 물이 메말랐던 계곡을 흐르는 계절에 아름다운 물이 고인 작은 연못이 나타났다가 계곡에 물이 사라질 무렵이 되면 그 연못도 홀연히 자취를 감추고 연못이 있던 곳에는 땅속으로 이어지는 깊은 구멍이 모습을 드러냈다.

이것은 토울라이라 땅속에 계시는 신들이 여름이 다가오면 오랜 잠에서 깨어나 입을 벌리고 연못 물을 모조리 마셔버리기 때문이라고 일컬어졌다.

그리고 신들이 눈 녹은 풍경을 꿈꾸는 봄이 되면 아름다운 연못은 다시금 모습을 드러냈다.

기도하는 물가는 그런 연못 물가에 있었다. 젊은이들은 봄부터 초여름까지 연못에서 목욕을 하다가 연못이 사라진 후 깊은 구멍 주변에 절구 모양의 풀숲이 나타나면 그 풀숲 주변을 천천히 돌면서 천지를 찬양하는 기도곡을 불렀다.

작년 겨울에는 눈이 적었다. 그런 해에는 신들이 일찍 눈을 뜬다고 전해지는데 그 이야기처럼 초여름이 찾아오기도 전에 연못이 자취를 감췄다.

연못이 사라져버리고 한참이 지나 여름이 끝나갈 무렵 큰바람이 불었다. 기도소 밖으로 나가기가 망설여질 만큼 강풍이 불었던 날의 이튿날 아침, 기도곡을 노래하기 위해 밖으로 나온 젊은이들은 시끄럽게 울면서 풀숲 상공을 빙빙 도는 새들의 모습을 보고 죽은 짐승이 있는 모양이라고 짐작했다.

식량이 떨어질 무렵이라 죽은 짐승이 아직 먹을 만한 상태면 좋겠다는 생각을 하면서 젊은이들은 새들이 무리 지어 날아다니는 곳으로 가보았다.

그들은 그곳에서 쓰러져 있는 남자를 발견했다. 남자는 이상한 옷을 입고 있었다. 머리는 봉두난발이었어도 수염은 말끔하게 면도한 상태였고 야위었지만 단정한 생김새였다.

그리고 남자 주변에 처음 보는 벌레가 떨어져 있었다. 메뚜기와 비슷한데 보통 메뚜기보다 크고 턱도 훨씬 큰 벌레였다. 남자의 몸 근처에 어지럽게 흩어져 있는 그 벌레의 시체를 새들이 달려들어 연신 쪼아먹고 있었다.

이 메뚜기 떼 속을 걸어왔는지 남자의 머리카락과 옷에는 메뚜기 날개와 다리 등이 잔뜩 묻어 있었다.

기도를 위해 오는 젊은이들과 심신을 정결케 하고 기원하러 오는 자들 외에는 발을 들여놓을 수 없는 금기의 땅에 홀로 쓰러져 있는 남자를 발견한 젊은이들은 크게 놀랐다. 그래도 그 남자를 기도소로 데리고 돌아왔다.

기도소로 데려오자 남자는 정신이 들었는지 눈을 떴으나 무슨 말을 해도 대답이 없었다. 넋이 빠진 사람처럼 그저 멍하니 이런저런 질문을 하는 젊은이들을 바라볼 뿐이었다.

강풍이 분 다음에 홀연히 나타난 봉두난발의 남자를 보며 젊은이들의 머릿속에는 어느 날 자취를 감췄다가 한참 만에 돌아온 자들에 대한 이야기가 떠올랐다.

그중에서도 아잘레 출신의 젊은이는 행방을 알 수 없게 된 세 사람의 이야기를 들으며 자랐기 때문에 이 남자가 그중의 하나가 아닐까 하는 생각이 들었다. 그래서 어떻게든 남자를 아잘레로 데리고 가려고 했는데 무슨 영문인지 남자는 기도하는 물가를 떠나려 하지 않았다. 손을 잡고 데리고 가려 해도 무언가에 겁을 내는 사람처럼 심하게 몸부림치며 저항했고 기도소 입구에서 절대 밖으로 나가려 하지 않았다.

난처해진 젊은이가 위급할 때 날리는 비둘기를 고향인 아잘레로 날려 보냈다. 그 소식을 들은 아잘레 사람들은 그 남자가 행방불명이 된

세 사람 중의 하나가 틀림없다고 하면서 흥분했다.

그리고 발견된 남자의 나이와 생김새로 보아 유마 카슈가일 가능성이 크다고 여긴 아잘레 사람들이 마슈에게 비둘기를 날려 보낸 것이었다.

마슈는 예전에 국경을 감시하는 일을 시작하면서 고향 사람들과 언제든 긴밀한 연락을 주고받을 수 있게 해 두어야 할 필요성을 느꼈다. 그래서 독자적으로 통신망을 구축하여 자기가 어디에 있어도 가장 짧은 시간 안에 비둘기 편지를 받을 수 있도록 조치해 두었다. 그런 조치가 이번에 뜻하지 않은 형태로 힘을 발휘한 셈이었다. 덕분에 아이샤가 천로산맥으로 향하는 길목에 있는 리키다 마을에 도착했을 때 마슈는 이미 토울라이라로 가기 위한 만반의 준비를 갖춘 상태로 기다리고 있었다.

리키다의 숙소에서 아이샤는 마슈로부터 지금까지의 경위를 자세히 들었다.

"아버님은 여자아이를 데리고 오시지 않았던 거네요?"

"그런 모양이다. 처음 보는 낯선 옷을 입고 봉두난발이면서도 면도는 말끔하게 했다는 부분은 전해져 내려오는 이야기 그대로인데 혼자만 쓰러져 계셨다고 하더군."

"그러면 할아버님이나 큰할아버님께서는……."

"돌아오시지 않은 모양이다."

할 말을 잃은 아이샤에게 마슈가 말했다.

"안타깝지만 어쩔 수 없지. 아버지가 돌아오셨다는 것만 해도 기적이나 다름없으니까."

평소와 다름없이 침착한 말투였지만 마슈의 몸에서는 열기를 띤 향

굿한 냄새가 풍겨왔다. '나도 지금 비슷한 냄새를 풍기고 있겠구나' 하
고 아이샤는 생각했다.

"아버지는 말씀을 못 하시는 모양이다. 큰할아버지 때도 고향으로
돌아와서 한동안은 아무 말씀도 못 하셨다고 했으니까 만나도 그쪽 이
야기를 듣지는 못하겠지."

"하지만 그래도……."

"그래. 그래도 만나 보면 뭔가 알 수 있을지도 모르니까."


마슈가 아이샤의 허리춤에 달아준 안전용 밧줄을 잡고 걷기 시작한
지 얼마 되지 않아 메마른 계곡이 나타났다.

눈이 녹는 계절에는 물이 흐른다는데 지금은 바닥이 온통 돌과 나무
토막 등으로만 뒤덮여 있었다.

여기보다 훨씬 더 위쪽으로 산꼭대기를 향해 올라가면 나무도 자라
지 않는 높은 곳이 나오는데, 그곳에는 지면이 하얗게 갈라진 곳이 있
다는 이야기를 옛날에 등정 수행을 이루어낸 젊은이한테 들은 적이 있
었다.

'……나무도 자라지 않는 높은 산중에 있는 하얀 바윗길, 깊이 파인
계곡 모양새가 다도올라 같구나.'

다쿠 아저씨네 산장에서 마슈가 읊어 주었던 구절이 떠올랐다.

마슈는 아버지가 남기신 수기를 읽고 나서 혼자 몰래 이 부근을 돌
아다녔다고 했다.

기도수행을 하는 젊은이들도 알지 못하게 조심하면서 이 금기의 땅
을 혼자 이 잡듯 샅샅이 뒤지며 신의 문인 유길라 산을 찾아다녔지만
아무런 단서도 찾을 수 없었다고 말했다.

그렇다면 우리는 지금 미지의 땅에 가까이 다가가고 있는 것일까? 그리고 그 미지의 땅은 마슈의 생각처럼 제국의 초대 황제가 오아레 벼를 처음 본 신의 나라일까?

'산에서 내려오면 계곡 아래를 흐르는 강물이 옥보다 진한 녹색이네. 이 땅은 산의 낮은 지대조차 강물도 호수도 있다가도 없고 없다가도 나타나는 신비한 땅이로다……'

계곡을 걷고 있는데도 오아레 벼의 냄새가 느껴져서 아이샤의 표정이 어두워졌다.

'여기까지 왔는데도 여전히……'

이르 카슈가가 구원의 벼라고 이름을 지은 그 오아레 벼는 서칸탈에서도 널리 재배되고 있다.

동칸탈을 지나 서칸탈로 넘어오는 동안 어디를 가도 구원의 벼 냄새는 두꺼운 구름 띠처럼 끈적하게 대지를 떠다녔다. 토울라이라를 걷기 시작한 다음에도 그 냄새에서 도망칠 수가 없었다.

산으로 들어가면 따라오지 않으려니 생각했다. 그러나 여기까지 왔는데도 그 냄새가 느껴졌다. 장소에 따라 짙어지고 옅어지는 차이는 있어도 완전히 사라지지는 않았다.

냄새에는 흐름 같은 것이 있다. 강물이 하류로 내려갈수록 강폭이 넓어지듯이 냄새도 처음 풍긴 곳에서 멀어질수록 폭이 넓어졌다. 그 속을 흩어지면서 흘러오는 냄새 덩어리는 냄새의 근원에서 멀어질수록 퍼져나갔다. 그래서 냄새의 근원에서 멀어질수록 냄새를 포착하기는 힘들었다.

그런데 오아레 벼의 냄새는 다른 식물 냄새와는 달리 좀처럼 흩어지지 않았다. 찐득하게 땅바닥을 기면서 계속 남아있기 때문에 산자락을 타고 피어오르는 안개처럼 산바람에 밀려서 산 위로 올라오는지도 모른다.

메마른 계곡 중간까지 왔을 때 문득 멀리서 풍겨온 냄새가 볼을 쓰다듬었다. 그 순간 온몸에 소름이 돋았다.

이건 지금까지 한 번도 맡아본 적이 없는 냄새였다.

아이샤가 갑자기 제자리에 우뚝 서는 바람에 허리춤에 묶은 밧줄로 이어져 있던 마슈가 놀라서 돌아보았다.

"왜 그러냐? 괜찮으냐?"

아이샤는 넋이 나간 표정으로 마슈를 쳐다보았다.

멀리서 무언가가 떼지어 속삭이면서 움직이고 있었다. 맡아본 적이 없는 냄새의 속삭임이었다. 제자리에 선 채로 눈을 감았더니 지금까지 느껴본 적이 없는 묘한 감각에 사로잡혔다.

대지가 호흡하고 있다. 멀리서 어마어마하게 큰 무언가가 숨을 들이쉬었다가 내쉬고 다시 들이쉬었다가 내쉬는 느낌이 들었다.

구원의 벼 냄새의 띠가 무언가에 빨려 들어가듯이 빠른 속도로 산등성이를 타고 올라갔고 거기에 호응하듯이 멀리서 미지의 냄새가 불어내려왔다.

전혀 모르는 냄새인데도 어째서인지 먼 옛날 어딘가에서 본 듯한 풍경이 자꾸만 머릿속에 떠올랐다. 지독하게 그리웠다. 그리우면서도 무서웠다.

눈을 떴을 때 자기가 그쪽을 향해 걸어가려 했다는 사실을 깨달은 아이샤가 바들바들 떨기 시작했다. 마슈가 길 안내를 하는 젊은이에게 뭐라고 말한 다음 가까이 다가왔다.

"아이샤, 왜 그러냐?"

어깨를 잡은 손에서 느껴지는 온기에 정신이 돌아온 아이샤가 입을
열었다.

"……마슈 님, 이 냄새 못 느끼세요?"

"냄새?"

마슈가 미간을 찌푸리면서 눈을 감았다.

잠시 후 퍼뜩 놀라며 눈을 떴다.

"느껴져요?"

"그래. 아주 조금, 희미하게. 묘한 냄새네."

"맡아본 적이 없는 냄새죠?"

마슈가 끄덕였다.

"나한테는 아주아주 희미하게만 느껴지는데 너는 분명하게 알 수 있
는 거지?"

아이샤가 끄덕였다.

"외국말 같은 느낌이에요. 많은 이들이 한꺼번에 떠드는데 너무 멀
어서 제대로 들리지 않는 듯한 느낌. 그리고 풍경도 떠올라요. 추억 속
에 있는 듯한 아득한 무언가가……."

마슈의 얼굴이 약간 창백해진 듯했다.

"어디에서 풍겨오는지 알 수 있겠어?"

아이샤가 눈을 감았다.

어둠 속에 눈으로 보는 것과는 다른 세상이 떠올랐다. 엉기고 뒤틀
리면서 풍겨오는 냄새의 자락을 발견한 아이샤가 손가락으로 그 줄기
를 따라갔다.

눈을 뜬 아이샤가 한 방향을 가리켰다. 하얀 산세가 이어지는 가운
데 제일 높은 산 왼쪽으로 그보다 약간 낮은 봉우리가 있는데 그쪽에

서 풍겨오고 있었다.

그 봉우리를 올려다본 마슈가 입속으로 중얼거렸다.

"……하얗게 빛나는 신의 산 유길라."

아이샤도 그 봉우리를 바라보았다. 저 산이 유길라인가?

"기도하는 물가도 저 방향에 있다."

아이샤와 마슈는 서로의 얼굴을 바라보았다.

마슈는 손을 뻗어서 아이샤와 자신을 이어놓았던 허리의 밧줄을 풀었다.

"가자. 일단은 기도하는 물가로."

# 3
## 습격

   조촐한 석조 건물 안으로 들어가는 마슈의 뒷모습을 바라보면서 아이샤는 노을 지는 바람 속에 서 있었다.

   좀 전까지 화창했던 하늘에 구름이 피어오르기 시작했다. 바람이 점차 강해지더니 휭휭 소리치며 풀밭 위로 불어댔다.

   함께 들어가자고 말한 마슈에게 아이샤는 우선 혼자서 들어가 보라고 했다. 오랫동안 만나지 못했던, 다시는 만나지 못할 줄 알았던 아버지와의 재회다. 아이샤가 옆에 있으면 솔직하게 감정을 드러내는 데에 방해가 되지 않을까 하는 생각이 들어서였다.

   여기까지 안내해 준 젊은이들도 다른 젊은이들과 함께 기도소 바깥으로 나와 풀밭 위를 천천히 걸었다. 그들이 부르는 기도곡이 바람을 타고 띄엄띄엄 들려왔다.

   풀밭에는 군데군데 움푹 들어간 곳이 있었다. 절구 모양으로 움푹

패어있는 곳 중에서 제일 큰 웅덩이. 그 한가운데에 있는 깊은 구멍, 즉 신들의 입이 벌어진 풀밭 둘레를 젊은이들이 기도곡을 부르면서 빙빙 돌다가 가끔씩 발걸음을 멈추고 신들의 입을 향해 머리를 깊이 숙이곤 했다.

청향초 냄새가 났다. 풀밭에 꽃이 피어 있는 모양이었다. 꽃이 피는 계절은 지났지만 그래도 청량한 이 향기는 틀림없이 청향초였다.

풀밭에서 풍기는 냄새는 청향초 향기뿐만이 아니었다.

이곳으로 오는 도중에 느낀 미지의 냄새는 기도하는 물가로 향하는 내내 점점 더 짙게 풍겨왔고 지금은 분명히 느낄 정도가 되었다.

가운데에 깊은 구멍이 있는 움푹 팬 풀밭 위를 알 수 없는 냄새가 너울너울 떠돌고 있었다.

움푹 팬 곳에 가라앉은 구원의 벼 냄새가 그 알 수 없는 냄새와 섞여서 밧줄이 서로 엉키듯이 뒤엉킨 채 천천히 맴돌고 있었다.

'……이리 와……이리 와……이리 와……'

구원의 벼 냄새와 미지의 냄새가 바람에 날리면서 춤을 췄다.

'이 미지의 냄새가 미지의 땅에서 풍겨오는 것이라면 냄새의 길을 따라가면 그 곳으로 갈 수 있을까?'

가 보고 싶다는 생각과 두렵다는 생각이 번갈아서 아이샤의 마음을 뒤흔들었다.

바람 속에서 희미하게 날개 치는 소리가 들렸다. 주변은 벌써 희미한 어둠 속에 가라앉아 제대로 형태를 알아볼 수 없었지만 수많은 벌레가 어지럽게 날아다니는 듯했다.

그 벌레에 주목했더니 그 순간 이상하게 온몸에 소름이 돋는 듯한 불안감이 느껴졌다.

아이샤는 눈을 감았다. 눈으로 보고 있던 풍경이 사라지자마자 뇌리에 떠오른 냄새의 풍경에 아이샤는 아연실색했다.

미지의 냄새를 풍기는 벌레들이 구원의 벼의 냄새 소리에 이끌린 듯이 냄새의 띠에 뛰어들어 온몸을 흠뻑 적시고 있었다.

충격으로 아이샤는 온 몸에 전율을 느꼈다.

이 벌레들은 구원의 벼 냄새에 끌린 것이다.

자기도 모르게 눈을 떴더니 기도수행을 하는 젊은이들이 이쪽을 향해 뛰어오는 모습이 보였다. 얼굴 앞에서 무언가를 쫓는 것처럼 손을 휘휘 저으면서 뛰어왔다.

길 안내를 해 준 젊은이가 아이샤에게 외쳤다.

"……퍼뜩 안으로 들어가유~! 벌레가 엄청나유!"

아이샤는 고개를 끄덕이고 기도소로 돌아가 문을 열었다. 기도수행을 하는 젊은이들이 머리카락이나 옷에 달라붙은 벌레를 털어내면서 건물 안으로 뛰어 들어왔다. 아이샤도 어깨에 붙어 있던 벌레를 털어내고 서둘러 안으로 들어가 문을 닫았다.

"왜 그러냐?"

안쪽 방에서 마슈가 나오며 미심쩍은 표정으로 물었다.

"벌레가 엄청나유~! 도저히 밖에 못 있겠구먼."

"벌레?"

젊은이들이 앞다투어 말했다.

"메뚜기유~. 근디 보통 메뚜기가 아니라 이상한 놈이구먼유."

"그기~ 아버님께서 쓰러져 기셨던 데에도 음청시레 죽어 있던 그놈이구먼."

"맞어, 그놈이구먼. 머리에 엉겨 붙어 갖고 죽어도 안 떨어져. 독헌

놈이. 옷에도 달라붙어 있고."

말없이 듣고 있던 마슈에게 젊은이 중 하나가 물었다.

"아버님은 워떠셔유? 마슈 님은 알아보시남유?"

마슈가 쓴웃음을 짓더니 마키시 사투리로 대답했다.

"알아보셨능가 모르겠구먼. 눈만 비시시 뜨셨다가 금~방 또 잠드시더만."

"그랬구먼유. 다들 그러더만유. 오래 눈 뜨고 있기 힘들어 보인다믄서."

"그런 모양이구먼. 워쩌겄어. 다시 눈 뜨시믄 또 말을 혀 봐야지."

젊은이들은 고개를 끄덕이더니 식사 준비를 위해 주방으로 들어갔다. 거실에는 마슈와 아이샤 둘만 남았다.

아이샤의 표정을 눈여겨보고 있었는지 마슈가 다가왔다.

"왜 그러느냐? 얼굴이 새파랗게 질렸는데."

아이샤가 대답하려고 입을 막 여는데 침실 쪽에서 '으으~' 하고 신음하는 소리가 들렸다. 짐승이 으르렁거리는 듯한 소리였다. 마슈가 재빨리 뒤돌아서 침실로 뛰어들었고 아이샤도 뒤따랐다.

유마가 침대 위에서 윗몸을 일으킨 채 머리를 손으로 싸매고 부들부들 떨고 있었다. 눈을 치켜뜨고 위쪽으로 나 있는 창문 쪽을 응시하고 있었다. 창문은 닫혀 있었지만 무언가가 그 창문에 부딪치는 소리가 타닥타닥 하고 들렸다.

"아버지!"

마슈가 아버지에게 달려가 그 어깨를 안았다. 유마는 한순간 놀란 표정으로 마슈의 얼굴을 보았다. 아들을 알아보았는지 아닌지 그 겁에 질린 표정으로는 분간할 수 없었다. 그래도 어깨를 감싼 아들의 손을 뿌리치지는 않았다.

느닷없이 유마의 몸에서 힘이 쭉 빠졌다. 마슈는 축 늘어진 아버지의 몸을 천천히 눕혔다.

유마는 눈을 감고 있었다. 그러더니 금세 잠들었는지 새근새근 깊은 숨소리를 냈다.

아이샤는 가만히 침대로 다가가 잠든 얼굴을 바라보았다.

야위기는 했어도 마슈와 많이 닮은 얼굴이었다. 그리고 그 몸에서는 저 벌레들의 냄새가 났다.

"……마슈 님."

아이샤가 속삭이듯이 부르자 마슈가 고개를 들었다.

"밖에 있는 벌레, 메뚜기처럼 생긴 벌레는……."

'타닥타닥'하고 무언가가 벽과 지붕에 부딪치는 소리가 들렸다.

"아마 미지의 땅에서 날아온 걸 거예요."

마슈의 눈이 휘둥그레졌다.

"낯선 냄새를 풍기고 있어요. 한 번도 맡아본 적이 없는 냄새가 나는 벌레예요. ……제 생각에 이 벌레 떼는……"

아이샤가 덜덜 떨면서 말을 이었다.

"구원의 벼 냄새가 부르는 소리를 듣고 날아오는 것 같아요."

벌레가 부딪히는 소리는 밤새도록 들려왔다. 그러다가 날이 밝자 조금씩 조용해졌다.

이튿날 아침 젊은이 중 하나가 살금살금 문을 열고 바깥을 내다보더니 '으악'하고 비명을 질렀다.

아이샤는 마슈와 함께 바깥으로 나갔다가 눈앞에 펼쳐진 광경을 보고는 망연자실해졌다.

풀밭이 잿빛으로 물들어 있었다. 그 이상한 벌레 떼의 시체들이 풀밭을 온통 뒤덮듯이 사방에 널려 있었다. 아직 살아있는 벌레는 가느다란 띠처럼 떼를 지어 산기슭 쪽으로 날아갔다.

마슈는 풀밭에 진동하는 냄새를 맡더니 중얼거렸다.

"그래, 그 냄새네."

마슈는 풀밭에 쭈그리고 앉아서 벌레 시체에 코를 가까이 댔다가 얼굴을 들었다. 그리고 풀 위에 한쪽 무릎을 댄 채로 풀밭 저 멀리 이상한 벌레가 떼 지어 날아가는 쪽을 바라보았다.

"아이샤."

마슈가 하려는 말이 무엇인지 안 들어도 알 수 있었다. 어제부터 아이샤도 같은 생각을 계속해 왔기 때문이다.

"저 벌레가 날아오는 쪽을 거슬러 올라가면 미지의 땅 입구를 찾을 수 있을지도 모른다. 너라면 벌레가 보이지 않아도 찾을 수 있겠지?"

"마슈 님."

아이샤가 말했다.

"저는 벌레가 날아 온 방향보다 지금 향하는 방향이 더 마음에 걸려요."

마슈가 말없이 아이샤를 쳐다보았다.

두 사람은 오래도록 그렇게 서로를 바라보고 있었다. 서로가 무슨 생각을 하는지 짐작하면서.

이윽고 마슈가 긴 한숨을 내쉬더니 고개를 끄덕였다.

"……네 생각이 맞겠구나. 벌레가 어디로 향하는지부터 확인해야겠지."

마슈는 일어나서 집 안에 있는 기도 수행자들 쪽으로 걸어갔다.

아이샤는 벌레들을 따라가 보는 건 혼자서도 할 수 있다고 했다. 하지만 마슈는 자기도 함께 산에서 내려가야 한다고 주장했다.

오랜 세월 기다려 온 아버지와 겨우 재회했는데 서로 말 한마디 변변히 하지 못한 채 하룻밤 만에 떠나는 건 아쉽지 않을까 염려되었지만 마슈는 끝까지 자기의 주장을 굽히지 않았다.

마슈는 이 이상한 벌레가 산기슭에 피해를 줄 가능성이 있으니 모두에게 알리기 위해 산에서 내려가 봐야 한다고 기도 수행자들에게 말하면서 아버지를 조금만 더 보살펴 달라고 부탁했다.

기도수행을 하는 젊은이들은 흔쾌히 그 부탁을 들어주었다. 산을 오를 때 길 안내를 해 준 젊은이가 따라가겠다고 자청했는데 마슈는 그 제안을 정중히 거절하고 아이샤와 둘이서만 기도소를 나섰다.

벌레 떼가 날아간 흔적을 따라가는 일은 어렵지 않았다. 벌레는 끊이지 않고 계속 날아갔고 가느다란 산길 여기저기에 그 시체가 나뒹굴고 있었기 때문이다.

눈앞에서 휘청거리며 날아가던 벌레가 느닷없이 줄이 끊긴 것처럼 땅바닥에 뚝 떨어지는 모습을 본 아이샤는 자기도 모르게 그 자리에 쭈그리고 앉아 벌레를 유심히 들여다보았다. 마슈도 옆에 한쪽 무릎을 꿇고 앉아 품속에서 얇은 종이를 꺼내 벌레 시체를 집었다.

"······가볍네."

마슈가 실눈을 뜨며 말했다.

"보기보다 훨씬 가벼워."

두 사람은 서로 얼굴을 마주 보았다.

"혹시……?"

아이샤가 자기 생각을 확인하려는 듯이 물었다.

"응. 굶어서 죽는 모양이다."

질문이 나오기도 전에 마슈가 대답했다.

벌레는 끝도 없이 날아왔다. 도중에 떨어져 죽는 것들도 많았지만 계속 날아가는 것들도 있었다. 두 사람은 자리에서 일어나 묵묵히 그 뒤를 따라갔다.

산길 중간까지는 하늘을 나는 벌레를 눈으로 보면서 쫓아갈 수 있었는데 그 뒤로는 벌레 떼가 깎아지른 낭떠러지를 따라 험준한 협곡으로 내려가는 바람에 뒤를 따라갈 수 없게 되었다.

"……어떻게 해야 하나?"

벼랑에서 몸을 내밀어 협곡을 내려다보면서 마슈가 중얼거렸다.

"마슈 님."

"응?"

아이샤가 끈처럼 서로 이어져서 줄줄이 협곡을 날아 내려가는 벌레 떼를 보면서 말했다.

"이 냄새 느껴지지 않아요?"

마슈는 눈을 감고 얼굴을 약간 좌우로 흔들면서 협곡에서 풍겨오는 냄새를 맡았다.

그러더니 눈을 뜨고는 "그렇군." 하고 말했다.

"구원의 벼 냄새가 나네. 아주 미세하지만."

마슈는 눈을 가늘게 뜨고 말했다.

"여기에서 제일 가까운 건 시달라 재배지겠군."

두 사람은 서로를 보며 고개를 끄덕이고는 벼랑을 뒤로 하고 시달라 재배지를 향해 걷기 시작했다.

시달라 재배지로 가려면 올 때 지났던 길과는 다른 길로 가야 했는데 마슈는 헤매거나 망설이는 기색 없이 성큼성큼 산길을 내려갔다. 올라갈 때 기도수행을 하는 젊은이에게 길 안내를 부탁한 이유는 기도하는 물가로 가기 위한 의례였을 뿐 실제로는 길 안내가 필요하지 않았던 모양이다.

시달라 재배지에는 정오도 되기 전에 도착했다.

'……이렇게 가까웠구나.'

마키시는 오아레 벼 재배를 금기시하기 때문에 더 떨어진 곳에 재배지가 더 있으려니 막연히 생각했었다. 그런데 같은 토울라이라 지역이기는 해도 협곡 하나를 사이에 둔 이 근방은 마키시의 영역이 아니라서 그런지 영역 경계선 코앞까지 산비탈을 깎아서 계단식 밭이 만들어져 있었다.

눈 녹은 물이 메마른 계곡을 흐르는 시기 이외에는 재배에 필요한 모든 물을 빗물에 의존해야 하고 수확한 벼 이삭을 운반하는 것도 불편할 텐데 어떻게 이런 곳에다 밭을 만들었나 하고 신기하게 생각할 만한 장소에 시달라 재배지가 있었다.

'이 정도면 냄새가 거기까지 날 만도 하지.'

아이샤는 숲의 나무들이 끊기기 전에 벌레 떼의 냄새를 감지했다. 그런데도 숲에서 나와 시야가 트이자마자 자기도 모르게 그 자리에 우뚝 서버리고 말았다.

맑은 하늘에 그 벌레가 떼로 날아와서 구원의 벼를 향해 앞다투어 달려들었다.

농부들 몇 명이 막대기 같은 것을 휘두르면서 밭 속을 뛰어다녔다. 하지만 그래 봐야 아무 소용이 없을 듯했다.

마슈가 밭을 향해 뛰기 시작했고 아이샤도 잰걸음으로 그 뒤를 따랐다.

'……이리 와……이리 와……이리 와!'

구원의 벼가 내뿜는 냄새 소리는 무언가에 빨려 들어가듯이 넘실거리면서 산을 기어 올라갔다. 그 냄새의 길을 따라 저 이상한 벌레 떼가 내려왔다.

'지금은 바람도 별로 없는데.'

구원의 벼의 냄새 소리는 끝도 없이 산허리를 타고 올라갔다.

그 냄새에 다가가자 눈에 보이지 않는 벽을 관통한 느낌과 더불어 살결이 근질근질해졌다.

바로 전까지 있던 곳과는 다른 이상한 대기의 흐름이 몸을 감싸고 도는 듯해서 아이샤는 숨을 헐떡였다.

'미지의 땅으로 통하는 길.'

그런 말이 머리에 떠올랐다.

지금은 미지의 땅과 이 세상 사이에 통로가 열려 있어서 구원의 벼 냄새가 미지의 땅 쪽으로 계속 빨려 들어가는 것이다.

그리고 그 냄새의 길을 따라 벌레들이 날아오고 있다…….

구원의 벼에 달려든 벌레 떼는 기도하는 물가에 있을 때와는 다른 냄새를 풍겼다. 강한 흥분과 환희의 냄새 같았다.

"아이샤!"

마슈가 손짓하며 불렀다. 아이샤가 그쪽으로 달려가자 마슈는 벼 줄기를 잡아당겨서 보여주었다.

줄기에 다닥다닥 들러붙어 있는 오요마를 그 벌레가 정신없이 먹어 치우고 있었다.

그 벌레는 탈피한 다음인지 날아온 벌레보다 몸집이 훨씬 컸다. 벼 줄기를 마구 흔드는데도 전혀 아랑곳하지 않은 채 커다란 턱으로 오요 마를 덥석 물더니 그대로 꿀꺽 삼켜버렸다.

마슈가 아이샤를 쳐다보면서 말했다.

"네 말대로 이놈은 구원의 벼가 부르는 소리를 듣고 날아온 오요마 의 천적이다."

아이샤가 대답하려는데 농부들이 미심쩍은 표정으로 다가왔다.

"……당신들 누구요?"

마슈가 일어나서 번왕국 시찰관의 표시인 팔찌를 내보이면서 말했다.

"번왕국 시찰관 마슈 카슈가다."

아이샤도 향사의 팔찌를 내밀며 신분을 밝혔다.

"향사 아이샤 로리키예요."

농부들은 깜짝 놀라며 서로의 얼굴을 쳐다보았다. 그러다 그중 한 사람이 머뭇거리면서 물었다.

"저어, 그런데 도대체 무슨 일로……?"

마슈가 부드러운 목소리로 말했다.

"갑작스럽게 찾아와 놀라게 해서 미안하네. 우리는 이 벌레를 따라왔 네. 우리는 처음 보는 종류인데 이곳에서는 이런 벌레를 종종 보는가?"

마슈의 물음에 농부들이 일제히 고개를 저었다.

"아닙니다요, 저희도 생전 처음 보는 벌레입니다요."

"얼마 전부터 산길에 떨어져 죽은 놈이 간혹가다 보이기 시작했습 죠. 그런데 오늘 아침에 밭에 나와 보니 엄청난 벌레 떼가 날아다녀서 저희도 뭐가 뭔지 몰라 얼떨떨하고 있는 중이었습니다요."

그 말을 들은 아이샤가 엉겁결에 마슈 쪽을 쳐다보았다. 마슈도 알았다는 눈짓을 했다.

농부 중 한 사람이 얼굴을 일그러뜨리며 자기 팔을 슬슬 쓰다듬었다.

"아주 징그러운 놈입죠. 오요마를 먹어주는 건 고맙지만 그러고 나면 색깔이 확 변해 버립니다요."

마슈가 놀라서 되물었다.

"색깔이 변한다고?"

"아이구, 예~. 처음부터 다른 색 벌레가 있었는지 어떤지 모르지만 제 눈에는 아무래도 오요마를 먹으면 색깔이 변하는 것 같았습니다요."

"제 눈에도 그래 보였습니다요. 색깔만 변하는 게 아니라 배도 커졌습죠."

"색깔이 변한 놈을 볼 수 있을까?"

마슈가 묻자 농부들이 끄덕였다.

"이쪽으로 와서 보십시오. 얼마든지 있습니다요."

푸르스름한 하늘 속을 벌레가 비실비실 날아오더니 벼 속으로 뚝 떨어졌다. 머리 위로 떨어지는 벌레를 손으로 털어내면서 아이샤는 마슈와 함께 농부들의 뒤를 따라 밭으로 들어갔다.

"……아아, 여기 있네! 이놈, 이놈입니다요!"

농부 중 하나가 소리를 지르며 손가락으로 가리킨 곳을 보니 그 말대로 배가 발그스름하게 부풀어 오른 벌레가 있었다.

그 냄새를 맡은 아이샤가 고개를 갸웃거렸다.

'이 냄새……!'

그 벌레의 냄새는 하늘을 날고 있는 회색 벌레 냄새와는 약간 달랐다.

'다른 종류인가?'

그러나 배가 부풀었고 빨갛게 변한 점 말고는 모양새가 회색 벌레와 거의 흡사했다.

조금 더 자세히 보려고 얼굴을 가까이 들이댄 아이샤는 문득 아래쪽에서도 이 벌레의 냄새가 풍겨온다는 사실을 알아차렸다.

뭔가 싶어서 땅바닥에 무릎을 댄 아이샤가 흠칫하고 놀랐다. 벼의 뿌리가 묻힌 땅바닥에 봉긋이 솟은 부분이 여러 군데 보였기 때문이다.

"아이샤?"

마슈의 목소리가 들렸다. 아이샤는 대답하지 않은 채 봉긋이 솟은 부분을 손가락으로 무너뜨렸다.

흙 속에서 모습을 드러낸 것을 본 아이샤는 할 말을 잃었다.

"……마슈 님."

목소리가 갈라졌다.

마슈를 올려다보며 아이샤가 말했다.

"알이에요. 이 벌레들이 알을 낳고 있어요……!"

# 4
## 굶주림의 구름

한낮의 햇살이 쏟아지는 계단식 밭 위를 벌레가 할랑할랑 날고 있다.

'……이 정도면'

미지마는 하늘을 올려다보며 표정이 약간 풀렸다.

'심각하지는 않네. 다행이다.'

토울라이라와 가까운 서말리키 군의 수도에 있던 미지마는 그곳의 향사 숙소에서 우연히 마슈를 만났다. 그때 미지의 땅에서 벌레 떼가 몰려오고 있다는 이야기를 들었다.

그 이야기를 처음 들었을 때는 충격을 받았지만 실제로 와 보니 그리 심각해 보이지는 않았다.

아이샤는 어디 있나 하고 둘러보는 참에 벼 사이에서 아이샤가 모습을 드러냈다. 몸을 굽히고 무언가를 하다가 마침 일어난 모양이었다. 이름을 부르려고 막 입을 여는데 아이샤가 이쪽을 보고는 손을 흔들었다.

'아 참, 그렇지.'

미지마가 쓴웃음을 지었다. 아이샤는 눈으로 보지 않아도 냄새로 알아차린다.

"……미지마 님! 와 주셨네요."

밭 속에서 나타난 아이샤는 이마에 땀이 송골송골 맺혀 있었다.

"아이샤, 어디 안 좋니? 얼굴이 많이 상했는데."

아이샤가 씁쓸하게 웃었다.

"괜찮아요."

"그래? 그렇다면 다행이지만 너무 무리하지는 마라."

미지마는 하늘을 날고 있는 벌레를 올려다보았다.

"이 벌레가 오요마를 잡아먹는다면서?"

"네. 이쪽으로 와서 보세요."

아이샤를 따라 밭 안으로 들어서자 흙냄새와 오아레 벼 냄새가 물씬 풍겨왔다.

'오요마가 없네.'

이곳으로 오는 동안 지나쳤던 밭에서는 구원의 벼에 오요마가 빈틈없이 다닥다닥 붙어 있었는데 여기서는 그 검은 벌레의 모습이 보이지 않았다.

"벌레가 날아온 지 얼마 안 된 것 아니었니? 그런데도 이렇게 깨끗하게 오요마가……?"

"네. 하지만 아직은 조금 붙어 있어요. 여기 이 벼를 보세요."

아이샤가 가리킨 곳을 보니 메뚜기와 똑같이 생긴 커다란 벌레가 벼 이파리에 달라붙어 있었다.

"덩치가 보통이 아니구나, 정말."

몸뚱이도 그렇지만 머리통과 턱이 비정상적으로 컸다. 그 단단한 턱을 벌려서 오요마를 닥치는 대로 입에 넣고는 우적우적 씹어서 꿀꺽 삼켜버렸다.

잡식성인 메뚜기는 요마 종류의 천적이다. 예전에 오고다 등지에서 요기보리 농사를 짓던 시절에는 요마가 보리에 붙어 있으면 메뚜기가 날아와서 그 요마를 먹는 광경을 볼 수 있었다. 그런데 오요마는 몸뚱이가 크고 딱딱해서 일반적인 요마를 먹는 메뚜기들도 오요마한테는 달려들지 않았다. 그러나 이 이상하게 생긴 벌레는 그렇게 크고 딱딱한 오요마를 아무런 어려움 없이 씹어 먹었다.

사실 기분 좋게 볼 만한 광경은 아니었지만 그래도 오요마가 사라져가는 것을 보니 속이 시원해지는 부분도 있었다.

"오요마의 천적이 맞나 보네."

미지마가 고개를 들고 아이샤를 보았다.

"마슈 님은 심각한 표정을 짓던데, 하지만 오요마의 천적이면 여기서 알을 까고 번식해도 상관없지 않을까? 오히려 고마운 일이잖아."

미지마가 목소리를 약간 낮추며 말을 이었다.

"신의 나라에서 온 오아레 벼에 붙는 해충이 오요마인데 그 오요마를 물리칠 천적도 신의 나라에 있었던 셈이네. 그렇다면 이 또한 신의 섭리겠지."

"……"

아이샤는 어두운 표정을 한 채 아무런 대답도 없이 오요마를 잡아먹는 벌레를 바라보고 있었다.

"……아이샤?"

아이샤가 고개를 들고 대뜸 물었다.

"미지마 님은 언제까지 여기 계실 수 있어요?"

"마슈 님한테서 알이 부화하는 모습을 봐줬으면 좋겠다는 말을 듣고 오기는 했지만 그렇다고 마냥 있을 수 있는 건 아니야. 오래 걸릴 것 같으면 일단 돌아갔다가 다시 오거나 다른 사람한테 부탁하거나 해야겠지."

"그러세요?"

아이샤는 밭을 바라보면서 한동안 잠자코 있다가 말했다.

"하지만 이 벌레의 알은 부화하는 데 얼마 안 걸릴지도 몰라요."

"그래?"

"네. 벌써 알의 모양이 바뀌기 시작했거든요."

"아니, 벌써?"

"네. 여기를 보세요."

아이샤가 벼 줄기를 옆으로 밀면서 땅바닥을 가리켰다.

"······!"

미지마의 얼굴이 딱딱하게 굳어졌다. 땅바닥에는 그 벌레가 빈틈없이 빽빽이 떼로 몰려 있었고 여기저기서 암컷이 벼의 뿌리로 이어지는 땅속에 알을 낳고 있었다. 어딘지 소름이 돋는 광경이었다.

아이샤가 가리킨 곳에는 표식이 있었다. 폐기하는 물건을 재활용한 모양이었다. 막대기처럼 가늘게 자른 판자가 땅바닥에 꽂혀 있었다. 그 판자에 붓으로 적힌 날짜가 보였다.

"이게 알을 낳은 날짜니?"

"네. 알을 낳고 있는 암컷을 골라서 날짜를 알 수 있게 표식을 세워놨어요. 이게 사흘 된 알이에요."

아이샤가 흙을 살짝 쓸어내자 알집 같은 것 속에 든 알이 보였다. 미지마는 깜짝 놀라며 큰 소리로 말했다.

"알집이 이렇게 크단 말이야?"

"네. 보통 메뚜기의 알집보다 훨씬 더 커요. 게다가 암컷 한 마리가 낳는 알의 수도 훨씬 많고요."

향사는 곤충에 대한 지식도 갖추고 있어야 한다. 아이샤도 충해청장 蟲害廳長인 알리키 스승의 강의를 들은 적이 있었고 실제로 메뚜기가 알을 낳는 모습을 본 적도 있었다.

"암컷 한 마리가 며칠에 한 번씩 세 번 정도 알을 낳는데, 한 번에 백개에서 백육십 개 정도의 알을 낳는 메뚜기가 있다고 배웠어요. 그런데 이 벌레는 이틀에 한 번씩 다섯 번 알을 낳고, 한 번에 삼백 개 가까이 알을 낳고 있어요."

"……!"

아이샤가 미지마에게 다른 알집을 보여주었다.

"이쪽은 열흘쯤 된 알이에요. 제가 알아차렸을 때는 이미 여기에 알을 낳은 뒤였기 때문에 정확하게 언제 낳았는지는 모르지만 제가 온 다음에 낳은 알과 비교해서 계산해보면 대략 열흘 정도 지난 것으로 보여요."

아이샤가 가리킨 알을 보고 미지마는 눈이 휘둥그레졌다.

그것은 알이라기보다는 번데기처럼 보였다. 작은 메뚜기 모양이 뚜렷이 드러나 있었다. 가만히 보고 있으면 가끔 꿈틀대는 것까지 보일 정도였다.

"당장이라도 부화하겠네."

아이샤가 끄덕였다.

"슬슬 나올 것 같아요."

새벽이 가까운 모양이다. 문간에 드리운 천의 틈새가 희미하게 밝
았다. 한밤중부터 잠에서 깰 때마다 그 벌레 냄새가 났다. 냄새가 더
강해진 것 같아 어젯밤에는 잠을 설쳤다.

　'밤새 풍향이 바뀌었나?'

　잠시라도 좋으니 그 벌레 냄새에서 벗어나고 싶었다. 오늘 아침에는
유독 냄새가 더 지독하게 느껴졌다. 아이샤는 천막 맞은편 잠자리에서
고른 숨소리를 내면서 자는 미지마 쪽으로 몸을 돌리고는 조용히 한숨
을 내쉬었다.

　미지마는 미지의 땅에서 온 벌레를 두려워하지 않았다.

　미지마의 말처럼 저 벌레가 오요마만 먹고 식물은 건드리지 않는다
면 오아레 벼를 구하기 위한 존재가 신의 나라에서 날아왔다고 할 수
있다. 그렇다면 두려워할 이유가 전혀 없다.

　'⋯⋯그런데 어째서'

　난 이렇게 무서울까?

　'뭔가 잘못 알고 있어.'

　자꾸 그런 생각이 들었다. 위화감이 계속 느껴지는데 어째서 그런
느낌이 드는지 알 수 없어 답답했다.

　아이샤는 천으로 된 천막의 벽을 멍하니 바라보면서 계속 생각했다.

　시달라 재배지는 시달라 마을에서 떨어진 산속에 있기 때문에 농민
들은 천막을 쳐 놓고 교대로 일하러 왔다. 아이샤는 그 사람들이 가지
고 있던 예비용 천막을 빌려서 숙소로 쓰고 있었다.

　농부들이 일어난 모양이다. 옆 천막에서 연기 냄새가 풍겨왔다. 누

군가 화로의 재를 긁어서 불씨를 다시 살린 모양이었다. 또 다른 하루가 시작되었음을 알리는 냄새였다.

그 냄새를 맡는데 문득 눈 안쪽이 번쩍하는 느낌이 들었다.

'……냄새 소리!'

아이샤는 이불을 확 밀쳐내고 벌떡 일어났다. 심장이 빠르게 두근거렸다.

'구원의 벼는 아직도 계속 냄새 소리를 내뿜고 있다……!'

이제 오요마는 거의 사라졌는데도 여전히 모든 벼, 오요마가 전혀 붙어 있지 않은 벼도 오히려 예전보다 더 큰 소리로 냄새 소리를 계속 뿜어내고 있다.

'왜?'

일반적으로 해충이 적어지면 초목이 내뿜는 냄새 소리는 잠잠해지기 마련이다.

'그래.'

아이샤가 생각했다.

'내가 느낀 위화감의 정체는 이거였어!'

오요마가 없어졌는데도 오아레 벼가 여전히 냄새 소리로 외치는 이유는 지금 모여든 저 벌레 때문이 아닐까?

'저 벌레가 두려워서 벌레의 천적을 부르고 있나……?'

식물이 내는 냄새 소리에 이끌려서 날아온 해충의 천적이 그 식물에게 좋은 일만 하리라는 보장은 없지 않을까?

'정말 와 주기를 바랐던 건 다른 벌레였는데, 저 이상한 벌레가 냄새 소리를 몰래 엿듣고 날아온 것이라면……?'

그런 생각을 하는데 밖에서 비명이 들렸다.

"······뭐야?"

미지마가 그 소리에 잠에서 깨어 졸린 눈으로 이쪽을 바라보았다.

"모르겠어요. 알아보고 올게요."

아이샤는 그렇게 말하며 서둘러 옷을 입었다. 미지마도 옆에서 나갈 채비를 했다.

미지마보다 조금 일찍 밖으로 나온 아이샤는 눈 앞에 펼쳐진 광경에 할 말을 잃었다.

이제 막 떠오른 아침 해의 환한 햇살 속에서 무수한 벌레가 날고 있었다. 미지의 땅에서 날아온 벌레보다 작은 잿빛 벌레가 마치 움직이는 아지랑이처럼 구원의 벼 위를 뿌옇게 날아다니고 있었다. 농부들이 그 아지랑이를 올려다보고는 발을 동동 구르면서 뭔가를 쉴 새 없이 외쳐댔다.

그 잿빛 벌레의 뿌연 아지랑이가 구원의 벼 위로 내려앉자, 느닷없이 어마어마한 비명이 들렸다. 구원의 벼가 외치는 냄새의 비명이었다.

사방팔방에 있는 모든 벼가 일제히 비명을 내질렀다. 너무도 압도적인 냄새의 비명에 아이샤는 자기도 모르게 손으로 코를 싸맸다.

"왜 그러니? 도대체 무슨 일이······"

물으면서 밖으로 나온 미지마의 눈이 한껏 커졌다.

"저건······!"

아이샤가 뛰쳐나갔다. 벼에 가까이 다가가자 무슨 일이 벌어지고 있는지 분명히 알 수 있었다.

"아이샤!"

뒤따라온 미지마에게 아이샤가 말했다.

"알이 부화한 거예요. 저 메뚜기의 유충이······ 구원의 벼를 먹고 있어요!"

미지마는 망연자실한 표정으로 벼에 빽빽이 달라붙어 있는 잿빛 벌레를 보며 말했다.

"어떻게 부화하자마자 이렇게……!?"

이 어린 벌레는 부화하자마자 날고 있었다. 아이샤와 미지마가 보고 있는 동안에도 흙 속에서 부화한 유충들이 얇게 비치는 날개를 떨면서 하늘로 날아올랐다. 그리고 바로 급강하해서 오아레 벼에 달라붙어서 정신없이 먹어 치우기 시작했다. 오요마조차 씹지 못했던 딱딱한 줄기며 알곡까지 거침없이 씹어서 먹어 치웠다. 아작아작하는 작은 소리가 들려오는 듯했다.

벌레를 본 새들이 날아와서 유충을 먹기 시작했는데 그 정도로는 유충의 수가 거의 줄지 않았다. 유충들의 향연은 끝없이 계속되었고 그날 중으로 시달라 재배지의 오아레 벼 대부분이 먹혀버렸다.

유충들은 오아레 벼뿐만 아니라 주변의 나무와 풀들에도 달라붙어서 맹렬한 식욕으로 갉아먹었다. 땅속에 있던 무수한 알들이 잇달아 부화하면서 잿빛 벌레가 하늘로 날아올랐다가 다시 내려앉아 오아레 벼를, 그리고 나무와 풀들을 모조리 먹어 치웠다.

아이샤와 미지마는 농부들에게 보상을 약속한 다음 농부들과 함께 오아레 벼에 불을 질렀다. 어떻게든 벌레의 알들이 더 이상은 부화하지 않게 하려 했는데 이미 부화한 벌레들이 하늘로 날아올라 불을 피해서 근처 숲과 초원으로 퍼져나가는 것까지 막을 수는 없었다.

더구나 이 유충들은 이상할 정도로 성장이 빨랐다. 하룻밤 사이에 탈피했는지 이튿날에는 색이 진해지고 몸뚱이의 길이도 성충의 7할 정도까지 자란 데다가 턱이 더욱 커지고 날개도 도드라지게 크고 강해져 있었다.

모조리 불타서 시커먼 재만 무참하게 남은 구원의 벼 밭 위를 메뚜기들이 유유히 날아서 떠나갔다.

갑자기 짐승이 울부짖는 듯한 외침이 들렸다.

깜짝 놀라 소리 나는 쪽을 봤더니 농부들이 땅바닥에 무릎을 꿇고는 하늘을 올려다보며 울부짖고 있었다. 검댕이 묻어 시커멓게 된 볼을 타고 흐르는 눈물을 닦지도 않은 채 목놓아 통곡하는 그들의 모습을 차마 보고 있을 수가 없어서 아이샤는 눈을 돌려버렸다.

온갖 정성을 다해 기른 벼는 전멸했고 산양을 방목하는 목초지의 풀도 모조리 먹혀버렸다. 앞으로 살아갈 앞날이 막막하기만 한 그들의 슬픔은 아무리 보지 않으려 해도 고스란히 마음에 스며들어 가슴 속으로 깊이 가라앉았다.

농부 중 한 사람이 문득 고개를 돌려 이쪽을 봤다. 그리고 시뻘게진 눈으로 이쪽을 응시하면서 비틀비틀 다가왔다.

"……향사……님!"

농부가 불렀다. 검댕과 진흙으로 범벅이 된 얼굴에 눈물 자국이 선명하게 나 있었다.

"향군마마는 어째서 이런 일이 일어나게 하셨습니까요?"

다른 농부들도 다가왔다.

"우리 마을에서는 향군마마를 참배하러 갔습니다요. 매년 갈 돈은 없었어도, 그래도 십시일반으로 조금씩 돈을 모아 가지고 2년에 한 번은 꼬박꼬박 한 사람씩 참배하러 보냈습니다요."

"올해는 아직 참배를 안 해서 그러신 겁니까요? 그래서 노여우셔서 이런 벌을 내리신 겁니까요?"

그 사람들의 간절한 눈길을 차마 마주 볼 수 없어서 아이샤는 시선을 이리저리 피했다. 그런데 미지마가 한 발짝 앞으로 나서더니 조용한 목소리로 타일렀다.

"여러분이 참배를 안 했다고 이런 해충이 생긴 게 아닙니다."

농부가 인상을 확 찌푸렸다.

"그럼 어째서 그런 겁니까?! 어째서 향군마마는 이런 일이 일어나게 하는 겁니까?! 도대체 왜……!"

미지마는 여전히 조용한 목소리로 대꾸했다.

"비는 왜 내리나요?"

뜬금없는 질문에 농부들이 어리둥절한 얼굴로 미지마를 쳐다보았다.

"큰비가 내리면 산이 무너지고 사람이 죽을 수도 있지요. 하지만 비가 전혀 오지 않으면 농작물도 나무들도 살 수 없어요. 적당하게 내려주기를 모두가 바라지만 신들은 이 세상을 그렇게 만들지는 않았어요."

"……."

"벌레도 마찬가지입니다. 차라리 없었으면 좋겠다고 생각하는 벌레도 그 벌레를 먹고 사는 새들에게는 꼭 필요한 식량이지요."

미지마는 농부들을 한 사람씩 돌아보면서 말했다.

"향군마마께서는 바람을 통해 천지만물을 읽으십니다. 천지만물이란 바로 그런 것들, 비나 벌레처럼 사람에게는 이익이 되지 않을 수도 있는 것들이 가득하고 그 모두가 잘 어우러져서 살아가는 세상을 말합니다."

"……."

"향군마마께서 보시는 것은 신들이 만들어 낸 이 세상의 섭리입니다. 사람들에게 이득이 되는 일만 보시는 게 아닙니다. 그것만을 보시게 되면 천지만물이 일그러지고, 그 일그러짐이 돌고 돌아 결국 사람에게도 해가 미치게 되는 겁니다."

알아듣는지 못 알아듣는지 농부들은 가만히 그 말을 듣고만 있었다. 그런데 미지마가 계속 말을 하려 하자, 그중 한 사람이 잔뜩 찌푸린 얼굴로 대뜸 물었다.

"그래서 어떻게 된다는 겁니까요?"

남자가 다그쳤다.

"난 그 천지만물이니 뭐니 잘 모르겠고, 그보다 내가 듣고 싶은 건 앞으로 어떻게 되느냐 하는 겁니다요. 어떻게 하면 죽지 않고 살 수 있냐 이 말입니다요. 돈은 없지만 어떻게든 다들 주머니를 털어서 한 사람이라도 향군마마한테 참배하러 가게 하면 향군마마는 우리를 살려주실 수 있는 겁니까요?"

미지마가 한숨을 쉬었다.

"향군마마께서는 참배에 대한 상으로 여러분을 지켜주시는 게 아니에요. 여기서 기도만 드려도 그 마음을 충분히 알고 계십니다."

"……그럼 어쩌면 좋습니까요?"

"구해줘야 할 경우라면 향군마마께서는 반드시 구해주실 겁니다. 우리도 향군마마의 지도를 받아 여러분을 돕기 위해 열심히 노력하겠습니다. 면세 조치와 구휼미 배급 등을 받을 수 있게 나설 작정입니다. 그러니 여러분도 마음을 굳게 다잡고 지금 무엇을 해야 하는지 생각해주세요."

면세와 구휼미 같은 구체적인 단어가 나와서인지 농부들은 다소 진정된 모습으로 물러갔다. 그러나 여전히 불만이 남은 눈빛이었다.

'이 사람들은 세상이 돌아가는 이치를 듣고 싶은 게 아니야.'

그 뒷모습을 바라보면서 아이샤가 생각했다.

'희망을 보고 싶은 것이다.'

미지마가 농부들에게 해 준 이야기는 향사 교육을 받을 때 백성들이 물으면 이렇게 답하라면서 외우게 한 말들이었다.

오요마의 피해가 확산되었을 때 절망하고 분노하는 농부들에게 아이샤 또한 몇 번이고 같은 말을 해 주며 설득했다.

아주 드물게 그 이야기를 듣고 '그렇구나' 하고 알아듣는 표정을 짓는 사람도 있었다. 하지만 대부분의 사람들은 납득하지 못했고 마음속의 불만을 감추지 않았다.

그랬던 그들도 구원의 벼로 살길이 열리자, 예전의 불만 따위는 깨끗하게 잊은 채 만면에 웃음을 지으며 진심으로 향군에게 감사했다.

재난이 일어났을 때 왜 그런 일이 생겼는지 알고 싶어 하는 이유는 살아남는 방법을 찾고 싶어서다. '그게 세상 돌아가는 이치'라는 말을 듣고 싶어서가 아니다. 물론 향사들도 그 점을 충분히 알고 있다.

그런데도 향사들이 굳이 자연의 섭리처럼 현실과 동떨어진 이야기를 하는 이유는 일단 백성들이 잘 모르는 이야기로 향군에 대한 경외심을 느끼게 하려는 부분도 있다. 하지만 그 이유 말고도 향사들 자체가 향군이라는 존재를 잘 몰라서 설명하지 못하는 면도 있다.

'……향군은'

신과 같은 능력으로 백성들을 구할 수가 없다. 향사들은 그 사실을 모른다. 그렇다고 현실의 향군이 어떤 존재인지 제대로 알고 있는 것도 아니다.

그런데도 향군을 대신해서 사람들의 불만을 직접 마주해야 하기에 향사들은 사전에 가르침을 받은 이런 말밖에 못 하는 것이다.

"미지마 님."

아이샤가 부르자, 타다 만 오아레 벼를 발로 밟아 불씨를 끄고 있던 미지마가 돌아보았다.

"미지마 님은 제국 수도로 가주세요."

"아이샤……."

"다른 사람들에게 이 재앙에 대해 알려주세요. 저는 여기 남아서 이 메뚜기에 대해 조사해 보겠습니다."

미지마가 고개를 끄덕였다.

"그래. 내가 여기 있어 봐야 할 수 있는 게 별로 없겠구나."

뒤돌아서 천막으로 돌아가려는 미지마를 아이샤가 다시 불렀다.

"미지마 님!"

"왜?"

"도중에 말을 사서 산기슭에 있는 시달라 마을로 보내주시겠어요? 시달라 마을에는 농사용 말밖에 없다고 하네요. 빠른 말을 보내주세요."

"그러마. 안 그래도 네가 돌아갈 때 탈 말을 보내려고 했다."

"고맙습니다. 죄송하지만 되도록 빨리 보내주세요."

미지마가 의아한 표정으로 눈썹을 추켜올렸다.

"……? 넌 한동안 남아서 조사해 본다고 하지 않았니?"

아이샤가 끄덕였다.

"그래서 말이 필요한 거예요."

"뭐?"

아이샤가 산기슭으로 내려가는 길을 손가락으로 가리켰다. 그 길을 따라 색깔이 약간 짙어진 벌레 떼가 날아가는 모습이 보였다.

미지마가 눈을 크게 뜨면서 중얼거렸다.

"……설마!"

"지금 생각하신 게 맞을 거예요. 저 메뚜기 떼는 아마도 리키다 재배지로 가고 있을 겁니다."

"그럴 리가! 리키다하고 여기는 한참 떨어져 있잖아. 그렇게 먼 곳에 있는 구원의 벼 냄새를 맡고 거기로 날아간다고? 이 주변에도 나무나 풀이 무성한 곳이 있으니까 그쪽으로 가는 거겠지."

아이샤가 고개를 저었다.

"그렇다면 다행이겠지만 저도 아주 희미하게나마 저쪽 길에서 구원의 벼 냄새를 느낄 수 있거든요."

"뭐?!"

미지마는 경악하며 믿을 수 없다는 표정으로 아이샤를 쳐다보았다.

"아니, 그렇게 먼 데에 있는 벼의 냄새가…… 진짜로 난다고?"

아이샤가 고개를 끄덕였다.

"냄새는, 냄새의 특징은 쉬이 없어지지 않거든요."

어떻게 설명해야 지금 느끼고 있는 것을 제대로 전할 수 있을까 궁리하면서 아이샤가 말했다.

"예를 들자면 이런 거예요. 강가에 꽃이 흐드러지게 핀 사라야 나무가 있고 그 꽃잎이 대량으로 강물에 떨어졌을 때 나무하고 가까운 물에는 꽃잎이 많고 한꺼번에 뭉쳐 있어서 잘 보이겠죠?"

"그렇지."

"그게 강물에 떠내려가면서 처음에는 한꺼번에 뭉쳐 흐르던 꽃잎이 점점 흩어져서 퍼져가는 모양을 상상해 보세요. 꽃잎과 꽃잎 사이는 점점 벌어지고 꽃잎 자체도 물에 불어서 찢어지고 물고기가 뜯어가기도 해서 점점 작은 조각이 되겠지요. 하지만 그 작은 조각만 봐도 우리는 꽃잎이 강물에 떠내려왔구나 하고 알잖아요?"

"그렇지."

"실제로는 냄새가 꽃잎 같은 게 아니라서 지금 말씀드린 예가 정확하지는 않지만 멀리까지 떠밀려 가더라도 그게 무슨 냄새인지는 생각보다 잘 구분할 수 있다는 뜻이에요. 물론 가까이서 맡는 것보다는 알아차리기 힘들지요. 방금 떨어진 꽃잎을 줍기는 쉬워도 조금씩 띄엄띄엄 강물에 흘러오는 꽃잎 조각을 줍기는 어렵듯이 멀어지면 멀어질수록 냄새를 알아차리는 것도 힘들어지기는 해요. 그리고 꽃잎이 조각조각으로 찢어질수록 원래의 꽃잎과는 다른 모양이 되듯이 냄새도 먼 곳에서 맡으면 가까운 거리에서 맡는 것과는 다르게 느껴집니다. 그렇지만 아무리 잘게 찢어졌어도 꽃잎임을 알 수 있듯이 아무리 멀리 떨어져 있다 해도 무슨 냄새인지는 식별할 수 있다는 뜻입니다. 특히 오아레 벼의 냄새는 워낙 독특하거든요. 아주 진하고 끈적한 느낌이어서 어지간해서는 흩어지지 않고 바람이 많이 불 때 말고는 낮은 곳을 기어가듯이 흐릅니다. 그래서 먼 곳까지 풍겨오는 것 같아요. 게다가……"

아이샤가 잠시 망설이는 듯하다가 말을 계속했다.

"지금 미지의 땅과의 통로가 열려 있어서 오아레 벼 냄새가 그곳으로 빨려 들어가고 있는 것 같아요."

"……!"

"구원의 벼 냄새가 자꾸 그 방향으로 흘러가고 있는 게 느껴집니다. 리키다 경작지 쪽에서도 그런 냄새가 이쪽으로 흘러오고 있어요. 제가 느낄 수 있는 정도니까 저 메뚜기들도 맡을 수 있을 거예요."

리키다 경작지 쪽으로 날아가는 벌레 떼를 보면서 아이샤가 말했다.

"저 메뚜기들은 이상할 정도로 성장이 빨라요. 3개월 만에 세대교체를 하는 메뚜기 이야기를 알리키 스승님께 들은 적이 있는데 이 메뚜기는 그보다 훨씬 빨리 세대교체를 할지도 모릅니다. 상상도 하고 싶지 않지만 저 어린 메뚜기들이 여기로 날아온 부모 세대와 마찬가지로 리키다 재배지의 오아레 벼에 달라붙은 오요마를 먹고 알을 낳기 위해 날아가고 있는 거라면……."

미지마가 창백해진 얼굴로 아이샤를 쳐다보았다.

아이샤가 미지마를 응시하면서 말했다.

"이 메뚜기떼가 어느 정도 시일 안에 성장해서 알을 낳는지 알아봐야 합니다. 리키다 너머에도 구원의 벼 재배지는 계속 이어져 있어요. 거대한 띠처럼. 서칸탈에서 동칸탈, 그리고 제국 본토까지."

미지마가 몸을 바들바들 떨기 시작했다. 잿빛 벌레떼가 날아가는 하늘을 망연자실 올려다보며 미지마가 입속으로 중얼거렸다.

"……굶주림의 구름이 하늘을 뒤덮고 땅은 온통 메말라 사람들은 입에 풀칠도 못 하네."

미지마가 손을 뻗어 아이샤의 손을 꽉 잡았다. 그 뒤에 이어지는 문구까지 읊지는 않았어도 미지마의 표정이 말해 주고 있었다.

'아아, 향군이여, 우리를 구하소서.'

# 5
## 확대

"……아이샤 로리키 님! 혹시 아이샤 로리키 향사님 아니십니까?"

리키다 경작지 동쪽에 있는 서말리키 군의 수도로 향하는 길이었다. 말을 탄 젊은 남자 하나가 큰 소리로 아이샤를 부르며 달려왔다.

아이샤는 고삐를 당겨 말을 세운 후에 대답했다.

"예. 아이샤 로리키 맞아요. 누구시죠?"

"저는 서말리키 군의 군수님이 보낸 전령입니다. 향사님을 모시고 오라는 명을 받들고자 리키다로 가던 중이었습니다."

"군수님이요?"

"예. 상급 향사이신 미지마 님의 말씀에 따라 촌장들을 한자리에 모아 놓고 향사님이 오시기를 기다리고 있습니다. 그리로 안내해 드리겠습니다."

아이샤가 고개를 끄덕였다.

미지마는 아이샤가 탈 말을 마련한 데에 그치지 않고 이런 일까지 미리 조치해 둔 것이다.

아이샤도 군의 수도에 도착하면 제일 먼저 군수를 찾아가서 아직 피해가 나지 않은 재배지의 경작권을 가진 마을 촌장들을 한자리에 모아 달라고 부탁하려 했었다. 그런데 미지마의 조치 덕분에 시간을 상당히 벌 수 있게 되었다.

지금은 그 무엇보다도 시간이 아쉬웠다.

서말리키 군의 수도까지 가면서 아이샤는 하늘을 나는 벌레 떼의 다음 세대와 끊임없이 경주를 벌였다.

아직 어린 다음 세대 벌레 떼는 하늘을 나는 속도가 그다지 빠르지 않았다. 그래서 말을 빨리 달리면 충분히 추월할 수 있기는 한데 그렇게 쉴 새 없이 빨리 달리면 말이 금세 지쳐버렸다.

다음 세대 벌레 떼는 나뭇가지에 앉아서 나뭇잎을 먹을 때도 있었지만 전반적으로는 오래 쉬는 일 없이 꾸준히 이동했다. 그래서 아이샤 딴에는 열심히 말을 달려 앞서간다 믿었는데, 가다 보면 어느새 벌레 떼가 앞쪽에서 보이곤 했다.

말을 쉬게 할 때 외에는 제대로 쉬지도 않고 먹지도 않은 채 줄곧 서둘러 달려왔기에 아이샤의 몸은 녹초가 되어 있었다. 그러나 숨을 돌리고 싶다는 생각조차 머리에 떠오르지 않았다.

아이샤는 리키다 재배지에서 본 광경을 머릿속에서 지울 수가 없었다.

리키다에 당도한 벌레 떼는 오아레 벼의 이파리를 먹으며 탈피를 거듭하여 며칠도 채 지나지 않아 성충의 모습으로 탈바꿈하더니 신나게 오요마를 먹어 대고는 알을 낳기 시작했다.

그런데 리키다의 농부들은 끝내 구원의 벼를 태우는 것에 동의하지 않았다. 알이 부화하면 무슨 일이 벌어지는지 직접 눈으로 본 적이 없는 그들은 밭을 태우더라도 일단 군수님한테 이야기를 하고 난 후에 그렇게 해 달라며 땅에 엎드려 눈물로 애원할 뿐 절대로 물러서지 않았다.

그 사람들이 어떤 마음인지는 아이샤도 뼈아프게 공감할 수 있었다. 그러나 군의 수도까지 가서 군수를 설득한다 해도 그 허가를 받아 돌아올 즈음에는 부화가 시작될 것이었다.

리키다를 지나면 유타 산지를 둘러싸는 형태로 큰길이 두 갈래로 갈라졌다. 군의 수도가 있는 유타 북쪽 가도에는 미넬리라는 커다란 재배지가 있고 유타 남쪽 가도에는 칠라마, 기하나라는 두 개의 큰 재배지가 있다.

무슨 일이 있어도 여기서 막아야 한다는 생각에 아이샤는 리키다에 머물면서 농민들을 설득하는 쪽을 선택했다. 그런데 서로 입씨름만 되풀이하며 밭을 태우지 못한 채 시간이 흘러 버려서 알들이 일제히 부화하고 말았다. 그리하여 그 참극이 또다시 일어났다.

그제야 밭을 불태울 수 있었는데 그즈음에는 벌써 알 대부분이 부화를 마친 상태였다. 벌레 떼는 불타는 밭을 피해 하늘로 날아올라 다른 곳으로 떠나버리고 말았다.

연한 푸른색 하늘을 뒤덮듯이 피어오르는 연기와 그 속을 유유히 날아가는 무수한 벌레의 모습을 바라보면서 아이샤는 문득 자기가 한없이 쪼그라드는 듯한 착각에 빠져들었다.

드넓은 하늘과 연기, 그리고 그 속을 잿빛 구름처럼 흘러가는 벌레들. 불타고 남은 오아레 벼의 잔해. 벌레에게 먹히고 불에 탄 오요마.

'이게 세상의 모습인 거야. 사람도 오아레 벼에 기생해서 살아가는 오요마랑 다를 게 없어.'

우리는 재앙이 끝없이 되풀이되는 이 세상에서, 그때마다 비탄에 젖어 절망에 찬 비명을 지르면서도 살아갈 수밖에 없는 존재다.

땀에 젖어 축축해진 채로 바들바들 떨고 있던 미지마의 손의 감촉이 아이샤의 오른쪽 손바닥에 남아있었다. 바들바들 떨고 있던 손의 감촉이…….

아이샤는 자기 손을 쳐다보았다. 아무것도 하지 못하는 작은 손이었다.

'난 향군이 아니야.'

남들보다 냄새 맡는 능력이 좀 더 있을 뿐인 평범한 인간이다. 농민들을 설득할 능력조차 없는 인간이다. 이렇게 처참한 재앙을 막거나 해결할 힘 따위는 없다.

눈물도 나지 않았다. 그저 늘어만 가는 벌레 떼를 망연자실 바라볼 수밖에 없었다.

❊

서말리키 군의 군수는 나이가 지긋한 남자였다. 곤혹스러운 표정으로 아이샤가 하는 이야기를 듣고 있다가 말이 끝나자마자 질문을 했다.

"……그래서 구원의 벼를 태우라는 말씀인가요? 그것도 서말리키 군 전체를?"

"네. 촌각을 다투는 상태입니다. 한시라도 빨리 구원의 벼를 태워서 메뚜기 떼의 부화를 막지 않으면 서말리키는 물론이고 그 피해가 어디까지 확대될지 모르는 일입니다."

군수는 여전히 당혹스러워하는 표정으로 턱수염을 만지작거렸다. 그는 옆으로 늘어선 촌장들에게 눈으로 의사를 물었다.

촌장들은 한결같이 고개를 살짝 저으며 절대 아이샤의 요구를 받아들이지 말아 달라고 눈빛으로 애원했다.

"하지만 향사님."

군수가 말했다.

"그건 좀…… 아무리 향사님 명령이라 해도……."

아이샤는 책상을 내리치고 싶은 충동을 간신히 억누르며 애써 조용한 목소리로 말했다.

"시간이 없다니까요. 시달라 재배지와 리키다 재배지에서 무슨 일이 벌어졌는지 직접 눈으로 보셨으면 아셨을 텐데. 메뚜기 떼는 지금이라도 바로 옆에 있는 미넬리 재배지에 당도해서 구원의 벼에 붙어 있는 오요마를 먹고 산란을 시작할지도 모릅니다."

군수는 대답이 없었다. 여전히 떨떠름한 표정을 짓고 있을 뿐이었다. 나이 어린 계집애가 무슨 큰일이라도 난 듯이 이리 호들갑을 떠니 싫어 못마땅해하는 속내가 군수의 얼굴에 그대로 드러나 있었다.

"군수님!"

도저히 참을 수 없게 된 아이샤가 소리를 질렀다.

"그건 구원의 벼만 먹는 게 아니에요. 주변의 나무와 풀까지 모조리 먹어 치운단 말입니다. 방목지의 풀도, 밭의 채소까지 하나도 남지 않고 싹쓸이당할 거예요. 그렇게 배를 채운 메뚜기들은 다시 멀리까지 날아갈 힘이 생기고 눈 깜짝할 사이에 커지고 수도 늘어나서 피해 범위가 점점 넓어진단 말입니다!"

"……."

"동말리키 군까지 피해가 퍼지면 여기서 막지 못해서 그렇게 되었다는 비난을 들을 거예요. 그럼 그때 가서 뭐라고 하실 건가요?"

군수는 여전히 못마땅한 표정으로 잠자코 있다가 이윽고 입을 뗐다.

"시달라 근방은 아직 이삭이 파랗겠지만…… 여기는 그쪽보다 먼저 심어서 한 달만 있으면 추수할 수 있습니다. 추수를 끝내면……"

아이샤는 다시금 소리를 지르고 싶은 충동을 꾹꾹 누르며 말했다.

"어떻게 한 달씩 기다립니까?! 그때쯤이면 서말리키 전체가 모조리 당해서 눈 뜨고는 못 볼 지경이 되었을 텐데요."

"향사님."

군수가 달래려는 듯이 불렀다.

"절대로 향사님의 뜻을 가볍게 생각하는 건 아닙니다만, 서말리키 군 전체의 구원의 벼를 불태우라는 말씀은 사안의 규모가 너무 커서 저로서는 감당이 안 되는 일입니다. 제가 혼자 판단할 수 있는 문제도 아니고요. 우선은 번왕국 수도에 사람을 보내서 번왕님께 상의 드리고 판단은 그 후에 하는 수밖에 없습니다."

아이샤가 군수의 얼굴을 응시했다.

"그럼 미넬리만이라도요! 미넬리 재배지만이라도 태워 주세요. 지금 당장!"

군수는 다른 남자들에게 흘깃 시선을 주더니 대답했다.

"아니, 그것도 번왕님의 허락 없이는 좀……."

'……이 사람도,'

이제 곧 자기 눈으로 그 참상을 보게 되겠지. 그때가 되어서야 소각 처분에 동의할 것이다. 하지만 그러면 이미 늦어버린다.

상급 향사라면 밭 하나 정도는 강제 소각을 명할 수도 있다. 그러나 아무리 상급 향사라도 군 전체의 오아레 벼를 소각하라는 명령은 내릴 수 없다. 하물며 일반 향사에 불과한 아이샤의 신분으로는 당사자들의 동의 없이 재배지 하나의 구원의 벼조차 불태울 수 없다.

옆에 늘어선 남자들의 긴장감 없는 표정을 바라보면서 아이샤는 우적우적 소리를 내며 오아레 벼를 먹어 치우는 벌레 떼의 모습을 머릿속에 떠올렸다.

그 벌레 떼의 행동에는 망설임이 없다. 태어나고 날아오르고 먹고 알을 낳는다. 어김없이 이루어지는 그 생태의 속도에 비하면 우리 인간들의 행동은 어쩌면 이리도 굼뜰까?

몸 안쪽이 무너져 내리는 듯한 무력감에 시달리면서 아이샤는 마냥 남자들을 쳐다볼 뿐이었다.

'거처로 사용해 주십시오' 라며 안내받은 숙소에 있는 침대에 앉은 아이샤는 두 손으로 얼굴을 가렸다.

'……어떡하지?'

이러고 있는 동안에도 그 벌레 떼는 점점 퍼져나가고 있다.

미지마가 마슈에게 상황을 알리고 마슈와 라오 스승이 이르 카슈가를 설득해서 소각 허가가 내려지기를 기도하는 수밖에 없었다. 하지만 허가가 신속하게 난다고 하더라도 그 명령이 서칸탈까지 도착하려면 빨라도 한 달 이상 걸린다.

'아니야.'

제국 수도에 있는 위정자들은 그 참상을 눈으로 직접 보지 않았다. 그 벌레가 얼마나 이상한지도 모른다. 위기감을 공유하지 못하면 결정이 내려질 때까지 아득하게 오랜 시간이 걸릴 수도 있다.

오요마로 인한 위기가 사라지고 평온한 나날이 돌아온 지 얼마 되지 않았다.

지금 또다시 구원의 벼를 불태운다는 결정을 내리면 어떤 일이 벌어질까? 위정자들은 그런 생각부터 할 것이다. 소각 결정이 신속하게 내려질 리가 없다.

'……시간 안에 안 될 거야.'

활짝 열려 있는 창문 밖에서 잡다한 냄새가 풍겨왔다.

흙먼지가 날리는 길을 오가는 짐마차의 냄새. 서로를 부르면서 뛰어다니는 아이들이 풍기는 햇볕 속의 땀 냄새. 아주 평범한 오후에 거리에서 나는 냄새.

문득 깊은 피로감이 온몸을 적시는 바람에 아이샤는 침대에 쓰러지듯이 누웠다.

시원하게 피부에 스며드는 차가운 베개의 감촉을 느끼면서 눈을 감자, 그대로 잠에 빨려 들어가 버렸다.

서늘한 기운이 느껴져서 잠에서 깨어나 보니 방안은 벌써 저녁 어둠 속에 잠겨 있었다.

몸을 일으키고 손을 뻗어서 창문을 닫으려는데 어찌 된 영문인지 미지마의 냄새가 느껴졌다.

'……미지마 님?'

미지마가 여기 있을 리 없다고 생각하면서 촛대에 불을 밝혔다. 바로 그때 방 밖에서 발소리가 들려왔고 미지마의 냄새가 더욱 짙어졌다.

"아이샤, 들어가도 되니?"

문밖에서 나는 목소리에 아이샤는 허둥지둥 일어나 문을 열어 주었다. 미지마가 아이샤의 얼굴을 보자마자 말했다.

"어머, 미안해라. 자고 있었구나?"

"아니에요."

뒤로 물러나 미지마를 방 안으로 맞아들이면서 아이샤가 물었다.

"어떻게 여기 계세요? 제국 수도로 안 가셨나요?"

미지마가 고개를 끄덕이더니 의자에 앉았다.

"제국 수도까지 가는 시간이 아까워서 그랬지. 내가 가서 아무리 설득해도 대응 방안이 나올 때까지 오랜 시간이 걸릴 테니까. 그러느니 마슈 님한테 사정을 설명하는 편지를 전서구랑 파발로 보내놓고 번왕을 만나는 편이 낫겠다 싶었단다. 번왕이 정기 시찰을 위해 동말리키 군의 수도에 와 있다는 사실도 알고 있었고."

주쿠치를 설득해서 각 재배지로 시찰관을 파견하도록 했다고 미지마가 말했다.

"주쿠치가 결단력 있는 사람이어서 정말 다행이었지. 시잘 결과 당장 불태울 필요가 있다는 판단이 서면 즉시 소각할 수 있는 권한을 시찰관에게 주었으니까 군수가 꺼려도 시찰관 판단으로 소각할 수 있게 되었단다."

미지마의 이야기를 들으면서 아이샤는 끊임없이 속을 달달 볶던 심한 초조감이 약간 누그러지는 게 느껴졌다.

'미지마 님은 정말 대단해.'

우선은 번왕을 움직이게 해야 한다는 점에 생각이 미치지 못했던 자신의 미숙함이 부끄러웠다.

예전에 찜통처럼 더운 천막에서 독을 마시고 땀투성이가 되어 있던 주쿠치의 얼굴이 떠올랐다. 그로부터 불과 몇 년밖에 지나지 않았다는 사실이 신기했다.

마슈가 새로운 인생을 살게 해 준 그때 이후로 많은 것들이 완전히 변해버렸다. 지금 당장 주쿠치를 만나도 어쩌면 그는 눈앞에 있는 젊은 처자가 그때 자기가 처형하라고 명했던 계집아이라는 사실을 알아차리지 못할 수도 있다.

그렇다 해도 주쿠치를 직접 만나러 가는 것은 너무 위험한 일이지만, 미지마에게 부탁해야겠다는 생각조차 머릿속에 떠오르지 않았다. 미지마가 알아서 움직여주지 않았더라면 사태는 더 심각하게 악화되었을 것이다.

'하기야 주쿠치는⋯⋯.'

수많은 가능성을 생각해서 미리미리 손을 쓰는 남자가 맞다. 군수와는 전혀 다르다. 주쿠치가 그런 남자라는 사실이 지금 상황에서는 다행이라는 생각이 들었다.

"이쪽 상황은 어떠니?"

미지마의 질문을 받은 아이샤가 리키다에서 일어난 일을 소상히 설명했다.

그 이야기를 듣던 미지마가 깜짝 놀라며 물었다.

"닷새? 겨우 닷새 만에 알을 낳을 정도가 되었다고?"

"네. 제가 리키다에 도착했을 때만 해도 오아레 벼를 먹고 있었어요. 그러다가 탈피하고 얼마 후에 성충이 되더니 오요마를 먹으며 교미했고, 바로 알을 낳기 시작했어요. 다음 재배지까지의 거리에 따라서 달라지기도 하겠지만 알에서 나온 이후로 짧게는 닷새에서 엿새 만에 다시 알을 낳을 수 있게 되는 모양이에요."

"말도 안 돼! 그게 가능하다고? 그렇게 짧은 기간에 성장하고 산란까지 하다니……."

"저도 믿어지지 않았어요. ……하지만,"

아이샤는 머릿속으로 생각을 정리하면서 말했다.

"오아레 벼도 다른 식물과는 많이 다르잖아요. 자라는 속도도 그렇고 강한 생명력도 그렇고. 미지의 땅에서 온 생물들은 이쪽 세상 생물의 생태와는 전혀 다를지도 모르지요."

창밖에서 뭔가 떠들면서 웃어대는 남자들의 목소리가 들려왔다. 일과를 마치고 한잔하러 가는 모양이었다. 즐거워하는 목소리였다.

아이샤는 책상 위에 있는 잡기장을 펼쳤다.

"저 이상한 메뚜기는 알에서 부화하면 우선 오아레 벼를 먹고, 다 먹어 치운 다음에는 주변의 나무와 풀을 먹기 시작합니다. 그렇게 해서 오랫동안 날아갈 수 있는 몸이 되기까지 만 하루가 걸려요. 그러면 하늘로 날아올라서 다른 오아레 벼가 있는 곳까지 날아가는데, 재배지에 도착하면 우선은 오요마가 아니라 오아레 벼의 이파리부터 먹기 시작하는 것 같아요."

미지마는 상체를 내밀어 잡기장을 들여다보면서 아이샤의 말을 들었다.

"그러는 동안 탈피를 여러 번 거듭하다가 성충의 모습이 되면 오요마를 먹기 시작하면서 교미하고 알을 낳기 시작합니다."

"……그 알이 열흘 정도면 부화하는 거지?"

아이샤가 고개를 끄덕였다.

"살충액도 써 봤지만 효과가 전혀 없었어요. 일단 알에서 나와버리면 막을 방법이 없어요. 불어나는 것을 막으려면 그 열흘간, 그러니까 알이 땅속에 있는 동안에 밭을 불태우는 방법밖에 없어요."

미지마는 한동안 말없이 생각에 잠겼다. 그러다가 입을 열었다.

"메뚜기는 알을 땅속에 있는 오아레 벼의 뿌리 부분에 낳는 거지?"

"네. 거품 같은 것으로 뿌리에 달라붙어 있어요."

"그럼 역시 알들만 태우기는 힘들겠네?"

아이샤가 고개를 끄덕였다.

"오아레 벼랑 같이 통째로 태워야 합니다."

잡기장을 덮으면서 아이샤가 말했다.

"메뚜기는 계속 늘어나고 있어요. 소각이 늦어지면 부화할 때마다 몇백 배씩 늘어나게 됩니다."

"시간 싸움이네."

"네."

고개를 끄덕이며 아이샤가 말했다.

"생각해 봤는데요, 혹시 방화용 토지 같은 걸 만들 수는 없을까요?"

"방화용 토지?"

"네. 제국 수도에 있는 궁전 주변에는 만에 하나라도 화재가 궁전으로 번지는 일이 없도록 마련된 빈터들이 있잖아요? 그런 것처럼……."

"아아!"

미지마는 생각이 번뜩 떠오른 사람처럼 눈을 크게 떴다.

"그렇겠다. 저 메뚜기의 유충이 날아오기 전에 구원의 벼를 불태워서 오요마가 존재하지 않는 공간을 마련하면 산란을 막을 수 있겠네……."

그렇게 말하던 미지마의 표정이 갑자기 어두워졌다.

"하지만 그건 실행하기 힘들겠구나."

"······네."

산란이 시작되고 나서도 구원의 벼를 소각한다는 결단을 내리기까지는 시간이 걸리곤 했다. 미리 소각한다는 행위에 나서게 하려면 강력한 권력이 행사될 필요가 있을 것이다.

미지마가 한숨을 푹 쉬더니 바닥에 내려놓았던 가죽 가방에서 지도를 꺼내서 책상 위에 펼쳤다. 향사가 쓰는 오아레 벼 재배지 분포도였다.

"시달라 재배지에서 리키다 재배지까지 어린 메뚜기떼는 아주 쉽게 이동했어. 그렇다면 이 근방 일대에는······."

미지마가 서말리키 군의 서부 일대에 손가락으로 큰 원을 그렸다.

"벌써 당도했다고 봐야겠네."

"네."

"아이샤."

지도에서 눈길을 들며 미지마가 아이샤를 불렀다.

"저 메뚜기 떼는 구원의 벼 냄새를 따라가고 있다고 그랬지? 너도 그 냄새가 느껴진다고?"

"네."

"그 냄새는 어느 정도 거리까지 맡을 수 있을까? 너는 짐작이 가니?"

아이샤는 지도를 바라보며 지형을 손가락으로 짚어 보았다.

"저도 알 수 있었으면 좋겠는데 냄새는 여러 가지 조건에 따라 도달하는 거리가 달라지니까 실제로 확인해 보지 않으면 짐작하기 힘들어요."

"그래······. 그렇겠구나."

지도를 보면서 고개를 끄덕이는 미지마에게 아이샤가 말했다.

"저도 알아보고 싶다는 생각은 하고 있었어요. 소각을 시찰관에게 맡길 수 있는 거면 저는 얼마나 멀리 떨어진 곳까지 냄새가 풍기고 메뚜기가 감지하는지 조사해 보고 싶어요."

"그래. 꼭 알아보거라. 나도 도와줄 테니."

미지마가 고개를 들고 아이샤를 바라보았다.

"어디까지 소각해야 하는지, 그 선을 어디로 정하느냐에 따라 정말 많은 것들이 달라질 테니까."

아이샤도 미지마를 바라보며 고개를 끄덕였다.

그리고 다시 시선을 지도로 돌려서 리키다에서 동쪽으로 뻗어 있는 산지를 가리켰다.

"이 유타 산지가 있어서 리키다부터는 큰길이 산지의 북쪽하고 남쪽으로 갈라지잖아요?"

"그래. 유타 북쪽 가도와 남쪽 가도지."

"서말리키 군의 재배지는 이 두 개의 큰길을 따라 흩어져 있어요. 리키다 다음 재배지는 북쪽 가도 쪽으로는 여기에서 가까운 미넬리 재배지, 남쪽 가도 쪽으로는 칠라마. 리키다에서 이 두 재배지까지의 거리가 거의 비슷하니까 리키다에서 날아간 메뚜기 떼는 틀림없이 둘로 나뉘어서 양쪽으로 향했을 거예요."

"그렇게 봐야겠지. ……그럼 우리도 둘로 갈려서 쫓아가야 하나?"

"아니요."

아이샤는 시선을 돌려 미지마를 쳐다보았다.

"나뉘어서 행동하기보다는 함께 있는 쪽이 뭔가 새로운 사태가 발생했을 때 대응하기 쉬울 것 같은데요."

"맞아…… . 그렇겠구나. 여차하면 한쪽은 거기 남고 다른 쪽은 연락하러 어딘가로 갈 수도 있을 테니까."

고개를 끄덕이며 미지마가 지도를 노려보았다.

"그렇다면 우리는 북쪽 가도 쪽으로 가야겠네. 여기서 남쪽 가도에 있는 칠라마로 가려면 일단 리키다로 돌아갔다가 다시 남쪽으로 내려가야 하는 데다가 남쪽 가도는 유타 산지를 한참 우회하는 형태로 되어 있어서 거리가 머니까."

"네. 게다가 남쪽 가도에는 북쪽 가도보다 재배지가 하나 더 많아요. 그래서 구원의 벼를 불태우지 못한 채 메뚜기 떼의 도착부터 산란, 부화를 기다려야 하는 일이 벌어지면, 그사이에 북쪽 가도를 따라 날아간 메뚜기 떼가 동말리키 군으로 넘어가 버릴지도 모르고요. 그리고……"

아이샤가 지도의 한 지점을 손가락으로 짚었다.

"서말리키 군과 동말리키 군 사이에는 치다 강이 흐르고 있어요. 강폭이 상당히 넓으니까 이 강에서 구원의 벼 냄새가 끊기고 메뚜기 떼가 서말리키 군에 머물러 준다면 방화용 토지를 만들지 않아도 될지 모르니까요."

미지마가 지도에서 눈길을 들어 아이샤를 바라보았다.

"그럼 정해졌네. 우리는 내일 미넬리 재배지로 가서 그 메뚜기 떼가 와 있는지 확인하고 벌써 와 있으면 소각하는 거야. 그런 다음 북쪽 가도를 따라서 치다 강까지 가 보도록 하자."

# 6
## 오아레의 각인

아이샤는 미지마와 함께 동말리키 군의 서쪽 끝에 위치하는 치다 재배지에 있었다.

미넬리 재배지에서는 군수의 필사적이고 간절한 청을 시찰관이 받아들여 사태를 관망하는 바람에 소각이 제때 이루어지지 않았다. 그래서 벌레 떼는 부화를 마치고 유유히 날아가 버렸다.

아이샤와 미지마는 어린 벌레 떼가 천천히 날아가는 것을 쫓으면서 여기까지 왔다. 어린 벌레 떼는 아무런 주저함 없이 서말리키와 동말리키의 경계를 흐르는 치다 강을 건너, 이곳 치다 재배지까지 날아온 것이다.

치다 재배지에도 시찰관이 와 있었는데, 그는 어린 벌레 떼가 날아왔음을 알면서도 당장 소각을 명령하지 않고 일단은 추이를 지켜보겠다고 고집을 부렸다.

다른 재배지의 상황을 직접 봤다면 그도 바로 결단을 내렸을 것이다. 그러나 다른 재배지를 보지 못하고 이곳에만 있었던 시찰관은 미지마가 아무리 설득하려 해도 신중하게 대처하겠다는 태도를 바꾸지 않았다.

구원의 벼를 불태운다는 행위는 농민들은 물론이고 군이나 번왕국으로서도 아주 큰 고통을 감수해야 하는 일이었다. 소각 명령을 내릴 권한을 가지고 있다 해도 피해 상황을 보지도 않고서 정할 수는 없는 일이었다.

"내 실수였어."

미지마가 안타까움에 입술을 깨물며 말했다.

"산란을 확인하면 두말없이 곧바로 소각하도록 명하라고 번왕에게 제안했어야 하는데. 다른 재배지도 틀림없이 같은 상황일 거야."

등을 돌린 채 불안해하는 농민들을 다독이는 시찰관의 뒷모습을 바라보면서 아이샤가 고개를 끄덕였다.

"이마 그런 거예요. 그래도 예전 상황보다는 좀 나아졌네요. 시찰관들이 각지의 상황을 보고하면 번왕은 추이를 지켜보지 말고 바로 소각하라는 지시를 내릴 테니까요. 그걸 기대해 봐야지요."

"그래. 그렇겠지."

미지마가 한숨을 쉬었다.

"일단 우리는 우리가 할 수 있는 일부터 해 보자. 아이샤, 무엇부터 했으면 좋겠어?"

아이샤가 곧바로 대답했다.

"다시 치다 강을 건너가 보고 싶은데 괜찮을까요?"

아이샤는 어제 강을 건너올 때 마음에 걸리는 점이 있었기 때문에 다시 가서 확인하고 싶었다.

'……역시 냄새가 나네.'

아이샤와 미지마는 다시 강가에 도착하여 다리 옆으로 갔다. 그런데 아이샤는 여기서도 여전히 구원의 벼 냄새를 느낄 수 있었다.

아이샤는 미지마와 함께 다리를 건너기 시작했다. 다리 중간까지 갔을 때도 냄새는 약간 희미해지기만 했을 뿐 없어지지는 않았다.

다리 한가운데에서 말을 멈추자 미지마가 왜 그러냐는 표정으로 이쪽을 돌아보았다.

"아이샤?"

"미지마 님, 어제 마음에 걸려서 다시 확인해 봤는데 여기서도 구원의 벼 냄새가 나요."

"……."

"좀 희미해지기는 했지만 그래도……."

아이샤는 눈을 감고 앞쪽에서 풍겨오는 냄새를 맡았다. 그런 다음 몸을 비틀어서 뒤쪽에서 풍겨오는 냄새도 맡아보았다. 바람이 불어오는 방향에 따라 냄새가 느껴지기도 하고 느껴지지 않기도 했다. 그렇지만 양쪽 모두에서 희미하게나마 구원의 벼 냄새를 맡을 수 있었다. 게다가 발밑에서도 냄새가 풍겼다.

"강의 양쪽 기슭 모두에서 냄새가 풍겨오고 있어요."

미지마는 한동안 말없이 있다가 입을 열었다.

"그렇겠지. 어린 메뚜기 떼도 치다 재배지를 향해 강을 건너갔을 정도니까."

아이샤는 고개를 끄덕이면서 발치를 내려다보았다.

매일 다리 위를 오가는 짐마차의 바퀴 자국이 여러 개 겹쳐 있었다. 말발굽 자국과 사람 발자국도 나 있었다. 그것들에서 구원의 벼 냄새가 풍겼다. 강바람에서 느끼는 냄새보다 훨씬 진한 냄새가 났다.

"……아이샤, 어떤 점이 마음에 걸리는 거니?"

강바람에 흩날리는 머리카락을 손으로 감싸면서 아이샤가 대답했다.

"구원의 벼 냄새는 어째서 이렇게 멀리까지 풍겨오는지, 바람에 흩어지면서도 어떻게 끈질기게 남아있을 수 있는지 궁금해서요."

이 냄새는 벼 자체가 풍기는 냄새 소리와는 좀 달랐고, 계속 "이리와"라고 불러댔다. 소리라기보다는 체취처럼, 구원의 벼의 존재를 알리는 냄새였다.

아이샤는 말을 천천히 몰아 다리를 건너면서 그 이유를 곰곰이 생각했다. 그러다가 다리를 다 건너고 말이 땅바닥 위를 걷기 시작했을 때 문득 떠오른 생각에 실눈을 떴다.

'……땅바닥에서 나는 냄새.'

지면에서 피어오르는 구원의 벼 냄새는 다리 위에서 느낀 냄새보다 강했다.

"그렇구나."

아이샤는 머릿속에서 조금씩 모양을 갖추기 시작한 생각을 잘 다듬으려는 듯 천천히 말을 이어갔다.

"구원의 벼가 토질을 바꾸기 때문인 거야."

그렇게 말하면서 아이샤는 자기 생각에 대한 확신을 갖게 됐다.

강을 건넜는데도 여전히 냄새가 사라지지 않는 이유는 재배지에 있는 구원의 벼에서뿐만 아니라 이렇게 강 양쪽 기슭의 지면에서 끊임없이 냄새가 피어오르기 때문이 아닐까? 그리고 이 냄새가 이 땅바닥 위를 오가는 짐마차 바퀴나 사람들 신발에 붙어서 다리를 건너고 강을 넘어 옮겨지는 것이다.

아이샤는 고개를 들어 미지마를 바라보았다.

"오아레 벼는 땅속의 생물까지도 바꿔버리는 강렬한 힘을 가지고 있어요."

미지마가 수긍했다.

"나도 다쿠 아저씨한테 들었다. 그래서 오아레 벼 옆에서는 다른 곡물이 자라지 않는다면서."

"맞아요. 오아레 벼는 뿌리에서 알 수 없는 무언가를 뿜어내고 있는 것 같아요. 그게 땅속에 스며들면 흙냄새를 바꿔버리지요. 그 땅의 토질을 바꾸려면 흙을 완전히 파내고 새로운 흙을 뿌리지 않으면 안 될 정도로, 철저하게 토양을 변화시켜 버리는 거예요."

아이샤가 말을 이었다.

"오아레 벼는 정말 특수한 곡물이에요. 냄새도 독특하고 다른 식물과는 다른 힘을 느낄 수 있어요. 뿌리에서 나오는 무언가뿐만 아니라, 냄새도 바람을 타고 널리 퍼지다가 땅바닥에 떨어지면 안으로 스며들어서 넓은 범위의 토양도 변화시키고 그 땅의 냄새를 바꿔버리는 건 아닐까요?"

아이샤가 땅바닥을 손으로 가리켰다.

"이 흙에서도 구원의 벼 냄새가 나요. 벼 그 자체의 냄새가 아니라…… 설명하기가 좀 힘든데 뭐랄까 구원의 벼에 닿아서 변해버린 표시 같은 냄새가 느껴져요."

"뭐? 여기는 재배지도 아닌데?"

"네."

아이샤는 고개를 끄덕이더니 흙먼지를 일으키며 오가는 짐마차 쪽으로 눈길을 돌렸다.

"여기 냄새는 재배지에 비하면 훨씬 희미하지만 그래도 냄새가 나긴 나요. 아마 저런 짐마차 바퀴나 말발굽, 아니면 사람들의 신발 등에 묻은 재배지의 흙이 매일매일 밤낮없이 땅바닥에 떨어지고 밟히고 스며들어서겠지요."

미지마는 놀라움에 입을 다물지 못한 채 듣고 있었다.

"이런 땅의 냄새를 저 메뚜기도 느끼고 있다면……?"

아이샤가 말했다.

"오요마에게 먹혀도 살아남는 오아레 벼 때문에 변화한 흙냄새를 감지하는 거라면……?"

아이샤의 말에 담긴 뜻을 알아차린 미지마의 얼굴에서 핏기가 가셨다.

"……아이샤!"

아이샤도 고삐를 쥐고 있는 팔에 소름이 돋는 것을 느끼며 말을 이었다.

"큰 강이 가로막은 정도로는 메뚜기 떼를 막을 수 없었던 이유는 바로 그런 거였겠지요. 높은 산이 재배지와 다른 재배지 사이를 가로막고 있는 곳이라면 괜찮을 수도 있겠지만 제국과 모든 번왕국은 큰길로 이어져 있고, 큰길을 통해 갈 수 있는 곳에는 어김없이 재배지가 있습니다. 수확한 오아레 쌀을 실어 나르거나 비료를 운반하는 데에는 편리하지요. 바로 그런 편리성 때문에 오아레 벼의 재배지들은 어찌 보면 사방팔방으로 뻗은 거미줄처럼 연결되어 있는 셈이에요."

"……."

"구원의 벼는 모든 곳에서 자라고 있어요. 제국도 번왕국도 구원의 벼를 심을 수 있는 곳만 있으면 어디든 가리지 않고 재배지로 만들었으니까요. 그 일대의 토양이 변화했다면 저 메뚜기 떼는 그 냄새를 이정표 삼아 어디까지든 날아갈 수 있어요."

두 사람은 한동안 말없이 서로를 쳐다보았다.

이윽고 미지마가 한숨을 쉬었다.

"일단 돌아가자. 우선……"

바로 그때, 아는 사람의 냄새가 풍겨와서 아이샤는 그쪽으로 눈길을 돌렸다. 길 저편에서 말에 올라탄 아담한 체구의 할머니가 다가왔다.

"알리키 스승님!"

미지마가 놀라서 외쳤다.

할머니는 말을 달리면서 손을 흔들더니 가까이 와서 절묘한 솜씨로 말을 세웠다. 예순 살이 넘은 나이가 믿기지 않을 만큼 날렵한 몸놀림이었다.

"어떻게? 어떻게 스승님께서 이곳까지?"

미지마가 묻자 알리키 스승이 빙긋 웃었다.

"마슈 님한테 연락을 받았지요. 서말리키 군 도성에서 동말리키로 향하는 도중이라 하던데, 우리가 천로산맥에서 조사하고 있다는 사실이 갑자기 생각났다면서 쿠지 마을까지 전령을 보냈더군요."

"쿠지 마을이요? 그런 곳에 계셨던 거예요?"

쿠지 마을은 토울라이라에서 멀지 않은 곳에 있는 산골 마을이다.

"그래요. 예전에 마슈 님이 천로에 요마가 많다고 했던 말이 기억나서 오일라랑 제자들과 같이 조사하고 있었어요."

"어머나, 오일라 스승님도요? 이렇게 반가울 데가!"

오일라는 현 충해청장이다. 알리키 스승은 오일라의 스승으로 오랫동안 충해청장을 역임했다. 제국에서 해충에 대한 지식이 가장 해박한 두 사람이 이 시기에 천로산맥에 있었다니 정말 믿어지지 않을 정도의 행운이었다.

미지마와 아이샤가 반가워서 어쩔 줄 몰라 하는 모습을 본 알리키 스승이 미소를 지었다.

"사실 우리로서도 뜻밖의 요행이었어요. 다만 우리가 있던 곳이 워낙 산골이어서 쿠지 마을에 소식이 당도했다는 사실을 알고는 나름 서둘러서 내려갔는데, 거기서 이야기를 듣고 그 길로 리키다 재배지로 가 봤더니 우리가 도착했을 때는 벌써 소각이 끝난 상태였더군요."

"······아아."

"거기 마을 사람들한테 아이샤가 서말리키 군의 수도로 향했다는 말을 듣고 아이샤는 틀림없이 북쪽 가도로 갔겠구나 싶었어요. 그래서 오일라랑 이야기해서 그 사람하고 제자들은 남쪽 가도의 재배지를 시찰하면서 가고 나는 아이샤를 쫓아 북쪽 가도로 가기로 했죠. 치다 재배지에서 다시 만나기로 약속하고서. 그런데 리키다에서 미넬리로 가다가 내가 탄 말이 중간에 다리를 다치는 바람에 아주 고역을 치렀어요. 하는 수 없이 말을 거기에 내버려 두고 걸어서 일단 리키다로 돌아갔지요."

"네? 걸어서 가셨다고요?!"

"그렇다니까요! 얼마나 힘들던지, 원. 그래서 리키다에서 다른 말을 마련하려고 했는데 도무지 적당한 말이 있어야 말이지요. 거기서 시간을 많이 잡아먹고 말았어요. 오일라랑 다른 제자들은 그런 고생을 안 했을 테니 아마 금세 도착할 거예요."

그러다 알리키 스승은 얼굴에서 미소를 거두고 말했다.

"사태가 보통 일이 아니더군요."

오아레 벼에는 해충이 생기지 않는다고 여겨졌기 때문에 병충해를 조사하는 일은 지금껏 그다지 중시되지 않았다. 해충 전문가가 되면 상급 향사가 되지 못한다는 말이 공공연하게 나돌 정도였기에, 벌레 창고라는 별명으로 불리는 충해청에서 일하려고 하는 사람은 거의 없었다.

알리키 스승은 그런 부서에서 오랜 세월 동안 즐겁게 일해 왔다. 벌레 연구 자체를 좋아하는 사람이어서 그런지 알리키 스승의 벌레 이야기는 듣고만 있어도 재미있었다. 그래서 아이샤는 향사가 되기 위해 수련하던 시절에 틈만 나면 벌레 창고를 찾아가서 알리키 스승의 이야기를 듣곤 했다.

예순이 넘으면서 충해청장 자리에서는 물러났지만 알리키 스승을 능가하는 지식을 가진 사람은 없었기에 라오 스승이 특례로 녹봉을 책정해 주었고, 그래서 알리키 스승은 지금도 벌레 창고에서 일하고 있었다.

"아이샤."

"네."

"내가 본 재배지는 모두가 메뚜기알과 구원의 벼를 모조리 소각해 버린 상태여서 실제 상황을 아직 잘 모르는데 혹시 생태를 조사해 봤니?"

"전문적인 지식이 없어서 조사했다고 할 만한 수준은 아니에요."

그렇게 말하면서 아이샤는 미지의 땅에서 온 메뚜기에 대해 지금까지 알아낸 점을 알리키 스승에게 전해주었다.

이 벌레는 오요마를 먹음으로써 알을 낳는 능력이 생기는 것 같다는 점, 알에서 나오자마자 날 수 있다는 점 등을 이야기하면서 문득 아이샤는 자기 능력에 대해 밝히지 않고서는 벌레 떼가 구원의 벼의 냄새

193

소리에 이끌려 날아간다는 중요한 부분을 말할 수 없다는 사실을 알아차리고는 망연자실해졌다.

소름이 돋을 것만 같은 깨달음이었다.

아이샤는 자기도 모르게 말꼬리를 흐리면서 알리키 스승을 쳐다보았다.

'알리키 스승님께 말해버릴까?'

눈앞에서 벌어지는 위급한 재난을 극복하려면 미지의 땅에서 온 이 괴이한 벌레의 위협에 대해 정확하게 알려야 한다. 그러기 위해서라면 자신의 능력에 대해 털어놓아야 하지 않을까?

"아이샤!"

입을 막 열려는데 미지마가 끼어들었다.

"여기 서서 이야기만 하느니 우선 알리키 스승님께 벌레가 실제로 알을 낳는 모습을 보여드리는 편이 좋겠다. 이제 날이 저물 시간이기도 하니까 지금 당장 치다 재배지로 돌아가자꾸나."

알리키 스승은 당혹스러운 표정을 지었다가 곧바로 수긍했다.

"그렇네. 우선을 알 낳는 모습을 봐야겠군요."

말을 타고 알리키 스승을 안내하며 강기슭을 따라가는 동안 아이샤는 미지마가 대화에 갑자기 끼어든 까닭에 대해 생각해 보았다. 미지마는 아마도 아이샤의 마음이 흔들린 이유를 눈치챘고 '네 능력을 밝혀서는 안 된다'고 말리려 한 것으로 보였다.

미지마 쪽을 돌아보자 미지마도 아이샤를 바라보고 있었다. 눈길이 마주쳤을 때 아이샤는 자기 추측이 맞았음을 깨달았다.

진짜 향군이 누구인지 절대 알게 해서는 안 된다. 그런 목소리가 들려오는 것 같았다.

# 7
## 알리키 스승

   구원의 벼가 있는 곳에 당도하여 오요마를 정신없이 먹고 있는 벌레를 본 알리키 스승은 눈을 반짝반짝 빛내더니 얼굴을 가까이 들이밀고서 자세히 관찰하기 시작했다.

   알리키 스승은 땅바닥에 무릎을 꿇고 허리춤에 매어 둔 가죽 주머니에서 도구를 꺼냈다. 그리고 지면의 봉긋이 솟아오른 부분을 파서 거품처럼 벼 뿌리에 달라붙은 알집을 채취했다.

   그런 다음 두 손발을 모두 땅바닥에 대고 엎드려, 주변 일대에서 알을 낳고 있는 벌레들을 관찰했다.

   꼼짝도 하지 않고 한참을 그 자세로 들여다보고 있던 알리키 스승이 손에 묻은 흙을 탁탁 털며 일어나더니 아이샤를 보고 말했다.

   "아이샤, 네가 아까 한 말을 정리하면 어린 벌레는 알에서 부화하자마자 곧바로 하늘을 날 수 있다, 그리고는 구원의 벼에 달라붙어서 먹다가 그걸 다 먹어 치우고 나면 주변의 나무와 풀을 먹는다. 그렇게 하루 밤낮이 지나면 강한 날개가 생기고 그 날개로 제일 가까운 재배지를 향해 날아간다. 그곳에 도착하면 오아레 벼의 이파리를 먹고 매일 밤 탈피해서 금방 성충이 된다. 그러면 오요마를 먹기 시작한다. 맞지?"

"네."

"오요마를 먹을 수 있는 턱이 생긴 다음에야 오요마를 먹기 시작하는 셈이네. 흐음, 그렇군."

알리키 스승은 중얼거리다가 또다시 아이샤에게 물었다.

"성충이 될 때까지 걸린 최단기간이 닷새 정도였다는 게 확실하니?"

"네. 표시해 두거나 하지는 않았고, 다음 재배지까지의 거리에 따라서 달라지기도 하겠지만 거의 그 정도 같아요."

"정확히 닷새는 아니더라도 며칠 만에 성충이 되어 오요마를 먹고는 교미해서 알을 낳는다고 했지? 이틀에 한 번씩 다섯 번 낳고, 그 알들은 열흘 정도 만에 부화하고?"

"네. 알에 날짜를 표시해서 조사했기 때문에 부화할 때까지의 기간은 상당히 정확할 거예요."

"……혹시 뭔가 알아내셨나요?"

미지마가 묻자 알리키 스승이 미지마를 바라보며 대답했다.

"우선 이 벌레는 메뚜기가 아닐지도 몰라요."

미지마도 아이샤도 깜짝 놀라서 눈이 휘둥그레졌다.

"네? 메뚜기가 아니라고요?"

"그래요. 적어도 내가 아는 메뚜기하고는 전혀 다른 벌레예요."

알리키 스승은 명쾌한 어조로 설명을 계속했다.

"한 마디로 메뚜기라고는 해도 정말 종류가 다양한데 이렇게 생긴 벌레는 나도 생전 처음 보네요. 다리가 달린 모양새, 날개 모양 같은 것도 다른 메뚜기들하고는 전혀 달라요. 물론 턱의 모양도 그렇고, 이 상할 정도로 긴 촉각도 그렇지요."

오요마를 먹고 있는 벌레를 가리키면서 알리키 스승이 말했다.

"이런 메뚜기는 어느 책에도 나와 있지 않아요. 다른 나라에는 있을 지도 모르지만 적어도 몇십 년 동안 벌레를 계속 연구해 온 내가 모를 정도로 희귀한 종류예요. ……다만,"

알리키 스승이 말을 이었다.

"이 벌레가 예외 없이 오요마를 먹어서 알을 낳는 능력이 생기는 거면 나도 모르고 책에도 나와 있지 않은 것이 당연하겠지요."

"당연해요?"

"그래요. 사실 오요마라는 벌레 자체를 지금껏 본 적이 없으니까요."

"아아." 하고 미지마가 중얼거렸다.

"나는,"

알리키 스승이 진지한 표정으로 말을 이어나갔다.

"나는 오요마가 발생했을 때 정말 많이 놀랐답니다. 초대 황제 시대 이후로는 기록에도 없던 벌레가 도대체 어떻게 발생했을까 싶었지요. 흔히들 벌레가 생겼다고 말하는데 벌레도 생물인 만큼 어미가 없으면 태어나지 못하지요. 이 말은 대대로 생명을 이어온 게 아니라면 존재 할 수가 없다는 뜻이잖아요."

아이샤는 알리키 스승의 이야기에 매료되어 숨 쉬는 것도 잊어버릴 만큼 정신없이 들었다.

"물론 그래도 그전까지 본 적이 없던 벌레가 갑자기 나타날 가능성 이 전혀 없는 것은 아니지요. 예를 들면 어떤 벌레가 간신히 명맥만 유지하다가 뭔가 주변의 상황이 바뀌어서 어느 한때 폭발적으로 증가하는 일도 있을 수 있고, 어떤 벌레의 모양새가 무슨 원인 때문에 변하는 수도 있으니까요. 그런데…….”

알리키 스승은 머릿속에 쉴 새 없이 생각이 떠오르는 모양이었다. 바로 입 밖으로 내뱉어도 생각의 속도를 따라잡지 못하는지 답답한 표정을 지으며 이야기를 계속했다.

“너무 이상해요. 앞뒤가 안 맞는 점이 너무 많단 말이에요. 이 벌레가 오요마를 먹어서 알을 낳는 능력이 생기는 거면 오요마가 항상 존재하지 않으면 이 벌레는 생명을 이어갈 수 없어요. 오요마가 초대 황제 시대 이후로도 어딘가에서 남몰래 계속 살아 있었고, 그 오요마를 먹어서 이 벌레도 명맥만 유지한 채 지금까지 멸종하지 않았을 수도 있지요. 하지만 오아레 벼를 그렇게 좋아하는 오요마의 성질을 생각했을 때 그럴 가능성은 희박해요. 역시 오요마는 뭔가의 요인으로 요마가 변이되어 이런 모습이 되었을 가능성이 제일 큰데, 그렇다면 오요마를 먹지 않으면 알을 낳는 능력이 생기지 않는 벌레가 존재하는 건 너무 이상한 일 아닌가요?”

미간에 주름을 잡으면서 생각에 잠겨 있는 알리키 스승의 모습을 바라보며 아이샤는 마음속으로 생각했다.

‘……미지의 땅에서는 다른 벌레를 먹는지도 모르지.’

‘이 메뚜기도 그쪽에서 살 때는 이쪽 세상에 없는 다른 벌레를 먹어서 알을 낳을 수도 있겠지.’

오아레 벼가 부르는 소리를 듣고 날아왔으니까 이 벌레는 오아레 벼에 붙는 해충을 좋아하는 게 틀림없다. 하지만 오요마가 이쪽 세상에서 발생한 벌레이고 미지의 땅에는 없다면, 이 메뚜기도 자기 고향에서는 다른 벌레를 먹었을 것이다.

"……게다가,"

알리키 스승이 다시 입을 열었다.

"오요마를 먹지 않으면 알을 낳는 능력이 생기지 않는 벌레가 오아
레 벼를 모조리 먹어 치우는 것도 이상한 일이에요. 그런 짓을 하면 궁
극적으로는 자멸해 버릴 텐데 말이지요. 어째서 이런 식으로 행동하는
지 도무지 모르겠어요. 하나부터 열까지 모순투성이에요."

문득 미지마와 아이샤의 눈길이 마주쳤다. 그 표정을 본 아이샤는
미지마도 자신과 같은 생각을 하고 있음을 알 수 있었다.

'모순투성이처럼 보이는 이유는 미지의 땅에서 이 벌레가 어떤 생태
를 가지고 있었는지 우리가 몰라서겠지…….'

미지의 땅에서 자라는 벼는 오아레 벼 하나만이 아닐 수도 있다. 미
지의 땅에서는 이 메뚜기도 다른 벼에 붙어 있는 벌레를 먹고 알을 낳
을 수 있을지도 모른다.

'이 메뚜기한테 이곳은 생전 처음 보는 낯선 세상일 거야.'

낯선 세상으로 날아 들어온 메뚜기들이 유일하게 끌리는 것, 오아레
벼의 해충인 오요마를 정신없이 먹어 치우고, 목숨을 이어가기 위해
오아레 벼까지도 먹어 치우고…….

'이 메뚜기들도 혼란스럽고 당혹스러워서 평소와는 다른 행동을 하
게 된 건지도 몰라.'

가슴 속에 뭔가 서늘한 게 흘렀다. 그렇다면 더욱 무서운 일이었다.
낯선 세상에 남겨진 이 메뚜기들이 목숨의 위기를 극복하기 위해 폭주
하고 있는 것이라면……?

그럴 가능성에 대해 알리키 스승에게 말해 보고 싶었지만 미지마의

눈이 그것을 강력하게 제지하고 있었다. 미지의 땅에 관한 일에는 너무도 많은 비밀이 연관되어 있으니 함부로 입에 올리면 안 된다고. 아이샤는 그런 미지마에게 알았다는 뜻으로 고개를 작게 끄덕였다.

한동안 입을 다물고 있던 알리키 스승은 이윽고 한숨을 푹 쉬더니, "어쨌든" 하고 다시 말을 꺼냈다.

"어쨌든 이건 미지의 벌레예요. 생태를 도무지 알 수가 없네요. 너무도 기묘한 미지의 벌레란 말이지요. 오요마의 최초 발생지인 오고다에서 이 벌레가 발생하지 않았다는 사실이 마음에 걸리네요. 그 점에 대해서는 앞으로 제대로 조사해 봐야겠지만, 이번에 대량 발생한 원인은 오요마가 달라붙어 있어도 계속 자라는 구원의 벼가 이 근방 일대에 있기 때문이라는 점은 틀림없을 거예요."

거기까지 말한 알리키 스승이 입을 다물었다. 아이샤는 구원의 벼가 빽빽한 들판으로 눈길을 돌렸다. 벌써 이삭이 누렇게 익어 있었다. 아이샤는 한참 동안 말없이 그 황금색 물결을 바라보았다.

아이샤는 머릿속에 떠오른 생각을 한숨 쉬듯이 내뱉었다.

"구원의 벼는 오요마를 이겨내고 살아남지만 바로 그 점 때문에 이 메뚜기한테 먹히고 사람들에게 불태워지고 마는 거네요. 정말 자연의 섭리는 너무 잔인한 것 같아요."

알리키 스승이 고개를 저었다.

"자연의 섭리는 잔인하기는 해도 생각보다 꽤 공평한 거예요."

물결치듯 흔들리는 벼 이삭을 바라보면서 알리키 스승이 말했다.

"한결같이 이기기만 하는 생물은 존재할 수 없다고 봐야죠. 오요마도 한동안은 천적도 없고 거칠 게 없어 보였는데 어디선가 갑자기 나타난 이 벌레한테 이렇게 먹혀 버리잖아요. 이러다가 점점 그 수가 적어지겠죠. 그러면 이 벌레 또한 줄어들 거고. 어느 한 시기에 압도적으로 강해져도 그게 지나치면 생태계 어딘가에 일시적인 어그러짐이 생겨서 자멸해버리는 일도 있고, 오요마처럼 천적이 생겨 억제되는 일도 있으니까."

알리키 스승은 쭈그리고 앉더니 아이샤와 미지마에게도 앉아 보라고 했다. 그래서 그 옆에 나란히 쭈그리고 앉았더니 알리키 스승이 땅바닥을 가리켰다.

"아이샤, 저거 보여?"

알리키 스승이 가리킨 곳을 본 아이샤가 흠칫 놀랐다. 메뚜기의 시체가 있었다.

지금까지 알을 낳는 모습에만 정신이 팔려서 알아차리지 못했는데 자세히 들여다보니 여기저기에 메뚜기 시체가 나뒹굴고 있었다.

"이 벌레는,"

알리키 스승이 말했다.

"아주 빨리 성숙해서 많은 알을 낳고 종족을 이어가기는 해도 수명이 짧은 모양이구나."

손으로 무릎에 묻은 흙을 털면서 일어선 알리키 스승이 빙긋 웃었다.

"이런 벌레가 수명까지 길면 큰일이다 싶었는데 그나마 한 가닥 희망이 생겼네."

명쾌한 말투로 그렇게 말하는 알리키 스승을 보면서 아이샤는 문득 가슴 속에서 뜨거운 무언가가 솟아오르는 느낌이 들었다.

미지의 땅에서 온 메뚜기가 생명을 이어가는 힘에 압도된 아이샤는 인간은 이 생물한테 당할 수밖에 없겠구나, 라는 절망에 빠지기 시작했었다.

살아남는다는 가장 중요한 일을 앞에 두었을 때조차 인간이라는 생물은 자기 생각에 사로잡히고 혼란스러워하며 망설이다가 결단을 내릴 시기를 놓쳐버리곤 한다. 서로 위기감을 공유하는 일조차 힘이 든다. 그러니 인간은 이 미지의 메뚜기한테 당해내지 못하겠구나, 그렇게 생각했다.

'……하지만'

인간에게는 이런 능력도 있는 것이다.

지식과 경험에서 추론을 끌어내고 생각해서 희망을 찾아내는 능력.

인간의 무리에는 다양한 능력을 가진 사람들이 존재한다. 알리키 스승 같은 사람, 미지마 같은 사람이 각자의 능력을 충분히 발휘할 수 있다면 메뚜기에 대항할 수 있을지도 모른다.

"안색이 좋아졌네."

그 말에 아이샤는 눈을 깜박거렸다. 그리고는 천천히 미소를 지었다. 알리키 스승도 싱긋 웃었다.

"서칸탈에서는 예전에도 이런 메뚜기 재해가 일어난 적이 있었지. 벌써 한참 전의 일이니까 아이샤 너는 모르겠지만."

알리키 스승의 말을 듣자 예전에 아버지에게 그런 이야기를 들었던 기억이 희미하게 떠올랐다.

"……오아레 벼를 들여와야 한다는 목소리가 더욱 강력해진 계기가 되었던 재해?"

혼잣말처럼 중얼거리자 알리키 스승이 놀랍다는 듯이 눈을 크게 떴다.

"어머, 잘 아네? 그래, 네 말대로 그 당시의 메뚜기 재해는 서칸탈이 번왕국이 된 여러 계기 중의 하나였다고 하더구나."

미지마도 "그랬지요." 하고 옆에서 맞장구를 쳤다.

"저는 그때 처음으로 메뚜기 재해라는 말을 들었어요."

"그렇겠지요."

알리키 스승이 말했다.

"그 해 서칸탈은 묘하게 기온이 높았고 비도 많이 왔어요. 그게 메뚜기 재해를 일으킨 원인이 되었을 거라고, 내 은사이신 홀람 스승님이 말씀하셨지요."

당시를 회상하는지 알리키 스승은 조용한 말투로 이야기했다.

"그 당시 나는 은사님을 따라 현지에 가서 실태를 조사했어요."

무리 지어 날아가는 메뚜기 떼를 눈으로 좇으면서 알리키 스승이 말했다.

"이 벌레는 얼마나 멀리 날아가는지 모르겠지만 그 당시 대량 발생했던 메뚜기 떼는 바람을 타고 하루에 약 130킬로미터나 되는 거리를 이동했지요."

"⋯⋯그렇게 멀리요?"

아이샤가 자기도 모르게 큰소리로 되묻자 알리키 스승이 미소를 지었다.

"그런데도 큰 피해가 생겼던 곳은 서칸탈뿐이었어요. 당시 제국이 별로 피해를 입지 않았던 이유는 그 메뚜기가 오아레 벼를 먹지 않아서였어요. 목초지 등은 피해를 꽤 입었지요. 그래도 가축은 오아레 벼의 볏짚을 사료로 먹일 수가 있었으니 큰 문제가 되지는 않았어요. 메뚜기 떼는 동칸탈로도 건너갔는데 그쪽도 당시 이미 번왕국이 된 상태여서 오아레 벼를 재배하고 있었으니까 별다른 피해가 없었고요."

'그랬구나.' 아이샤는 생각했다.

아버지가 '서칸탈은 가난했다. 원래부터 가난한 나라였지만 거기에 메뚜기 재해까지 생겨서 동칸탈처럼 번왕국이 되어야 한다는 목소리가 한층 높아졌단다.'라고 하셨던 이야기의 의미를 이제야 비로소 알 수 있었다.

"그 메뚜기 재해는 어떻게 수습이 되었나요?"

미지마가 물었다.

"그 당시에 어떤 방법으로 극복한 거지요?"

"저절로 수습되었어요."

알리키 스승이 한숨을 쉬며 대답했다.

"……."

"우선은 기후 때문이었을 거예요. 이례적으로 높았던 기온과 많은 비는 오래 계속되지 않았어요. 동서칸탈은 얼마 후에 다시 건조해지고 추워졌지요. 지나치게 늘어났던 메뚜기들은 추위를 못 견디고 죽어 나갔어요. 그리고 알을 낳는 문제도 있었지요. 그 메뚜기들은 축축한 땅바닥에 알을 낳는 습성이 있었는데 알을 낳기에 적당한 장소가 급속하게 적어지자 더 이상 늘어날 수가 없었던 거지요. 새 같은 천적한테도 많이 먹혔고. 그렇게 해서 자연스럽게 사라져버렸어요."

알리키 스승이 실눈을 뜨며 말했다.

"그걸 보면서 나는 깨달았어요. 세상이 파멸할 것처럼 생각되는 재앙도 영원히 계속되지는 않는다는 사실을."

그러더니 싱긋 웃었다.

"이 벌레가 진짜로 오요마를 먹어야만 알을 낳을 수 있는 거면 예전의 그 메뚜기보다 제어하기가 더 수월할 수도 있어요. 우선은 그 점을 확인해 봐야겠지요. 시간 싸움이기는 하겠지만 이 벌레가 구원의 벼를 찾아야만 성충이 되는 거라면 우리한테도 기회는 충분히 있는 셈이지요."

# 8
## 한 줄기 빛

충해청장 오일라는 치다 재배지에 도착하기가 바쁘게 인사도 하는
둥 마는 둥 하며 말했다.

"여기서도 벌써 알을 낳기 시작했네요."

그러면서 제자들에게 재배지를 조사해 보라고 시켰다.

이 오일라 스승도 알리키 스승처럼 야외에서 벌레를 조사하는 일을
정말 좋아하는 모양이었다. 벌레 창고 안에서 일할 때와는 딴 사람처
럼 생기가 넘쳤다.

"오는 데에 꽤 오래 걸렸네? 그쪽은 어땠어? 대책을 세우는 데 도움
이 될 만한 단서라도 찾은 거야?"

알리키 스승이 묻자 오일라 스승이 미소를 지었다.

"천막 안으로 들어가시지요. 몇 가지 말씀드릴 일이 있습니다."

오늘은 날씨가 맑아서 연기 배출용 천창으로 햇볕이 비쳐드는 데다

가 천막 자체도 빛을 머금고 있어서 내부가 환했다.

"우리 쪽도 아이샤가 조사해 둔 게 있어서 몇 가지 알게 된 점이 있지."

알리키 스승이 말했다.

"그렇군요. 그럼 각자가 가지고 있는 정보를 내놓아 보기로 하지요."

오일라 스승은 테이블 위에 놓여 있던 찻잔 등을 옆으로 치우고 날 랜 동작으로 지도를 펼쳤다.

"우선 제가 먼저 말씀드려도 될까요?"

"물론이지. 어서 들어보자."

"그럼 저 메뚜기처럼 보이는 벌레의 생태에 대한 것부터……."

오일라 스승이 이야기를 시작했다. 오요마를 먹고 성숙하여 교미하 고는 알을 낳는다는 것, 부화하는 데에 걸리는 기간, 부화하면 곧바로 날 수 있다는 점 등 오일라 스승의 관찰 결과는 아이샤가 조사한 것과 거의 일치했다.

"조사한 날짜 수가 너무 짧아서 아직 충분하지는 않겠지만 그래도 여러 사람의 눈으로 봤을 때 거의 유사한 결과가 나온다는 점이 아주 다행스럽네."

알리키 스승이 만족스러운 표정으로 말했다.

"그렇지요. 지금은 일단 시간 싸움이기 때문에 우리가 알고 있는 부 분을 전제로 해서 대책을 세워야겠지요."

그렇게 말하고 오일라 스승이 알리키 스승에게 물었다.

"스승님, 예전의 메뚜기 재해와 이번 재해는 상당히 다르다는 생각 이 드는데 스승님 생각은 어떠십니까?"

"그렇지. 일단 벌레의 생태부터가 전혀 다르니까. 이번 벌레의 생태에서 제일 중요한 점은 오요마를 먹고 알을 낳는다는 점이야. 오일라, 혹시 오요마를 먹지 않고 알을 낳은 사례가 있었어?"

"우리가 조사한 범위 안에서는 없었습니다. 그래도 단언할 수는 없는 일입니다. 조사 기간이 너무 짧았으니까요. 다만 여러 재배지에서 같은 과정으로 알을 낳는 모습을 목격한 점을 고려하면 상당히 높은 확률로 오요마를 먹어야만 알을 낳는 능력을 가지게 된다고 볼 수 있겠지요."

"그리고 산란에서 부화까지는 열흘 정도 걸리는 거지?"

"예. 그것도 대략 그 정도 되는 것 같습니다."

"그렇다면 역시 가장 효과적인 대책은 방화용 토지 같은 걸 만드는 거네."

알리키 스승이 말했다.

"어제, 그 벌레……천로산맥에서 날아온 모양이니까 편의상 천로 메뚜기라고 부릅시다. 그 메뚜기가 알을 낳는 모습을 보면서 머릿속에 떠오른 생각이거든. 그게 제일 효과적이겠구나 하고."

오일라 스승도 고개를 끄덕였다.

"저도 같은 제안을 올리려고 했습니다. 천로 메뚜기가 날아오기 전에 일정 범위의 재배지에서 오요마가 있는 채로 구원의 벼를 불태워버리면 메뚜기 떼가 그 지역으로 날아와도 알을 낳지 못하고 번식하지 못할 테니 말입니다."

미지마가 아이샤를 흘깃 쳐다보더니 입을 열었다.

"실은 저희도 그 대책을 떠올린 참이었습니다. 하지만 문제는 범위지요. 어느 정도의 범위를 방화용 토지로 삼아야 이 재해를 막을 수 있으리라 보시는지요?"

"바로 그 점이 문제라는 거지요."

알리키 스승이 말했다.

"지나치게 광범위하게 불태워버리면 경제적인 손실이 너무 커지고 번왕국과의 정치적인 문제도 일어날 수 있겠지요. 그렇다고 범위를 너무 좁게 잡아버리면 충해를 막지 못하고 오히려 피해 범위가 확대될 가능성도 있어요."

"그 점에 대해서 말씀드리자면……."

오일라 스승이 끼어들었다.

"제가 제자들에게 어린 벌레가 날 수 있는 거리를 조사해 보라고 했습니다."

그 말을 들은 알리키 스승의 눈이 반짝거렸다.

"아, 벌써 했구나. 그래서, 어땠어?"

"조사라고 해도 표식이 될 만한 실을 메뚜기 몸뚱이에 달면 그 무게 때문에 오차가 발생할 가능성이 있어서, 그냥 조사하려는 메뚜기 떼를 따라가는 정도였습니다. 그래서 이 방법도 정밀도에 문제가 있기는 하지만 8할 정도의 정확도로 이게 맞지 않을까 하는 거리를 알 수 있었습니다."

오일라 스승은 지도에 그려져 있는 경작지를 손가락으로 가리켰다.

"운이 따라줬는지 칠라마 재배지와 여기, 치다 재배지 사이에 기하나 재배지가 있는데, 마침 그곳은 얼마 전 지반이 내려앉는 바람에 휴경 중이었습니다."

"어머! 정말 다행이네! 하지만 그래도 여기까지 날아온 걸 보면……."

"네. 칠라마에서 치다 재배지까지 날아온 어린 벌레가 있는 것을 보면 이 정도 거리를 날 수 있는 개체가 있다는 것이 확실합니다. 하지만 도중에 많이 죽기는 했습니다."

아이샤는 자기도 모르게 큰 소리로 물었다.

"정말이요?"

"여기까지 날아오지 못한 개체도 있는 거예요?"

오일라 스승은 빙그레 웃더니 고개를 끄덕였다.

"많은 개체가 중간에 떨어져 죽는 모습을 봤어. 그러니까 이 정도의 거리를 날아서 오는 것이 어린 벌레에게는 아주 힘든 일이고 체력과 행운이 따라야만 가능하다는 말이지. 그렇다면 이번 벌레가 날 수 있는 비행거리는 예전에 재해를 일으켰던 메뚜기보다 훨씬 짧다고 볼 수 있다."

아이샤는 그 말을 들으며 마슈와 함께 산속에서 본 휘청거리며 날다가 눈앞에서 땅바닥에 떨어져 버린 성충의 모습을 떠올렸다.

"성충이 된 이후의 비행거리는 아직 모른다. 하지만 이 메뚜기는 성충이 된 후에 날개가 오히려 작아지지. 오요마를 씹어 먹을 수 있을 정도로 턱도 몸체도 커지는데 날개는 어린 벌레였을 때가 훨씬 튼튼한 느낌이다. 이 천로 메뚜기는 알을 낳으면 죽으니까 그런 변화가 맞는 것이겠지."

"……아아."

미지마가 아이샤에게 눈길을 돌렸다. 아이샤를 바라보는 미지마의 눈이 밝게 빛나고 있었다.

'비행거리가 짧다면 냄새 소리가 멀리까지 퍼져도 상관없겠다!'

아이샤도 마음이 한결 가벼워지는 느낌이었다. 오래도록 마음을 옥죄고 있던 절박함과 불안감이 약간 풀리면서 몸이 부르르 떨리기 시작했다.

구원의 벼가 불타는 냄새와 농부들이 통곡하는 소리가 오랫동안 아이샤의 마음속을 한가득 메우고 있었다. 어떻게든 소각하지 않을 방법을 간절히 찾아 헤매었다.

비록 아주 적게라도 소각 범위를 줄일 수 있다면, 그리고 그렇게 해서 이 천로 메뚜기 재해가 완전히 수습될 수 있다면 많은 사람들이 구제될 것이다.

"다시 한번 어린 벌레의 비행거리를 알아봅시다. 그리고 방화용 토지의 범위를 정해서 황제 폐하께 청을 올리도록 합시다."

알리키 스승이 밝은 목소리로 말했다.

"동말리키 군은 토말리 재배지 부근부터 재배지가 밀집되어 있지만 다행히 이 서부는 산이나 황무지가 많아서 재배지 사이의 간격이 넓은 편이에요."

지도의 한 점을 가리키며 알리키 스승이 말했다.

"예를 들면 여기 치다 재배지의 산 너머에 있는 시마살라 재배지, 여기까지 어린 벌레가 오지 못한다면 방화용 토지 자체를 만들 필요가 없을 테고, 여기까지 왔다 하더라도 그다음에 있는 토말리 재배지까지 가려면 토말리 산지를 넘어야 하니까 동말리키 군 안에서는 간격이 제일 떨어져 있지요. 여기까지 날아오는지 확인해 보자고요."

그렇게 말하면서 알리키 스승이 미지마를 바라보았다.

"……아, 그런데 번왕에게 문서를 보냈다고 하셨지요? 우리가 재배지에 도착할 무렵에는 벌써 소각이 끝나 있을지도 모르겠네요."

"그러게요. 그럴 가능성도 있겠네요. 동말리키 군에 파견하는 시찰관들에게는 사태 추이를 살피지 말고 곧바로 소각 명령을 내리도록 해

달라는 편지를 보냈으니까요."

미지마가 말했다.

"여러 가지로 가능성을 생각해 볼 수 있으나 우리가 도착하기 전에 소각될지 어떨지 미묘한 부분이네요. 알리키 스승님으로서는 소각이 좀 늦춰졌으면 하는 마음도 있으실지 모르지만요."

알리키 스승은 아니라는 뜻으로 손을 휘휘 저었다.

"아니에요. 그건 그것대로 감사한 일이지요. 소각이 제때 이루어져서 천로 메뚜기가 전멸하는 모습을 확인할 수 있다면 벌레 재해를 완전히 막은 셈이 되니까요."

# 9
## 비행의 한계

아이샤는 미지마와 오일라 스승과 함께 토말리 산기슭을 빙 두르는 큰길을 따라 토말리 재배지를 향했다. 오일라 스승의 제자 중 두 사람이 아이샤 일행과 함께였다.

다른 제자들은 알리키 스승과 더불어 산길을 따라 토말리 재배시로 향했다.

직선거리로 따지면 산을 넘는 쪽이 훨씬 가까워도 그쪽은 산길이 험한 데다가 매일 밤 야영을 해야 했다. 그래서 어느 팀이 토말리 재배지에 먼저 당도할지는 알 수 없는 일이었다.

알리키 스승은 치다 재배지에서 천로 메뚜기가 부화하는 모습을 처음으로 직접 보았다.

하늘에 검은 구름이 피어오르는 듯한 그 괴이한 광경에 기가 질린 알리키 스승은 안색이 바뀌면서 '이건 예전의 메뚜기 피해에 비할 바가 아니네!' 하고 외쳤다.

모두 제각기 할 일을 분담해서 어린 벌레가 구원의 벼와 주변 초목에 달라붙어 갉아먹는 모습을 관찰하여 기록했고 어린 벌레 떼가 날아가자 그 뒤를 쫓아 치다 재배지를 떠났다.

치다 재배지와 시마살라 재배지 사이에는 낮은 산이 있는데 그 산을 가로질러 큰길이 나 있어서 이때는 모두 함께 산을 넘었다.

어린 천로 메뚜기 떼를 눈으로 쫓으면서 알리키 스승은 말했다.

"날아가는 속도가 상당히 느리네요."

"예전의 메뚜기 재해 때는 말을 빨리 달려야 겨우 따라잡을 정도의 속도로 날아간 데다가 하루에 이동하는 거리도 워낙 멀어서 도저히 오랫동안 따라갈 수가 없었어요. 그런데 이 어린 메뚜기들의 속도 정도면 큰 문제 없이 따라잡을 수 있겠네요."

알리키 스승은 얼굴에 흐릿한 미소를 지은 채 하늘을 날아가는 어린 메뚜기 떼를 올려다보았다.

어린 메뚜기 떼는 느릿느릿한 비행 속도로 낮은 산을 넘어갔다. 산을 넘는 도중에 죽는 어린 벌레도 있었다. 그 모습을 보며 아이샤 일행은 이 산속에서 모두가 떨어져 죽었으면 하고 바랐다. 그러나 대부분의 메뚜기들은 낮은 산을 넘어 이틀 후에 시마살라 재배지에 당도해 버렸다.

미지마가 번왕에게 요청한 소각 명령은 아직 그 지역 시찰관에게 전달되지 않은 상태였다. 그리고 그 시찰관 또한 소각을 허락하지 않았기에 이곳에서도 지금까지와 똑같은 일이 되풀이됐다.

아이샤 일행은 어린 메뚜기가 부화할 때까지 시마살라 재배지에서 관찰을 계속했다.

알에서 나온 어린 메뚜기가 날아가는 방향을 본 알리키 스승이 고개를 갸웃거렸다.

시마살라 재배지에서 하늘을 날아 토말리 재배지로 가려면 산을 넘어가는 것이 최단 거리인데 어린 메뚜기 대부분은 산기슭을 우회하기 위해 일단 남하하는 큰길, 그러니까 토말리 재배지와는 방향이 다른 길을 따라 날기 시작했기 때문이다.

아이샤는 그 이유를 짐작할 수 있었다.

'……산 쪽에서는 구원의 벼 냄새가 나지 않아.'

토말리 산지는 바위산들이 줄지어 늘어선 광대한 산지로 오아레 벼가 재배된 적이 없었고 주변에 재배지도 없기 때문일 것이다.

큰길은 토말리 산지의 산자락을 빙 두르듯이 나 있고 산자락 아래쪽에 그나마 나무나 풀의 초록이 보이지만 그 외에는 바위투성이 황무지가 끝도 없이 펼쳐져 있다. 아무리 구원의 벼라 해도 이 정도 황무지에서는 재배할 수 없었다. 그래서 다음 재배지까지 가려면 큰길을 따라 말을 달려도 중간에 숙소에서 머물면서 며칠씩 걸렸다.

그런데도 큰길 쪽에서는 아주 희미하게나마 구원의 벼 냄새가 분명히 느껴졌다.

"예전의 메뚜기 재해 때는 메뚜기들이 먹을 수 있는 나무나 풀이면 뭐든 먹어 치웠고, 날아가는 방법도 그에 적합한 방식이었는데 이 천로 메뚜기는 무엇을 이정표 삼아서 날아가는 건지 모르겠네요. 도대체 어떤 식으로 구원의 벼 재배지가 있는 곳을 찾아가는 걸까요?"

알리키 스승이 말했다.

"저도 그 점이 궁금합니다."

오일라 스승이 맞장구를 쳤다.

"서말리키 군에서도 최단 거리가 아니라 큰길 상공을 날아가는 것을 본 적이 있습니다. 그러면서도 마치 어디에 재배지가 있는지 다 알고 가는 것처럼 헤매지 않고 곧바로 다음 재배지에 당도하더라고요. 그래서 꽃향기에 이끌리는 벌레처럼 구원의 벼 냄새를 맡고 따라가나 생각도 해 보았지요. 그런데 냄새로는 도저히 찾아갈 수 없는 거리를 날아가는 거니 그럴 가능성은 희박하지요."

두 사람의 대화를 들으며 아이샤와 미지마는 서로의 얼굴을 흘깃 쳐다보았다. 미지마의 표정은 여전히 '네 능력에 대해 말하면 안 돼'라고 말하고 있었다.

아이샤가 그 얼굴을 보며 작게 고개를 끄덕였다.

일행이 지금 가려고 하는 토말리 재배지는 지금까지 들렀던 재배지들보다 훨씬 멀리 떨어져 있었다.

어린 메뚜기들의 비행거리가 짧아서 토말리 재배지까지 당도하지 못한다면 굳이 털어놓을 필요도 없어진다. 우선은 어떻게 되는지 지켜볼 일이었다.


큰길에는 수많은 짐마차가 오가고 있었다.

병충해가 대규모로 발생하고 있다는 사실이 벌써 상인들 귀에 들어간 모양이었다. 재해 지역인 서말리키 군으로 향하는 짐마차들에는 주로 식량이 실려 있었고 서말리키 군에서 동쪽으로 향하는 짐마차들에는 옻칠에 쓰는 석회암 등이 실려 있는 경우가 많았다.

짐마차의 바퀴나 말발굽이 내는 흙먼지에서는 아주 희미하기는 해도 구원의 벼의 흔적 같은 냄새가 느껴졌다. 어린 메뚜기들은 그 냄새를 따라 날아가는 모양이었다.

마차를 끄는 마부들은 모두 하늘을 올려다보며 잿빛 구름처럼 머리 위를 뒤덮고 있는 어린 메뚜기 떼를 불안한 표정으로 지켜보았다.

가끔 떨어지는 어린 메뚜기도 있었다. 머리 위로 뚝 떨어진 어린 메뚜기를 마부들이 손으로 털어내면서 욕을 하는 광경이 여기저기서 보였다.

그런데 사흘째가 되자 그 광경이 크게 변했다.

눈앞에서 휘청거리며 날던 어린 메뚜기가 툭 하고 땅바닥에 떨어졌다.

그 모습을 보면서 아이샤는 이상한 감정에 사로잡혔다.

분명히 벌레들이 죽기를 바라고 있을 텐데 가슴 속 어딘가에 그 벌레를 불쌍히 여기는 마음이 있었다.

'미지의 땅에서 날아와서⋯⋯.'

살기 위해, 자손을 남기기 위해, 필사적으로 날다가 힘이 다해 죽어간다.

'이 어린 메뚜기에게는 산다는 게 뭘까?'

하늘 위로 구름이 몰려와서 석양빛을 가리더니 빗방울이 툭툭 떨어지기 시작했다.

짐에서 기름종이로 만든 비옷을 꺼내 뒤집어썼을 때는 벌써 빗줄기가 굵어져서 앞이 잘 안 보일 지경이었다. 차가운 소나기는 오래가지 않았다. 하늘 위로 부는 바람을 타고 비구름이 흘러가 버리자 구름이 끊긴 곳에서 맑고 투명한 저녁 햇살이 큰길로 쏟아져 내렸다.

그리고 그 저녁 햇살 속에서 황금색 벼 이삭의 물결이 보였다. 토말리 재배지였다.

"……어떤 것 같아?"

선두를 걸어가는 오일라 스승이 제자에게 묻는 목소리가 들렸다.

"이제는 보이지 않습니다. 아까 떨어진 메뚜기가 마지막이었던 모양입니다."

"틀림없어?"

"예. 제 눈에 보이는 범위 안에서는 틀림없습니다."

이야기를 주고받는 두 사람의 목소리는 밝게 들떠 있었다.

그 대화를 들은 아이샤가 흠칫 놀랐다. 그러고 보니 정말 앞쪽에서는 어린 메뚜기 냄새가 나지 않았다.

시마살라 재배지를 출발했을 때 하늘을 온통 뒤덮을 정도로 많았던 어린 메뚜기 떼에 큰 변화가 일어난 것은 여정을 시작한 지 사흘째가 되는 날이었다.

이틀째까지 어린 메뚜기들은 힘차게 날았고 가끔 나뭇잎 등에 앉아서 이파리를 먹기도 했기 때문에 이런 식으로 힘을 비축해서 계속 날아가겠구나 싶었다. 그러나 오일라 스승은 말했다.

"일단 두고 봅시다. 칠라마 재배지와 치다 재배지 사이를 따라갔을 때도 이틀째까지는 이런 느낌이었다가 사흘째에 갑자기 힘이 빠지는 것들이 늘어났으니까요."

그 말대로 사흘째가 되자 어린 메뚜기의 상태가 눈에 띄게 변했다. 비틀비틀 날게 되었고 떨어져 죽는 개체 수가 점점 늘어났다. 살아있는 메뚜기들도 나뭇잎이나 풀숲에서 쉬는 시간이 길어져서 하루 동안 날아간 거리는 전날의 반 정도에 불과했다.

나흘째가 되자 어린 메뚜기 떼는 더 이상 '떼'라고 부르기 힘들 정도로 수가 줄어서 날이 저물 무렵에는 수십 마리 정도만 남아있었다.

그리고 오늘은 그 수십 마리가 몇 마리가 되더니 방금 아마도 마지막으로 추정되는 한 마리가 땅에 떨어진 것이다.

오일라 스승 바로 뒤에 붙어서 가던 미지마가 뒤로 돌아 이쪽을 보았다. 석양이 그 얼굴에 떠오른 미소를 부드럽게 비추고 있었다.

아이샤도 천천히 미소를 지었다. 피로감과 함께 조용한 안도감이 온몸으로 퍼져갔다.

"많이 늦었네."

마중 나온 알리키 스승이 오일라 스승의 어깨를 툭 치며 말했다.

"스승님은 일찍 오셨네요."

"산길이 생각보다 정비가 잘 되어 있더라고. 그래도 도착한 건 오늘 점심 무렵이나 되어서였지만."

"그래서 천로 메뚜기는 어땠습니까?"

알리키 스승의 얼굴에 웃음이 번져갔다.

"여기에는 도착하지 못한 모양이야. 제자들이 흩어져서 여기저기 꼼꼼히 살펴보고 있는데 아마 틀림없을 것 같아."

"산길 쪽은 어땠습니까? 메뚜기들이 날고 있던가요?"

"그게 참 이상할 정도로 전혀 안 보이더라고. 거리는 훨씬 더 가깝고 넘지 못할 정도의 높이도 아닌데 말이야."

"그랬군요."

"그쪽은?"

"이쪽은 잘 아시는 대로 출발할 때는 구름떼처럼 하늘을 뒤덮을 듯이 날아갔는데 역시 사흘째가 되니 갑작스럽게 줄었습니다."

"그래. 같은 과정이 반복되는 걸 보니 역시 어린 메뚜기가 날 수 있는 거리는 그다지 멀지 않은 모양이네."

그렇게 말하더니 알리키 스승이 고개를 갸웃거렸다.

"그런데 참 이상하네. 중간에 나뭇잎이나 풀을 먹는 어린 메뚜기도 있었다고 했잖아?"

"네. 이번에도 그런 메뚜기들이 있었지요."

"그런데 그렇게 체력을 얻은 벌레들도 오래 날지 못했다고?"

오일라 스승이 고개를 끄덕였다.

"네. 그 점은 저도 계속 마음에 걸렸습니다."

"역시 구원의 벼라고 생각해?"

"그럴 가능성이 큰 것 같습니다. 구원의 벼에는 그 메뚜기들이 다른 나무나 풀에서 얻지 못하는 무언가가 있어서, 구원의 벼를 먹지 못하는 기간이 계속되면 죽는 것인지도 모르지요."

"탈피를 촉진하는 것도 구원의 벼지?"

"예."

"어린 벌레가 오래 날기 위해서도, 탈피를 촉진해서 성충이 되기 위해서도 구원의 벼가 필요하고, 게다가 오요마를 먹어야만 알을 낳을 수 있다는 것이 확실하다면……."

두 사람은 마주 보며 미소를 지었다.

"……다행이네. 정말 다행이야."

알리키 스승이 한숨을 쉬듯이 말했다.

"이제 제어할 수 있겠어."

"그렇겠지요. 그리고 이제 이 사태도 끝났다고 볼 수 있을 겁니다."

그 이야기를 듣더니 미지마가 두 사람에게 다가가 고개를 깊이 숙였다.

"두 분이 계셔서 이 모든 상황이 크게 바뀔 수 있었습니다. 진심으로 감사드립니다."

알리키 스승이 기쁜 얼굴로 물었다.

"그래요? 도움이 좀 되었나요?"

미지마가 고개를 크게 끄덕였다.

"조금이라니요. 역시 전문적인 지식이 이렇게 중요하다는 걸 뼈저리게 느낄 수 있었습니다. 지식이 없으면 보이지 않는 부분이 있고, 그런 중요한 부분이 보이지 않으면 적절한 대책을 생각해낼 수 없기 마련이지요. 두 분의 힘이 정말 큰 도움이 되었습니다."

미지마는 아직도 재배지에 흩어져서 조사하고 있는 제자들 쪽을 바라보면서 말했다.

"물론 제자 분들도 큰 힘이 되었고요."

"그런 말씀만으로도 피로가 싹 사라진 느낌이네요."

알리키 스승이 웃으면서 아이샤를 돌아보았다.

"하지만 이렇게 효율적으로 일이 진행될 수 있었던 것도 미지마 님과 아이샤가 현지에 계시면서 처음부터 제대로 관찰해 준 덕분이지요. 아이샤, 정말 고맙구나."

"아니에요."

아이샤는 얼굴을 붉히면서 손사래를 쳤다.

"저는 그저 어쩔 줄 모르면서 허둥거리고만 있었는데요. 스승님께서 와 주신 이후에 모든 일이 바뀌었어요. 저도 학문의 소중함을 제대로 깨닫는 계기가 되었습니다."

"어머, 이렇게 기특한 말을 하다니. 리아 농원에 돌아가면 어떻게든 공부를 안 하려고 뺀질거리는 아이들에게 그렇게 말해 주려무나."

"네."

미소를 지으며 두 사람이 주고받는 말을 듣고 있던 미지마가 말을 꺼냈다.

"그러면……. 피곤하실 텐데 이런 말씀을 드려 죄송하지만 되도록 빨리 보고서를 부탁드릴 수 있을까요? 제가 제국 수도로 가지고 가야 해서요."

오일라 스승이 고개를 끄덕였다.

"곧바로 작성하도록 하겠습니다. 저도 함께 가서 윗분들께 직접 설명해 드릴 작정입니다."

"그래 주시겠어요? 그러면 저로서도 감사한 일이지요."

알리키 스승은 허리를 문지르면서 말했다.

"난 여기 좀 더 있다 가야겠네요. 이제 다 해결된 것같이 보이지만 그래도 확실하게 해 두어야지요."

그 말을 듣고 아이샤는 마음이 놓였다. 사실은 아직도 마음속 어딘가에 불안감이 남아있었기 때문이다. 정말로 끝난 것인지, 이제 마음을 놓아도 되는지 확인하고 싶었다.

"미지마 님, 저도 남아있어도 될까요?"

그렇게 묻자 미지마는 고개를 끄덕였다.

"그래. 그렇게 해 주렴."

# 10
### 변이

"다행이네. 정말 다행이야."

라오는 안도감이 배어 나오는 목소리로 말했다.

"오일라 스승도 생각보다 말을 참 잘하더구나. 논리정연한 설명 덕분에 황제 폐하께서도 이해가 잘되신 모양이었어."

"폐하께서도 마음이 놓이신 모양이던데요."

미지마가 말하자 라오가 쓴웃음을 지었다.

"메뚜기 재해가 발생했다는 소식을 들으신 이후로 심려가 크셨으니까. 무엇보다 발생한 장소가 걱정이었지."

아버지의 말에 미지마도 고개를 끄덕였다.

"서칸탈이니까요. 오요마 때도 진걸국은 주쿠치를 부추겼죠. 이번에도 사태가 더 심각해졌으면 주쿠치도 동요해서 진걸국의 꾐에 혹했을지도 모르죠."

미지마의 눈길을 받은 마슈가 상황 설명을 덧붙였다.

"진걸국의 새 왕은 아직 젊습니다. 뭐라도 눈에 띄는 업적을 세워서 귀족들에게 자신의 권위를 드러내려고 안간힘을 쓰고 있지요. 그러니 기회만 되면 자기 쪽에서 어지간한 손해를 감수하고서라도 주쿠치의 마음이 동할 만한 조건을 제시할 가능성이 있습니다."

마슈가 말을 이어갔다.

"오요마 때는 오고다에서 동칸탈, 서칸탈 순으로 피해가 퍼져나갔기 때문에 주쿠치가 진걸국의 꾀임에 응할 가능성이 그나마 적다고 생각했습니다. 그러나 이번 사태는 서칸탈 중심으로 피해가 발생했고 동칸탈은 무사해서 좀 걱정이 되기는 합니다."

동서칸탈은 원래 대칸탈왕국이라는 하나의 나라였다. 그런데 여러 씨족 간의 권력다툼이 일어난 결과 동서 두 개의 칸탈로 분열되었다. 그래서 제국의 번왕국이 된 지금도 서칸탈과 동칸탈은 상대가 세력을 키워서 자기 쪽을 먹으려 들지 않을까 하는 두려움을 서로에게 느끼고 있었다. 한쪽이 약해지면 다른 쪽이 회심의 미소를 짓는 상황이 계속되고 있었다.

서칸탈이 동칸탈의 침공을 염려해서 진걸국과의 동맹을 전제로 병력을 얻게 되면 제국으로서는 제국 서부에 진걸국의 교두보가 만들어지는 셈이다.

"물론 아무리 그래도 주쿠치는 상황을 잘 살피는 자니까 그리 간단하게 배신하지는 않을 겁니다. 이쪽에서 이상한 짓만 하지 않으면 말입니다."

"그런데 젊다는 게 문제라면 이쪽의 폐하께서도 그에 못지않게 젊으시지 않으냐."

라오가 한숨을 쉬며 말했다.

"어쨌든 일이 심각하게 되지 않아서 정말 다행이다. 너한테 처음 소식을 들었을 때는 드디어 초대 황제가 역사 기록으로 남겼던 굶주림의 구름이 나타났나 싶어서 간담이 서늘해졌었다만."

"저도 그렇게 생각했어요."

미지마가 자기 팔을 살살 쓰다듬으며 맞장구를 쳤다.

"어린 벌레가 부화했을 때의 모습은 정말 머리털이 쭈뼛 설 정도로 무시무시한 광경이었으니까요."

라오가 보고서에 눈길을 떨구었다.

"그런데 이번 사태는 뭐랄까, 우리에게 시사하는 바가 있구나. 구원의 벼에 의존해서 살아가는 벌레이기에 대량 발생했으면서도 오래 살지 못했다는 점 말이다……."

라오가 마슈에게 시선을 돌렸다.

"네가 오랫동안 걱정해 온 것처럼 미지의 땅과 연결이 된다는 것은 이런 위험이 동반되는 셈이구나. 토울라이라에서 가까운 재배지의 구원의 벼는 모조리 소각해 버렸으니 이제 큰 염려는 없겠지만 아직도 메뚜기가 그 곳에서 계속 날아들어 오는 것이냐?"

"아니요."

하고 마슈가 대답했다.

"아무래도 그쪽도 수습이 된 듯합니다. 현지에 가서 살피라고 했던 오로키한테서 오늘 아침 보고가 당도했습니다."

"그렇군! 그럼 이것으로……"

그때 문을 두드리는 소리가 들렸다.

"무슨 일이냐?"

라오가 묻자, 문밖에서 전령 담당자의 목소리가 들렸다.

"비둘기 편으로 편지가 당도했는데, 지금 전해드려도 될까요?"

"들어오거라."

라오의 말에 문이 열리면서 전령 담당자가 들어왔다. 그는 새끼손가락 정도의 작은 통을 라오에게 전하더니 고개를 꾸벅 숙인 다음 방에서 나갔다.

통에서 편지를 꺼내서 읽기 시작하자마자 라오의 안색이 변했다.

"무슨 일입니까?"

마슈가 묻자, 라오는 편지에서 눈길을 들며 대답했다.

"아이샤의 편지다."

"아이샤? 무슨 소식입니까?"

라오는 파랗게 질린 얼굴로 말없이 그 편지를 마슈에게 건네주었다.

"……도대체 왜? 어떻게, 어디서?"

어마어마한 수의 어린 벌레 떼를 망연자실 바라보면서 알리키 스승이 갈라진 목소리로 중얼거렸다.

메뚜기 떼가 여러 재배지에서 대량 발생하고 있다는 사실을 안 것은 토말리 재배지에서 가까운 동말리키 군의 수도에 갔을 때였다.

피로가 쌓여 있었는지 오일라 스승을 배웅한 날 밤에 알리키 스승은 열이 나면서 앓아누워 버렸다. 그래서 두 사람은 토말리 재배지에 한동안 머물다가 알리키 스승이 회복한 후에 군의 수도에 있는 군수를 만나러 갔다. 그런데 마침 그날 군수에게 각지의 시찰관이 보낸 소식이 연달아 들어온 것이다.

토말리 재배지의 남동부는 구원의 벼 재배지 여러 곳이 서로 가까운 거리에 있는데 그 재배지들에서 메뚜기 떼가 대량 발생했다는 소식이었다.

아이샤와 알리키 스승이 현지에 가보자 벌써 부화가 시작되어 어린 메뚜기 떼가 구원의 벼를 신나게 먹어 치우고 있었다.

"어린 메뚜기의 색이……."

아이샤가 중얼거리자 알리키 스승도 고개를 끄덕였다.

"색이 다르네. 지금까지 본 어린 메뚜기들보다 더 짙은 색이야."

알리키 스승은 흙바닥에 무릎을 꿇고 땅바닥을 들여다보더니 '헉,' 하고 놀라면서 크게 외쳤다.

"……아이샤!"

그 소리를 들은 아이샤가 알리키 스승에게 가까이 가서 쭈그리고 앉았다. 알리키 스승이 떨리는 손가락으로 땅바닥을 가리켰다. 그곳에는 아직 부화하지 않은 알집이 있었다. 지금껏 자주 보았던 알집보다 크기가 훨씬 더 컸다.

"변이가 일어나고 있는 거야. 이렇게 짧은 기간에 벌써 변이되고 있어."

알리키 스승의 이마에 진땀이 잔뜩 맺혔다.

"그보다도 도대체 어떻게 여기까지 왔지? 우리가 놓치고 있던 발생지가 있었나?"

"……."

아이샤는 그 자리에서 일어나 하늘을 올려다보았다.

벌써 다음 재배지로 날아가는 어린 메뚜기도 있었다. 예전에는 거의 일제히 알을 낳고 일제히 부화했는데 여기서는 시차가 있는 모양이었다.

'어째서?'

시차가 있다는 것은 도착한 시기가 다르다는 뜻일까?

시찰관의 명령에 따라 농부들이 여기저기서 구원의 벼에 불을 지르기 시작했다. 연기가 바람을 타고 흘러와서 눈이 따가웠다.

'왜 도착 시기가 다르지?'

애초에 시마살라 재배지에서 날아오던 어린 메뚜기들은 중간에 거의 다 죽지 않았던가? 살아남은 메뚜기가 몇 마리 있다 하더라도 여기까지 날아올 리가 없다.

알리키 스승도 자리에서 일어나 무릎의 흙을 털면서 인상을 팍 찌푸렸다.

"도대체 어떻게 여기까지 왔지? 이 메뚜기는 어떻게 살아남아서, 무슨 수로 이 재배지를 발견한 건지 모르겠네. 날다 보니 우연히 발견했다는 식은 아니었을 텐데. 그런 방식은 비행거리가 짧은 어린 시기에 날고, 구원의 벼가 있어야만 살아남는다는 이 메뚜기들의 생태에 맞지 않잖아. 게다가 길을 알고 찾아가기라도 하는 것처럼 큰길을 따라서 날아다녔고."

'……큰길.'

문득 아이샤의 머리에 큰길에서 맡았던 냄새가 떠올랐다. 길을 오가는 짐마차에서 피어오른 흙먼지 냄새. 오아레 벼의 재배지에서 생산한 벼를 운반하는 짐마차가 수없이 오가는 큰길의 흙먼지에서는 구원의 벼 냄새가 났다.

하늘에서 머리로 떨어진 어린 메뚜기들을 손으로 털어내면서 욕하던 마부들의 모습이 머릿속에 떠오른 순간, 어떤 생각이 번뜩 뇌리를 스쳤다.

"……짐마차예요."

아이샤가 말하자, 알리키 스승이 "뭐?"하면서 이쪽을 쳐다보았다.

"아마 짐마차일 거예요. 큰길에는 많은 짐마차가 오고 있었어요. 어린 메뚜기 떼는 그 위를 날고 있었고, 짐마차 위로 떨어진 어린 메뚜기도 많았어요."

알리키 스승도 뭔가 머리에 떠올랐는지 흠칫 놀라며 눈이 휘둥그레졌다.

"……앗!"

아이샤는 구원의 벼의 이파리를 먹고 있는 어린 메뚜기를 바라보면서 마음속으로 생각했다.

'저 어린 벌레들은 떨어진 게 아니라 내려앉은 거야.'

구원의 벼 냄새가 나는 흙먼지, 그 흙먼지를 뒤집어쓰고 있던 짐마차, 냄새에 이끌려서 그 위로 내려앉은 어린 메뚜기들은 하늘을 날지 않아도 되는 방법을 찾은 덕분에 힘을 쓰지 않고도 새로운 재배지에 당도할 수 있었던 것이다.

"구원의 벼 재배지 대부분은 큰길가에 있습니다. 짐마차에 올라타서 여기까지 실려 온 어린 메뚜기들은 날지 않은 덕분에 힘을 쓰지 않았고, 그래서 날아다니던 개체보다 오래 살 수 있게 되었다면, 우리가 모르는 사이에 서말리키 군의 재배지에서 날아간 어린 메뚜기 중에서도 이 근방까지 실려 온 것들이 있었는지도 몰라요."

생각을 정리하면서 아이샤가 말했다.

"그러니까 아직 부화하지 않은 것도 있고, 벌써 날아오른 것도 있는 거죠. 도착한 시기가 제각기 달랐기 때문이에요."

알리키 스승이 그 말에 고개를 끄덕거리며 수긍했다.

"그래, 그래. 그렇다면 앞뒤가 맞지."

그러더니 눈을 가늘게 뜨고 말을 이었다.

"게다가 그것 때문에 변이가 일어났는지도 모르고. 생물 중에는 목숨에 위기가 닥치면 몸이 변하는 것들이 있지. 이 메뚜기도 그런 거라면, 알집의 상태가 변한 이유가 그래서인지도 몰라."

"알의 수가 늘어나면 보다 많은 개체가 살아남으니까……."

"알을 낳는 작업은 벌레에게 아주 힘든 일이고 생명력을 많이 쓰는 일이어서 작은 알을 많이 낳는 경우가 있고 큰 알을 적게 낳는 경우를 자주 볼 수 있지. ……그런데 지난 번 메뚜기 재해 때 신기한 사실을 알게 되었어."

"신기한 사실이요?"

"그래. 재해를 일으킨 메뚜기 중 커다란 암컷이 커다란 알을 많이 낳더라고. 더 강해져서 더 멀리 날아갈 수 있는 자손을 많이 낳는다, 그런 일이 일어나더라니까."

"……!"

"그렇게 변하기 위해 그 메뚜기가 무엇을 희생했는지 조사하고 싶었는데, 그 이후로 메뚜기 재해가 일어나지 않아서 알아볼 수가 없었지."

"그럼 이 메뚜기도……?"

"모르지. 이 메뚜기는 그때의 메뚜기와는 다르니까 어디까지나 가능성일 뿐이야."

"그래도 알이 커지고 알의 수가 늘어난 건 확실하잖아요."

그렇게 말하면서 아이샤는 등에서 목덜미까지 소름이 쫙 돋는 게 느껴졌다.

"알리키 스승님."

아이샤가 알리키 스승을 바라보며 불렀다.

"개체 수가 늘어난 어린 메뚜기들이 큰길을 오가는 짐마차나 사람들의 짐 속에 숨어서 퍼져나간다면 어떻게 될까요?"

"……."

"알의 수가 늘어날 뿐만 아니라 어린 메뚜기들이 더 오랫동안 날 수 있게 된다면 어떻게 될까요? 벌써 날아가 버린 어린 메뚜기들이 이미 여기저기 재배지에 도착했고, 여기처럼 신체의 변화가 일어나고 있다면 어떻게 되나요?"

"……."

"지금까지는 재배지 한 군데에서 발생하고 모든 과정이 끝나면 다음 재배지로 가는 식이었는데 지금은 복수의 재배지에서 동시에 발생하고 있습니다. 시차가 있어서 최초의 부화가 눈에 띄지 않고, 그래서 아무도 모르는 사이에 날아올라서 다음 재배지로 가는 어린 메뚜기들이 있을지 모릅니다. 만약에 그렇다면 어떻게 되나요?"

"……아이샤."

알리키 스승이 입술을 파르르 떨면서 대답했다.

"그렇게 되어버렸다면 이제 더 이상 막아낼 방법이 없다. 전역으로 퍼져서 정착해 버릴지도 몰라."

그렇게 말하더니 자기 마음을 다잡으려는 듯이 덧붙였다.

"그래도 그건 어디까지나 그럴 가능성이 있다는 이야기일 뿐이야. 조사해 보지 않으면……."

아이샤가 고개를 저었다.

"시간이 없어요. 조사도 해야 하지만 동시에 움직여야 합니다. 이곳에서부터는 재배지가 많고 서로 인접해 있어요."

서칸탈 번왕국의 수도로 가야 하는 걸까? 가서 주쿠치에게 상황을 설명하고 아직 천로 메뚜기가 날아오지 않은 지역의 구원의 벼를 소각해서 서칸탈 면적의 반 이상이 될 정도로 엄청나게 넓은 방화용 토지를 만들어 달라고 부탁해야 하나?

'……아냐, 불가능해.'

아무리 주쿠치라도 그런 제안에 금방 동의해 줄 리가 없다. 그 정도 면적을 불태우기 위해 고려해야 할 점은 막대한 손실만이 아니다. 각지의 씨족들을 설득하는 데도 시간이 걸리기 때문이다.

아이샤는 어린 시절부터 아버지와 늙은 충신 우차이에게 서칸탈의 씨족들이 각자의 영토를 얼마나 필사적으로 지키고 있는지 배우면서 자랐다. 그 씨족들 사이에 어떤 논쟁이 펼쳐질지 안 봐도 충분히 상상이 됐다.

주쿠치의 명령이라 해도 만족할 만한 보상을 받을 수 있다는 확신이 없는 한, 그들이 자기 영토의 재배지를 방화용으로 내놓는 일은 절대로 없을 것이다.

게다가 앞으로 천로 메뚜기가 어떤 식으로 변이를 일으킬지 모르는 일이다. 짐마차도 서칸탈 뿐만 아니라 동칸탈, 오고다, 리그달, 그리고 제국 사이를 빈번하게 이동한다. 어린 메뚜기 몇 마리만 놓쳐도 메뚜기떼가 번왕국뿐만 아니라 제국 전역으로 퍼져나갈 가능성이 있다.

'서칸탈에 방화용 토지를 만드는 것 정도로는 막을 수 없다. 완전히 막으려면…….'

아이샤의 머릿속에 말도 안 되는 생각이 떠올랐다.

'가야 해. 한시라도 빨리 가서 마슈 님하고 이야기해봐야 해.'

아이샤가 알리키 스승을 응시했다.

"저는 제국 수도로 올라가겠습니다. 가서 이 상황을 설명하겠습니다. 스승님은 여기 남아서 계속 조사해 주시겠어요?"

"그럼, 물론이지."

"군수가 보냈던 비둘기 편에 지원을 바란다는 답장을 보냈어요. 지원 인력이 오기는 하겠지만 저도 그쪽에 당도하면 사정을 설명하고 필요한 인재를 파견해 달라고 하겠습니다."

알리키 스승이 고개를 끄덕였다.

"부탁한다, 아이샤."

"네."

제 **6** 장

# 향군

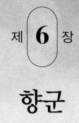

# 1
## 어전 회의

색색의 유리가 모자이크된 천창으로 오후 햇살이 비쳐들어 왕궁 홀의 넓은 바닥에 여러 개의 아름다운 꽃모양을 그려냈다.

그 꽃들 사이사이에 제국의 중신들이 양쪽으로 죽 늘어서 있고 안쪽으로는 황제가 옥좌에 앉아 있었다.

정교하게 설계된 홀의 구조 덕분에 아무리 멀리 있어도 이 광대한 공간에서는 발언자의 목소리와 최종 결정권자인 황제의 목소리까지 모두 알아들을 수 있는 정도로는 들을 수 있었다.

어전 회의에서 거론되는 안건들 대부분은 사전에 상소문을 통해 황제에게 올리게 되어 있었다. 황제는 미리 상소문을 훑어보고 회의에 들어오기에 각 안건을 처리하는 데 오랜 시간이 걸리지 않았다.

그래도 결정해야 할 사안들이 많아서 전체적인 회의 시간은 길었다. 여러 가지 사안이 거론되고 논의 끝에 결정이 내려지면 그 사안을 상정한 사람은 황제에게 깊이 고개 숙여 절하고 자기 자리로 돌아갔다.

그런 일들이 아침부터 여러 번 되풀이되고 있었다.

지금은 귀족인 말라이오 공이 아들의 혼사에 관해 설명하고 있었다. 귀족의 혼인은 정치와 깊은 연관이 있기에 황제의 승인이 필요했다.

상대 집안에 약간 문제가 있는 친족이 있는지 좌우에 늘어서 있는 귀족들은 간혹 서로 얼굴을 가까이 대고 뭔가 속삭이곤 했다. 하지만 왕좌의 양 옆자리에 앉은 이르 카슈가와 라오 카슈가는 그다지 흥미가 없는 듯 손에 든 서류를 들여다보고 있었다. 이르 카슈가 옆에 앉은 사람은 그의 큰아들 유기르인 모양인데 가끔 서류에서 얼굴을 들고는 이르 카슈가에게 뭔가 속삭였고 이르 카슈가는 거기에 답해주는 것 같았다.

왕궁 홀에서 이루어지는 이런 어전 회의의 모습을 지켜보면서 아이샤는 라오가 했던 말을 떠올렸다.

'안건을 올리기는 해 보겠지만 네 제안이 받아들여질 가능성은 거의 없다.'

황제가 주최하는 이 회의에 참석이 허락되는 사람은 제국의 중신들 외에 안건과 관련이 있는 참고인들뿐이었다. 충해청장도 아니고 발언할 필요성이 있는 사람도 아닌 아이샤를 참고인이라며 참석할 수 있도록 조치해 준 라오의 의도가 무엇인지, 아이샤는 지금 깨닫는 중이었다.

어째서 아이샤의 제안이 받아들여지지 않는지 그 배후에 복잡하게 얽혀 있는 이유를 직접 눈과 귀로 보고 들을 수 있도록 자리를 마련해준 셈이었다.

제국의 궁정에서 천로 메뚜기 재해는 귀족 집안의 결혼보다도 긴급성이 떨어지는 안건이었다.

광대한 영토를 보유하고 있는 귀족들은 자기 영토에서 재배하는 오아레 벼로 수익 사업을 벌였다. 농민들에게 걷는 각종 조세로서의 오아레 벼와 그밖에 남는 오아레 벼를 타국에 팔아 이윤을 챙겼다. 또한 그 수익을 밑천으로 다양한 형태의 교역을 하기도 했다.

일반적으로 쌀과 같은 곡물이 시장에 너무 많이 풀리면 가격이 떨어지기 마련이지만 오아레 벼는 우마르 제국과 그 번왕국에서만 생산되는 특수한 쌀이라는 희소성을 가지고 있었다. 게다가 다른 쌀과는 비교할 수 없을 정도로 맛이 좋아서 한 번 먹어본 사람은 다른 쌀을 찾지 않게 된다고 했다. 그래서 다른 나라에서는 보석 쌀이라고 불리며 다른 곡물들과 차원이 다른 대접을 받았다. 오아레 쌀은 다양한 형태로 여러 귀족에게, 그리고 제국에 부를 가져다주고 있었다.

라오는 그동안 계속해서 귀족들에게 오아레 벼에만 의존하지 말고 다양한 산업을 육성하자고 제안해 왔다. 그러나 새로운 시도를 시작하려면 비용과 수고와 인력이 필요했다. 오아레 벼로 손쉽게 수익을 얻을 수 있는 오랜 관행을 버리고 새로운 방향을 개척해 보려는 귀족들은 소수에 불과했다.

'자기들 영토 안에서 이런 재해가 발생한 거였다면……?'

틀림없이 저 사람들도 안색을 바꾸며 어떻게 된 일이냐고 황제에게 달려들었을 것이 뻔했다. 하지만 제국의 수도에 있는 저 귀족들에게 번왕국의 시골 촌구석에서 일어나고 있는 병충해 따위는 전혀 현실적으로 다가오지 않고 자기들과는 동떨어진 이야기에 불과한 것이다.

일단 수습된 것처럼 보였던 메뚜기 재해가 대규모로 재발했다는 소식이 보고되었을 텐데도 한 번 해결되었다는 소식을 듣고 난 다음이어서인지 위기감이 공유되고 있다는 느낌이 전혀 들지 않았다.

말라이오 집안 혼사에 관한 안건이 간신히 황제의 승인을 받았다. 말라이오 공이 황제에게 고개를 깊이 숙여 인사하고 자리에 앉자 다른 귀족들은 황제에게 실례가 되지 않는 범위 안에서 몸을 이리저리 움직이기도 하고 얼굴에 부채질하기도 했다.

땅, 하고 다음 발언을 알리는 나무망치 소리가 울리자 라오가 자리에서 일어났다.

아이샤는 몸에 힘을 주며 라오가 천천히 황제에게 고개를 숙이고 발언대로 오르는 모습을 지켜보았다.

"황제 폐하께 보고드리옵니다."

라오의 목소리가 들려왔다.

"오늘 말씀드리는 안건에 대해서는 소신도 바로 어제 보고를 받은 것이기에 미리 상소문을 올리지 못한 채 오늘 이 자리에 서게 된 점을 먼저 깊이 사죄드리옵니다."

라오가 먼저 사죄의 말을 하자 황제가 고개를 끄덕였다.

"어떤 보고가 올라왔는가?"

라오는 숨을 한 번 들이쉬더니 잘 울리는 목소리로 대답했다.

"서칸탈에서 발생한 병충해가 새로운 단계에 진입하였사옵니다. 지난번에 보고드린 바와 같이 일단 사태가 수습된 듯 보였으나 다시금 더욱 심각하게 발생하였고, 예전보다 한층 더 빠른 속도로 광범위하게 확대되고 있사옵니다."

그제야 귀족들이 흥미를 느낀 모양이었다. 그때까지 긴장감이라고는 하나도 없는 얼굴로 느슨하게 풀어져 있던 귀족들이 라오 쪽으로 고개를 돌렸다.

라오는 간단하고 알기 쉽게 현재 상황을 설명해 나갔다.

사안의 내용을 알아갈수록 나른했던 귀족들의 표정이 점점 긴장감으로 굳어갔다.

"라오 대향사."

라오가 한차례 설명을 마치자 황제가 입을 열었다.

"재해가 다시 시작된 원인이 짐마차라는 공의 말에는 확실한 근거가 있는가?"

"아직 확정할 수 있을 정도는 아니나 그럴 가능성이 크다는 보고를 받았사옵니다."

황제가 미간을 찌푸렸다.

"그러니까 이런 이야기인가? 예전에 충해청장은 어린 메뚜기는 날수 있는 거리가 얼마 안 되니 날아갈 수 있는 범위 안에 구원의 벼 재배지가 없으면 자연스럽게 사멸해 버린다고 했는데, 어린 메뚜기가 자기 힘으로 나는 대신에 짐마차에 숨어서 이동했기 때문에 다시금 대량으로 발생했다고?"

"예. 그럴 가능성이 크다고 하였사옵니다."

"그래서 지금 동말리키 군의 5개 재배지에까지 퍼졌다고?"

"폐하, 황공하오나 새로 들어온 소식을 아뢰겠나이다."

라오가 손에 들고 있던 문서를 펼쳤다.

"오늘 아침 새로 들어온 보고에 따르면, 병충해는 동말리키 군을 지나 사다마 군으로 확대되었다 하옵니다."

"뭐라?"

"더구나 눈 깜짝할 사이에 사다마 군 전역에 퍼져서 곧 이웃 군으로도 번져갈 기세라 하옵니다."

황제의 얼굴에 짜증이 묻어났다.

"주쿠치는 도대체 뭘 하는 건가? 소각 작업이 제때 이루어지지 않았다는 소리 아닌가?"

라오가 "황송하오나……"라며 말을 이었다.

"동서말리키 군은 말리키 씨족의 영토이었사옵니다. 그런데 주쿠치가 서칸탈을 통일했을 때 그곳을 다스리던 씨족을 이동시키고 그 대신 주쿠치의 인척이 들어가 통치하게 했사옵니다. 그 덕분에 소각 지시가 비교적 빨리 실행될 수 있었사옵니다. 하오나 사다마 군은 사다마 씨족의 영토이옵니다. 사다마 씨족과 주쿠치의 관계에는 미묘한 알력도 있사옵고, 이렇게 확대되는 속도가 빠르면 조만간 인접한 각 씨족들도 영향을 받을 테니, 조세와 보상을 어떻게 하느냐 하는 문제 등으로 각 씨족장들과 조정을 하는 데에 어려운 부분이 있는 것으로 보이옵니다."

황제가 신음했다.

"으음……. 그렇다면 앞으로도 한동안 충해는 수습되지 않을 것이라는 말인가?"

"그렇사옵니다."

라오가 고개를 끄덕인 다음 황제를 바라보았다.

"현지에서 조사를 계속하고 있는 전 충해청장 알리키에 따르면 수습되기는커녕 앞으로 폭발적으로 확대될 가능성이 있다 하옵니다."

귀족들이 웅성거렸다.

"사다마 군의 동남쪽에는 서칸탈 최대의 오아레 벼 산지가 있사옵니다. 사다마 군에서 이미 발생했다면 엄청난 기세로 확대되리라 예상되옵니다. 서칸탈을 지나 동칸탈로 퍼지는 것 또한 시간문제이옵니다. 그러다 나중에는 제국 본토로 들어올 가능성도 있사옵니다."

웅성거리는 소리가 더욱 커졌다.

"뭐라? 제국 본토까지?"

황제의 언성이 높아졌다.

황제는 이르 카슈가 쪽으로 눈길을 돌렸다.

"부국대신, 공도 이 소식을 들었는가?"

황제에게 호명된 이르 카슈가가 자리에서 일어나 고개를 숙였다.

"신도 보고를 받았나이다. 다만 이번 건은 전 충해청장 알리키와 향사가 조사해서 보고해 온 단계이옵기에 그에 따른 대응에 관해서는 라오 대향사께 전적으로 부탁드린 상황이옵니다."

아이샤는 이르 카슈가를 응시하면서 마음속으로 중얼거렸다.

'이런 목소리로 말하는 사람이구나.'

이르 카슈가라면 딱딱하고 강한 목소리로 말하지 않을까 하고 막연히 상상했었다. 그런데 뜻밖에도 그의 목소리는 아주 부드럽고 힘이 들어가 있지도 않았다.

'이르 카슈가는 초동 대처를 이쪽에 맡겨두었다.'

라오가 했던 말을 떠올리면서 아이샤는 이르 카슈가를 올려다보았다.

라오가 그렇게 말했을 때 옆에 있던 마슈가 아이샤에게 설명을 덧붙여 주었다.

'이르 카슈가가 처음부터 움직이는 경우는 거의 없다. 이르 카슈가는 정보를 쥐고 있어도 곧바로 움직이지 않는다. 이쪽이 어떻게 나오는지를 살핀 다음에 거기에 따라 움직인다.'

마슈는 그렇게 말했다.

황제는 잠시 이르 카슈가를 쳐다보더니 이윽고 "그렇군" 하고 말했다.

이르 카슈가가 자리에 앉자 황제는 라오 쪽으로 다시 시선을 돌렸다.

"그렇다면 라오 대향사."

"하문하소서."

"공이 생각하는 대책은 무엇인가?"

귀족들이 사담을 멈추고 라오를 응시했다. 거대한 왕궁 홀이 정적에 휩싸였다.

고요함 속에서 라오의 목소리가 울렸다.

"폐하, 소신은 번왕국을 포함하여 제국 전역의 구원의 벼를 일단 모조리 소각해야 한다고 생각하고 있사옵니다."

황제는 직접 듣고도 그 내용이 믿어지지 않는 모양이었다.

귀족들은 잠시 어안이 벙벙한 표정으로 라오를 멍하니 올려다보았다. 그러다 일제히 떠들어대기 시작했다. 피식거리며 실소를 하는 사람도 있었고 짜증을 내는 사람도 있었다.

황제가 오른손을 높이 쳐들자 그 웅성거림이 순식간에 가라앉았다.

"라오 대향사."

"예, 폐하."

"매사에 진중한 공이 꺼낸 말이니 허투루 입에 올렸을 리는 만무하겠으나 지나치게 극단적인 대책이라는 생각은 들지 않는가?"

라오가 "그렇사옵니다." 하며 황제의 말에 수긍했다.

"극단적인 대책이 맞사옵니다. 하오나 감히 아뢰건대 소신은 이 대책이 최선임을 확신하고 있사옵니다."

다시 웅성거리는 소리가 높아졌다.

그 웅성거림을 들으면서 아이샤는 속으로 크게 놀랐다.

'번왕국을 포함해서 제국 전역의 구원의 벼를 일단 모조리 소각해 주세요.'

아이샤가 그렇게 말했을 때 라오는 고개를 저으며 그것은 불가능하다고 말했다.

아이샤가 그 이유를 필사적으로 설명해도 라오는 불가능하다는 입장을 끝까지 바꾸지 않았다.

라오는 지금도 속으로는 불가능하다고 생각하고 있을 것이다. 그런데도 황제와 이르 카슈가, 그리고 여러 귀족들 앞에서 이 제안을 자기 생각이라고, 더구나 필요성을 확신하고 있는 대책이라면서 말해 주었다.

아무리 그 행위가 아이샤를 납득시키기 위한 것이었다 해도 라오는 아이샤를 보호하는 방패가 되어 준 것이다.

"확신이라?"

황제가 미간을 찌푸렸다.

"공처럼 제국의 여러 일에 정통해 있는 사람이 이와 같은 대책을 최선이라고 말하는 것인가?"

"그렇사옵니다."

라오가 침착한 목소리로 대답했다.

"실행에 옮기기 지극히 힘든 방책이라는 점은 소신이 누구보다 잘 알고 있사옵니다. 하오나 그럼에도 굳이 이 방책을 아뢴 연유는 모든 구원의 벼를 일단 소각해 버리지 않는 한, 우리가 천로 메뚜기라고 부르는 이 벌레를 완전히 없애버릴 방도는 없다고 확신하기 때문이옵니다."

황제가 얼굴을 찌푸렸다.

"어째서인가? 방화용 토지를 만들면 되는 일이 아닌가? 충해청장 말로는 그 방화용 토지가 애초에 생각해 낸 방안이라 하였다. 그리고 짐이 생각하기에도 괜찮은 방책이다. 구원의 벼가 없는 지대를 만들면 메뚜기가 알을 낳을 수 없으니 자연스레 사멸할 것이 아닌가?"

"폐하."

라오가 불렀다.

"충해청장이 보고를 아뢴 그때의 단계였다면 그 방책으로도 천로 메뚜기 떼를 없애버릴 수 있었겠으나 지금으로서는 불가능한 일이옵니다."

"어째서 그런가?"

"천로 메뚜기가 변이를 일으키고 있기 때문이옵니다."

무슨 뜻인가 하는 표정으로 황제가 눈썹을 추켜 올렸다.

"변이?"

"그러하옵니다. 갈수록 낳는 알의 수가 늘고 몸통도 더욱 커지고, 어린 메뚜기가 더욱 먼 곳까지 날 수 있게 변하고 있다 하옵니다."

황제가 경악하는 표정을 지었다.

"뭐라? 이렇게 짧은 시간에 말인가?!"

"예, 폐하. 바로 그 점이 중요하옵니다. 천로 메뚜기는 변이가 아주 빠르옵니다. 살아남는 데 적합한 형태로 변하는 속도가 비정상적으로 빠르다 할 수 있사옵니다."

귀족들 모두 할 말을 잃은 듯했다. 쥐 죽은 듯한 정적이 모두를 감싸고 있었다.

"충해청장이 보고를 올린 시점에서는 어린 메뚜기의 비행거리가 짧았기에 도중에 살아남은 것이 있다 해도 구원의 벼까지 당도하지 못하도록 방화용 토지를 만들면 재해 종식이 가능하리라 여겨졌사옵니다. 하오나 지금은 메뚜기들의 비행거리가 늘어났을 뿐 아니라 그 숫자도 예전과는 비교할 수 없을 정도로 많아졌다 하옵니다."

황제는 말없이 라오의 얼굴을 응시할 뿐이었다.

"더구나 재배지와 재배지 사이의 도로를 오가는 짐마차, 말꼬리와 말갈기, 길가는 사람들이 지고 다니는 등짐 등에 숨어들어서 멀리까지 이동하는 메뚜기를 모조리 찾아내는 것은 불가능한 일이옵니다. 어린 메뚜기들이 살아남을 수 있는 시간이 늘었다면, 상인 행렬의 짐에 숨어서 이미 제국 본토까지 들어와 있을 가능성도 부인하지 못하는 상황이옵니다."

정적에 싸인 홀에 라오의 목소리가 쩌렁쩌렁 울렸다.

"그러하기에 일단 모든 구원의 벼를 소각해야 한다는 말씀을 아뢴 것이옵니다. 그것만이 천로 메뚜기에 의한 충해를 완전히 끊어버리는 유일한 방책이기 때문이옵니다."

라오가 입을 다물자 바람이 창문을 흔드는 작은 소리만이 홀에 가득했다.

문득 귀족 중 한 사람이 일어나서 "폐하!"하고 외쳤다.

"발언을 윤허하여 주시옵소서."

황제가 고개를 끄덕이자 그 남자가 라오를 올려다보며 입을 열었다.

"라오 대향사께서 해 주신, 우려할 만한 사태에 대한 상세한 설명을 잘 들었습니다. 다만 저는 여전히 대향사의 말씀이 아무래도 지나치게 극단적이라는 생각을 떨칠 수가 없습니다."

"……."

"대향사께서 설명을 워낙 잘하셔서 듣다 보니 자꾸만 불안감이 커지기는 했습니다. 하지만 냉정하게 잘 생각해 보니 그 메뚜기 재해가 일어난 곳은 서칸탈, 그러니까 제국에서 멀리 떨어진 변경 지역입니다. 물론 상인의 행렬에 숨어들어서 이쪽까지 와 있을 가능성도 없지

는 않겠지요. 그러나 지난번 충해청장 이야기로는 산란에서 부화까지
가…… 그게 며칠이라 했었지요?"

"대략 열흘 정도라고 합니다."

"아아, 그랬지요. 아무튼 열흘이나 시간이 있는 셈입니다. 농부들에
게 메뚜기를 발견하면 알을 낳았는지 확인하라는 엄명을 내려놓고, 혹
시 알을 낳은 곳이 있다면 그 재배지만 소각하면 되는 일이 아닙니까?"

라오가 그 귀족을 빤히 쳐다보면서 조용히 물었다.

"우젤라 공. 귀공이 소유하신 영토. 그 광대한 재배지에 메뚜기 수십
마리가 숨어들었다고 했을 때 그걸 즉각 발견할 수가 있을까요?"

"……."

"엄청난 수의 메뚜기 떼가 날아온다면 금방 알아차릴 수 있겠지만
짐마차의 짐에 섞여 들어온 몇 마리가 몰래 알을 낳고, 한 마리 암컷이
낳은 수백 개의 알이 부화한다면? 그리고 거기서 날아오른 수천 마리
가 인근 재배지로 분산해서 다시 번식한다면? 그때 소각해야 하는 재
배지의 면적은 얼마나 되겠습니까?"

우젤라 공이 얼굴을 찌푸렸다.

"그거야 뭐 그런 일이 일어난다면 상당히 넓은 면적을 불태워야 하
겠지요. 그렇다고 해도 모조리 소각하는 것보다야 낫지 않겠습니까?"

"과연 그럴까요? 해마다 이런 일을 계속 반복해야 할 경우를 상상해
보시지요. 그렇게 매년 소각해서 생기는 손실과 딱 한 번의 경작 기간
에 모조리 불태워서 완전히 멸종시킬 경우의 손실. 어느 쪽이 더 뼈아
플까요?"

우젤라 공이 입을 다물어버리자 옆에 앉아 있던 말라이오 공이 발언
을 구하면서 일어났다. 그리고는 굵은 목소리로 말했다.

"라오 대향사. 저는 매년 일부분을 불태우게 된다 해도 제국 전역의 재배지를 이번 경작기에 모조리 불태우는 것보다는 손실이 훨씬 덜하다고 봅니다. 게다가 애초에 대향사께서 말씀하신 일들은 모두가 아직 일어나지 않은 일을 전제로 하고 있지 않습니까? 실제로 지금 메뚜기는 서칸탈에만 있습니다. 불태워야 한다면 서칸탈, 굳이 더 태워야한다면 동칸탈의 구원의 벼를 전부 소각하면 되는 일 아닌가요? 그런데도 질기게 살아남은 메뚜기가 있어서 제국 본토에 그것들이 들어온다 해도, 그래서 재해가 발생할 때마다 소각해야 할 필요성이 생긴다한들, 제국 본토의 재배지 전체를 불태울 정도가 되지는 않을 것 아닙니까?"

"……."

"제국 본토와 번왕국의 구원의 벼를, 아무리 딱 한 번의 경작기라 하더라도, 모조리 소각해 버릴 경우의 손실은 단순히 오아레 쌀의 수확량이 극감하는 정도로 끝나지 않습니다. 거기에서 파급될 피해는 이루 헤아릴 수가 없습니다. 우리는 매 경작기의 수확량을 토대로 다음 거래계약이 이미 전부 체결된 상태란 말입니다!"

흥분한 탓에 눈가가 시뻘게진 말라이오 공이 고함을 지르듯이 따졌다.

"내 눈에는 제국 본토에 아직 일어나지도 않은 파급 위험을 내세워서 불안감을 조장하고 구원의 벼의 전체 소각을 인정하게 하려는 라오 대향사의 언행에는, 실례지만 뭔가 숨겨진 의도가 있는 것처럼 보입니다."

라오가 조용한 목소리로 물었다.

"숨겨진 의도라 하면?"

"오아레 벼로부터의 탈피 말입니다!"

사람들 사이에 웅성거림이 퍼져나갔다. 말라이오 공의 목소리가 더욱 커졌다.

"대향사께서는 이전부터 오아레 벼에만 의존하지 말고 다른 산업도 키워야 한다는 주장을 펼치곤 했지요. 우리로서는 너무도 비효율적이고 비현실적인 말씀이라 찬동하는 사람이 거의 없었는데, 그 점에 불만을 느끼셔서 이번 메뚜기 사태를 계기로 이참에 그 생각을 행동으로 추진하려 하는 게 아닙니까?"

말라이오 공은 눈에 쌍심지를 켜고 손가락질이라도 할 기세로 달려들었다.

"제국 전역의 구원의 벼를 태운다고요? 가정에 불과한 대향사의 말씀 하나로 메뚜기의 털끝도 스치지 않은 우리 영토의 구원의 벼를 불태우는 짓거리는 결단코 용납할 수 없습니다!"

여기저기서 동의하는 목소리가 터져 나오는 것을 들으면서 아이샤는 멍하니 천로 메뚜기 떼가 하늘을 뒤덮는 광경을 떠올렸다.

'……우리가 질 거야.'

살아남는다는 오직 그 하나의 목적만을 위해 행동하는 저 메뚜기들을 이길 재간이 없다.

여기 있는 영주들도 살기 위해 목청을 높이고 있다. 자신을 위해, 가족을 위해, 영토 안의 백성을 위해.

그러나 저 사람들은 앞으로 일어날 수 있는 일을 생각하려 하지 않는다. 불안을 느끼면서도 그 사실을 외면한 채 그렇게 심한 일이 일어날 리가 없다면서 모르는 척하려 한다.

허탈함이 온몸을 적시듯이 퍼져나갔다.

머나먼 아이샤의 고향 서칸탈에서 지금 이 순간에도 계속 퍼져나가고 있을 굶주림의 구름이 뇌리에 생생하게 떠올랐다. 울부짖는 농부들의 목소리가 들려오는 듯했다.

오아레 벼에만 의존하는 위험성을 조금이라도 불식시키기 위해 아이샤는 지금껏 올리애와 마슈, 라오, 다쿠 아저씨 등과 더불어 오랜 기간 다양한 방법으로 노력해 왔다.

그렇지만 그 노력은 열매를 맺지 못했다.

가까스로 결실을 얻은 것이라고는 마슈가 라오를 설득해서 실현하게 한, 오아레 쌀의 비축량을 늘리는 일이었다. 현재 제국이 비축하고 있는 오아레 쌀과 볍씨는 예전의 몇 배에 달한다. 그 비축미를 방출하면 모든 재배지를 한꺼번에 소각한다 해도 제국이건 번왕국에서건 굶어 죽는 사람이 생기지 않게 할 수 있다.

그러나 그것은 단기적인 구제책이다. 장기적으로 오아레 벼에 대한 의존에서 탈피할 방도는 아직 보이지 않는다.

오아레 벼에 피해를 받지 않고 다른 곡물을 키우는 기술은 점차 갖춰지고 있지만 애초에 오아레 벼 이외의 곡물을 키우려는 생각을 가진 사람이 없기 때문이다.

오요마로 인한 피해가 문제가 아니게 된 지금은 오고다의 산간 지역에서조차 요기보리나 요기메밀을 경작하려는 사람이 없다.

'……차라리'

이대로 아무런 손을 쓰지 않고 저 천로 메뚜기가 하는 대로 내버려두는 편이 나을지도 모른다. 오아레 벼를 아무리 재배해도 결국에 불태워야 하는 지경에 이르면 그때는 이 제국 사람들도 변하겠지.

그러나 그 미래는 오아레 벼를 재배하지 못하는 미래다.

게다가 오아레 벼를 경작하면서 서서히 다른 산업으로 이행하는 것이 아니라 아주 짧은 기간에 주요 산업이 한꺼번에 무너지는 미래다.

'그런 날이 왔을 때……'

제국은 과연 버텨낼 수 있을까?

약해진 양에게 늑대들이 달려들듯이 이웃 나라들이 쳐들어오겠지.

전쟁 비용을 조달하지 못하는 번왕국은 물론이고 제국의 귀족들도 유리한 거래가 가능할 때 움직여야 한다며 잽싸게 적의 편으로 돌아설 것이다. 그런 과정에서 수많은 백성들이 전쟁터에 끌려가고, 불에 타 죽고, 노예가 되겠지.

제국의 붕괴는 단순히 황제의 권위가 사라지는 것만으로 끝나는 일이 아니다. 수많은 사람들이 죽거나 고통받는 때가 찾아온다는 뜻이기도 하다.

'그런 미래가 뻔히 보이는데도 나는 아무것도 할 수가 없다.'

광대한 왕궁 홀 안에서 시끄럽게 떠들어대는 제국의 중신들 뒤에 덩그러니 혼자 앉아 있을 뿐이다.

힘없고 초라한 자기 모습을 돌이켜보다가 문득 한 가지 생각이 아이샤의 뇌리를 스치고 지나갔다.

'……아니야.'

아이샤는 눈을 들어 귀족들과 황제를 둘러보았다.

'패배자는 우리가 아니야. 바로 나지. 해야 할 일을 하지 못하는 바로 나 자신이다.'

아이샤가 의자에서 벌떡 일어섰다.

# 2
## 발언

황제 오드센의 눈에 웬 처녀 하나가 자리에서 일어서는 모습이 보였다. 그녀의 팔에는 향사의 팔찌가 반짝이고 있었다.

귀족들이 제각기 소란스럽게 떠들어대는 가운데 그 처녀가 서 있는 공간만 이질적으로 느껴졌다. 전혀 어울리지 않는 사람이 그 자리에 나타난 느낌이었다.

오드센이 오른손을 올리자 귀족들이 한 사람, 또 한 사람 입을 다물었다. 이윽고 자리가 조용해졌다.

"……향사여, 발언을 원하는가?"

오드센이 처녀에게 물었다. 귀족들은 그 말에 놀라 오드센의 시선을 따라 돌아보았다. 처녀는 고개를 끄덕이면서 대답했다.

"황공하오나 발언을 윤허해 주소서."

약간의 떨림은 있으나 귀에 잘 들리는 낭랑한 목소리였다.

"이름이 무엇인가?"

"향군마마를 곁에서 모시는 향사 아이샤 로리키라 하옵니다. 오늘은 라오 대향사의 부름을 받아 이번 안건의 참고인으로 이 자리에 오게 되었나이다."

라오는 잠시 표정이 흐려졌다가 이내 태연한 얼굴로 황제에게 아뢰었다.

"폐하, 전 충해청장 알리키와 함께 현지에서 상세한 상황을 조사하던 향사이옵니다."

"오오, 그렇군."

오드센이 고개를 끄덕였다.

"발언을 허락한다. 현지 상황을 말해 보아라."

아이샤는 깊이 고개를 숙여 예를 표했다.

"황공하나이다."

그리고는 고개를 들어 말했다.

"소인이 현지를 떠나기 전에 이 눈으로 본 광경은 하늘을 뒤덮는 메뚜기 떼였나이다. 그 메뚜기는 오아레 벼뿐만 아니라 근방에 있는 모든 식물을 닥치는 대로 먹어 치우는 벌레이옵니다. 소인이 마지막으로 본 재배지에서는 눈 깜짝할 사이에 주변의 목초, 밭에서 자라던 채소들까지 이 메뚜기 떼에 먹혀서 농부들이 땅을 치며 통곡을 하고 있었나이다."

아이샤는 담담한 어조로 이야기를 계속했다.

"메뚜기를 발견하면 그 재배지 하나만 소각하면 되지 않겠냐는 발언이 조금 전에 있었사오나, 현지 상황을 직접 보셨다면 그런 대처가 불가능하다는 사실을 아실 것이라 사료되옵니다. 서칸탈처럼 땅이 척박

하고 재배지와 재배지 사이의 간격이 상당히 떨어진 곳에서조차 그 메뚜기는 순식간에 전역으로 퍼져서 제어할 수 없을 지경이옵니다. 제국 본토의 경우 서칸탈보다 재배지 사이의 간격이 좁아 거의 인접하다 할 정도로 가깝사옵니다. 메뚜기들은 단숨에 수많은 재배지를 뒤덮을 것이옵니다. 그리고 그 벌레는 오요마와는 달리 오아레 벼뿐만 아니라 들판의 풀과 밭의 채소까지 하나도 남김없이 먹어 치울 것이옵니다."

귀족들이 웅성거리기 시작했다.

"그 메뚜기는 잡아서 죽일 수가 없사옵니다. 날아오는 중간에 이를 막거나 죽이거나 하는 방책이 불가능한 벌레이옵니다. 한 번 나타나면 손을 쓸 수가 없는 벌레이옵니다. 우리가 쓸 수 있는 제어 방법은 오직 하나, 산란과 부화를 막는 것뿐이옵니다."

웅성거리는 잡음을 뚫고 아이샤의 목소리가 들려왔다.

"그러기 위해서는 오아레 벼까지 한꺼번에 불태우는 수밖에 없사옵니다. 그런데 재배지를 소각하면 쌀뿐만 아니라 볏짚조차 얻을 수가 없게 되옵니다. 들의 풀까지 먹힌 상황에서 볏짚조차 없는 상태가 되니 가축에게 먹일 것이 아무것도 없게 되옵니다. 곡물도 채소도 과일도 없는 그런 사태가 지금 서칸탈에서 일어나고 있는 것이옵니다."

아이샤가 하는 말에는 뭔가 듣는 이의 마음을 압도하는 힘이 있어 오드센은 넋을 잃고 그 이야기에 빠져들었다. 아이샤가 한숨을 돌리려고 잠시 말을 끊었을 때, 말라이오 공이 일어서는 모습이 보였다.

"폐하, 발언을 윤허해 주소서."

오드센은 내심 짜증이 났다. 아이샤가 하는 이야기를 조금 더 듣고 싶었다. 그러나 발언을 허락하지 않을 수 없어서 고개를 끄덕였다. 말라이오 공이 아이샤 쪽으로 몸을 돌렸다.

"그대는 향사이니 라오 대향사의 제안에 힘을 보태기 위해 상황을 더욱 비참하게 이야기하는 것이겠지만 애초에 그 모든 것은 서칸탈에서만 일어난 일이 아닌가? 제국 본토로 그 벌레가 온다는 것이 기정사실도 아닌 데다가 라오 대향사도 그렇고 그대도 잊고 있는 점이 있소."

아이샤가 고개를 갸웃거리며 물었다.

"어떤 점을 잊었다 하십니까?"

말라이오 공은 웃음을 띤 얼굴로 대답했다.

"아까부터 말해주려 한 것인데 조금만 있으면 우리 영토에서는 오아레 벼 수확기에 접어들게 되지. 추수가 끝나면 소각을 위해 재배지를 내어주는 정도야 얼마든지 가능한 일이고. 광대한 방화용 토지가 생기는 셈이오. 전역을 소각하는 일 따위의 극단적인 방책을 쓰지 않아도 된다는 말이오."

아이샤는 곧바로 고개를 저었다.

"수확 이후의 농지를 활용하는 방법으로는 제어할 수 없습니다."

말라이오 공이 불만스러운 표정으로 눈썹을 추켜올렸다.

"어째서?"

아이샤는 품속에서 종이 다발을 꺼내 오드센 쪽을 올려다보며 말했다.

"황제 폐하, 황공하오나 아뢸 것이 있사옵니다. 아직 작성이 끝나지 않아 라오 대향사에게도 올리지 못한 것이오나 폐하께서 한번 봐주시기를 청하옵니다."

오드센이 고개를 끄덕였다.

"좋다. 이리 가지고 오라."

아이샤는 앞쪽으로 다가와 왕좌 아래 대기하던 측근에게 종이 몇 장을 건네주었다.

오드센은 계단을 올라서 곁으로 다가오는 측근이 그것을 내밀기가 무섭게 낚아채서 첫 번째 종이를 펼쳐보았다. 지도였다. 제국 본토의 재배지가 그려진 지도인데 색깔별로 구분되어 있었다. 그리고 재배지 옆에는 숫자와 화살표 등의 표시가 그려져 있었다.

"……이 색깔로 구분된 것들은…….."

오드센은 문득 그 색깔들이 무엇을 의미하는지 깨달았다.

"이건 수확 시기를 색으로 구분한 지도구나."

아이샤의 안색이 환해졌다.

"그렇사옵니다, 폐하. 소인과 같은 향사들이 항시 들고 다니는 수확기 구분용 지도이옵니다."

"그렇다면 여기에 적힌 이것들은 다 무엇이냐?"

"외람되오나 소인이 설명을 올리겠나이다."

아이샤가 대답했다.

"폐하께서도 익히 아시는 바이겠으나 오아레 벼의 재배 시기는 재배지의 기후 조건 등에 따라 지역마다 차이가 있사옵니다. 조금이라도 많은 양을 수확하기 위해, 그리고 가장 효율적으로 재배할 수 있도록 소인과 같은 향사들은 언제 심고 언제 수확할지를 지역마다 상세히 결정해 주고 있사옵니다."

오드센이 고개를 끄덕였다.

"그래서?"

"방금 말라이오 공께서 추수 후의 농지가 있으니 전역을 소각할 필요는 없다고 하셨는데 우선은 메뚜기 떼가 인간이 원하는 바처럼 추수 후에 날아온다는 보장이 없사옵니다."

그 말을 들은 말라이오 공의 얼굴이 살짝 붉어졌다.

"또한 지역마다 수확기가 조금씩 엇갈리옵니다. 비교적 근접한 지역이라 해도 재배지의 높고 낮음에 따라 추수를 앞둔 재배지와 아직 이삭이 파란 재배지가 혼재해 있는 경우도 적지 않사옵니다. 더구나 오아레 벼의 경우는 가장 효율적으로 재배할 수 있도록 조정하고 있기에 일 년 내내 항상 어딘가에서는 오아레 벼가 재배되고 있사옵니다."

아이샤는 말을 이어갔다.

"오아레 벼는 매우 특수한 벼이옵니다. 다른 곡물에 대한 상식으로는 다룰 수가 없는 벼이옵니다. 밭농사를 짓는 데 연작 장해가 없다는 사실 하나만을 보아도, 우리가 알지 못하는 특성이 아직도 많이 있는 벼이옵니다. 더구나 추위에도 강하고 더위에도 강한 곡물이옵니다. 그런 특성 때문에 다른 곡물들과는 달리 오아레 벼는 일 년 내내 항상 어딘가에서 자라고 있사옵니다. 눈이 쌓이는 계절인 겨울에는 오아레 벼가 재배되지 않는 곳이 많아지기는 하오나, 그런 시기에도 눈이 쌓이지 않는 지역에서는 오요마가 붙어 있는 오아레 벼가 자라고 있사옵니다."

오드센은 지도에 시선을 떨구었다. 아이샤의 말이 옳았다.

"그 지도에 적힌 숫자 등은 수확기의 차이와 재배지 간의 거리 등을 소인이 계산하여 기록한 것이옵니다."

오드센이 미간을 찌푸리며 물었다.

"무엇을 위해?"

"……소각하지 않을 수 있는 지역이 조금이라도 있는지 찾아보려 하였사옵니다."

오드센은 아이샤를 빤히 쳐다보았다. 진지하면서도 어딘지 슬픔을 간직한 듯한 눈동자가 자신을 올려다보고 있었다.

"소인도 조금 전 말라이오 공이 말씀하신 것처럼 제국 본토에 천로 메뚜기가 들어오더라도 추수가 끝난 재배지를 불태워서 다른 재배지에 피해가 가지 않도록 할 수 있는 곳이 있을까 싶어 찾아보았사옵니다. 그런 지역이라면 짐마차는 물론이고 사람들의 출입 등도 일정 기간 금지하여 메뚜기들이 들어오는 것을 피할 수도 있지 않겠는가 생각하였사옵니다."

오드센이 몸을 앞으로 내밀었다.

"그래서?"

아이샤가 고개를 저었다.

"지금 시기에 그런 방책을 쓸 수 있는 지역을 발견하지 못하였사옵니다. 알리키 스승과 함께 소인이 조사한 시점에서 알게 된 메뚜기 떼의 이동 거리와 확산 속도, 산란 및 기타 생태 등 여러 가지를 적용해서 계산해 보니, 추수 이후의 재배지 이용 정도로는 어느 지역에서도 제어할 수 없다는 사실을 알게 되었사옵니다. 눈에 갇힌 계절이라면 그 메뚜기가 존재하지 않는 장소가 있겠사오나 다른 어딘가에서 계속 살아남게 된다면 그 메뚜기가 사멸하는 일은 없사옵니다. 어딘가에서 연명하다가 눈이 녹은 후에는 다시 여기저기로 퍼져나가 재배지에 심어놓은 오아레 벼를 먹을 것이옵니다."

왕궁 홀은 쥐 죽은 듯한 정적에 싸여 있었다.

"게다가 눈이 오는 계절이 되려면 아직 한참 있어야 하옵니다. 그 전에 이 천로 메뚜기는 제국 전역으로 퍼져나갈 것이옵니다."

아이샤가 말했다.

"그래서 전체 소각이 필요하다고 생각하였나이다. 재배 시기가 다른 재배지가 혼재하는 현 상황에서, 지금 시기에 방화용 토지로서 의미가 있을 정도로 충분히 넓은 범위의 땅을, 특히 추수 이후의 토지를 그만큼 마련하는 것은 불가능하옵니다. 그것을 가능케 하려면 충분히 넓은 범위의 재배지에서 재배 시기를 똑같이 맞출 필요성이 있는데 지금부터 그런 작업을 시작해 봐야 소용이 없사옵니다. 또한 그렇게 하기 위한 노력과 수확량의 감소를 계산해 보면 그 손실은 이번 경작기에 전체 소각을 실행했을 때와 별다른 차이가 없고, 그런 조치로는 천로 메뚜기의 완전한 박멸이 불가능하옵니다."

오드센을 똑바로 올려다보고 있는 아이샤의 눈동자는 검은 보석처럼 단단한 빛을 내뿜고 있었다.

"메뚜기가 발생할 때마다 불태우는 방법으로는 그때마다 오아레 벼뿐만 아니라 주변의 목초와 채소, 초목까지 모두 잃게 된다는 점, 그리고 오아레 벼의 볏짚을 대신할 사료를 다른 나라에서 조달하여 가축에게 먹여야 한다는 점까지 각오해야 하옵니다. 또한 언제 어디서 발생할지 모르는 상태에서는 다음 수확기에 거두는 오아레 쌀을 밑천으로 이루어지는 투자 또한 힘들어지게 되옵니다."

말라이오 공의 얼굴이 딱딱하게 굳었다. 주변 사람들의 분위기에 아랑곳하지 않고 아이샤는 그저 조용한 목소리로 자기 할 말을 계속했다.

"지금 단계에서 당장 전체 소각에 나설 게 아니라 상황에 따라 대응해야 한다는 의견도 있을 것이옵니다. 제국 전역으로 번지는 최악의 상황이 된다 해도 수확량이 하나도 없다는 의미에서는 전체 소각과 마찬가지 아니겠느냐 생각하실 수 있사옵니다. 그리고 오아레 벼가 없어지면 메뚜기도 소멸하지 않겠느냐 여기실 것이옵니다."

아이샤는 고개를 설레설레 저었다.

"그러나 그 둘은 똑같지가 않사옵니다. 커다란 차이점이 한 가지 있사옵니다. 그것은 바로 시간이옵니다. 시간을 내주게 되면 천로 메뚜기가 어떻게 변이하게 될지 아무도 모르옵니다. 이 땅에 적합하게 변화할 가능성도 충분히 있다는 뜻이옵니다. 천로 메뚜기는 무서울 정도로 변이 속도가 빠르옵니다. 만약에 오요마를 먹지 않고도 알을 낳을 수 있게 되어버리면, 그렇게 변이하게 되어버리면 더 이상 제어할 방법이 없게 되옵니다. 천로 메뚜기는 이 땅에 정착할 것이고, 그러면 다시는 오아레 벼를 키울 수가 없게 되옵니다."

왕궁 홀에서는 아무런 소리도 들리지 않았다.

"그래도 아직 희망은 있사옵니다."

정적 속에서 아이샤의 목소리가 낭랑하게 울렸다.

"지금은 아직 그 메뚜기에게 약점이 있기 때문이옵니다. 아직은 그 메뚜기도 오요마를 먹지 않으면 알을 낳을 수가 없사옵니다. 지금이라면, 우리가 일정 기간 오요마가 전혀 없는 시기를 만들어 낼 수만 있다면, 메뚜기를 완전히 박멸할 수 있사옵니다. 더구나 전체 소각을 하면 오요마 또한 소멸시킬 수 있으니 후환도 막을 수 있사옵니다."

아이샤는 이쪽을 똑바로 올려다보며 말했다.

"폐하, 부디 이번 경작기의 전체 소각을 윤허하여 주시옵소서. 이는 앞으로도 우리가 오아레 벼를 재배하며 살아갈 수 있게 하기 위함이옵니다."

오드센은 놀라움을 금치 못했다.

'……이런 처녀가 있다니.'

황제인 자기 앞에서 발언을 하면서도 그 검은 눈동자에는 털끝만큼의 동요도 보이지 않았다.

'이 처녀가 하는 말에는 틀림이 없을 것이다. 제국과 번왕국에 있는 구원의 벼를 이번 경작기에 모조리 소각하는 것이 최선책이겠지. ……

그러나.'

말라이오 공은 물러서지 않겠지, 하고 오드센은 생각했다. 다른 귀족들도 마찬가지일 것이다. 그들은 이미 이번 수확량을 가지고 상거래 계약을 마친 상황이었다. 한 경작기 분량만 전부 소각한다고 해도 거액의 손실을 입을 것이다.

그렇게 생각하는 참에 말라이오 공이 손을 드는 모습이 시야에 들어왔다. 오드센은 마음속으로 한숨을 내쉬며 발언을 허락했다.

"폐하, 부디 냉정한 판단을 내려 주소서."

말라이오 공이 말했다.

"이 모든 이야기는 아직 가정에 불과하옵니다. 실제로 일어난 일이라고는 저 멀리 있는 서칸탈에서 메뚜기가 발생했다는 사실뿐이옵니다."

여러 귀족이 그의 말을 집중해서 듣고 있었다. 그들의 얼굴에 망설임과 불안의 기색이 역력하게 보였다.

"최선의 방책은 서칸탈, 혹여 필요가 생기면 동칸탈의 반 정도의 지역까지를 소각하여 광대한 방화용 토지를 만드는 일일 것이옵니다. 또한 그들 지역에서 제국 본토로 들어오는 짐마차 등을 국경에서 철저하게 조사하는 것이옵니다. 그렇게만 하면 충해를 방지할 수 있을 것이옵니다."

말라이오 공은 이쪽을 응시하면서 말했다.

"과장된 이야기로 만들어진 불안감에 현혹되어 전체 소각이라는 명을 내리시는 날에는, 제국은 병충해보다 더욱 큰 위기에 봉착할 것이옵니다. 부디 냉정한 판단을 내려 주시옵기를 간곡히 청하는 바이옵니다."

아이샤는 작은 소리로 속삭이면서 홀을 나가는 귀족들 뒤로 약간 거리를 두고 천천히 걸어갔다. 심한 긴장감이 사라진 후의 피로감 때문에 온몸이 물에 젖은 솜처럼 무거웠다.

황제는 결론을 내리지 않고 판단을 유보한 채 회의를 마쳤다.

넓은 복도에 붉은색이 감도는 석양빛이 비쳐 들어오고 있었다. 그 빛 속을 걸어가는 귀족들의 속삭임이 단편적으로 귀에 들어왔다.

"……라는 소리인가?"

"그렇겠지. 하지만……."

별다른 의미를 찾을 수 없는 그런 속삭임 중에 갑자기 어떤 귀족의 목소리가 도드라지게 들리는 바람에 아이샤는 엉겁결에 발걸음을 세웠다.

"이번 향군마마는 힘이 약하신가?"

옆에서 걷던 다른 귀족이 "쉿!" 하고 말리면서 낮은 소리로 나무랐다.

"어쩌려고 그런 불손한 말을 함부로 입에 담는가?!"

야단을 들은 귀족이 불만스러운 듯 얼굴을 찌푸렸다.

"하지만 맞는 말 아닌가? 오요마에다 이번에는 메뚜기까지. 지금껏 이런 적이 한 번도 없었는데 말이지. 이렇게 일이 자주 일어나는 걸 보면……."

고개를 절레절레 흔들고는 액막이를 위한 결인의 손짓을 하면서 걸어가는 그들의 뒷모습을 바라보며 아이샤는 온몸에 소름이 돋는 것을 느꼈다.

멀어져가는 귀족들의 모습이 복도 모서리를 돌아 사라질 때까지 아이샤는 그 자리에서 꼼짝도 하지 못하고 서 있었다.

# 3
## 미래를 상정할 뿐

"마슈, 어서 오라."

오드센이 부르자 마슈가 머리를 조아려 예를 갖췄다.

"폐하를 뵈옵니다."

"그래. 이쪽에 앉아라."

마슈는 다시금 고개를 숙였다. 그리고는 의자를 끌어서 오드센의 맞은 편에 앉았다. 사람들을 물리고 난 조용한 서재에 의자가 삐걱거리는 작은 소리가 울렸다.

"라오한테 오늘 회의에서 있었던 이야기를 들었느냐?"

"예. 폐하께서 판단을 유보하셨다 들었사옵니다."

오드센은 책상에 펼쳐놓은 서류에 시선을 떨군 채 한숨을 내쉬었다.

"병충해를 종식시킨다는 점만 생각한다면 어느 쪽 제안이 좋은지 명백한 일이었는데 말이다."

회의 때 일을 떠올리며 오드센은 살짝 미소를 지었다.

"라오가 데리고 온 향사는 대단한 처자더구나. 오랜만에 사람을 보고 마음이 움직였다."

마슈의 얼굴에 밝은 웃음이 떠오르는 것을 보고 오드센이 눈을 깜박였다.

"왜 그러느냐? 짐이 이상한 말이라도 했느냐?"

마슈는 여전히 웃는 얼굴로 "아니옵니다."라고 대답했다.

"폐하. 그 향사, 아이샤 로리키는 소신의 외사촌이옵니다."

오드센의 눈이 휘둥그레졌다.

"사촌이라고? 그 처자가 그대의 사촌이었단 말이냐?"

"그렇사옵니다."

오드센은 미소를 짓더니 "그렇구나." 하고 중얼거렸다.

"외사촌이라면 모친 쪽인데 그럼 그 처자는 서칸탈 출신이냐?"

"예. 열다섯의 나이에 소신이 리아 농원으로 데리고 왔사옵고 스물도 되기 전에 향사가 되었사옵니다. 지금은 향군마마를 아주 가까이에서 모시는 향사로 일하고 있사옵니다."

"그렇구나. 그랬어."

오드센이 고개를 크게 끄덕였다.

"그러고 보니 그대와 닮은 구석이 있었던 것 같다. 명석함도 그렇고……."

말을 이으려다가 오드센이 문득 눈을 가늘게 떴다.

"……그런데, 그렇다면 그 아이가 서칸탈만의 소각이 아니라 제국 전체 재배지 소각을 바란 이유에는 고향에 대한 마음도 있다고 봐야 하겠구나?"

마슈가 고개를 끄덕였다.

"그런 부분도 있었을 것이옵니다. 물론 그것만은 아니었겠으나."

"……."

"폐하. 이번 경작기의 재배지 전체 소각이라는 제안에 대해 아뢰자면, 사실 그 생각은 원래 아이샤의 제안이었사옵니다."

오드센이 의아해하는 표정으로 눈썹을 추켜 올렸다.

"뭐라? 라오의 방책이 아니었다는 말이냐?"

"그렇사옵니다. 사실 라오 스승은 그 방책은 실현 가능성이 없다고 하였사옵니다. 최상의 방책은 맞으나 귀족들이 절대로 받아들이지 않을 것이라고 말이옵니다."

오드센이 신음했다.

"어쩐지 이상하다고 생각했다. 라오가 그런 제안을 왜 했을까 하고 말이다. 그랬구나. 라오가 자기 생각이라며 그 방책을 제안한 것은 그 처자를 위해서였느냐?"

"그러하옵니다."

오드센이 마슈를 물끄러미 쳐다보았다.

"그렇다면 그대 생각은 어떠냐? 그 방책에 대해 어찌 생각하느냐?"

마슈는 바닥에 두었던 서류 가방에서 서류를 꺼냈다.

"폐하께서 하문하신 일에 대한 소신의 생각을 아뢰기 전에 우선은 서칸탈의 상황에 대해 전해 올려도 되겠사옵니까?"

"그래."

마슈는 책상에 서류를 늘어놓고 충해를 입은 지역의 손실액과 앞으로 일어날 확대 예측, 그에 대한 주쿠치의 대응과 피해 예상 지역의 씨족들의 반응 등을 간략한 말로 설명했다.

한차례 설명을 들은 오드센은 마음에 무거운 돌덩어리가 얹어진 듯한 느낌을 받았다.

"예상은 하고 있었지만 실제로는 예상보다 훨씬 엄중한 사태로구나."

마슈가 고개를 끄덕였다.

"오요마도 엄청난 재해이기는 하였사오나 피해가 확대되기까지 상당한 시간이 걸리기도 했고 목초지나 채소에는 피해가 가지 않아 어느 정도 대비를 할 수가 있었사옵니다. 그러나 이번 재해는 그때와는 비교도 안 될 만큼의 속도와 규모로 피해가 번져나가고 있사옵니다."

책상 위에 펼친 3장의 지도 중 서칸탈의 각 씨족의 영토 지도를 손가락으로 가리키면서, 마슈는 주쿠치가 어째서 방화용 토지를 빨리 만들어 내지 못하는지를 설명했다.

주쿠치가 서칸탈의 모든 씨족들을 장악한 지 이제 불과 수년에 지나지 않았다. 마슈는 아직 완전히 안정되지 않은 서칸탈의 정세 속에서 오요마의 피해로부터 겨우 회복하기 시작한 씨족들에게 메뚜기가 날아오기 전에 벼를 불태워 방화용 토지를 만들라는 명령을 납득하게 하는 일이 얼마나 힘든지에 대해 구체적으로 설명해 나갔다. 그 설명을 들으면서 오드센은 마음속으로 '남의 일이 아니지' 하고 생각했다.

'나도 비슷한 처지가 아닌가.'

돌아가신 선왕의 뒤를 이어 오드센이 황제에 즉위한 지 아직 얼마 되지 않았고 그래서 아직까지 확고한 권력 기반을 세웠다고 말할 수 있는 상태가 아니었다. 귀족들의 의향을 무시하고 억지로 정책을 추진하면 뒤엉킨 실타래를 함부로 잡아당긴 것처럼 서로 얽히고설킨 온갖 문제들이 두각을 드러내게 될 것이다.

'실제로 메뚜기의 피해를 입었다면 소각에 동의하겠지만…….'

다른 영주의 영토를 지키기 위한 방화용 토지를 만들겠다고 자기 영토, 그것도 아직 피해를 입지도 않은 멀쩡한 벼를 불태우라는 명령을 받는다면 아무리 지엄한 어명이라 해도 어느 영주건 심한 반발심을 느낄 것이다.

그런 오드센의 마음의 소리를 듣기라도 한 것처럼 마슈는 지도에서 눈을 들고서 말했다.

"전체 소각은 현실적으로 실행하기 어려운 방책이오나 방화용 토지를 마련한다는 방법 또한 쉽게 할 수 있는 일이 아니옵니다."

"……."

"씨족들 사이의 관계가 어떤지에 따라 많이 달라지옵니다. 방화용 토지를 만드는 영역이 좁으면 번왕이 보상을 약속하면서 설득을 시도해 볼 수도 있사오나 방화용 토지가 여러 씨족의 영토에 걸쳐 있을 정도로 넓어지면 막대한 금액의 보상금을 마련할 길도 막막해지는 데다가 방화용 토지로 만든 영토로부터는 조세를 징수할 수도 없게 되옵니다."

"……."

"물론 실제로 피해를 입은 지역에 대해서도 조세를 면제하지 않으면 백성이 살 수가 없사옵니다. 조세 수입이 격감하는 데다가 보상금을 내주어야 하니 서칸탈은 엄청난 타격을 입게 되옵니다. 그렇다고 손을 쓰지 않고 가만히 있으면 피해는 확대일로를 걸을 테니, 방화용 토지를 만들려면 하루라도 빨리 결단을 내려야만 하옵니다."

마슈가 품 안에서 한 통의 편지를 꺼냈다.

"폐하. 주쿠치가 폐하께 원조를 청하고 있사옵니다."

건네받은 편지에는 굵고 분명한 글씨로 원조를 청하는 이유와 필요한 금액이 적혀 있었다.

그 편지를 읽고 난 오드센은 마슈가 이 편지부터 건네주지 않고 우선 서칸탈의 상황을 설명한 이유를 알 수 있었다. 주쿠치가 적은 원조금의 액수가 워낙 커서 설명을 듣기 전에 보았다면 틀림없이 화부터 났을 것이다.

그러나 서칸탈의 상황을 알게 된 지금은 주쿠치가 뭔가 딴마음을 품고 큰 금액을 요구한 것이 아니라 오히려 필요한 금액을 최소한으로 적었음을 알 수 있었다.

"……서칸탈 한 군데인데,"

오드센이 중얼거리듯이 말했다.

"그런데도 이렇게 많이 필요하다면……."

마슈가 고개를 끄덕였다.

"동칸탈로 번지면 그들도 거의 비슷한 금액이거나 혹은 그 이상의 원조가 필요할 것이옵니다. 또한……."

오드센이 마슈의 말허리를 잘랐다.

"그대는 이 병충해가 제국 본토까지 확대될 것이라 생각하느냐?"

마슈가 고개를 저었다.

"모르겠사옵니다. 소신은 미래를 확실하게 예측하는 능력이 없사옵니다."

"……."

"소신이 할 수 있는 것은 발생할 수 있는 미래를 상정하는 것뿐이옵니다."

"상정?"

"그렇사옵니다. 서칸탈에 원조금을 보내고 서칸탈 전역을 방화용 토지로 삼을 경우 무슨 일이 일어나는가. 또한 동칸탈까지 방화용 토지로 만들 경우는 어찌 되는가. 동서칸탈에 방화용 토지를 만들고 그래도 재해를 막지 못해서 제국 본토에 병충해가 발생할 경우는 어찌 되는가. 그리고 번왕국뿐만 아니라 제국 전역의 구원의 벼를 이번 경작기에 모조리 소각할 경우는 어찌 되는가."

오드센이 실눈을 떴다.

"말해 보아라."

"천로 메뚜기가 퍼지는 속도를 고려하면 지금 즉시 원조금을 보내도 소각하기에는 이미 늦어버릴 테니 서칸탈만으로 사태가 수습되지는 않을 것이옵니다. 동칸탈 중에서 적어도 반 이상은 불태워야 할 것이옵니다. 그런 경우 필요한 원조금액을 마련하기 위해 국고의 예비비를 쓰면 방위비를 줄여야만 하니, 진걸국의 동태를 고려할 때 어떻게든 그런 일은 막아야만 하옵니다. 그렇다면 동서칸탈 이외의 다른 곳에서 증세를 해야 할 필요성이 생기옵니다. 그리고 이러한 모든 방책을 써도 벌레를 완전히 없애버릴 수 있다는 보장은 없사옵니다."

"……."

"그렇게까지 했음에도 병충해를 막지 못해 제국 본토에까지 메뚜기가 들어와 버릴 경우는, 아이샤가 예상한 대로 방화용 토지를 마련하는 방법 정도로는 퇴치할 수 없게 되고 앞으로 오아레 벼의 재배 자체가 불가능해질 가능성도 있사옵니다."

"……."

"제국 전역의 구원의 벼를 전부 소각할 경우에도 번왕국과 귀족들에게 보상을 해야 하며 증세도 필요하게 되옵니다. 증세액은 당연히 이쪽이 훨씬 더 많사옵니다. 그러나 이 방법을 쓰면 벌레를 완전히 퇴치할 가능성도 있사옵니다."

마슈는 이쪽을 바라보면서 말했다.

"폐하께서는 방금 소신에게 아이샤의 제안을 어찌 생각하느냐고 하문하셨사옵니다. 소신은 피해를 입은 지역에서만 방화용 토지를 마련하는 방책과 제국 전역에서 경작지 전부를 소각하는 방책은 어떤 점에서는 크게 다르나 어떤 점에서는 똑같은 문제에 직면하리라고 생각하고 있사옵니다."

"……? 구체적으로 말해 보라."

"예. 크게 다른 점이라 함은 방책의 효과이옵니다. 부분적인 방화용 토지를 만들 경우는 그곳을 피해서 번식하는 벌레가 남을 가능성이 있사오나 재배지 전역을 소각할 경우는 완전히 소멸시킬 가능성이 있사옵니다. 게다가 천로 메뚜기뿐만 아니라 오요마도 퇴치할 수 있사옵니다. 오요마 또한 변이해서 생긴 벌레이니 지금은 구원의 벼 이삭을 먹을 수 없을지라도 앞으로 이삭을 먹는 다른 변이종이 생겨나지 않으리라는 보장이 없사옵니다. 그 점을 고려하면 메뚜기뿐만 아니라 오요마도 한꺼번에 박멸할 수 있다는 점에서 큰 의미가 있다 할 것이옵니다."

"흐음."

"그리고 같은 문제에 직면한다고 한 것은 바로 이런 점이옵니다. 부분적인 방화용 토지를 마련할 경우, 예를 들어 동서칸탈에만 방화용 토지를 만들 경우에도 혹은 제국 본토를 포함한 전역의 구원의 벼 재배지를 모두 소각할 경우에도 제국 본토에 아직 병충해가 발생하지 않은 단계에서 증세하겠다는 포고를 하셔야 하옵니다."

그렇게 말하면서 마슈가 쓴웃음을 지었다.

"전체를 소각하는 경우 귀족들은 당연히 증세에 불만을 품을 것이옵니다. 그런데 번왕국에 방화용 토지를 만들기 위해 증세하는 경우에도 귀족들은 증세에 순순히 따르지 않을 것이옵니다. 자신들이 피해를 입는 것이 확실하지도 않은 단계에서 번왕국을 위해 증세에 응해야 하니 말이옵니다."

"……."

"더구나 번왕국에만 방화용 토지를 마련하게 되면 번왕국 쪽에서도 불만을 가지게 되옵니다. 주지의 사실이오나 방화용 토지를 만든다는 것은 그들 입장으로 볼 때 아직 피해가 발생하지도 않은 다른 곳을 위해 자신을 희생하는 행위와 다름없으니 말이옵니다."

"……."

"폐하. 과연 제국의 귀족들이 이러한 번왕국의 마음을 배려하여 증세를 순순히 받아들이리라고 여기시옵니까? 번왕국이 우리를 위해 희생해 주었다고 귀족들이 감사의 마음을 갖는다면 증세에 납득하여 많은 금액을 순순히 내놓겠사오나……."

오드센도 쓴웃음을 지었다.

"정말 어려운 문제로구나."

마슈가 고개를 끄덕였다. 침묵이 내려앉은 방 안에 밤바람이 창문을 흔드는 소리만 작게 울렸다.

이윽고 마슈가 입을 열었다.

"폐하. 아뢰옵기 황공한 말씀이오나……."

"뭐든 말해 보아라."

마슈는 고개를 끄덕인 다음 조용한 목소리로 말했다.

"폐하께서는 제국이 앞으로 어떠한 모습이 되기를 바라시옵니까?"

오드센이 미간을 찌푸렸다.

"어째서 그런 질문을 하는 것이냐?"

마슈가 작게 미소를 지었다.

"소신의 생각에 그 점이 폐하께서 어느 쪽 방책을 택하느냐 하는 것과 큰 연관이 있다고 생각되기 때문이옵니다. 실행에 옮기는 데에 곤란이 따른다는 점에서는 어느 쪽 방책이든 별다른 차이가 없사오나 그 뒤에 나타날 미래의 모습에는 큰 차이가 있을 것이옵니다."

오드센이 마슈를 빤히 쳐다보았다.

"한쪽은 번왕국 쪽에 강한 불만이 남고, 거기에다 오아레 벼를 경작할 수 없게 될 가능성이 있는 미래이옵니다."

"……."

"또 다른 쪽은 오아레 벼를 계속 경작할 수 있는 가능성이 남아있으나 그렇게 되려면 제국과 번왕국이 똑같이 희생을 감수해야만 하옵니다."

"……똑같은 희생이라."

"그렇사옵니다."

고개를 끄덕인 다음 마슈가 말을 이었다.

"소신은 아비가 행방을 알 수 없게 된 이후로 아비가 남긴 서적을 몇 번이고 되풀이해서 읽어 보았사옵니다. 그 서적에는 이 우마르 제국이 아직 생긴 지 얼마 되지 않았던 시절의 이야기가 묘사되어 있사옵니다."

"……."

"이 나라가 생긴 지 얼마 안 되었던 시절, 사람들이 얼어붙은 대지를 갈아엎어서 겨우 살아가던 시절. 이 나라 사람들은 살아남기 위해 서로를 의지하면서 나라가 풍요로워지면 자기 가족뿐만 아니라 함께 사는 이웃들까지 저절로 행복해지리라고 생각했을 것이옵니다. 틀림없이 그 시절 사람들에게는 자신들이 만들어 내는 이 나라의 모습이 한 사람 한 사람에게 모두 잘 보였을 것이옵니다."

오드센은 마슈가 하는 말을 들으면서 어린 시절 자주 펼쳐보았던 아름답게 채색된 《신국 창세기神國創世記》와 소년 시절에 읽은 《향군 이전》 등에 나오는 이야기들을 떠올렸다.

어린 날의 오드센은 황량한 대지에 오아레 벼의 씨를 뿌리고 정성으로 길러내던 조상들의 모습을 떠올리는 것을 좋아했다.

"폐하. 거대해지고 풍요로워진 이 나라에서 자신의 나라가 어떠한 모습이고 그 나라를 지탱하기 위해 자신이 어떤 역할을 하고 있는지를 생각하는 자가 과연 얼마나 있겠사옵니까? 번왕국을 제국과 마찬가지로 생각하며 그곳에 있는 수많은 타인의 아픔을 자신의 아픔으로 느낄 수 있는 자가 얼마나 되겠사옵니까?"

오드센이 마슈를 물끄러미 바라보았다.

마슈가 조용한 목소리로 말했다.

"소신은 전체 소각을 바라기는 하오나 아마 불가능하리라 생각하고 있사옵니다. 이 나라를 이루고 있는 수많은 사람들은 나라의 미래에 마음을 두고 있지 않사옵니다. 같은 나라의 백성인 다른 사람들의 아픔을 조금이라도 덜어주려는 마음도 가지고 있지 않사옵니다. 그런 상황 속에서 폐하께서 전체 소각을 하명하시면 귀족들은 거액의 손실이 발생하는 점 때문에 강한 불만을 품게 될 것이옵니다. 지난번에 제위에서 밀려난 폐하의 숙부님 쪽에 몰래 붙어 반역을 꾀하는 세력이 생기게 될 것은 자명한 일이옵니다."

마슈의 말은 오드센이 마음속으로 생각하던 바이기도 했다.

바람이 잠잠해진 모양이었다. 어느새 창틀이 덜컹거리는 소리도 사라져서 서재는 밤의 정적에 싸여 있었다.

"……마슈."

"예, 폐하."

"조금 전 그대는 부분적인 방화용 토지를 만들 경우 오아레 벼를 경작하지 못하게 될 가능성이 있다 했지?"

"그렇사옵니다."

"전체 소각을 하면 오아레 벼를 계속 재배할 수 있다는 뜻인가?"

마슈가 대답했다.

"반드시 가능하다는 말씀은 드릴 수 없사옵니다."

"어째서?"

"병충해가 왜 발생했는지 모르기 때문이옵니다. 일단 완전히 없어졌다 해도 언제 다시 나타날지 모르는 일이옵니다. ……다만,"

마슈가 말을 이어갔다.

"이번 일로 벌레의 생태에 대해 다소간은 알 수 있게 되었으니 대응책을 조금 더 일찍 마련할 수는 있을 것이옵니다. 서칸탈의 천로산맥 인근 지역에서는 구원의 벼를 재배하지 않고, 오요마의 발생도 방지하고, 백성들이 다른 산업으로 전환할 수 있도록 하면 재해를 막을 가능성이 있으리라 생각되옵니다."

오드센은 책상 위의 지도를 바라보면서 중얼거렸다.

"……그렇군."

점점 머릿속에서 생각이 정리되어 갔다.

"마슈."

"예, 폐하."

"오요마가 발생했을 때 라오가 짐에게 이런 말을 한 적이 있다. 오아레 벼는 제국의 근간을 이루는 것이나 바로 그렇기에 궁극적인 약점이

기도 하다고."

오드센이 피식 웃었다.

"핵심을 찌르는 말이라 생각했다. 정확한 말이다. 그러나 오아레 벼에 의존하는 상황을 바꾸려면 오랜 시간이 걸린다. 짧은 시간에 오아레 벼가 한꺼번에 사라져 버리면 기둥이 없어진 건물처럼 이 나라는 크게 흔들리게 된다."

오드센이 마슈에게 시선을 돌렸다.

"전체 소각을 선택하면 오아레 벼를 계속 경작할 수 있고 제국을 지탱할 수가 있다. 그러나 전체 소각을 선택하면 짐의 기반이 흔들린다."

쓴웃음을 머금은 채 오드센이 말했다.

"마슈, 그대는 이미 알고 있겠지? 짐의 기반이 흔들리는 일 없이 전체 소각 명령을 내리는 방법이 딱 하나 있다는 사실을 말이다."

마슈는 아무런 대답 없이 그저 오드센의 눈을 가만히 바라보고만 있었다.

오드센이 말했다.

"짐이 내린 명령이 아니면 되는 것이다."

오드센은 미소를 지우고 한숨을 쉬었다.

"비겁한 방법이지만 그대에게 명한다. 향군마마께 명을 내리시라 전하라."

# 4
## 이르의 밀명

　군데군데 불이 밝혀진 넓은 복도를 따라 황제의 서재로 향하는 아버지 이르 카슈가와 함께 걸어가던 유기르의 눈에 서재의 문이 열리는 것이 보였다.

　안에서 나온 사람은 마슈였다.

　"마슈, 네가 와 있었구나."

　이르가 말하자 마슈도 인사했다.

　"형님을 뵙습니다."

　유기르가 머리를 숙이자 거기에 대해서는 가볍게 고개를 숙여 인사를 받았다.

　"서칸탈에 대해 폐하께 말씀드리고 오는 길이냐?"

　이르의 물음에 마슈는 예, 하고 짧게 대답했다.

　이르가 다시 물었다.

"그래서, 주쿠치의 바람대로 되었느냐?"

마슈는 고개를 끄덕였다.

"예. 폐하께서 원조를 약속하셨습니다."

"그래? 그 액수를 승인해 주셨다는 말이구나."

뜻밖이라는 듯이 이르가 한 말에 마슈는 슬쩍 미소를 짓더니 고개를 숙였다. 그 옆을 지나쳐 가려다가 이르는 발걸음을 멈추더니 마슈를 돌아보았다.

"오늘 네 사촌을 보았다. 보통내기가 아니더구나."

유기르가 흠칫하며 아버지를 쳐다보았다.

'……아버지도 그렇게 생각하셨구나.'

좀처럼 남을 칭찬하는 일이 없는 아버지가 그 처자를 인정했다는 사실이 왠지 기뻤다. 어전 회의는 처음이었을 텐데도 주눅들지 않고 당당한 태도로 필요한 말을 하던 그 처자의 모습이 마음에 계속 남아있었기 때문이다.

마슈의 얼굴에도 미소가 떠올랐다.

"그렇게 생각하셨습니까?"

하고 마슈가 묻자 이르가 고개를 끄덕였다.

"그래. 향군마마 전속이라 하던데 그런 아이가 곁에 있으면 향군마마도 든든하시겠더구나."

그렇게 말한 이르는 마슈에게 다시 등을 돌리고 서재 문을 지키는 병사에게 자신이 왔음을 알리라고 했다.


서재에 들어서자 오드센이 눈을 들었다.

"폐하를 뵈옵니다."

이르 카슈가가 머리를 깊이 숙여 예를 갖추자 오드센은 가볍게 고개를 끄덕이더니 손으로 의자를 가리켰다.

의자에 앉으면서 이르는 말했다.

"서칸탈에 대한 원조를 윤허하셨다 들었사옵니다."

"그렇소. 상당한 금액이기는 하나 간신히 버틸 정도에 불과하겠지. 앞으로 비용지출이 늘겠군."

이르는 책상 위에 펼쳐져 있는 지도를 흘깃 보았다.

"폐하, 앞으로의 일에 대해서이옵니다만……."

"음."

"마슈가 권한 방안을 채택하실 생각이시옵니까?"

오드센이 한쪽 눈썹을 추켜 올렸다.

"마슈가 권한 방안? 공은 마슈가 어느 쪽 방안을 권하려는지 미리 들어 알고 있었소?"

"아니옵니다. 들은 바는 없사옵니다."

"그런데 어째서 그런 식으로 말하는가?"

"방금 이 방에서 나오는 마슈의 모습을 보았기에 폐하께 진언을 올렸구나 하고 생각하였고, 그래서 어떻게 되었는지 여쭙고 싶었을 뿐이옵니다."

오드센이 한숨을 쉬었다.

"마슈는 어떤 방안도 권하지 않았소. 다만 각각의 방안을 선택했을 때 제각기 어떤 미래가 펼쳐질지에 대한 본인의 생각을 말해 주었을 뿐이오."

이르는 "그러하옵니까?" 하고 말했다.

"그러면 폐하께서는……"

오드센은 이르의 말을 가로막고 빠른 말투로 미리 대답했다.

"짐은 전체 소각을 선택할 것이오."

유기르가 순간적으로 아버지의 얼굴을 쳐다보았다. 이르 카슈가는 말없이 오드센을 바라보고 있었다.

오드센은 약간 짜증이 섞인 말투로 물었다.

"공은 반대인가?"

이르가 고개를 끄덕였다.

"황송하오나 신은 반대이옵니다."

"어째서?"

"폐하께서 입으실 상처가 지나치게 크기 때문이옵니다."

오드센이 쓴웃음을 지었다.

"그 점은 충분히 알고 있소. 그래서 짐이 직접 명을 내리지는 않을 것이오."

이르가 미심쩍은 표정으로 눈살을 찌푸렸다.

"……설마, 폐하께서는 향군마마께 명을 내리시게 하라고 마슈에게 전하신 것이옵니까?"

오드센이 고개를 끄덕였다.

"오아레 벼를 계속 경작할 수 있는 길을 남기면서 짐의 권력 기반에도 문제가 생기지 않게 하기 위해서 향군마마를 앞장세울 작정이오."

유기르는 아연실색하며 오드센의 말을 듣고 있었다.

'폐하는 그게 무엇을 의미하는지 알고서 하시는 말씀인가?'

아니나 다를까 이르가 고개를 천천히 가로저었다.

얼굴이 벌게진 오드센이 눈을 부라리며 딱딱한 목소리로 따졌다.

"무엇이오? 어째서 고개를 젓는 것이오?"

이르 카슈가가 오드센을 빤히 쳐다보았다.

"황송하오나 폐하, 그것은 지금 가장 써서는 아니 될 방법이옵니다."

"어째서? 향군은 이럴 때를 위해 존재하는 게 아닌가?!"

"아니옵니다, 폐하. 이러한 때에 향군을 앞에 내세워서는 아니 되옵니다. 제국을 움직이게 하는 힘을 그분께 드려서는 안 되는 것이옵니다."

오드센이 흠칫 놀라며 눈을 크게 떴다.

"향군마마는 오아레 벼의 은혜를 느끼게 하는 신성한 존재, 기도를 드리는 대상이지 앞에 나서서 권력을 휘두르는 존재여서는 아니 된다는 말씀이옵니다. 이번 일은 《향사 제 규정》의 개편과는 전혀 다른 사안이옵니다. 귀족들이 향군마마가 제국 전체를 힘으로 다스릴 수 있는 존재라고 생각하게 해서는 아니 되옵니다. 그렇게 하면 폐하의 위상이 흐려지옵니다."

"……."

"오요마 때와 마찬가지로 일이 모두 해결되고 백성들이 안도했을 때 향군이 우리를 수호하고 인도했다고 느끼게 하면 되는 것이옵니다. 신이란 원래 그런 존재이옵니다. 국사에 나서서 힘을 휘두르는 존재가 되어서는 아니 되옵니다."

오드센의 표정이 어두워졌다.

"……하지만, 그러면,"

오드센이 말했다.

"전체 소각은 불가능하오."

이르 카슈가가 달래듯이 말했다.

"심려를 놓으시옵소서, 폐하. 전체 소각을 하지 않아도 동서칸탈의 구원의 벼를 빠른 시일 안에 소각하면 병충해를 잠재울 수 있사옵니다."

"……."

"회의 때는 라오 대향사에게 발언을 양보했사오나 부국성에서도 면밀한 검토를 시행하고 있사옵니다. 그렇지 않느냐, 유기르?"

느닷없이 아버지가 이름을 부르는 바람에 유기르는 깜짝 놀랐다. 그러나 곧바로 수긍했다.

"그렇사옵니다. 그쪽이 경제적으로나 정치적으로나 월등히 좋은 방책인 줄로 아옵니다."

오드센은 납득하지 못한 표정으로 "하지만" 하고 말했다.

"부분적인 방화용 토지로는 충해를 완전히 없앨 수가 없지 않소? 짐마차 같은 것으로……."

"폐하."

이르가 한숨을 내쉬듯이 불렀다.

"라오 대향사도, 또 다른 발언자인 그 향사도 실제로는 일어나기 힘든 일을 마치 당장 일어날 것처럼 아뢰었을 뿐이옵니다. 부디 침착하게 잘 생각해 보시옵소서. 천로 메뚜기는 진드기 같은 작은 벌레가 아니라 오요마를 먹을 수 있을 만큼 큰 벌레이옵니다. 큰길에 검문소를 만들어 면밀하게 검사하도록 하면 놓칠 일이 거의 없을 것이옵니다. 설사 아주 드물게 검문을 지나친 메뚜기가 있어 재배지로 몰래 숨어들었다 해도 발생 장소와 그 주변만 불태우면 되는 일이옵니다. 서칸탈이 심한 피해를 입은 까닭은 농민들이 보상을 받을 수 있을지를 알지 못해 소각할 때를 계속 놓쳐서였사옵니다. 그러니 보상액을 미리 정해 두면 농민들도 지체 없이 소각에 임할 것이옵니다."

어두운 표정으로 입을 꾹 다물어버린 오드센을 바라보며 이르 카슈가가 미소를 지었다.

"이번 일은 오히려 폐하께 좋은 기회가 되리라 생각되옵니다."

오드센이 눈을 들고 의아한 표정을 지었다.

"좋은 기회?"

이르가 고개를 끄덕였다.

"오늘 어전 회의 때 나선 말라이오 공의 태도를 보시고 느끼셨으리라 사료되옵니다만, 말라이오 공을 필두로 하는 대귀족들은 폐하를 오해하고 있사옵니다. 아직 나이 젊으신 폐하께서 대귀족들의 지지를 잃을까 염려하시는 마음에 그들이 불쾌하게 여길 수 있는 하명을 하실 리가 없다고 말이옵니다."

"……."

"폐하께서도 잘 아시겠사오나 모든 신하는 군주의 온정을 좋아하옵니다. 하오나 온정만 있는 군주는 가벼이 여기옵니다."

이르는 오드센의 눈을 응시한 채 말을 이었다.

"폐하. 부국성의 계산 결과를 명분 삼아 동서칸탈의 구원의 벼 소각을 명하시옵소서. 그리고 그에 따른 증세를 각자의 영토에서 얻는 수입액에 상응하여 귀족들에게 부담케 하시옵소서. 그 어명으로 인해 생기는 모든 비난의 부담은 소신이 짊어지겠사옵니다."

오드센은 어두운 얼굴로 고개를 푹 숙인 채 곰곰이 생각하다가 이내 얼굴을 들고 말했다.

"……잠시 생각할 시간이 필요하오. 오늘은 이만 물러가시오."

황제에게 고개를 깊이 숙여 인사한 후에 서재에서 나온 아버지를 따라 걸어가면서 유기르는 머릿속으로 이런저런 생각을 하고 있었다.

'향군마마를 내세운다…….'

황제가 자기 머리로 향군에게 의지한다는 생각을 했을 것 같지는 않았다.

'마슈 숙부님이 그런 결론을 내리도록 유도했을까?'

그럴 가능성은 충분히 있다.

'하지만……'

유기르는 마음속으로 고개를 갸웃거렸다. 과연 숙부님이 정말 그렇게 했을까?

'우리 아버지는 향군마마가 앞에 나서서 권력을 사용하게 내버려 둘 분이 아니다. 그걸 용납할 리가 없다는 사실을 마슈 숙부님은 누구보다 잘 아실 텐데.'

유기르는 아름답고 자상한 향군을 어릴 때부터 좋아했다. 아버지 이르 카슈가 그런 향군과 마슈 숙부가 서로에게 연심이 있다는 소문을 부인했지만 지금도 유기르는 그 소문이 사실일 것이라 짐작하고 있다.

'향군마마의 목숨이 위험해질 수 있는 일을 마슈 숙부님이 나서서 하려고 할까?'

'그럴 리가 없겠지'라고 생각하는 한편으로 '어쩌면 그럴 수도 있다'는 생각도 들었다. 지켜낼 자신이 있으면 할 수 있을지도 모른다.

'향군마마는 하려고 마음만 먹으면 이 제국을 움직일 힘을 가지고 계신다. 어떤 의미에서는 황제 폐하보다도 강한 힘을……'

유기르는 가슴을 옥죄는 듯한 불안감에 사로잡혔다.

'아름다운 꼭두각시 인형 노릇을 감수하던 그분이 마슈 숙부님과 라오 스승님을 뒷배 삼아 앞에 나설 결심을 한 것이라면 이 제국의 권력 구도가 크게 바뀌어 버린다.'

왕궁 밖으로 나가자 서늘한 밤공기에 둘러싸였다.

가마 옆에서 대기하고 있던 측근 오도에게 아버지가 작은 소리로 속삭이는 모습이 유기르의 눈에 들어왔다.

오도가 고개를 끄덕이는 모습을 보면서 유기르는 입안이 바짝바짝 마르는 것을 느꼈다. 불안이 공포로 바뀌었다.

'아버지는……'

실행에 옮기실 작정이구나, 하고 유기르는 생각했다.

# 5
## 올리애의 결단

"……폐하께서?"

라오가 놀라면서 되물었다.

"폐하께서 향군마마에게 명을 내리라 하셨다고?"

"예."

마슈가 고개를 끄덕였다.

라오는 놀라움을 그대로 드러내면서 강한 냄새를 풍기고 있었다. 그런데 올리애는 놀라는 기색이 없었다. 마슈에게서도 놀란 냄새가 나지 않았다.

그런 세 사람의 냄새를 느끼면서 아이샤는 '혹시' 하는 생각이 들었다.

'이번 일을 마슈 님이……?'

마음속으로 그렇게 중얼거리는데 올리애가 마슈에게로 고개를 돌렸다.

"고마워."

올리애가 모든 사람들을 물렸기 때문에 향군궁에서도 가장 깊숙한 곳에 자리 잡은 광대한 올리애의 집무실에는 지금 올리애와 마슈, 라오, 아이샤까지 네 명밖에 없었다. 그래서 난로가 켜져 있는데도 으슬으슬 춥게 느껴졌다.

"당신이라면 틀림없이 잘할 수 있으리라 믿기는 했지만 그래도 불안했거든."

라오가 눈을 크게 뜨고서 올리애의 얼굴을 뚫어져라 쳐다보았다.

"설마……, 올리애 님이 이번 일을……?"

"맞아요. 제가 마슈에게 부탁했어요."

라오가 마슈 쪽으로 시선을 돌렸다.

"그럼 네가…… 네가 폐하의 입에서 그런 청이 나오도록 유도한 것이냐?"

마슈는 대답하지 않았다. 라오는 딱딱하게 굳은 표정으로 다그쳤다.

"왜 그랬느냐? 어쩌자고 그런 일을!"

라오의 어조가 매서웠다.

"라오 스승님."

올리애가 손을 뻗어 라오의 손을 만졌다. 라오가 흠칫 놀라며 올리애를 바라보았다.

"화내지 말아 주세요. 마슈도 저를 말렸는데 제가 억지로 부탁한 거예요."

라오는 입을 다물고 올리애를 물끄러미 바라보았다. 올리애도 라오의 시선을 마주 보면서 말했다.

"도저히 견디지 못하겠다는 생각이 들어서 그랬어요. 시샤풀에 대한 규정을 삭제하라고 명한 사람도, 구원의 벼를 축복한 사람도 바로 저예요. 굶주림의 구름을 불러오는 문을 열어버린 사람이 저라는 겁니다. 그런데도 사람들이 괴로워하는 이런 때조차 아무것도 하지 못하는 허수아비 향군으로 있어야 하는 제 처지를 못 견디겠더라고요."

라오의 얼굴이 일그러졌다. 오랜 침묵 끝에 라오가 말했다.

"그 심정은 충분히 이해합니다. 하지만……."

"라오 스승님."

올리애가 부드러운 목소리로 불렀다.

"죄송해요. 저도 제가 무슨 짓을 했는지 잘 알고 있어요. 그게 얼마나 위험한 일인지도요. 그래도 저는 그러고 싶었어요. 앞에 나서고 싶었어요."

올리애가 시선을 아이샤 쪽으로 돌렸다. 그 시선을 받은 아이샤가 흠칫했다.

"아이샤."

"네."

"다쿠 아저씨네 밭에서 네가 느끼는 냄새의 세상이 어떤 모습인지 나한테 이야기했던 일 기억나지?"

아이샤가 고개를 끄덕였다. 올리애가 미소를 지었다.

"그때 그런 생각이 들었어. 향군은 세상을 그렇게 바라봐야 하는구나, 라고."

먼 옛날 일을 떠올리듯이 아련한 시선을 허공에 둔 채 올리애가 말했다.

"진딧물에게 먹히는 풀이 냄새를 풍기고, 그 냄새를 맡은 무당벌레가 진딧물이 거기 있는 줄 알고 찾아온다. 눈에 보이지는 않아도 그런 일들이 이 세상에서 벌어지고 있다는 것이지. 벌레에게 먹히는 풀이 냄새를 풍기고 그 냄새에 이끌려서 다가오는 천적이 있는 반면에 진딧물을 지키려고 무당벌레를 공격하는 개미도 있지."

어두침침하고 널따란 방 안에 올리애의 목소리가 조용히 울렸다.

"살아있는 모든 생물은 각자 어떤 존재로 태어날지 선택할 수 없어. 자신이 바라는 힘을 가지고 태어나지도 못하지. 하지만 각자 자신이 가진 능력을 잘 활용해서 어떤 때는 다른 존재를 돕기도 하고, 때로는 남을 해치기도 하면서 살아가게 되어 있어. 그런 관계가 끊임없이 움직이는 생명의 그물망처럼 이 세상을 뒤덮고 있고 한낱 작은 벌레조차도 각자의 역할을 가지고 그물망을 형성하고 있어. 아무리 작은 존재라도 자신의 역할을 가지고 살아간다는 말이지."

올리애는 미소를 짓고 있었다.

"나는 너처럼 냄새로 천지만물을 알아내는 능력은 없어. 하지만 향군으로서의 힘은 한 가지 있지."

아이샤는 올리애를 응시한 채 가만히 듣고만 있었다.

"네가 전에 그랬지? 아무리 온 힘을 다해 설득해도 군의 관리들이 귀를 기울이려 하지 않았다고. 무슨 말을 어떻게 해도 귀족들이 이 사태의 위협성을 실감해 주지 않았다고."

"네."

올리애의 눈이 강한 빛을 발했다.

"내 목소리라면 그 사람들이 들을 거야."

아이샤는 고개를 끄덕였다. 그 말에 담긴 올리애의 마음이 느껴졌다.

올리애가 라오 쪽으로 시선을 돌렸다.

"한시라도 빨리 구원의 벼를 모조리 소각하게 하는 것이 지금으로서는 무엇보다도 중요한 일이고 저에게는 그렇게 할 힘이 있어요. 이 제국에서 그런 힘을 가진 사람은 황제와 저밖에 없지요. 그런데 황제가 나서기를 주저한다면 제가 해야지요."

올리애가 라오를 빤히 보면서 말했다.

"저는 스승님에게 발탁되어 이 자리에 앉게 되었어요. 아무것도 모르던 열세 살 때부터 지금까지 현실을 알아갈수록 허무감만이 쌓였고, 그런 상태로 오랜 시간을 살아왔어요."

라오의 눈빛이 흔들렸다.

"냄새로 천지만물을 알아내는 능력도 없고, 사람들을 진짜로 이끈 적도 없이 그저 시키는 대로 움직이는 꼭두각시 인형처럼 살도록…… 앞으로도 목숨이 다하는 날까지 그런 존재로 살아가야 하는 운명을 짊어진 채."

올리애의 눈에 눈물이 고였다.

"그래도 저는 향군입니다. 권위와 책임에 있어서는 진짜 향군이지요. 저에게 향군의 의무와 책임을 다할 수 있게 해 주세요."

라오가 입을 열었다.

"……올리애 님, 책임을 져야 할 사람은 바로 이 사람입니다. 이번 재해에 관해서도 그렇지만……."

라오의 목소리가 떨리고 있었다.

"저는 오랜 세월 동안 당신께 못 할 짓을 했다고 생각하며 살았습니다. 할 수만 있다면…… 정말 가능한 일이라면 그 바람을 이루어 드리고 싶습니다. 그렇게 해서 권력 간에 알력이 생긴다면 제가 나서서 수습하는 일도 마다치 않겠습니다. 그러나,"

라오가 눈을 감았다가 다시 떴다.

"이르 카슈가는 용납하지 않을 것입니다. 지금쯤 이미 폐하를 설득하고 있겠지요."

올리애가 손가락으로 눈물을 훔치고는 생긋이 웃었다.

"그렇겠지요. 그래서 저도 손을 써 두었어요."

"네?"

올리애가 마슈에게 물었다.

"움직임이 있었나요?"

마슈가 고개를 끄덕였다.

"각지에 보내놓은 사람들한테서 모두가 출발했다는 보고를 받았습니다. 모두 예정대로 도착할 겁니다. 가장 먼 곳에서 오는 사람은 주쿠치인데, 그는 제국의 파발조차 당하지 못할 정도의 속도로 장거리를 이동하는 칸탈의 기마민족 출신이니 충분히 제시간에 맞춰 당도할 겁니다."

라오가 놀라며 눈썹을 추켜 올렸다.

"주쿠치? 지금 도대체 무슨 말을 하는 것이냐?"

마슈가 침착한 목소리로 말했다.

"번왕들에게 향군의 말씀을 전했습니다. 병충해의 종식을 바란다면 번왕이 직접 향군궁으로 참배하러 오라고요."

"……뭐라?!"

"스승님께 미리 상의드리지 않고 일을 진행해 버린 점은 송구스럽게 생각합니다. 그러나 일을 시작하기 전에 스승님께 미리 말씀드렸으면 틀림없이 어떻게 해서든 저희 생각을 돌이키려 하셨을 겁니다."

라오는 입을 다물지 못한 채 마슈가 하는 말을 듣고 있었다.

마슈가 아이샤 쪽을 흘깃 보았다.

"너에게도 말하지 않은 이유는 네가 회의에 나가고 싶어 했기 때문이다. 조금이라도 그런 눈치를 채게 해서는 안 된다고 생각했다.”

그렇게 말하더니 마슈는 라오 쪽으로 다시 시선을 돌렸다.

“향군마마는 아이샤가 보낸 보고를 들으신 직후에 진정으로 의미 있는 해결을 바란다면 이렇게 해야 한다고 제게 말씀하셨습니다. 회의에서 결정이 내려지기를 기다릴 시간이 없다, 당장 움직여야 한다고 하셨습니다. 번왕국 시찰관인 제 생각에도 지극히 타당한 말씀으로 들렸습니다.”

“……”

“번왕국에 있는 구원의 벼를 불태워도 제국 본토에 구원의 벼가 남아있으면 병충해는 멈추지 않습니다. 그리고 병충해가 멈추지 않는 한 그들은 구원의 벼를 경작할 수가 없습니다. 이번에는 보상금을 받을 수 있다 해도 여전히 불안의 씨가 남습니다. 섬이 많은 오고다는 그나마 유일하게 병충해 없이 섬 지방에서 재배가 가능할 수도 있겠지만 섬 지방에서 나오는 수확량만으로는 오고다 전체 백성을 먹일 수 없습니다.”

마슈의 눈이 분노로 번뜩였다.

“번왕들은 제국의 귀족들이 번왕국을 위해 자기 영토 안의 구원의 벼를 소각해 주리라고 생각지 않고 있습니다. 그래서 의심과 분노를 가진 채 한 줄기 희망을 찾아 제국 수도를 향해 달려오고 있습니다.”

마슈는 라오를 응시하며 말했다.

“이르 형님은 폐하를 설득하겠지요. 그러나 아무리 폐하께서 뜻을 번복하셔도 향군이 없으면 억제하지 못할 사태가 이제 곧 발생할 겁니다.”

# 6
## 환상

벌레가 울고 있다.

여기저기 풀숲에서 가늘게 울리는 소리를 들으면서 아이샤는 밤의 어둠 속을 천천히 거닐었다.

마음을 가라앉히지 못하는 밤이면 아이샤는 이렇게 향군궁 정원을 걷곤 했다. 향군궁 정원에서 나는 냄새는 고향의 숲과 비슷했다. 그래서 그 냄새를 맡고 있으면 거세게 파도치던 마음이 조금은 잠잠해졌다.

향군궁 뒤편에서 마슈의 냄새가 풍겨오고 있었다. 마슈는 라오와 함께 돌아가지 않고 아이샤처럼 이 정원에서 고향의 냄새를 느끼고 있는 모양이었다.

향군궁 모서리를 돌아나가자 향군궁 바깥을 둘러싼 모래정원에 마슈가 무릎을 끌어안고 앉아 있는 모습이 눈에 들어왔다.

마슈도 아이샤의 존재를 알아차리고 있을 텐데도 이쪽으로 얼굴을 돌리지 않고 향군궁 창문을 올려다보고 있었다.

올리애는 아직 잠들지 않았는지 올리애가 거처하는 방 창문에서 불빛이 흘러나오고 있었다.

아이샤가 가까이 다가가자 마슈는 창문에 눈길을 고정한 채 말했다.

"⋯⋯잠이 오지 않느냐?"

아이샤가 고개를 끄덕였다.

아이샤는 마슈 옆에 앉았다. 쌀쌀한 밤공기로 식었던 몸에 마슈의 체온이 느껴졌다.

아이샤는 한동안 그저 마슈와 나란히 앉아 올리애의 방 창문을 올려다보고만 있었다. 마슈의 몸에서 풍겨오는 냄새는 부드럽고 평온했다.

그 냄새를 맡다 보니 아이샤는 문득, 그동안 궁금했었는데 기회가 없어서 물어보지 못했던 것을 이참에 물어봐야겠다는 생각이 들었다.

"마슈 님."

"응?"

"마슈 님은 다쿠 아저씨네 산장에서 저 같은 사람이 지금 세상에 있으면 얼마나 좋을까 하는 생각을 오랫동안 했었다고 하셨죠? 그게 저를 구해준 진짜 이유라고요."

마슈가 창문을 바라보던 시선을 아이샤 쪽으로 돌렸다.

"이유가 뭐예요? 저한테 무슨 일을 시키고 싶어서 구해준 거예요?"

"⋯⋯."

"그 당시는 오아레 벼의 영향을 받는 땅에서 다른 곡물을 키우는 방법을 찾기 위해서라고만 생각했어요. 그런데 당시 했던 이야기를 돌이켜보니 그것만은 아니었던 것 같다는 생각이 들어서요."

마슈는 말이 없었다.

아이샤는 그런 마슈를 빤히 쳐다보다가 작심을 하고 물었다.

"사실은 저를 향군으로 만들고 싶었던 것 아닌가요? 올리애 님을 구하기 위해서."

마슈의 눈가에 웃음이 번졌다.

고개를 돌려 창문을 올려다보며 마슈는 말없이 가만히 있었다. 그러다 이윽고 낮은 목소리로 말했다.

"십 대 중반에 제국 수도로 온 이후 몇 년 사이에 내 인생은 완전히 바뀌어 버렸다. 올리애를 만났고, 아버지가 실종되셨고…….."

창문으로 흘러나오는 등불의 빛이 마슈의 얼굴을 희미하게 비추었다.

"올리애가 이 돌로 만들어진 감옥에서 탈출할 수 있는 날은 영원히 오지 않을 거라고 생각했었다. 그런데 우리 어머니는 큰할아버지가 미하켄에서 데리고 온 소녀라는 사실과, 어머니 외에 한 명의 소녀가 더 있었다는 사실을 알게 되었을 때 실낱같은 희망이 보이는 느낌이 들었다. 그 사람이 우리 어머니처럼 누군가와 결혼해서 아이를 낳았다면? 그 아이가 딸이고 나보다 뛰어난 후각을 가지고 있다면……?"

마슈의 눈가에는 여전히 미소가 있었다. 쓸쓸한 미소였다.

"실낱같은, 아니 그보다도 더 가느다란 희망일 뿐이라고 알고는 있으면서도 찾지 않고는 배길 수 없었다. 진짜 향군이 이 세상에 있다면 올리애를 저 감옥에서 꺼낼 수 있을지도 모른다는 생각이 들었다. 이 차가운 돌로 만들어진 감옥 안에서 거짓으로 꾸며진 향군이 되어 살아가야 하는 허무한 인생에서 벗어나게 할 수 있을지도 모른다고."

"너를 찾았을 때……" 하고 마슈가 말을 이어갔다.

"나는 라오 스승님께 진짜 향군을 찾아냈다는 전갈을 보냈다. 너와 올리애를 만나게 해서 서로가 그것을 받아들일 수 있다면 올리애를 대신해서 너를 저 자리에 앉히려 했다. 올리애의 몸이 많이 안 좋다고 알리고, 동시에 뭐든 세상의 이목을 끌 수 있는 사건을 만들어서 너의 능력을 드러나게 한다. 그렇게 해서 사람들이 올리애의 몸이 쇠약해지는 바람에 그 능력이 너에게로 옮겨갔다고 생각하게 한 다음 너를 향군으로 추대한다. 그런 작전을 머릿속에 그리고 있었다."

아이샤가 마슈의 옆얼굴을 쳐다보았다.

"……그런데 어째서?"

아이샤가 물었다.

"어째서 그렇게 하지 않은 건가요?"

마슈의 미소가 더욱 깊어졌다.

"올리애가 거부했거든."

"올리애 님이요?"

"그래. 절대로 그렇게 하기 싫다고 하더군. 산장에서 올리애가 나를 심하게 나무랐지."

"올리애 님은 왜……?"

"두 가지 이유 때문이라고 했다."

"두 가지요?"

"그래. 하나는 너를 이런 감옥에 가두고 싶지 않다는 것. 아무리 진짜 향군의 능력을 가지고 있다 해도 향군이 되면 권력의 틈바구니에서 괴로워해야 하니까. 사랑을 할 수도 없고 가족을 만드는 것도 용납되지 않는 고독한 감옥 속에서 살다가 죽을 수밖에 없다. 자기가 감옥에서 나가기 위해 너에게 그런 인생을 대신 살게 한다면 자기는 평생 괴로워하게 될 거라고 올리애가 그러더구나."

"……."

"또 하나는 너의 성격 때문이라고 했다. 네가 향군이 되면 너는 살아 있는 신으로 가장하는 것을 견디지 못할 거라고 올리애가 말했다. 스스로 신이 아니라는 사실을 알면서도 신의 말씀으로 사람들에게 무언가를 전해야 하는 일을 힘들어할 것이라고."

아이샤는 아무런 말도 못 하고 그저 마슈의 옆얼굴을 바라보고만 있었다.

산장에서 함께 지냈던 그 얼마 안 되는 기간에 올리애는 그 정도로 아이샤의 성격을 꿰뚫어 보고 진정으로 위해준 것이다.

"······정말 대단한 분이네요, 올리애 님은."

아이샤가 갈라진 목소리로 말했다.

"그 말씀처럼 저는 견디지 못했을 거예요. 그런 생활도 하기 힘들었겠지만 무엇보다도 신이 아닌데 신처럼 행동해야 한다는 게 너무 싫고 괴로웠을 거예요."

"······."

"솔직히 말씀드리자면 올리애 님이 전체 소각을 명해서 병충해를 수습한다는 방법도 마음에 걸려요. 올리애 님의 마음은 뼈저리게 잘 알고 있고 많은 사람들이 그 방법으로 구제받을 수 있으니 마땅히 그래야 한다고 생각은 합니다. 그래도 제국이 이용하려고 만들어 낸 신, 그 신이 가진 거짓 권위로 사람들을 복종하게 하는 방법은······."

마슈는 묵묵히 아이샤의 말을 듣다가 곱씹었다.

"거짓 권위라······."

"나도 거짓 권위로 속이는 건 비열한 행위라고 생각한다. 그런데 과연 그렇게 속임을 당하는 쪽에는 죄가 전혀 없다고 할 수 있을까?"

"······네?"

"너도 그렇지만 나도 제국에서 태어나지 않았다. 그래서 그런지 모르지만 처음 황제를 알현할 때 긴장은 했어도 나도 모르게 땅바닥에 납작 엎드려 절할 정도의 경외심은 생기지 않았다. 이 광대한 제국을 다스리고 있는 사람이 이런 노인이구나 생각하면서 용안을 뵈었을 뿐이지."

마슈가 쓴웃음을 지었다.

"그런데 나도 모르게 금기를 어길 뻔했다가 할아버지가 나를 가만히 노려보셨을 때는 정말 온몸에서 진땀이 날 지경이었다. 아무리 가라앉히려고 해도 온몸이 저절로 덜덜 떨렸지."

모래를 손에 쥐었다가 손가락 사이로 흘려보내면서 마슈가 말했다.

"권위란 바로 그런 게 아닐까? 서로의 관계 속에서 성립하는 환상이다. 환상이지만 일단 몸에 스며들면 몸과 마음이 반사적으로 반응하고, 많은 사람이 그런 환상을 동시에 가지면 현실적인 힘이 되는 거지."

마슈가 손에 묻은 모래를 탁탁 털었다.

"사람은 환상의 그물망 속에서 살아간다. 마음속으로는 권위가 환상에 불과하다는 사실을 알고 있는 사람도 많겠지. 그래도 황제 앞에서는 저절로 몸이 떨리고 향군마마 앞에 있으면 땅바닥에 엎드려서 빌게 되는 거다."

아직도 불빛이 켜져 있는 창문을 바라보며 마슈가 말했다.

"나는 향군마마에게 제발 구해달라며 엎드려 비는 사람들 모두가 한 치의 의심도 없이 향군을 신이라고 믿고 있으리라고는 생각하지 않는다. 그렇다고 믿지 않는다고 생각하지도 않는다. 그 사람들은 내심 속고 싶다는 마음을 가지고 있다고 생각하지. 아무 생각 없이 속고 있으면 향군에게 다 떠넘길 수가 있으니까. 괴롭고 견디기 힘든 모든 것들을 말이다.”

마슈의 몸에서 화가 난 냄새가 풍겨왔다.

“천재지변이 닥쳤을 때 사람들은 화풀이할 수 있는 대상을 찾는다. 자기 힘으로 어쩌지 못하는 일이 일어나면 누군가에게 책임을 떠넘기려고 한다. 그 사람 때문에 이런 일이 일어났다고 탓할 수 있으면 마음이 편해지니까.”

‘이번 향군마마는 힘이 약하신가?’

어전 회의가 끝난 후에 복도에서 들었던 말이 귓가에 되살아났다.

“그런 식으로 편해지려는 사람은 비열하지 않은가? 천재지변이 왜 일어났는지, 어떻게 하면 자신과 타인을 구할 수 있는지 필사적으로 생각하며 있는 힘을 다해서 살아남으려고 노력하지도 않고 신에게 책임을 떠넘기는 자들이 비열하지 않다고 생각하는가?”

“……”

“지배자는 복종시키려는 자들이 자신을 의지해야만 살 수 있도록 만들게 마련이다. 온정을 베푸는 척하면서 마치 부모가 없으면 살 수 없는 갓난아기처럼 만들려고 한다. 복종하는 자들이 그런 지배자에 대해 반항을 하는가 하면, 의외로 그렇지 않다. 부모한테 만사를 다 의지하고 기대면서 사는 편이 편하기 때문이지. 이 제국은 바로 그런 식으로 굴러가고 있다.”

마슈가 한숨을 내쉬었다.

“향군의 도움을 받기 위해 이곳으로 달려오는 번왕들은 사실 자진해서 부모에게 의지하는 무력한 어린아이인 척하고 있다. 향군이 진짜 신이건 아니건 자기들이 원하는 역할만 해 주면 그만이라고 생각한다.

권위라는 건 원래 서로의 암묵적인 합의로 만들어지는 것이다. 진위 여부는 상관이 없지."

아이샤는 가만히 어둠을 바라보았다.

"……그래도,"

그리고 말을 꺼냈다.

"향군이 지배의 도구가 되는 것은 싫어요. 이런 일을 하면 안 된다는 생각이 자꾸 들어요. 진짜로 믿는지, 아니면 그냥 믿고 싶을 뿐인지는 별개로 하더라도 번왕들이나 귀족들은 향군이 재해에서 구해주기를 바라고 있고, 황제 폐하나 카슈가 집안사람들은 그런 바람을 가진 사람들의 마음을 지배의 도구로 이용하고 있어요. 제국을 안정시키는 도구로 말이에요. ……그런데,"

아이샤가 마슈를 응시했다.

"그렇게 양쪽에서 제각기 뭔가를 원하며 떠받들고 있는 향군은 사실 알고 보면 현실에는 존재하지 않는 환상이지요."

"……"

"향군궁에 향군마마가 안 계셨다면 저도 이렇게까지 마음이 힘들지는 않았을 거예요. 괴로울 때 신들에게 기도한다는 것뿐이었다면."

밤바람이 뺨을 훑고 지나갔다.

"그런데 향군궁에는 향군마마가 계시고, 말씀도 하시지요. 지배자의 꼭두각시가 되어 지배자가 원하는 언행만을 하는 신으로서 말이에요. 그건 너무 무서운 일이라는 생각이 들어요."

아이샤는 잠시 말을 끊었다가 다시 이어갔다.

"냄새로 천지만물을 알아내는 일은 불가능합니다. 초대 향군께서는 저보다도 훨씬 대단한 분이었을지 모르지만 그래도 냄새만으로 천지만물을 알아내셨으리라는 생각은 도저히 들지 않아요. 모르시는 일도 아주 많았을 거예요. 그렇게 모르는 일까지도 아는 척하면서 그런 거짓된 모습을 신이라는 환상 속에 숨긴 채 지금까지 여기까지 와 버린 것이 너무나 무시무시한 일이라는 생각이 든다는 겁니다.”

마슈는 한동안 말없이 듣고만 있다가 이윽고 말했다.

“그 점은 나도 두렵다.”

“이 제국은 환상 위에 서 있다. 단 하나의 곡물이 보여준 꿈이 지금껏 너무도 쉽게 통치할 수 있게 해 주었기에 우리는 거기에서 벗어나지 못하고 있다. 자승자박의 함정에 빠진 상태지.”

어두운 목소리였다.

“이 나라는 그 함정에 빠진 상태로 너무도 거대한 제국이 되어버렸다. 단 하나의 곡물에 의존하는 위태로운 방법으로 통치하기에는 지나치게 넓은 영토와 지나치게 많은 집단을 끌어안아 버린 셈이다. 그런데 그 사실을 알고는 있어도 자칫 함정을 무너뜨리려 했다가는 산산조각이 나 버릴 게 뻔하니까 함정에서 벗어나지 못한다.”

마슈가 입을 다물자 벌레 소리가 다시 들려왔다. 한동안 그 가느다란 소리를 들으면서 아이샤는 밤의 초목 냄새를 느꼈다.

“……함정을 무너뜨리지 않아도……”

아이샤가 중얼거리듯이 말했다.

“산산조각이 나는 날이 올 수도 있어요.”

“…….”

“미래에 어떤 일이 일어날지 우리는 몰라요. 지금 일어난 병충해를 극복한다 해도 앞으로 또 다른 질병이 오아레 벼에 발생할 수도 있는 일이고요.”

마슈 쪽으로 고개를 돌리면서 아이샤가 말했다.

"향군과 오아레 벼는 서로 닮아 있어요. 신이 아닌데도 신인 척하는 향군과 신이 내린 게 아닌데도 신이 내린 벼라고 여겨지는 오아레 벼."

"……."

"오아레 벼 하나에만 의존하는 위태로움에서 벗어나기 위해 우리는 오랫동안 노력해 왔지요. 하지만 좀처럼 상황을 바꿀 수 없었어요. 오아레 벼가 보여주는 꿈이 너무도 매력적이고 우리가 사로잡혀 있는 함정이 너무도 효과적이었으니까요."

마슈는 여전히 말없이 듣고만 있었다.

"마슈 님."

아이샤가 불렀다.

"향군이라는 환상이 강해지면 함정도 강해져 버립니다. 오아레 벼가 보여주는 꿈을 지워버리지 않으면 오아레 벼에 의존하는 삶을 아마 영원히 바꿀 수 없을 거예요."

마슈가 픽 하고 웃는 바람에 아이샤는 사뭇 놀랐다.

"제가 이상한 말이라도 했나요?"

마슈가 고개를 저었다.

"아니. 넌 올리애랑 정말 많이 닮았다는 생각이 새삼 들어서 그랬다."

"네?"

"올리애도 사실 이번 일을 자기가 나서서 수습하기가 망설여진다고 했거든."

미소를 지은 채 마슈가 말했다.

"향군이라는 환상을 더욱 강하게 만들어서 사람들이 향군을 더 많이 의존하게 할 것 같다면서 말이지. 그런데도 꼭 해야 한다고 결심한 이유는 향군이라는 제도를 무너뜨리려면 그럴 만한 힘을 가져야 하기 때문이라고 하더군. 힘없는 장식품인 채로 있으면 아무것도 할 수 없으니 이제 앞에 나서야 한다고 말이다."

아이샤는 멍하니 입을 벌린 채 마슈를 쳐다보았다.

그토록 여리고 손을 대면 부서져 버릴 듯이 가냘픈 올리애가 내면에 그런 결심을 할 수 있는 강인함을 가지고 있었다는 사실이 놀라웠다.

"아이샤."

마슈가 조용한 목소리로 불렀다.

"네가 올리애를 지켜줬으면 좋겠다."

"네?"

"올리애가 향군으로서 앞에 나선다는 것은 황제와 카슈가 집안의 권력에 대항하는 새로운 세력을 만든다는 뜻이다. 이르 형님은 그런 일을 결단코 용납하지 않겠지."

차가운 밤바람이 뒷덜미를 스치고 지나갔다.

"나는 올리애가 바라는 방향으로 일이 진행되도록 온 힘을 다할 작정이다. 그렇지만 내가 올리애를 항상 곁에서 지켜줄 수는 없다. 그러니까 네가 올리애 바로 옆에서 식사는 물론이고 주변의 모든 것을 꼼꼼하게 점검하고 챙겨서 올리애를 지켜주었으면 좋겠다."

아이샤는 마슈를 똑바로 쳐다보면서 고개를 끄덕였다.

# 7
## 독

"나야 고맙고 좋지만 매일 이렇게 하느라 너무 피곤하고 힘들겠다. 아침부터 밤까지 내 옆에서 떨어지지 못하고 있잖아."

올리애가 하는 말을 들은 아이샤가 "아니에요." 하며 웃었다.

"이렇게 같이 있을 수 있어서 정말 좋습니다. 향군마마 전속 향사라고는 해도 밖에서 하는 일들이 많아서 그동안 옆에 있지 못했잖아요."

올리애도 웃는 얼굴이 되었다.

"그래? 실은 나도 정말 좋아."

서로 얼굴을 마주 보며 미소를 짓는데, 방 밖에서 들어가도 되냐고 여쭙는 시녀의 목소리가 들렸다.

"들어와요."

올리애가 말하자 시녀 세 명이 방으로 들어왔다.

밤의 이 시간이 되면 매일 이 세 사람이 여러 가지 시중을 들기 위해 왔다. 잠자리를 정돈하고 촛대에 있는 초를 바꾸고, 두 사람이 먹은 과일을 치우고 차를 새로 끓여 놓았다. 조금 지나면 다른 시녀가 와서 올리애가 얼굴을 씻고 입안을 헹구고, 잠옷으로 갈아입는 동안 시중을 들었다.

시녀가 과즙이 약간 남은 과일 접시를 내가는 모습을 바라보면서 아이샤는 마음이 조금 편해졌다.

이르 카슈가가 올리애를 해칠 궁리를 하고 있다면 틀림없이 독을 쓸 것이다.

사람을 써서 습격하는 식으로 남의 눈에 너무 띄는 수단을 쓸 수는 없다. 무엇보다 향군이 병환으로 모습을 숨겼다는 듯이 보이도록 해야 하기에 다른 방법은 쓰기가 어렵다.

그래서 아이샤는 아침에 일어날 때부터 밤에 잠자리에 들 때까지 올리애 곁에 꼭 붙어서 올리애가 입에 넣는 음식은 물론이고 몸에 닿는 물건들에까지 신경을 쓰고 있었다. 화장할 때 쓰는 도구와 몸에 걸치는 옷이나 장신구까지 모든 물건의 냄새를 맡아 문제가 없는지 확인했다.

그러나 대부분의 독에는 냄새가 없었다. 그래서 아이샤는 향군궁 안을 자주 돌아다니면서 올리애 신변에 관련된 물건들을 다루는 사람들의 냄새를 맡아보려 애쓰곤 했다.

폐위당했다고는 하나 아이샤는 왕가의 공주답게 독에 대한 가르침을 받으며 자랐다.

어머니는 아이샤에게 한 가지씩 꼼꼼히 가르쳐주셨다. 음식에 섞는 독, 옷에 스며들게 해서 피부로 흡수하게 하는 독 등 다양한 종류의 독이 가진 특성들을 아이샤는 고루 배웠다.

독에는 냄새가 없는 종류가 많지만 그래도 냄새를 맡아보는 것은 큰 도움이 된다고 어머니는 말씀하셨다.

'독 자체에는 냄새가 없어도 독을 다룬 사람들의 냄새가 남아 있는 경우가 있단다. 독을 맨몸에 닿게 하는 일은 거의 없지만, 간혹 손으로 잡아도 괜찮은 독을 요리에 섞는 경우는 남의 눈에 띄지 않게 하려고 손가락으로 집어서 넣는 수가 있지. 그렇게 하면 그 사람의 냄새가 남게 된단다. 요리하는 사람이 포섭되어 독을 섞는 경우에도 그런 일에 어지간히 익숙한 사람이 아니라면 긴장하게 되겠지. 손에 난 땀 냄새도 너라면 느낄 수 있을 거야.'

어머니는 그렇게 말씀하시면서 사람 마음의 움직임과 냄새의 관계도 함께 가르쳐 주셨다.

'사람을 해칠 작정으로 행동하는 자의 냄새는 의외로 알아차리기 쉽단다. 남을 해치는 행위를 진심으로 좋아해서 흥분하는 자가 있는가 하면, 암살을 전문적으로 하는 냉정한 자도 있지만 다들 제각기 특징 있는 냄새를 풍기게 마련이니까. 그런 점에 유의해서 냄새를 맡아보렴. 너라면 충분히 알아차릴 수 있단다.'

어릴 때 너무도 처참한 독살 이야기를 실감 나게 듣고는 잠을 이루지 못한 적도 있었다. 그렇지만 지금은 그런 가르침을 받으며 자랄 수 있어서 다행이고 감사한 일이라고 생각했다.

시녀가 침실에서 피울 향로용 향을 상자에서 꺼내기 시작했다. 아이샤는 곧바로 자리에서 일어나 시녀 옆으로 가서 그 향을 집어 들었다.

"왜 그래?"

올리애가 물었다.

"지금까지 사용하셨던 향과는 다른 종류 같아서 확인했습니다."

305

"아아."

올리애가 생긋 웃었다.

"내가 그렇게 하라고 했어. 향기가 바뀌면 기분도 바뀌니까 며칠에 한 번씩 다른 종류로 바꿔 달라고 했지."

"아아, 그러셨군요."

아이샤는 그 말을 듣고 긴장을 풀었다.

놀라서 눈을 동그랗게 뜨고는 일하던 동작을 멈추고 있던 시녀가 올리애에게 여쭈었다.

"마마, 향을 바꿔 놓아도 괜찮사옵니까?"

"그래요. 바꿔 줘요."

올리애가 답하자 시녀는 고개를 숙인 다음 향을 들고 침실로 들어갔다.

시녀들이 바지런히 일하는 모습을 바라보는 올리애의 옆얼굴은 겉보기에는 평소와 다름없이 평온해보였다. 그러나 아닌 척해도 불안한 기색이 여지없이 우러나왔다.

시녀들이 할 일을 마치고 방에서 나가자 아이샤가 입을 열었다.

"내일까지만 견디시면 됩니다. 올리애 님, 불안하시겠지만 제가 곁에서 온 힘을 다해 지켜드릴 테니 아무쪼록 마음을 편히 가지세요."

올리애는 미소를 지으며 "그렇지." 하고 말했다.

"일단 앞에 나서게 되면 이르도 암살 같은 수단을 쓰지는 못할 테니까. 다른 형태의 싸움이 시작되겠지만."

아이샤가 고개를 끄덕였다.

"그렇지요. 몸도 마음도 쉴 새 없는 날들이 계속될 겁니다. 그래도 지금보다는 오히려 속이 더 편하실 수도 있겠지요."

올리애가 뜻밖이라는 표정으로 눈썹을 살짝 추켜 올렸다.

"그럴까?"

"예. 어린 시절 저를 키워준 가신인 우차이가 그런 말을 했습니다. 정체된 삶은 마음을 병들게 한다고. 싸움은 무서운 것이지만 막상 시작되고 나면 그 뒤로는 이기기 위해 전력을 다하는 데에만 마음을 쓰면 되지요. 그런데 싸움에 나서지도 못하고, 뒤로 물러나지도 못하는 교착 상태에서 어떻게 해야 할지 고민하며 앞이 보이지 않는 동안에는 심신의 기력이 빠져서 심하게 피로해지기 마련이라고 했어요."

"……그래, 그 말은 정말 맞는 것 같네."

올리애가 끄덕였다.

"나는 지금껏…… 정말 오랫동안 뿌옇게 고인 물속에 가라앉은 것 같은 생활을 해 왔어. 이런 삶에 비하면 앞으로는 꿈을 꿀 수가 있지. 많은 것들을 바꿔나갈 수 있을지도 모른다는 꿈을 말이야."

한숨을 쉬면서 올리애가 말했다.

"나도 기도할 대상이 있는 것 자체가 나쁘다고 생각하지는 않아. 이 세상은 가혹하고 사람의 힘이나 노력만으로는 어쩌지 못하는 천재지변이 일어나기도 하니까."

잠시 말을 끊더니 올리애가 느닷없이 "혹시 기억해?" 하고 물었다.

"처음 다쿠 아저씨네 산장에서 같이 지냈을 때 눈꽃 전나무를 봤잖아?"

"네, 기억하지요."

나뭇잎 사이로 비쳐드는 희미한 햇빛을 받으며 서 있던 나무. 병들어 허약한 상태였는데도 주위의 다른 나무들에게 힘을 받아서 생명을 유지하던 가느다란 나무가 머릿속에 떠올랐다.

올리애도 그 모습을 생각하는 모양이었다. 올리애가 아득히 먼 곳을 바라보는 눈으로 조용히 말했다.

"눈에는 보이지 않아도 그 나무는 많은 것에게 힘을 얻어서 살고 있었지. 그런 식으로 눈에 보이지 않는 무수한 존재에게 힘을 얻어 살고 있음을 알려주는 사람이 되기를 바랐어. 나는 그런 존재이고 싶었어."

그 말을 듣는데 문득 또 하나의 나무가 머릿속에 떠올랐다.

햇살 속에 서 있던 눈꽃 전나무. 찬란한 햇빛을 오롯이 받고 서 있으면서도 건강하지 않았던 고독한 나무가.

"……올리애 님."

올리애에 대한 안타까운 마음이 솟아올라 아이샤는 자기도 모르게 손을 뻗어서 올리애의 하얀 손을 꽉 잡았다.

"방법을 같이 찾아봐요. 그런 존재가 될 수 있는 방법을. 저도 옆에서 함께 할게요."

올리애의 눈에 눈물이 그렁그렁 맺혔다.

"고마워, 아이샤."

손을 마주 잡으면서 올리애가 갈라진 목소리로 말했다.

"우리 함께 가자."

아이샤는 올리애가 어두운 침실로 들어가는 모습을 지켜본 후에 복도로 나왔다. 개인 침실로 쓰고 있는 옆방으로 돌아온 아이샤는 잠옷으로 갈아입고 이불 속으로 들어갔다.

몸이 녹초가 된 듯 피곤한데도 도무지 잠이 오지 않았다. 신경이 바짝 곤두서 있어서인지 올리애의 침실 쪽에서 풍겨오는 냄새가 묘하게 마음에 걸렸다.

'올리애 님은 이런 냄새를 좋아하시나?'

새로 바꾼 향 냄새인 모양이었다. 처음 맡아본 냄새인데 맡을수록 속이 울렁거려서 아이샤는 침대에서 몸을 일으켰다.

그 순간 눈앞이 핑 돌았다. 침대가 바닥에서 불쑥 솟아오르는 듯한 느낌이 들어 허겁지겁 침대 가장자리를 잡았다.

방 안이 천천히 빙빙 돌고 있었다. 가슴이 턱 막히면서 숨이 제대로 쉬어지지 않았다. 조금 있으면 가라앉겠지 했는데 현기증은 도무지 없어지지 않았다.

어딘가에서 무언가 무거운 것이 바닥에 털썩 넘어지는 소리가 났다.

올리애의 방에서 무언가 넘어졌구나 하고 생각하다가 갑자기 심한 불안감에 사로잡혔다.

'……설마!'

아이샤는 몸을 일으켰다. 거친 풍랑 속에서 요동치는 배 안을 걷는 사람처럼 벽과 의자에 여기저기 부딪히면서 올리애의 방을 향해 비틀비틀 걸어갔다.

올리애의 방문을 열자 그 이상한 냄새가 훅 하니 코를 찔렀다.

아이샤는 위에 걸치고 있던 웃옷을 벗어 코와 입을 가렸다.

침실 문이 살짝 열려있고 그곳에서 불빛이 흘러나왔다. 침실 쪽으로 달려가자 침대에서 떨어져 바닥에 쓰러져 있는 올리애의 모습이 보였다.

아이샤는 그 옆에 웅크려 올리애의 양쪽 겨드랑이에 팔을 끼우고는 침실에서 끌고 나왔다.

눈앞이 빙글빙글 돌고 구역질이 났지만 이를 악물고 참으면서 올리애의 축 늘어진 몸을 복도로 안고 나왔다.

"누구 없어요!"

소리쳤는데 목소리가 제대로 나오지 않았다.

긴 복도를 따라 계단이 있는 쪽으로 올리애를 끌고 가면서 아이샤는 계속 소리를 질렀다.

그 소리를 듣고 시녀와 호위병이 달려온 것은 계단에 거의 다다를 즈음이었다.

"어찌 된 일입니까?"

깜짝 놀라며 묻는 누군가에게 아이샤는 갈라진 목소리로 대답했다.

"어서 의술사를! 독 연기를 마셨어요. 빨리 의술사를 불러요!"

올리애는 미동도 하지 않았다. 코에 손을 갖다 대어도 숨을 느낄 수가 없었다.

아이샤는 구역질이 나는 것을 참으면서 올리애의 입을 크게 벌려 거기에 자기 입을 대고는 있는 힘껏 숨을 불어넣었다. 그리고 두 손을 겹쳐서 가슴을 눌렀다.

물에 빠져 숨이 멈춘 자를 구하는 방법이라고 배웠던 그 동작을 의술사가 올 때까지 계속했다. 그리고 의술사가 나타나자마자 두꺼운 장막이 뚝 떨어진 것처럼 눈앞이 캄캄해지더니 의식을 잃고 말았다.

어둠 속에 가라앉아 있던 것이 수면 위로 떠오르듯 의식이 돌아오면서 희미한 빛이 보이더니 극심한 두통이 찾아왔다.

온 힘을 다해 간신히 머리를 침대 밖으로 내민 아이샤는 구토를 했다. 몸을 뒤틀면서 몇 번이고 토하고 또 토했다.

달려온 시녀들이 토한 것을 재빨리 치워주는 모습을 보며 미안해서 사과하려 했지만 목소리가 나오지 않았다. 그저 머리를 싸매고 끙끙 신음할 뿐이었다.

의술사의 목소리가 들리면서 입술에 찻잔 끄트머리를 갖다 대는 감촉이 느껴졌다.

"이것을 마셔요. 사레 들리지 않게 천천히."

그 말대로 쓰디쓴 탕약을 천천히 겨우 마시고 조금 있었더니 다시 의식이 사라졌다.

다음에 눈을 떴을 때는 두통이 둔한 아픔 정도로 바뀌어 있었고 구역질도 나지 않았다.

눈물이 말라붙어 떨어지지 않던 눈꺼풀을 손가락으로 비벼서 겨우 눈을 떴더니 사람의 얼굴이 희미하게 보였다.

"……마슈 님?"

중얼거리자 마슈가 안도하는 표정을 지었다.

"목소리가 나오는구나. 다행이다. 아까보다 안색도 좋아졌군."

마슈가 말했다.

"미안하다, 아이샤. 너에게는 뭐라 할 말이 없구나."

그 말을 듣자마자 여러 가지 일들이 한꺼번에 떠올랐다. 아이샤가 눈을 번쩍 떴다.

"올리애 님! 올리애 님은요?"

버둥거리면서 몸을 일으키려는 것을 마슈가 손으로 말렸는데 아이샤는 그 손을 뿌리치고 자리에서 일어나 앉았다.

"올리애 님은요?"

"괜찮다. 목숨은 부지했어. 지금은 약 기운으로 잠들어 있고."

'살아계신다!'

아이샤는 마슈를 바라보더니 몸을 바르르 떨기 시작했다. 눈물이 하염없이 흘러나왔다.

"제…… 제 잘못이에요."

안도감과 함께 후회가 물밀듯이 밀려와 가슴을 찔렀다. 아이샤는 몸을 떨면서 소리 내어 울기 시작했다. 울음을 참으려 해도 멈출 수가 없었다.

"……제가…… 잘못한…… 거예요. 향을…… 미처…… 생각지 못하고……."

어깨를 어루만지는 마슈의 손길이 느껴졌다.

"네 탓이 아니야. 향에 독을 넣을 수도 있다는 말을 깜빡 잊었던 내 책임이지."

아이샤가 고개를 저었다.

"저도…… 원래…… 알고 있었어요. ……향에 독을 넣는…… 방법이 있다는 걸. ……그런데……."

눈물이 흘러나왔다.

"별 일…… 아니라고…… 생각해 버린 거예요!"

'그때,'하고 아이샤는 생각했다.

시녀가 새로운 향을 향로에 넣는다고 했을 때 의심하지 않았던 이유는 시녀의 냄새에 부자연스러운 곳이 전혀 없었기 때문이다.

"……제가…… 잘못한 거예요. ……제 오만함 때문에…… 올리애 님이…… 이런 일을 당하신 거예요."

아이샤는 이불을 꽉 쥐었다. 냄새가 없는 독이 있다는 점 때문에 걱정을 하면서도 누군가 독을 쓴다면 그자가 가진 악의를 냄새로 알아차릴 수 있으리라 여겼다.

향 속에 넣은 독은 열을 가하면 독성이 있는 연기를 뿜어낸다.

'독 자체는 냄새가 없어도 독을 넣으면 향의 분량이 바뀌니까 너라면 불을 피우기 전이라도 평소 쓰던 향과 냄새가 다르다는 사실을 알아차릴 수 있어.'

그렇게 가르쳐 준 어머니의 목소리를 떠올리며 아이샤는 입술을 질끈 깨물었다.

분량이 달라지는 미묘한 차이는 독을 넣기 전의 향이 가진 원래 냄새를 알지 못하면 느낄 수가 없다. 그런데 그때 자기가 모르는 향인데도 피울 수 있게 한 것이다.

새로운 향을 쓰게 해서는 안 되었는데 그렇게 당연한 점을 생각하지 못했다. 나는 냄새를 잘 맡으니까 다루는 사람이나 향의 냄새에 이상한 점이 없으면 괜찮다. 그런 선입견 때문에 올리애가 죽을 뻔했다.

"나도 방심했었다."

마슈의 목소리가 들렸다.

"며칠만 잘 버티면 되는 것이니 올리애의 안전을 위해 향로도 그동안은 쓰지 말라고 하고 초도 중간까지 사용하던 것만 쓰게 했어야 했다."

이제까지 한 번도 들어본 적이 없는, 이상하리만치 감정이 배제된 밋밋한 목소리였다.

"선입견이 방심을 불러온다. 그렇게 당연한 이치를 생각지 못하고 경계를 게을리한 내 잘못이지."

옆 방에서 의술사와 라오의 냄새가 풍겨왔다. 시녀들이 복도를 정신없이 오가는 발소리도 들렸다. 머리를 두 손으로 싸맨 채 아이샤는 자기를 둘러싸고 있는 냄새와 소리만을 느끼고 있었다.

들이쉰 독 연기의 양은 올리애가 훨씬 더 많았다. 옆방에 있던 자기도 이렇게 힘든데 올리애는 얼마나 괴로웠을까?

그런 생각이 들자 가슴 밑바닥에서부터 엄청난 분노가 솟아올랐다.

"……그 시녀는 어떻게 되었나요?"

갈라진 목소리로 물었더니 마슈가 대답해 주었다.

"어젯밤 이후로 자취를 감췄다."

아이샤가 미간을 찌푸렸다.

"자취를 감췄다고요? ……하지만 그 시녀한테서는 긴장감이나 적대감이 느껴지지 않았어요. 그래서 저도 방심해 버린 거고요."

"교묘하게 속인 것이겠지."

아이샤가 고개를 저었다.

"냄새는 거짓말을 하지 않아요. 아무리 냉정한 사람이라도 뭔가 의도를 가지고 행동하면 아주 조금이라도 냄새가 바뀌거든요. 그러니까 그 시녀한테서도 이상한 낌새가 났을 거예요."

"그렇다면 아무것도 몰랐을지도 모르지. 그저 그 향을 쓰라고 누군가 건네줬을 뿐이고, 그 뒤로 그 누군가가 뒤를 밟히지 않으려고 어딘가로 납치해갔겠지."

만약 그렇게 된 일이라면 그 시녀가 너무 가엾다는 생각이 들었다.

"찾아주세요."

"찾고 있다. 하지만 못 찾겠지."

"그래도 찾아봐 주세요."

마슈가 고개를 끄덕였다.

"나도 이대로 포기할 생각은 없다."

마슈가 입을 다물자 주변의 소리가 다시 들렸다.

의술사가 누군가와 무언가 이야기하면서 복도를 걸어갔다. 의술사의 몸에서 탕약 냄새가 풍겨왔다. 아까 아이샤에게 마시게 한 탕약 냄새였다. 그 사람들이 방 앞을 지나쳐 기척이 멀어지자 아이샤가 입을 열었다.

"무슨 방법이 없을까요? 이르 카슈가의 죄를 폭로할 방법이?"

마슈의 눈에 떠오른 표정을 보고 아이샤는 불안해졌다.

"아이샤."

낮은 목소리로 마슈가 말했다.

"이르에게 죄를 물을 수는 없다."

"……네?"

"죄명이 존재하지 않으니까. 향군마마는 살아있는 신이시다. 사람이 악의를 가지고 해칠 수 있는 존재가 아니라는 뜻이다."

마슈의 눈은 깊이를 모르는 늪처럼 한없이 어두웠다.

"신 카슈가 집안의 당주가 향군을 죽이려고 했다는 사실을 세상 사람들이 알아서는 절대로 안 된다. 그런 일이 알려지면 향군을 신이라 떠받들던 제국의 거짓말이, 백성들을 속여온 사실이 최악의 형태로 드러나게 되는 것이다."

아이샤는 벌어진 입을 다물지 못한 채 마냥 마슈의 얼굴을 쳐다볼 뿐이었다.

# 8
## 향군궁으로

"뭐라?! 향군마마께서?!"

황제 오드센이 의자에서 몸을 일으켰다.

"예. 새벽에 전갈이 왔사옵니다. 다행히 목숨에 지장은 없다 하옵니다."

향군을 위하는 척하는 표정을 짓는 아버지 이르 카슈가를 유기르는 복잡한 심경으로 바라보았다.

오드센의 눈에 문득 미심쩍어하는 눈빛이 떠올랐다.

"……이르 공."

"예, 폐하."

"설마 공이……?"

물으려다가 오드센은 시종들이 있다는 사실이 떠올랐는지 모두 물러가라고 명했다.

시종들이 모두 방에서 나가고 문이 닫히자 오드센이 낮은 목소리로 다그쳤다.

"공이 그런 것인가?"

"예."

이르 카슈가는 바로 시인하면서 한 마디를 덧붙였다.

"모두 폐하를 지키기 위함이었사옵니다."

오드센은 의자에 다시 앉더니 오른손으로 이마를 짚었다.

"……이런 어처구니없는 짓을."

신음하듯이 오드센이 말했다.

"그렇게까지 하지 않아도 짐은 공의 제안대로 할 생각이었다. 그런데 어째서……?"

"시간이 없었사옵니다."

오드센의 말허리를 자르면서 이르가 속삭였다.

"지난번 폐하를 뵈옵고 폐하께서 향군마마께 명을 내리시라 요청했다는 사실을 알았을 때, 아아, 그래서였구나 하고 깨닫게 된 점이 있사옵니다."

"……?"

"폐하, 번왕들이 제국 수도를 향해 달려오고 있사옵니다. 이제 곧 모두 당도할 것이옵니다."

오드센의 얼굴에 경악하는 표정이 떠올랐다.

"뭐라?!"

"반란을 꾸민다는 의심을 사고 싶지 않았을 테니 모두가 조심하면서 은밀히 움직였을 것이옵니다. 그래서 아직 폐하께는 소식이 당도하지 않았으리라 여겨지옵니다. 하오나 신은 번왕들이 각 번왕국의 수도를 출발했다는 정보를 가지고 있었사옵니다."

"……! 그런 정보를 가지고 있었다면 어째서 그때 바로 짐에게 말하지 않았던 것인가?"

"그들의 의도를 파악하지 못했기 때문이옵니다. 움직임을 살피고 의도를 명백히 판명한 다음에 폐하께 아뢸 심산이었사옵니다."

오드센은 어두운 표정으로 곰곰이 생각하다가 이윽고 물었다.

"공은 마슈가 선동했다고 생각하는 게지?"

"그렇사옵니다. 궁지에 처한 번왕들을 선동하고 향군의 힘으로 그들을 구해준다. 그런 계획을 세웠으리라 생각하고 있사옵니다."

오드센은 고뇌에 찬 얼굴로 있다가 이윽고 천천히 어깨에서 힘을 뺐다.

유기르는 아버지의 얼굴에 떠오른 미소를 보았다.

"이해가 되셨사옵니까?"

이르 카슈가가 묻자 오드센이 작게 끄덕였다.

"심려를 놓으시옵소서."

이르가 부드러운 목소리로 말했다.

"향군마마가 와병 중에 계신 일은 폐하께 큰 도움이 될 것이옵니다. 연이어 발생한 병충해는 오아레 벼에 문제가 있어서가 아니라 향군마마께서 와병으로 힘이 약해지셔서 생긴 일임을 널리 알리고 적절한 시기를 봐서 새로운 향군을 세우면 되는 일이옵니다. 어느 정도 아픔이 따르기는 하오나 모든 이들이 받아들이기 쉬운 해결책을 폐하께서 고안하셨음을 알리면 폐하의 힘이 막강함을 만방에 알릴 수 있을 것이옵니다. 이렇게 해서……"

그때 방밖에서 종소리가 들렸다. 오드센의 눈길을 받은 유기르가 고개를 꾸벅 숙인 다음 걸어가서 문을 열었다.

시종들 뒤에 세 명의 대귀족이 서 있었다. 그들의 말을 들은 유기르는 다시 방 안으로 돌아와 여쭈었다.

"폐하, 말라이오 공, 이실리 공, 알라세 공이 알현을 청하고 있사옵니다. 어찌 하올까요?"

오드센이 물어보듯이 이르를 쳐다보았다.

이르가 고개를 끄덕이자 오드센은 대답했다.

"좋다. 들라 이르라."

유기르가 문을 열자 말라이오 공을 필두로 한 대귀족들이 들어와 바닥에 무릎을 꿇고 공손히 예를 갖추었다.

"일어나라."

오드센이 말하자 대귀족들이 일어서서 다시 한번 고개를 숙였다.

"귀공들이 아침부터 찾아오다니 보기 드문 일이군. 어쩐 일인가?"

오드센의 물음에 말라이오 공이 대답했다.

"폐하, 이러한 시각에 알현을 청한 일을 아무쪼록 너그러이 용서하여 주옵소서. 소신들은 어떻게든 폐하께 아뢰어야 할 말씀이 있어 실례를 무릅쓰고 이렇게 달려왔사옵니다."

그러더니 말라이오 공이 대표로 자기들의 사정을 늘어놓기 시작했다.

자신들이 소유한 영토의 경제 사정부터 시작해서 이대로 무사히 수확이 끝나면 상납할 수 있는 납세액, 만에 하나 오아레 벼를 추수하지 못하게 되면 어떤 일이 벌어지는지 등을 소상히 아뢰었다.

"소신의 집안 사정이라 아뢰옵기 황공하오나, 지난번 회의 때 아뢴 것처럼 아들의 혼사도 앞둔 시점이어서 소신에게는 다른 어느 때보다도 이번 추수가 중요한 의미를 가지고 있사옵니다. 이실리 공, 알라세 공도 모두 제각기 긴한 사정들이 있사옵니다. 이렇게 중차대한 시점에 지난번 안건에 대한 폐하의 어심을 모른 채 있으려니 불안함에 어찌할 바를 몰라 이리 염치를 무릅쓰고 달려오게 되었나이다.”

이기적인 속내를 거리낌 없이 드러내는 그 태도가 오만하기 짝이 없었지만 그런 행동 속에 말라이오 공의 절박함이 엿보이는 듯했다.

대귀족 세 사람의 얼굴을 둘러보면서 유기르는 생각했다.

‘저자는, 아니 이 사람들 모두가 오아레 벼를 소각하라는 명령이 떨어지지 않을까 하고 진심으로 두려워하고 있다. 그 두려움 때문에 마음이 조급해지고 진짜로 안절부절못해서 여기까지 달려왔겠지.’

말라이오 공의 진정을 다 들은 오드센이 흐릿하게 웃었다.

“회의는 바로 내일이다. 그런데 그 하루조차 기다리지 못하겠다는 말인가?”

말라이오 공은 황송하다는 듯이 머리를 조아렸다.

“예, 참으로 황송하기 그지없사오나 아무쪼록 신들의 사정을 헤아려 주십사……”

바로 그때 크게 세 번 종소리가 울렸다. 긴급한 전령을 알리는 종소리였다. 오드센이 흘깃 이르의 얼굴을 보더니 “들라!” 하고 문밖에 대고 소리쳤다.

전령이 들어오더니 바닥에 엎드려 황제에게 깊이 절했다.

“폐하, 향군궁으로부터 화급한 소식이 당도했나이다.”

아버지 이르 카슈가가 비릿한 미소를 짓는 모습이 유기르의 눈에 들어왔다.

“번왕들이 향군궁에 도착하였느냐?”

오드센이 묻자 전령이 깜짝 놀란 표정을 지으며 대답했다.

“예, 그러하옵니다.”

"그래서 이쪽에 대응을 요청한 것이냐?"

오드센의 말에 전령이 당혹스러운 얼굴이 되었다.

"……그게…… 황공하오나 그러한 소식이 아니었나이다."

전령이 뚜렷한 목소리로 소식의 내용을 전하기 시작했다.

# 9
## 향군의 힘

풍향의 탑 꼭대기에는 넓은 발코니가 있다.

일찍이 초대 향군은 위급한 상황이 있을 때마다 이 발코니에 나와서 직접 백성들에게 말씀을 전하여 나라를 이끌었다고 전해진다. 그러나 그 이후의 향군들은 그렇게 하지 않았다. 향군이 이 발코니에 서는 경우는 신년 새벽에 하례를 위해 찾아온 황제와 귀족들을 축복할 때뿐이었다.

올리애는 어두운 탑 안쪽에서 햇살이 환하게 비추는 발코니 쪽을 바라보며 가느다란 목소리로 물었다.

"……황제는?"

"아직입니다. 하지만 틀림없이 곧 당도할 겁니다."

아이샤가 귓가에 대고 대답하자 올리애가 고개를 끄덕였다.

올리애의 얼굴에는 핏기가 전혀 없었다. 하얀 도자기 같은 그 얼굴에 자잘한 땀방울이 송골송골 맺혀 있었다.

"……마슈는 번왕들을 다 만났을까?"

올리애의 물음에 아이샤가 대답했다.

"네. 아까 마중하러 나갔으니 지금쯤은 아래 광장으로 이끌고 들어와 있을 거예요."

올리애는 그 말에 희미하게 미소를 지으며 고개를 끄덕였다.

정신을 차린 올리애가 처음에 계획했던 대로 황제와 번왕들에게 직접 말을 전달한다고 했을 때 라오는 물론이고 아이샤도 어떻게든 말려보려고 했다.

목숨은 간신히 부지했어도 무리하면 위험하다는 의술사의 말을 전하면서 말려봤지만, 아무리 말려도 올리애는 끝까지 뜻을 굽히지 않았다.

올리애는 어둡게 변색된 입술을 움직여 꺼져가는 목소리로 말했다.

"……허무한 인생이었다는 생각으로 죽는 게 죽음 그 자체보다 더 싫고 무서워. ……그런 두려움을 느끼지 않게 해 줘."

유기르는 황제를 뒤따라가는 아버지의 뒷모습을 바라보면서 걸어갔다. 깊은 숲과도 같은 정원을 지나 향군궁 광장으로 나가자마자 유기르는 바짝 긴장했다.

광장은 예상했던 것보다 훨씬 많은 사람들로 붐비고 있었다.

번왕들이 모두 모여있을 뿐만 아니라 귀족들의 모습도 보였다. 궁전에 있던 말라이오 공 일행은 물론이고 어전 회의에 참석하기 위해 제국 수도에 체류하고 있던 귀족들에게도 소집 명령이 전달된 모양이었다.

향사들도 있었다. 미지마와 올람의 모습도 보였다. 지금 제국 수도에 있는 향사들 모두에게 소집 명령이 떨어진 것이다. 충해청장과 채사, 농인들도 있었다. 리아 농원 사람들뿐만 아니라 로아 공방에 속한 자들의 모습도 보였다.

번왕들은 한 곳에 모여 서 있었다.

무장이 허용되지 않는 곳이기에 각 번왕의 호위병들은 무기를 소지하지 않은 상태였다. 하지만 하나같이 일당백은 할 법한 면모와 덩치를 가지고 있었다. 병사들은 자신들의 주군을 지키기 위해 눈을 번뜩이며 빈틈없이 주위를 살폈다.

오고다에서는 번왕뿐만 아니라 그의 모후인 밀리야 대비도 와 있었다.

'지금 이곳에 ……'

유기르는 온몸에 소름이 돋는 것을 느꼈다.

'황제 폐하와 귀족들, 그리고 번왕국의 수장들이 한 자리에 모였다.'

이런 일은 일찍이 한 번도 없었다. 있을 수가 없었다. 더구나 그 모두가 모인 곳이 궁전이 아니라 향군궁이었다.

근위병이 소리를 높여 알렸다.

"물렀거라! 황제 폐하의 행차시다!"

그러자 광장에 있던 사람들은 놀란 기색 없이 각자 서 있던 모래땅에 무릎을 꿇고 머리를 조아렸다.

'마슈 숙부님이 황제 폐하가 오신다는 말을 미리 전해 놓았구나.'

번왕들과 함께 모래땅에 무릎을 꿇고 깊이 절하는 숙부를 바라보면서 유기르는 마음속으로 중얼거렸다.

'마슈 숙부님은 이쪽 편이 아니라…….'

번왕들 쪽에 있다. 마슈의 온몸으로부터 그의 의지가 전해져 오는 듯했다.

'천지에 이변이 생겼노라. 황제와 부국대신, 그리고 지금 궁전에 있는 모든 귀족은 즉시 향군궁으로 달려와 향군마마의 말씀을 받들어라.'
향군궁에서 온 전언을 들었을 때의 충격이 아직도 가슴을 뒤흔들었다. 지금껏 향군이 황제에게 이러한 명을 내린 적은 단 한 번도 없었다. 향군은 황제에게 명을 내리는 존재가 아니었다.
그러나 향군은 신, 이 나라를 지키는 신이다. 그 명이 떨어지면 황제를 비롯하여 어느 누구라 하더라도 거역할 수 없다.
유기르는 지금 눈앞에서 벌어지고 있는 일이 현실이 아닌 듯한 묘한 이질감을 느꼈다.
"다들 일어나거라."
오드센이 말하자 사람들이 일어났다. 유기르도 일어섰다.
번왕들과 함께 일어난 마슈는 지금까지 한 번도 본 적이 없는 표정을 짓고 있었다.
'숙부님은 뭔가를 마음에서 내려놓으신 거다.'
무엇을 내려놓았을까? 생각해 보는 게 겁이 났다.
라오 대향사가 가까이 다가와 고개를 숙여 예를 갖춘 다음 황제와 귀족들을 광장 중앙으로 인도했다.
유기르가 아버지와 말라이오 공 등과 더불어 황제를 따라 걸어서 발코니 바로 아래에 섰을 때 위에서 딸랑거리는 맑은 방울 소리가 들려왔다.
천상에서 황금비가 내리듯 끊임없이 떨어져 내려오는 방울 소리를 들은 광장의 사람들은 일제히 발코니를 올려다보았다.

이윽고 가녀린 여인이 모습을 드러냈다. 처녀 하나가 그 뒤를 따랐다. 발코니는 아득히 높은 곳에 있어, 모습을 드러낸 여인의 이목구비가 간신히 보일까 말까 한 거리였다. 그런데도 사람들 앞에 나타난 그 여인의 얼굴은 너무도 하얗게 보였다.

여인이 오른손을 높이 들었다.

그 가냘픈 손목에 있는 향군의 팔찌가 햇빛을 반사하며 손의 떨림에 맞춰 파르르 흔들렸다.

사람들은 일제히 모래땅에 무릎을 꿇고 엎드려서 머리를 깊이 조아렸다. 황제까지도.

유기르는 숨을 얕게 쉬면서 곁눈질로 황제를 보았다.

황제가 엎드려 절하고 있었다. 그런 모습을 직접 보고 있으려니 더욱더 기묘한 꿈속에 있는 듯한 느낌이 들었다.

하늘에서 다시금 방울 소리가 떨어져 내려왔다. 일어나라고 알리는 방울 소리였다.

모두가 일어서자 높은 곳에서 목소리가 들려왔다.

"……오아레 벼의 은혜 속에서 자라온 백성들이여."

실낱같이 가는 목소리였지만 그 말은 정적을 뚫고 분명히 들렸다.

"재난의 때가 왔습니다."

파란 하늘을 배경으로 햇빛을 받아 환하게 빛나는 향군의 목소리가 울렸다.

"그대들은 앞으로도 오아레 벼와 더불어 살아가기를 소망합니까?"

사람들은 누군가 나서서 대답하기를 기대하면서 긴장한 표정으로 서로를 힐긋거릴 뿐이었다.

번왕들은 황제의 반응에 주목하고 있었다. 그런데 황제가 복잡한 표정으로 시선을 아래로 내리깐 채 대답할 기색이 없는 것을 눈치채고는 주쿠치가 오른손을 번쩍 들고서 외쳤다.

"은혜로운 향군마마! 서칸탈의 번왕인 주쿠치는 앞으로도 오아레 벼와 더불어 살아가기를 소망하옵니다!"

그 목소리가 울려 퍼지자마자 다른 번왕들도 앞을 다투어 같은 뜻임을 알리는 목소리를 냈다.

광장 전체가 앞으로도 오아레 벼와 더불어 살아가기를 원한다는 목소리로 가득 찼을 때 향군이 다시 오른손을 높이 들었다.

그 모습을 보고 파도가 밀려가듯이 목소리가 금방 잦아들었다.

다시금 찾아온 정적 속에서 향군의 목소리가 울려 퍼졌다.

"재난을 맞이해 어려움 가운데 있는 서칸탈의 번왕 주쿠치를 환영합니다."

부드러운 목소리였다.

"그대에게 이토록 어려운 물음을 던져야 하는군요. 그대는 앞으로도 오아레 벼와 더불어 살아가기 위해 서칸탈에서 자라고 있는 모든 구원의 벼를 지금 당장 불태울 수 있습니까?"

주쿠치의 얼굴이 딱딱하게 굳었다. 그가 입을 열기 전에 향군의 목소리가 이어서 들려왔다.

"구원의 벼를 불태움으로써 발생하는 손해를 제국이 모두 보상한다면 하나도 남김없이 불태울 수 있습니까?"

주쿠치는 입을 열려다가 다시 다물었다. 그리고 잠깐 생각하는 듯하더니 결단을 내린 얼굴로 대답했다.

"못하옵니다."

사람들이 웅성거렸다. 주쿠치가 굵직한 목소리로 계속했다.

"이 주쿠치는 번왕으로서 번왕국 백성들의 미래를 위해 아룁니다. 아무리 올해 충분한 보상을 받는다 해도 그것만으로는 백성의 미래를 구할 수가 없기 때문이옵니다."

주쿠치의 목소리가 광장에 울렸다.

"그 메뚜기는 무시무시한 놈이옵니다. 눈 깜짝할 사이에 온 사방으로 번져나가 이런 곳까지는 오지 않겠다 싶은 장소에서 느닷없이 대량으로 발생하곤 합니다. 이미 서칸탈뿐만 아니라 동칸탈에서도 발생했다는 소식이 들리고 조만간 오고다와 리그달에서도 발생할 것이옵니다. 서칸탈에서 소각을 진행한다 해도 메뚜기가 멸종하지는 않사옵니다. 어딘가에 구원의 벼가 남아있는 한 그 메뚜기는 사라지지 않을 것이옵니다."

말라이오 공이 손을 들려고 했는데 주쿠치는 그것을 막으려는 듯이 말을 계속했다.

"이것은 우리만의 문제가 아니옵니다. 그 메뚜기는 얼마 안 가서 제국 본토에도 날아들 것이옵니다. 번왕국의 구원의 벼를 불태우는 것만으로는 병충해가 수습될 수 없사옵니다. 단 몇 마리라도 어딘가에 남아있으면 또다시 대량 발생하고 번져나가는 병충해가 일어날 테고 그러면 다시는 오아레 벼를 재배할 수 없게 되어 버릴 것이옵니다."

주쿠치는 손을 들고 있는 말라이오 공을 무시한 채 발코니를 올려다보며 아뢰었다.

"소각해야 한다면 모든 곳을 한꺼번에 불태워야 합니다. 그렇지 않으면 아무 의미가 없는 것이옵니다."

번왕의 말을 가로막을 방도가 사라진 말라이오 공이 딱딱하게 굳은 표정으로 주쿠치를 노려보았다. 그 광경을 바라보면서 유기르는 생각했다.

'……이건가?'

가슴속에 뜨거운 무언가가 차올랐다.

'이렇게 하려고 번왕들을 소집했나?'

번왕국의 수장들과 제국의 귀족들이 직접 얼굴을 마주 보는 자리는 이제껏 존재한 적이 없었다.

'더구나 여기서는…….'

번왕도, 귀족도, 황제조차도 향군 앞에서는 모두 동등한 백성일 뿐이다.

황제와 귀족들만 출석하는 어전 회의를 주재하는 황제의 경우, 종속국의 수장에 불과한 번왕보다 그 자리에 있는 제국의 중신들인 귀족 입장을 세워줘야 했다. 그러나 향군은 신이다. 번왕과 귀족을 달리 대우할 필요가 없었다.

올리애의 몸이 바들바들 떨리고 있었다.

그 가녀린 몸을 부축하면서 아이샤는 올리애가 한계에 다다랐음을 느꼈다.

지금까지 광장에 있는 사람들에게 들릴 정도의 목소리를 냈다는 사실 자체가 기적 같은 일이었다. 올리애의 몸 상태로는 서 있기도 힘든 정도일 것이다.

그런데도 올리애는 아직 전체 소각을 명하지 않았다.

그저 한 마디, 모든 구원의 벼를 불태우라고 명을 내리면 그만일 텐데 그렇게 하지 않고 있었다.

올리애가 무엇을 위해 이렇게 자기 목숨을 깎아내면서 버티고 있는가. 그 마음을 헤아릴 수 있는 아이샤는 자꾸 눈물이 나서 올리애의 옆얼굴이 보이지 않을 지경이었다.

'……올리애 님은 자리를 만들어 주시는 거야.'

신으로서 명령을 내리는 게 아니라 절대적인 존재 앞에서 모두가 평등한 존재가 될 수 있는 자리를 만들고 있다. 이런 자리가 아니면 할 수 없는 말들을 서로 주고받을 수 있도록, 그런 기회를 만들어 주고 있는 것이다.

"말라이오 공."

올리애가 몸을 쥐어짜듯이 해서 목소리를 냈다.

"그대도 하고 싶은 말이 있으면 이 자리에서 전하라."

그 목소리가 들리자마자 말라이오 공이 잔뜩 홍조를 띤 얼굴로 거침없이 말하기 시작했다.

"제국 귀족들의 생각을 아뢰옵니다! 전체 소각은 우매한 방책이옵니다. 그런 방책을 쓰면 귀족들은 막대한 손실을 입게 되며 제국에 바치는 조세도 현격히 줄어들 것이옵니다. 그것은 결과적으로 번왕국을 구하기 위한 재정기반을 위태롭게 하는 일이기도 하옵니다!"

귀족들 쪽에서 동의하는 목소리가 들리기 시작했고 그에 맞서듯이 번왕들 쪽에서는 비난하는 소리가 높아졌다.

올리애가 다시 오른손을 높이 들었는데도 그런 웅성거림은 한동안 계속되었다. 그래도 이내 광장이 조금씩 조용해졌다.

올리애가 황제를 응시하면서 이름을 불렀다.

"……황제 오드센은 들으세요."

아이샤의 부축을 받는 올리애의 몸에 갑자기 힘이 들어가는 것이 느껴졌다.

번왕들이 모두 참석한 이 자리에서 자신이 책임지고 있는 모든 백성을 위해 어떻게 할 작정이냐고 오드센에게 물으면 황제는 국방을 최우선으로 고려해서 대답할 것이다.

번왕국은 적국과 인접한 제국 영토의 최전선에 위치했다. 그러니 국방을 염두에 두어야 하는 황제는 번왕들이 있는 이 자리에서 귀족들만을 위한 발언을 할 수 없다는 사실을 귀족들도 잘 알고 있었다.

제국의 안위가 흔들리지 않으려면 황제가 번왕국을 소중히 여긴다는 점을 드러내 보여서 번왕들의 신뢰를 얻어야 했다. 그러기 위해서는 제국 귀족들에게도 번왕국과 동등하게 손실을 감내하라는 명령을 내려야 한다.

올리애가 마슈의 도움을 받아 이 자리를 마련한 의도는 황제가 스스로 전체 소각을 명할 수 있게 하고, 그럼으로써 번왕들이 자신들도 제국의 보호를 받고 있음을 느끼게 해 주기 위해서였다.

'이제 한 마디만 더.'

아이샤는 기도하는 마음으로 생각했다.

'한 마디만 더 나오면 올리애 님의 바람이 이루어진다.'

그때 올리애의 몸이 심하게 떨리기 시작했다. 무릎이 휘청하고 꺾이면서 올리애의 온몸의 무게가 아이샤의 팔에 실렸다.

둘 다 쓰러지려는 것을 필사적으로 지탱한 아이샤는 올리애를 다시 부축하면서 귓가에 속삭였다.

"괜찮으세요?"

올리애는 고개를 끄덕이더니 온몸의 힘을 다 쥐어짜듯이 해서 다시 한번 말했다.

"황제 오드센은 들으세요."

누가 들어도 알아차릴 만큼 떨리는 새된 목소리였다.

오드센이 당혹스러운 표정으로 올리애의 말을 기다리고 있었다.

"……그대는,"

하고 올리애가 말하는데 황제 옆에 서 있던 이르 카슈가 갑자기 오른손을 번쩍 들더니 올리애의 말을 잘랐다.

"황공하오나 조금 전부터 마음에 걸린 점이온데 혹시 향군마마께서는 옥체 미령하신 것이 아니옵니까?"

사람들이 화들짝 놀란 얼굴로 이르를 한 번 쳐다보고는 다시 발코니 쪽을 올려다보았다.

"신령님이 깃들어 계신다 하여도 향군마마의 옥체는 인간의 몸이옵니다."

이르 카슈가는 힘이 들어가 있지는 않아도 또렷하게 잘 들리는 목소리로 말했다.

"오요마가 발생했을 때 부국성에서는 옥체를 걱정하는 목소리가 많이 있었사옵니다. 오아레 벼에 해충이 붙는 일은 전에 없던 재난이옵니다. 그런 일이 일어났다 함은 혹여 향군마마의 옥체에 이변이 생긴 연유가 아닌가 하는 염려 때문이었사옵니다."

그 목소리를 들으면서 아이샤는 자기 어깨에 머리를 기대고 있는 올리애의 얼굴을 보고 있었다.

창백하게 질린 얼굴에 눈도 어슴푸레 간신히 뜨고 있을 뿐이었다. 그런데도 올리애는 온 힘을 다해 고개를 들려고 했다.

"오요마, 그리고 이번의 메뚜기 재해. 이러한 이변이 계속됨은 향군마마의 옥체가 미령하신 때문이 아닌지 하는 염려를 품고 있었사온데 지금 마마를 직접 뵈옵고 말씀을 들으니 그 염려가 더욱 깊어질 따름이옵니다."

올리애가 입을 열었다. 그러나 목소리가 나오지 않았다.

"향군마마, 옥체가 미령하신 지금은 신령님의 말씀 또한 그대로 받으시기 힘든 상태가 아니온지요? 참으로 황공한 일이오나 그런 상태로 전하시는 말씀을 향군마마의 말씀으로 그대로 받들어도 되올지 미천한 한 백성으로서 심려를 금할 길이 없사옵니다."

올리애는 거의 반쯤 정신을 잃은 상태였다. 그런데도 이를 악물고 어떻게든 고개를 들고 있으려 했다.

찬란한 햇빛 속에서 그 새하얀 얼굴에 맺힌 땀방울이 반짝이는 모습을 보고 있는데 느닷없이 아이샤의 뇌리에 파란 꽃이 떠올랐다.

병사들에게 쫓겨 죽을힘을 다해 기어오르던 벼랑에서 보았던 작고 파란 꽃. 바람에 휘둘리고 시달려 당장이라도 찢어져 흩날릴 듯하면서도 끝끝내 그곳에서 버티며 흔들리던 작은 꽃.

그 순간 아이샤의 마음이 정해졌다.

"……올리애 님."

아이샤가 올리애에게 속삭였다.

"지금부터는 저에게 맡겨주시겠어요?"

올리애가 고뇌에 찬 표정을 지었다. 입술이 달싹거렸다. 목소리는 들리지 않아도 올리애가 아이샤를 걱정하고 있음을 충분히 알아차릴 수 있었다.

아이샤가 미소를 지었다.

"올리애 님. 저는 혼자가 아니에요. 올리애 님이 옆에 계시잖아요. 둘이 같이 있으면 이 향군궁도 고독한 감옥이 아닐 거예요. 함께 가요."

가까스로 뜨고 있는 올리애의 실눈에서 눈물이 주르륵 흘러내렸다. 그리고는 올리애의 몸에서 힘이 빠졌다.

아이샤는 그 몸을 살포시 발코니 바닥에 눕히고 대기하던 시녀들에게 올리애를 안쪽으로 옮기고 의술사를 부르라고 말했다. 그리고는 올리애의 가느다란 팔에서 향군의 팔찌를 빼서 자신의 오른쪽 손목에 찼다.

시녀들이 올리애를 옮겨가는 것을 확인한 후, 아이샤는 뒤를 돌아 잠시 하늘을 올려다보았다.

파란 하늘에 하얀 구름이 천천히 흘러가고 있었다.

숨을 한 번 고른 다음 아이샤는 발코니 끝에 서서 광장을 내려다보았다.

# 10
## 두 사람의 향군

광장은 시끌벅적했다. 향군의 모습이 갑자기 보이지 않게 되었을 때 유기르는 자기도 모르게 소리를 지를 뻔했다.

'역시 많이 안 좋으신 상태였어.'

그런 마음을 가져서는 안 된다고 생각은 하면서도 그 생각을 날려 버릴 만큼 심한 분노가 치솟았다. 아버지에 대한 분노였다.

'도대체 어떤 약물을 쓴 거야?! 일시적으로 몸을 약하게 만드는 정도 의 약물이라면 상관없지만 그렇지 않다면…….'

그런 생각을 하고 있는데 발코니 끄트머리에 누군가 모습을 드러냈 다. 유기르는 눈을 가늘게 뜨고 살폈다.

'저건……'

그 향사잖아? 유기르는 생각했다.

'아이샤 로리키다. 마슈 숙부님의 사촌누이.'

너무 멀어서 뚜렷하게 보이지는 않았지만 틀림없는 것 같았다. 탑 위로 불어 오르는 바람이 향사의 머리카락을 휘날리게 하고 있었다.

"향군마마는 어찌 되셨느냐?"

이르 카슈가가 묻자 향사가 입을 열어 낭랑한 목소리로 말했다.

"부국대신 이르 카슈가여, 삼가시오."

이르가 눈썹을 추켜 올렸다.

"뭐라?! 지금 무슨 소리를……!"

말을 계속하려는 이르의 목소리를 아이샤가 가로막았다.

"삼가시오!"

그러더니 오른손을 높이 올렸다. 그 팔에 향군의 팔찌가 빛나고 있었다.

아이샤의 목소리가 광장에 울려 퍼졌다.

"나는 지금 향군으로서 여러분 앞에 서 있습니다."

광장이 한순간 조용해졌다.

그러더니 다시 웅성거림이 퍼져나갔다. 당혹스러워하는 자가 있는가 하면 피식피식 비웃는 자도 있었다.

그런 소란을 뚫고 아이샤의 목소리가 채찍질하듯이 울려왔다.

"이르 카슈가! 황제 폐하를 제대로 보필하지 못하고 뭐합니까?! 폐하의 장화에 흡혈 거미가 기어들어 가려 하고 있어요. 치사량의 독은 없다 해도 물리면 상당한 고통이 따르는 해충입니다."

오드센이 놀라 자기가 신은 장화를 내려다보았다. 아버지 이르 카슈가가 얼굴을 찌푸리며 황제에게 다가가는 모습을 본 유기르는 얼떨결에 자신도 황제 곁으로 달려갔다.

"……아."

황제가 신은 장화 가장자리에서 무언가 움직이는 물체가 보였다. 아주 작고 검은, 거미 다리 끝이었다.

오드센도 그 벌레를 본 모양이었다. 자기도 모르게 비명을 지르더니 한쪽 발을 들고 장화를 벗으려 했다.

중심을 잃고 비틀거리는 오드센의 몸을 유기르가 받쳐주고 이르 카슈가가 장화를 잡아당겨 벗겼다. 그리고 안으로 기어들어 가려던 거미를 땅바닥에 내리치고는 밟아서 죽였다. 비릿한 냄새가 풍겨와서 유기르가 인상을 확 찡그렸다.

라오 대향사가 가까이 다가왔다.

"폐하, 괜찮으시옵니까? 물리시지는 않으셨나이까?"

오드센이 멍한 얼굴로 고개를 저었다.

"……물리지는…… 않았다만…….."

중얼거리듯이 대답하더니 오드센이 발코니를 올려다보았다.

초원에 사는 백성 중에는 일반 사람은 상상도 하지 못할 정도로 눈이 밝은 자들이 있다. 그렇지만 아무리 그래도 저렇게 높은 곳에서 검은 장화 끄트머리에서 보일까말까 하게 꼼지락거리는 작고 검은 거미 다리 끝이 보일 리가 없다.

"말라이오 공!"

아이샤의 목소리가 다시 위에서 들려왔다.

"그대는 오른쪽 소매를 조심해야겠군요. 이곳에 오는 길에 손을 저어 나방을 쫓은 적이 있지요? 소매에 독나방의 가루가 묻어 있습니다. 그 소매가 얼굴에 닿으면 퉁퉁 부어오를 겁니다."

말라이오 공이 기겁을 하며 자기 소매를 쳐다보고는 얼굴에 경악하는 표정을 지었다.

옆에 서 있던 이실리 공이 말라이오 공의 소매를 보더니 그 역시 깜짝 놀란 얼굴이 되었다. 그런 모습을 보던 사람들이 다시금 떠들기 시작하면서 광장은 혼란에 빠졌다.

"잠잠하세요!"

힘 있는 목소리였다.

"여러분이 혼란스러워하는 것도 당연한 일입니다. 하나, 잠시 조용히 하고 들어보세요."

제각기 떠들어대던 사람들이 입을 다물고 광장이 다시금 조용해지자 아이샤가 입을 열었다.

"부국대신 이르 카슈가. 그대는 조금 전 오요마가 발생했을 때 부국성 안에서 향군의 안위를 걱정하는 목소리가 높아졌다 했지요? 무슨 이변이 일어난 것이 아닐까 염려했다고."

유기르가 아버지를 보았다. 아버지 이르 카슈가는 아이샤의 물음에 대답하지 않은 채 무언가 곰곰이 생각하는 표정으로 발코니를 올려다볼 뿐이었다.

아이샤는 대답이 없어도 신경이 쓰이지 않는 듯 말을 계속 이어갔다.

"그 염려대로 이변은 일어나고 있었습니다. 다만 그것은 오요마가 발생했을 때가 아니라 그보다 훨씬 전부터였다는 점이 다를 뿐."

물끄러미 아이샤를 응시하던 이르 카슈가가 입을 열었다.

"무슨 소리를 하려는 건지는 모르나 일단 그 향군의 팔찌부터 빼거라. 하찮은 향사 나부랭이가 감히 향군마마를 사칭한 죄는 죽음으로도 씻을 길이 없는……"

그 목소리에 다른 목소리가 겹쳐졌다.

"그 중죄를 저지른 자는 바로 이 사람입니다."

모두 놀라서 목소리의 주인을 쳐다보았다.

라오 대향사가 황제 앞에 꿇어 엎드리며 깊이 고개를 숙였다.

"폐하, 용서하여 주시옵소서. 신은 오랫동안 향군의 신령이 깃든 이가 한 사람 더 나타났음을 알고 있었사옵니다. 알면서도 숨기고 있었나이다."

황제 오드센이 얼떨떨한 표정으로 눈만 끔벅거리면서 라오를 쳐다보았다.

"……알면서, 숨겼다고?"

라오가 고개를 들었다.

"예, 그러하옵니다."

오드센이 손으로 이마를 짚으며 말했다.

"잠깐. ……잠시, 생각을 좀."

그러더니 다시 한번 라오를 뚫어지게 쳐다보았다.

"그러니까, 그대는 저기 있는 향사가 진정한 향군이고, 그래서 향군이 두 분 계신다고 말하려는 것인가?"

라오가 고개를 끄덕였다.

"그러하옵니다. 참으로 믿기 힘든 일이오나 저기에 계신 저분은 또한 분의 향군마마이시옵니다."

사람들이 웅성거리기 시작했다.

오드센이 오른손을 들어 그 웅성거림을 잠재웠다. 황제의 얼굴은 창백하게 굳은 채 눈가만 벌겋게 물들어 있었다.

"그 말이 사실이라면,"

황제의 목소리가 살짝 떨렸다.

"어째서 숨겼는가? 왜 짐에게 숨기고 있었느냐는 말이다!"

라오가 다시금 고개를 깊이 숙였다.

"용서하여 주시옵소서, 폐하. 신은 너무도 두려웠사옵니다!"

쥐 죽은 듯이 고요해진 광장에 라오의 목소리만 울려 퍼졌다.

"향군마마가 또 한 분 계신다는 사실을 신이 알게 된 것은 오요마가 생겼다는 소식을 처음 들었을 때였사옵니다."

오드셴이 미간을 찌푸렸다.

"오요마 때……?"

"그러하옵니다. 아직 오요마가 대량으로 발생하기 전, 오요마의 알이 처음 발견되었을 때이옵니다."

그렇게 말한 라오가 잠시 입을 닫고는 이르 쪽을 쳐다보았다.

"그대도 기억하겠지? 마침 그즈음에 마슈가 모친의 고향에서 사촌을 제국 수도로 데리고 온 일을 말이오."

유기르가 아버지의 얼굴을 바라보며 생각했다.

'맞아. 아이샤 로리키가 제국 수도에 온 게 분명 그 무렵이었어.'

그런데 이르 카슈가는 아무 대답 없이 마냥 라오를 쳐다볼 뿐이었다. 라오는 상관하지 않고 황제에게 시선을 돌리더니 말을 이어갔다.

"신은 그때 마슈의 사촌에게 향군마마의 신령이 깃들어 계심을 알게 되었사옵니다. 하오나 폐하께는 아뢰지 않고 일부러 그 사실을 비밀로 한 채 리아 농원에 들여보내 상태를 지켜보기로 하였사옵니다."

오드셴은 말없이 듣고만 있었다.

"폐하, 소신은 너무도 두려웠나이다. 향군마마의 신령이 두 사람의 몸에 깃든 일은 이제껏 한 번도 없던 일이옵니다. 그런 전례 없는 일이 바로 이때, 《향군 이전》에만 기재되어 있던 오요마라는 벌레가 이 세상에 나타났을 때 일어난 것이옵니다. 무언가 말도 못 하게 어마어마한 이변이 일어나고 있다는 생각이 들었사옵니다."

라오는 말을 이어갔다.

"이런 일이 세상에 드러나면 백성들 또한 지금의 나처럼 동요하겠구나. 하늘의 특별한 뜻이 있어 이런 일이 일어났다면 조만간 그 뜻이 드러날 때가 반드시 오리라. 그때까지는 숨겨야 한다. 신은 그리 생각하였사옵니다."

황제는 미간을 살짝 찌푸리고 눈을 가늘게 뜬 채 라오를 노려보았다. 라오는 황제의 그 눈길을 진지한 표정과 시선으로 마주 보았다.

"하오나 폐하! 소신의 그 생각은 크게 잘못된 것이었나이다. 이제 와돌이켜보니, 그때 이미 하늘의 뜻은 분명히 드러나 있었사옵니다. 두번째 향군마마는 이 세상에 유례없는 재난이 닥쳐왔기에 나타나신 것이옵니다. 우리를 구원하기 위하여."

라오가 입을 닫자 먼 곳에 서 있는 나무의 나뭇잎들이 바람에 흔들리는 소리가 아득하게 들려왔다.

한 사람의 목소리가 그 정적을 깼다.

"……라오 대향사."

유기르는 흠칫 놀라서 아버지를 보았다. 이르 카슈가가 라오를 응시한 채 천천히 말했다.

"실례지만 그러한 말씀을 쉽게 입에 올려서는 안 되지 않겠습니까?"

냉랭한 눈초리로 이르가 따져 물었다.

"아까부터 향군마마의 신령이 저 향사의 몸에 깃들었다고 말씀하시는데 도대체 무슨 근거로 그런 주장을 하시는지? 설마 저 눈속임 같은 알아맞히기 정도가 근거는 아니겠지요?"

라오가 발끈하는 표정으로 눈썹을 추켜 올렸다.

"참으로 뜻밖이구려. 마마 찾기가 어떠한 방식으로 이루어지는지 잘 아는 그대가 그런 말씀을 하시다니."

딱딱하게 굳은 목소리였다.

"이 몸은 향군마마의 재림을 찾아내는 소임을 맡은 대향사요. 실제로 당대 향군마마이신 올리애 님을 찾아낸 것도 바로 이 사람이오. 그런 내가 향군마마의 신령이 깃들어 계신지 아닌지도 제대로 알아보지 못한다고 주장하려는 거요?"

"제 말뜻에 오해가 있으셨다면 용서하십시오, 대향사. 그러나 향군 마마는 열세 살에 재림하시는 게 아닌지?"

유기르는 숨죽인 채 아버지 이르 카슈가의 얼굴을 바라보았다. 무덤덤한 표정과는 달리 번뜩이는 그 눈빛에는 아버지가 진심으로 화가 나 있음이 드러나 있었다. 아버지가 좀처럼 보이는 일이 없는 얼굴이었다.

"당대의 향군마마께서 멀쩡히 살아계시는데 느닷없이 또 하나의 향군마마가 나타났다? 그런 말도 안 되는 일을 대향사의 말씀만으로 믿으라 하니 참으로 당혹스러울 따름이군요."

"그럼 어쩌라는 것인가? 마마 찾기를 지금 이 자리에서 행하라는 뜻이오?"

"설마, 그럴 리가······."

유기르는 아버지의 얼굴에 쓴웃음이 떠오르는 것을 보았다.

"향군마마께서 모습을 감추셨으니 이 자리는 일단 파하는 게 맞겠지요. 향군이라 사칭한 저 향사의 처우에 관해서는 나중에 천천히······."

그때 발코니에서 아이샤의 목소리가 떨어졌다.

"이르 카슈가, 그대는 참으로 우아한 사람이군요."

웃음을 머금은 목소리였다.

"허리띠 안쪽에 꽃잎 한 장을 숨겨두었네요. 오시쿠의 꽃은 이제 슬슬 떨어지기 시작한 때이니 나무 아래를 지나칠 때 숨어든 모양입니다."

유기르는 사람들의 시선이 일제히 아버지의 허리띠에 집중되는 것을 보았다.

이르는 모욕을 당한 듯한 표정으로 발코니를 올려다보더니 허리띠를 손으로 털려고 했다. 그때 누가 갑자기 옆에서 그 손을 덥석 잡았다. 황제였다.

"……폐하!?"

유기르는 아버지가 눈짓으로 황제를 제지하려 하는 것을 알아차렸다. 눈치를 보면서 손을 놓으려나 싶었는데 황제는 이르의 손을 꽉 잡은 채로 말했다.

"이르 카슈가 공, 허리띠 안쪽을 보이라."

이르는 황제를 빤히 쳐다보며 한동안 꼼짝도 하지 않았다. 그러다가 이내 허리띠를 살짝 뒤집어 보였다.

유기르는 보았다. 황제가 손을 뻗어 무언가 집어 올리는 모습을.

황제의 손가락 끝에 보인 것은 향기를 머금은 붉은 오시쿠의 꽃잎이었다.

# 11

## 아이샤 켈루안

자기 손가락이 집어 든 비단처럼 매끄러운 꽃잎을 오드센은 망연자실하게 쳐다보았다.

'향군궁에 있는 올리애는 신이 아니다. 그저 아름다운 여인일 뿐이다.'

그렇게 말씀하셨던 아바마마의 목소리가 귓가에 되살아나고 희미하게 웃던 그 용안이 뇌리에 떠올랐다.

황태자 책봉 의례를 마친 날 밤이었다. 그날 아바마마는 여전히 흥분이 가라앉지 않아 아직도 볼이 발그스레했던 열다섯 살의 자신을 서재에 불러들인 뒤 '제국의 비밀을 알려주겠노라'고 말씀하셨다.

'이 세상에 냄새로 천지만물을 알아내는 향군은 존재하지 않는다. 초대 향군마마 외에는 모두가 가짜일 뿐. 역대 황제와 카슈가 집안 당주들이 만들어낸 아름다운 허수아비에 불과하다.'

그 말씀을 들었을 때의 충격이 아직도 생생하게 기억났다.

분수 안에서 보석처럼 반짝반짝 빛나는 새하얀 조약돌이 너무 아름다워서 바깥으로 꺼냈더니 순식간에 물이 마르고 볼품없이 변해버리는 모습을 봤을 때와 같은 서글픈 느낌이 들었다. 거기에 자신이 앞으로 살아가야 하는 이 세상의 각박하고 살벌한 실체를 마주한 듯한 막막함이 뒤엉켜 온 몸과 마음을 가득 채워버렸던 그 심정을.

자기 손가락으로 집고 있는 꽃잎을 도대체 어떻게 받아들여야 할지 알지 못한 채, 오드센은 가만히 손가락을 떼서 꽃잎이 하늘하늘 모래땅에 떨어지는 모습을 지켜보았다.

꽃잎이 모래에 닿는 순간 하늘에서 목소리가 내려왔다.

"이르 카슈가."

이제까지와는 다른 온화한 목소리였다.

"이 몸이 향군임을 믿지 못하는 마음도 충분히 이해합니다. 나 스스로도 향군을 자처하는 데에 망설임이 없다고는 할 수 없으니까요. 스스로 신이라 여기기 힘든 마음도 있습니다."

사람들은 발코니를 올려다보며 그 목소리를 듣고 있었다.

"이제까지의 향군도 모두 이런 마음을 느꼈을 테지요. 열세 살까지 평범한 인간으로 살아오던 소녀가 느닷없이 '당신은 신입니다'라는 말 한마디에 이 궁으로 이끌려 들어와 살면서 뭇 백성의 경배와 기도를 받는 존재가 되는 것이니까요."

발코니 위에 선 여인의 머리카락이 바람에 흩날렸다.

"그러나 나는 어릴 때부터 다른 이와 약간 다르다는 사실에 당혹스러움을 느끼며 자랐습니다. 냄새는 내게 말보다 더 많은 이야기를 해주었지요. 끊임없이 냄새 소리가 들렸습니다. 사람의 말소리와 달리 냄새 소리는 멈추는 일이 없었어요. 그런 냄새 소리를 계속 듣는 삶이 향군의 징표라고 한다면 나는 향군임이 틀림없을 것 같네요."

담담한 그 말이 부드러운 바람에 실려 온 광장으로 퍼져나갔다.

"향군마마께서 쓰러지자마자 곧바로 내가 나타나 향군이라 칭한 일로 의심을 가지는 사람이 많을 것입니다. 다만 나는 지금 갑자기 이런 자로 나타난 것이 아니에요. 태어날 때부터 냄새 소리를 들으며 살아왔습니다. 내가 오래전부터 이런 사람임을 아는 사람도 이 자리에 있습니다. 예를 들면 서칸탈의 번왕 주쿠치."

갑작스레 호명된 주쿠치가 무슨 일인가 하는 표정으로 발코니를 올려다보았다.

"그대는 초원의 백성이니 눈이 밝을 테지요. 내 얼굴을 기억합니까?"

주쿠치는 두꺼운 눈썹을 한껏 찡그리며 한동안 말없이 발코니에 서있는 여인을 뚫어지게 쳐다보았다. 그러다 이내 그 얼굴에 경악하는 표정이 떠올랐다.

"다…… 당신은, 설마?!"

주쿠치는 눈을 한껏 크게 뜬 채로 말을 더듬었다.

"그, 그럴 리가…… 이런 일이……!"

발코니에서 부드러운 목소리가 들렸다.

"그대가 떠올린 그 아이가 바로 나입니다. 내 이름을 기억합니까?"

사람들의 시선을 한 몸에 받은 채 주쿠치가 말했다.

"……아이샤 켈루안? 설마 진짜로 아이샤 켈루안인가?"

혼란스러운 마음을 그대로 표정에 담고서 주쿠치가 외쳤다.

"그럴 리가 없다! 아이샤 켈루안은 죽었어. 내가 죽은 시신을 만져서 확인까지 했단 말이다. 볼이 얼음처럼 차갑게 식은 시신이었어!"

주쿠치 옆에 있던 호위 병사들의 안색도 파랗게 질렸다.

"너, 너희들!"

주쿠치가 그들을 돌아보더니 다그쳤다.

"너희들도 보지 않았느냐? 아니, 보기만 한 게 아니다. 너희들이 시신을 땅에 묻지 않았느냐? 그 아이들 시신을……."

호위 병사들이 고개를 세차게 끄덕였다.

"……무, 묻었습니다. 틀림없이 묻었습니다. 유자나무 아래에다. 춥지 않게 해 주려고 이불로 둘둘 싸서 곱게 묻어줬습니다."

황제 오드센이 짜증스러운 말투로 물었다.

"도대체 지금 무슨 소리를 하는 것이냐?"

주쿠치가 오드센 쪽을 바라보고 말했다.

"황공하오나, 폐하. 저곳에 있는 자는 살아있을 리가 없는 자이옵니다."

"살아있을 리가 없는 자라니?"

"살아있을 리가 없는 게 맞사옵니다. 제가 저 소녀를 처형했사옵니다."

순간적으로 광장에 적막이 찾아왔다. 그러다가 순간 모두가 한꺼번에 떠들어대기 시작했다.

"잠잠하라! 모두 잠잠하라!"

오드센이 오른손을 들어 사람들을 조용히 시킨 뒤 주쿠치에게 얼굴을 돌렸다.

"처형했다고?"

"예. 아이샤 켈루안은 번왕 자리에서 쫓겨난 켈루안의 손녀이었기에."

이야기하는 사이에 마음이 좀 진정되었는지 주쿠치는 헛기침을 한 번 하고는 이야기를 이어갔다.

"그 당시 저는 아직 서칸탈을 완전히 평정한 상태가 아니었습니다. 만에 하나라도 저에게 반항하는 씨족들이 켈루안의 후예를 앞장세우려 들지 않을까 하여 그 손녀와 손자를 처형하였사옵니다."

오드센이 "아아" 하고 중얼거렸다.

"······생각이 났다. 아직 짐이 황태자로 있을 때였지. 마슈에게 그 이야기를 들은 적이 있다."

그 이름을 듣자마자 주쿠치가 자리에서 튕겨 오르듯이 외쳤다.

"그, 그렇습니다. 마슈!"

주쿠치는 뒤를 돌아보더니 사람들 속에 서 있는 마슈를 발견하고는 말을 던졌다.

"그대, 그대가 제안하지 않았는가?! 독으로······."

그러다 주쿠치는 입을 다물었다. 그 얼굴에 무언가를 깨달은 표정이 떠올랐다. 마슈가 천천히 다가왔다.

"미안하게 되었소."

마슈가 말했다.

"나는 그때 얼리는 독초, 히링을 썼소. 분량을 조절했지."

주쿠치는 입을 다물지 못하고 마슈를 멍하니 쳐다보고 있다가 이윽고 물었다.

"왜······왜 나를 속인 거요?"

마슈도 주쿠치를 응시하면서 물었다.

"기억나지 않소? 그때 천막 안에서 아이샤가 그대에게 무슨 말을 해주었는지?"

주쿠치의 눈이 번쩍하고 빛났다.

"······그래. 그랬지, 그때."

마슈가 고개를 끄덕였다.

"그렇소. 그때 나는 알아차린 것이오."

발코니를 올려다보며 마슈가 말했다.

"그대 앞에 끌려 나온 소녀가 자신을 죽이려는 그대에게 '당신은 독을 마셨다'고 알려주었지. '당신에게서 저승풀 냄새가 난다'면서."

마슈는 아이샤를 올려다본 채로 말을 이어갔다.

"그대는 내게 물었소. 저승풀은 냄새가 없지 않냐고. 그런데 어째서 저 아이는 저런 말을 하는 것이냐고."

주쿠치는 망연자실한 표정으로 마슈를 보고 있었다.

"그때 나는 그대와 이야기하면서 마음속으로 어떻게 해서든 아이샤를 구해내야겠다고 생각하고 있었소. 냄새도 나지 않는 저승풀의 독을 그대의 땀 냄새로 알아차린 소녀를 죽게 해서는 안 된다고 생각했지."

다시 바람이 조금 강해지면서 나뭇잎이 흔들리는 소리가 들려왔다.

"마슈."

오드센이 불렀다.

"그렇다면 그대의 사촌누이라는 말은 거짓인가?"

마슈가 오드센을 보며 고개를 저었다.

"아니옵니다, 폐하. 틀림없는 사실이옵니다. 다만 소신이 그 사실을 알게 된 것은 주쿠치의 천막에서 아이샤를 만난 이후였사옵니다."

"뭐라? 그게 무슨 소리냐?"

마슈의 얼굴에 망설이는 빛이 떠올랐다.

"그렇게 된 연유를 아뢰려면 신의 나라인 오아레마즈라에 관한 이야기를 해야 하옵니다. 긴 이야기가 될 것이옵니다. 이미 오랜 시간을 서 있느라 피로해진 사람도 있을 것이온데 지금 이 자리에서 그 이야기를 아뢰기는……."

오드센이 "아니다." 하고 말했다.

"이 자리에서 말하라."

이르가 자신을 바라보는 시선을 느꼈지만 오드센은 아랑곳하지 않고 마슈에게 다시 재촉했다.

"이야기하라. 그것은 오히려 지금 이 자리이기에 꼭 들어야 할 이야기일 것이다."

그렇게 말하는 자신의 목소리를 들으면서 오드센은 자기 안에서 무언가가 바뀌었음을 느꼈다. 무언가가 조용히 변해 있었다.

마슈는 고개를 끄덕이며 "하오면," 하고 말했다.

"그 이야기는 소신보다 더 적합한 자가 아뢸 것이옵니다. 그자의 알현을 윤허하여 주시옵소서."

오드센이 고개를 끄덕이자 마슈는 라오 대향사 옆에 서 있는 미지마에게 일렀다.

"모시고 오시오."

미지마는 번왕들에게 "실례합니다." 하고 말하면서 그들 사이를 빠져나가더니 사람들 뒤에 서 있던 노인에게 다가가 그 손을 잡고 앞으로 안내했다.

긴 백발을 뒤로 묶은 야윈 노인이었다.

놀라움에 헉 하고 숨을 들이키는 소리가 들렸다. 오드센이 옆에 있는 이르 카슈가 쪽을 돌아보았다.

이르는 튀어나올 듯이 눈을 크게 뜬 채 노인에게서 시선을 떼지 못하고 있었다. 언제나 한결같이 냉정하고 침착하던 그의 얼굴이 심한 경악으로 일그러져 있었다.

느닷없이 들려온 또 다른 큰 소리에 놀란 오드센이 그쪽으로 시선을 돌렸다. 라오 대향사가 눈도 입도 크게 벌린 채 온몸을 덜덜 떨고 있었다.

"……유마?"

그의 입에서 갈라진 목소리가 새어 나왔다.

"유마, 유마 맞지?!"

마슈가 노인의 손을 잡더니 오드센 앞으로 안내하고는 침착한 목소리로 말했다.

"폐하, 소신의 아비인 유마 카슈가이옵니다."

# 12
## 팔리샤는 이제 없다

아이샤는 발코니에서 몸을 앞으로 내밀었다.

천로 메뚜기에 관한 이야기를 하기 위해 유마를 데리고 온다는 계획은 마슈에게 미리 들어서 알고 있었다. 하지만 그때까지만 해도 이런 식으로 일이 전개될지는 생각지도 못했다.

산속 기도소 침대에 누운 채 거의 눈도 뜨지 못하던 마슈의 아버지가 지금 양쪽에서 미지마와 마슈의 부축을 받으며 황제 앞에 서 있다.

그때와는 전혀 다른 사람처럼 허리를 쭉 펴고 꼿꼿이 서 있는데 그 몸에서 풍겨 나오는 냄새에는 아직도 희미하게 미지의 땅 냄새가 섞여 있었다.

"……황제 폐하, 인사 올리옵니다."

유마의 목소리가 들렸다.

"폐하께서는 아마 소신을 기억하지 못하실 것이오나……."

오드센이 흠칫 놀라더니 이내 대답했다.

"아니, 기억하고 있다. 바로 생각나지는 않았어도 이렇게 얼굴을 보고 있으니 기억이 떠올랐다. 아아, 유마, 그래, 틀림없이 유마 카슈가다! 어렸을 때는 그대가 궁전으로 오는 날을 손꼽아 기다리곤 했다. 천로 산맥에 있는 산골 마을 이야기를 듣는 것도 재미있었고, 그대가 준 선물들도 소중히 간직하곤 했지."

유마는 빙그레 웃었다.

"기억하고 계셨군요. 황공하옵니다."

그리고 이어 말했다.

"오랫동안 뵙지 못하였나이다."

황제가 손을 뻗어 유마의 손을 잡았다.

"그렇다, 정말 이게 얼마 만이더냐?! 천로 산맥의 산속에서 행방불명이 되었다고 들었을 때는 짐도 눈물이 날 정도로 걱정을 했었다. 도대체 지금껏 어디에서 무엇을 하고 있었던 것이냐?"

유마는 황제를 바라보며 잠시 입을 다물고 있다가 이윽고 말을 꺼냈다.

"어디에 있었는지 소신도 잘 기억이 나지 않사옵니다. 기억을 더듬어 보려고 하면 꿈속에서 있었던 일들처럼 풍경이나 광경과 같은 기억의 조각들만 문득문득 머릿속에 떠오를 뿐이옵니다. 그것들은 맥락도 없고, 계속 붙잡아두지도 못하는 기억의 조각들이옵니다. 다만 정말 그립고, 이렇게 생각만 해도 몸이 떨려올 정도로 그립고, 그러면서도 두려울 뿐……."

한숨을 쉬더니 유마가 말했다.

"15년, 벌써 15년이나 지나 있었다니. 제가 꿈속에 있는 동안에 아내도 부모님도 모두 세상을 떠나고 많은 것들이 변해버렸고…….”

유마는 입을 다물더니 잠시 고개를 푹 떨구었다가 얼굴을 들고는 이야기를 시작했다.

장인어른과 함께 장인어른의 형님을 찾기 위해 깊은 산속으로 들어갔다가 짙은 안개에 휩싸였다는 것, 안개의 흐름 속을 방황하다 보니 갑작스레 광대한 들판이 나왔다는 것, 산속에 있을 리가 없는 아름답고 웅장한 도시가 저 멀리 보였다는 것 등등.

“그곳이 어디인가?”

오드센이 몸을 앞으로 내밀면서 다그쳐 물었다.

“아까 마슈가 신의 나라인 오아레마즈라와 관련해서라고 하던데 그대가 헤매어 들어간 곳이 오아레마즈라였는가?”

유마가 희미하게 쓴웃음을 지으며 고개를 저었다.

“모르겠나이다.”

한숨을 쉬며 유마가 말했다.

“소신은 오랜 세월 동안 오아레마즈라를 찾아다녔사옵니다. 소신이 있던 그곳이 신의 나라 오아레마즈라가 아니었을까 하는 생각도 들기는 하옵니다. 그러나 그렇게 단언할 수 있는 증거가 있느냐 하시면 고개를 저을 수밖에 없사옵니다.”

유마가 다시 느릿느릿 이야기를 시작했다.

“소신의 안사람의 고향인 토울라이라에는 신비한 이야기가 전해져 내려옵니다. 가끔 사람이 산으로 빨려 들어가듯이 자취를 감췄다가 10년 이상 지나 바람이 세차게 부는 날에 돌아오는 일이 있다는 이야기이옵니다. 그렇게 사라졌다가 돌아온 사람은 낯선 옷을 입고 수염은 깔끔하게 깎았지만 머리는 봉두난발이고, 한동안 말을 잃고서 넋이 나간 사람처럼 지낸다고 하였사옵니다. 나중에 다시 말을 할 수 있게 되고서도 가끔씩 무언가를 찾는 사람처럼 산속을 헤매고 다닌다고도 하였사옵니다. 마치 잃어버린 무언가를 찾으려는 듯이, 혹은 어딘가로 돌아가려는 듯이 말이옵니다."

나뭇잎들이 사각사각 부딪히는 소리 외에는 유마의 목소리만이 광장에 울려 퍼졌다.

"그리고 그런 자는,"

유마가 황제를 바라보며 말했다.

"혼자서 돌아오는 게 아니라 어린아이, 어린 여자아이를 데리고 온다고 하였사옵니다."

오드센이 얼굴에 홍조를 띠고서 다그치듯이 물었다.

"그, 그건 초대 황제이신 알라일 폐하의……?"

"예. 폐하의 선조이신 초대 황제 알라일 폐하와 저희 집안의 조상이신 아미르 카슈가가 초대 향군마마를 신의 나라 오아레마즈라에서 데리고 돌아왔다는 이야기를 연상시키는 전설이옵니다. 소신은 토울라이라에 갔을 때 그 전설을 알게 되었사옵니다. 그래서 그 지역 어딘가에 신의 나라로 통하는 문이 있다는 유길라 산이 있지 않을까 하는 마음에 찾으러 다녔사옵니다. 그러는 사이에 그곳에 사는 마키시 처녀를 만났고, 혼례까지 올리게 된 것이옵니다."

잠시 숨을 고른 다음 유마가 말했다.

"그 처녀, 소신의 아내는 장인어른의 형님께서 산속에서 행방불명이 되었다가 십수 년 만에 돌아오셨을 때 데리고 온 여자아이였사옵니다."

오드센은 그저 망연자실 유마를 바라볼 뿐이었다.

"장인어른의 형님, 백부님께서 데리고 돌아온 여자아이는 둘이었사옵니다. 하나는 소신의 아내가 되었고, 또 하나는 초반에 장인어른이 먼 곳으로 보내었고 이후 당시 서칸탈의 번왕이었던 켈루안의 며느리가 되었사옵니다."

유마가 얼굴을 들었다. 아이샤는 처음으로 유마의 눈을 제대로 보았다. 마슈와 많이 닮은 잔잔한 눈매였다.

"저기 있는 처자가 아이샤 켈루안이라면 저 처자는 소신의 아들 마슈의 사촌이라 할 수 있사옵니다. 백부님께서 데리고 돌아온 두 여자 아이가 자매였는지 어떤지는 알 수 없으니 혈연관계의 여부는 알 수 없는 일이옵니다만."

유마가 말을 이었다.

"폐하, 소신의 아내는 사람으로서는 상상할 수 없을 만큼 뛰어난 후각을 가지고 있었사옵니다. 소신이 집으로 돌아가기 위해 산길을 오르기 시작할 때 벌써 소신의 냄새를 맡고는 식사 준비를 시작해서 소신이 집의 문을 열 무렵에는 음식이 얼추 다 되어 있는 식이었사옵니다."

유마는 미소를 지으며 계속했다.

"소신의 아들인 마슈도 후각이 남다르기는 하오나 아내에게는 한참 못 미치는 수준이옵니다."

유마가 다시 고개를 들어 아이샤를 올려다보았다.

"저기 있는 처자가 조금 전 냄새의 세계에 살고 있다고 말했을 때 소신은 아내가 하는 말을 듣는 듯한 느낌이 들었사옵니다. 남들이 알아차리지 못하도록 강단 있게 행동하기는 했으나 아내는……."

유마는 거기서 잠시 말을 끊고서 숨을 한 번 들이쉬고는 갈라진 목소리로 말했다.

"외로운 세상에 살고 있었사옵니다. 자신처럼 냄새 소리를 들을 수 있는 자가 아무도 없는 고독한 세계에."

바람이 구름을 몰고 와 해를 가렸다. 그러다 금세 다시 밝아졌다.

"유마."

라오가 옆에서 불렀다.

"자네가 있던 그 장소…… 그곳에 사는 사람들은 모두가 자네 부인이나 아이샤…… 향군마마처럼 냄새의 세계에 사는 사람들이었나?"

유마는 라오를 가만히 쳐다보며 잠시 말없이 있었다.

"모르겠네."

이윽고 유마는 말했다.

"사람들은…… 있었겠지. 있었으리라 생각해. 떠올리려고 하면 그리운 느낌이 솟아오르네. 돌아가고 싶어 애가 타서 속이 쓰릴 지경으로…… 그런데 얼굴조차 생각이 나지 않는다네."

"자네는 여자아이를 데리고 돌아오지 않은 모양이던데. 그 이유도 모르겠나?"

유마가 얼굴을 일그러뜨렸다.

"모르겠네."

라오가 손을 뻗어 유마의 어깨를 잡았다.

"뭐든 생각나는 게 없나? 예를 들어…… 그래, 자네는 어떻게 돌아온 거지? 그것도 생각이 나지 않는 건가?"

그 소리를 듣자마자 유마의 얼굴이 창백하게 질렸다.

"……팔리샤, 클리, 고, 하나, 오아레."

입속에서 그렇게 중얼거리더니 유마가 온몸을 부들부들 떨었다.

"올리, 릴리마아, 팔리샤……."

유마는 두 손으로 얼굴을 가렸다. 무릎이 팍 꺾이며 휘청하고 쓰러지려는 유마의 몸을 마슈가 간신히 붙잡았다.

"아버지, 괜찮으세요?"

마슈가 말을 걸어도 유마는 대답이 없었다. 얼굴을 가린 두 손 사이로 거친 숨소리만 들려왔다.

이윽고 그 숨소리가 조금씩 고르게 가라앉았고 유마가 천천히 두 손을 내렸다.

"아버지."

유마는 마슈가 부르는 소리를 방금 알아차린 사람처럼 아들의 얼굴을 쳐다보았다.

"……내가 지금 뭘 하고 있었지?"

"몸을 떨면서 처음 듣는 말로 뭔가 말씀하셨습니다."

유마가 미간을 찌푸렸다.

"뭐라고 했는지 기억하느냐?"

"정확한지는 모르지만 팔리샤, 클리, 고, 하나, 오아레, 올리, 릴라마, 팔리샤, 라고 들렸습니다."

이마에 난 땀을 손으로 닦으면서 유마가 중얼거리듯이 "그래"하고 말했다.

"……오아레가 팔리샤를 부르고 있다. 그러나 이제 팔리샤는 없다."

그렇게 천천히 말하더니 유마가 휴우 하고 길게 숨을 내쉬었다. 그리고 라오를 바라보았다.

"누군가가 내게 말했네. 오아레가 팔리샤를 불러서 길이 열렸다. 그런데 이제 팔리샤는 없다고. 그게 아마 그쪽에서 내가 들은 마지막 말이었던 것 같네."

유마의 몸은 아직도 약간 떨리고 있었다.

"내가 기억하는 것은 강한 바람이 불었다는 것, 그 바람을 타고 엄청난 수의 히샤가 날아와 소용돌이에 휘말리듯이 빨려 들어갔다가 떠밀려 나갔다는 것뿐일세."

라오가 눈살을 찌푸렸다.

"히샤?"

"그래. 히샤. 무서운 메뚜기, 히샤 말일세."

유마가 자기 팔을 슬슬 문질렀다.

"……그러니까."

라오가 말했다.

"저 메뚜기 떼는 자네가 있던 곳에서 왔다는 말이지?"

유마가 고개를 끄덕였다.

"그렇네."

"어떤 성질을 가진 메뚜기인 건가? 어째서 무서운 메뚜기라고 불리지?"

유마는 말없이 생각에 잠긴 듯하더니 이윽고 고개를 저었다.

"모르겠네. 번쩍하고 무언가가 뇌리에 떠오르면 말이 입에서 저절로 나오는데 그게 무엇을 뜻하는지, 어떤 맥락인지 제대로 생각해 보려고 하면 금방 사라져 버리고 만다네."

표정을 일그러뜨리더니 유마는 다시금 두 손으로 얼굴을 가렸다.

유마가 하는 이야기를 듣다 보니 아이샤의 머리에 어떤 생각이 떠오르면서 심장이 두근거리는 소리가 빨라졌다.

'……오아레가 팔리샤를 부르고 있다. 그런데 이제 팔리샤는 없다.'

오아레 벼가 부르던 것이 팔리샤인데 그 팔리샤가 이제는 없다는 말이면……?

"유마 님!"

아이샤가 발코니에서 윗몸을 내밀면서 부르자 유마가 얼굴을 가리던 두 손을 느릿느릿 내리고 고개를 들었다.

"아까 오아레가 팔리샤를 부르고 있다고 했지요?"

유마가 고개를 끄덕였다.

"팔리샤라는 게 벌레나 새가 아닌가요? 무서운 메뚜기인 히샤를 먹는 천적이요."

그 말을 듣자마자 유마의 눈이 반짝 빛났다.

"……그래. 맞아, 팔리샤는 벌레다. 커다랗고 무지개색으로 빛나는, 히샤를 잡아먹는 벌레야."

아이샤는 생각했다.

'역시 그렇구나!'

사실 계속 마음에 걸린 점이 있었다. 구원의 벼는 어째서 자신을 먹는 벌레를 부르는 걸까? 그리고 저 메뚜기가 날아왔는데도 계속해서 무언가를 부르는 이유는 뭘까?

'구원의 벼는 천로 메뚜기를 불렀던 게 아니었어.'

오요마가 달라붙은 오아레 벼는 히샤가 올 것을 예상하고 히샤의 천적을 부르고 있었다.

'그런데 팔리샤는 오지 않았어…….'

아이샤가 유마에게 물었다.

"팔리샤는 어떻게 된 건가요?"

유마의 표정이 어두워졌다.

"……모르겠어."

라오가 유마의 어깨를 안았다.

"좀 쉬게나. 안색이 많이 안 좋군. 폐하, 결례를 무릅쓰고 청하옵니다. 황송하오나 이 자가 앉을 수 있도록 윤허하여 주옵소서."

황제가 고개를 끄덕였다.

"그래. 앉아도 좋다."

유마가 모래땅에 앉아 기력을 되찾으려는 듯이 무릎에 이마를 대는 모습을 지켜본 황제는 발코니 쪽을 올려다보았다.

"팔리샤라는 벌레를 알고……계시는가?"

아이샤가 고개를 저었다.

"아닙니다. 하지만 그렇지 않을까 짐작했습니다. 그렇게 되면 일의 앞뒤가 맞으니까요."

아이샤는 마슈 뒤편에 비스듬히 서 있는 밀리야에게 말을 걸었다.

"오고다 번왕국 대비 밀리야, 당신은 기억하나요? 구원의 벼를 보았을 때 내가 창백하게 질렸던 일을?"

밀리야가 고개를 끄덕였다.

"기억하고 있사옵니다, 향군마마. 물론 기억하고 있다마다요."

밀리야는 눈을 반짝반짝 빛내며 미소를 짓고 대답했다.

"마마께서 눈을 감고도 걸어 다닐 수 있는 분이라는 사실도. 그리고 구원의 벼를 기르던 울타리 안에 들어가셨을 때 마마가 쓰러질 정도로 창백하게 질리셨던 일도."

'나는 처음부터 알고 있었다'고 자랑하려는 듯이 대답하는 밀리야를 향해 아이샤가 미소를 지었다. 그런 다음 황제에게로 시선을 돌렸다.

"길람섬에 갔을 때 저는 냄새 소리를, 구원의 벼가 무언가를 부르는 소리를 들었습니다. 그 소리는 온몸을 압도할 정도의 부르짖음이었지요. 그런 냄새 소리는 다른 오아레 벼에서는 들어본 적이 없었습니다. 게다가 이상하게도 무척 무섭게 느껴졌습니다. 그 냄새 소리가 말이지요."

황제는 말없이 듣고만 있었다.

"오고다 대비가 구원의 벼를 처음 보여주었을 때 깜짝 놀랐습니다. 비료의 하한의 한계치를 무시하고 만들어진 그것은 다른 오아레 벼보다 야생에 가까웠고, 더구나 오요마가 달라붙어 있는데도 여전히 살아 있었지요. 산 채로 오요마에게 먹히고 있는 그 오아레 벼는 강한 냄새를 풍기면서 필사적으로 무언가를 부르고 있었어요. 이리 와! 이리 와! 이리 와! 하고."

아이샤는 팔에 소름이 돋는 것이 느껴졌다. 그 소리를 떠올리기만 했는데도 여전히 온몸이 떨릴 듯한 공포감을 느꼈다.

"사람은 위험에 처했을 때 살려달라고 소리를 지르기 마련인데, 식물도 벌레에게 먹히거나 할 때면 냄새로 구해달라고 외치는 경우가 있지요. 진딧물에게 먹히는 식물이 냄새 소리를 내면 무당벌레가 날아옵니다. 무당벌레는 식물을 구하기 위해 온 게 아니라 그냥 진딧물을 먹기 위해 날아왔을 테지만 그래도 결과적으로 식물은 살 수 있게 되지요."

황제가 그제야 이해가 되었다는 표정을 지었다.

"……그러니까 구원의 벼도 오요마의 천적을 부르고 있었다는 말인가? 그렇게 부르는 소리를 듣고 오요마를 먹는 히샤가 신의 나라의 문을 열고 날아온 것이고?"

아이샤가 고개를 저었다.

"저도 처음에는 그렇게 생각했습니다. 하지만 천로 메뚜기, 히샤가 날아와서 오요마를 먹기 시작한 다음에도 구원의 벼가 부르는 소리는 멈추지 않았어요."

"……."

"히샤를 불렀던 것이라면 어째서 구원의 벼는 아직도 냄새 소리를 계속 내고 있을까? 그리고 무엇보다 어째서 자기를 먹어 치우는 벌레를 불러들였을까? 뭔가 이상하다, 앞뒤가 안 맞는다, 하고 계속 생각하고 있었지요. 그런데 방금 하신 유마 님의 이야기를 듣고서야 납득이 되었어요."

황제의 눈이 반짝 빛났다.

"……그렇군."

유마를 한 번 보고, 다시 아이샤에게 시선을 돌린 황제가 말했다.

"그렇구나! 오아레가 팔리샤를 부르고 있다는 말은 그런 의미였군! 구원의 벼는 히샤가 아니라 히샤의 천적을 부르고 있었어!"

아이샤가 고개를 끄덕였다.

"그런 것 같습니다."

황제는 흥분으로 발그레해진 얼굴로 아이샤를 올려다 보았다가 말했다.

"그런데 팔리샤는 날아오지 않았다."

"네."

황제가 한숨을 내쉬듯이 말했다.

"……팔리샤는 이제 없다고 했지."

황제의 얼굴에 근심의 빛이 서렸다.

"천로 메뚜기를 억제해 주는 천적은 이제 없다. 그러니까 이 병충해가 자연스럽게 수습될 방도는 없다는 뜻이로군."

황제는 고개를 푹 숙이고 이마에 난 땀을 손으로 닦더니 깊은 한숨을 쉬었다. 그리고는 다시 아이샤를 올려다보며 살짝 갈라진 목소리로 물었다.

"그렇다면 우리는 어찌해야 살 수 있는가?"

# 13
## 나무 한 그루

라오는 아직도 살짝 떨고 있는 유마의 어깨를 손으로 잡아주면서 아이샤와 황제가 주고받는 이야기를 듣고 있었다. 라오는 젊은 황제가 간절하게 매달리는 눈빛을 띠는 모습을 복잡한 심경으로 바라보았다.

'……올리애 님은'

자리를 마련하려 하셨다.

신의 명령에 무조건 복종하게 하는 식이 아니라 황제가 귀족들과 번 왕들을 모두 동등하게 자신이 지켜야 할 백성으로 소중히 여긴다는 사실을 보여주면서 어명을 내릴 수 있는 자리를 말이다.

향군을 신으로 숭상하게 하고 그 점을 지배 도구로 삼는 방식. 제국의 이런 통치방식을 올리애가 몸서리치게 싫어한다는 사실을 라오는 진작부터 알고 있었다.

온 나라가 위기에 처한 지금 향군이 신이라는 사실을 부정해 버리면 사람들이 향군의 말을 듣지 않게 된다. 그렇다고 신으로서 명령을 내리면 거짓 권위로 만들어진 지배구조를 강화할 뿐이다.

어느 쪽으로도 치우치지 않는 아슬아슬한 벼랑길을 걷기 위해 올리애는 '자리를 마련한다'는 방법을 선택했다.

사람들이 신에게 일방적으로 의존하는 것이 아니라 올리애가 만들어 준 자리에서 자기들의 위치와 입장을 다시금 확인하고 자신들의 뜻으로 미래를 선택한다. 올리애는 그런 길을 만들어 주고 싶어 했다.

도중에 쓰러지지만 않았다면 그런 자리가 마련되었을 것이다. 올리애의 바람은 이루어졌을 터였다.

'하지만 이렇게 되어 버린 이상…….'

마음속으로 그렇게 중얼거렸을 때 이르 카슈가가 모래땅에 한쪽 무릎을 꿇는 모습이 보였다.

"향군마마."

조용하지만 분명한 목소리가 광장에 울렸다. 아이샤를 올려다보며 이르가 말했다.

"부디 소인의 어리석음을 용서하여 주옵소서. 소인은 우매한 고집에 사로잡혀 있었나이다. 향군마마는 다시 태어나심을 통해서만 재림하신다는 선입견이 마마의 신령함을 그대로 받아들이는 것을 가로막고 있었사옵니다. 그러나 이제는 이 자리에서 무슨 일이 일어나고 있는지 분명히 알게 되었나이다."

황제가 깜짝 놀란 표정으로 이르를 쳐다보았다. 광장에 있는 사람들도 일제히 이르 카슈가에게 주목했다.

이르는 진지한 표정으로 아이샤만을 올려다보면서 말을 이었다.

"일찍이 없었던 위급한 재난이 닥친 이때 다시금 향군마마께서 신의 나라 오아레마즈라로부터 우리 곁으로 강림하셨나이다.”

이르는 잠시 눈을 감았다. 그리고 다시 눈을 뜨더니 가슴에 손을 얹었다.

“세상에 많은 나라가 있어도 이렇듯 살아계신 신이 지켜주시는 나라는 달리 어디에도 없을 것이옵니다.”

이르의 눈에 눈물이 빛나고 있었다. 이르는 양손으로 얼굴을 가리더니 아이샤를 향해 머리를 깊이 숙여 절했다.

그 모습을 본 황제도 땅바닥에 무릎을 꿇었다. 그리고 이르와 마찬가지로 양손으로 얼굴을 가리고는 아이샤를 향해 절했다.

파문이 퍼져나가듯이 사람들이 차례차례 땅바닥에 무릎을 꿇기 시작했다. 번왕도 귀족도 모두 땅바닥에 무릎을 꿇고서 고개를 깊이 숙였다.

“향군마마.”

이르가 얼굴을 들고 소리쳤다.

“아무쪼록 우리를 바른길로 인도해 주옵소서!”

그 목소리가 채 가시기도 전에 사람들이 저마다 입을 모아 향군마마, 우리를 인도해 주옵소서 하고 외치기 시작했다.

그 소리를 들으면서 라오는 가만히 눈을 감았다.

‘……역시 이렇게 되는 수밖에 없구나.’

올리애가 쓰러지고 아이샤가 나타난 시점에서 올리애가 처음에 지향하던 위태로운 한 줄기 벼랑길, 사람들이 자신들의 뜻, 자신들의 책임으로 미래를 선택하는 길은 무너져 내리고 말았다.

아이샤의 능력은 압도적이다. 그 능력을 직접 눈으로 본 사람들은 모두, 황제조차도, 인간의 힘을 초월한 기적을 기대하는 마음이 생길 수밖에 없다.

그렇게 기대하는 마음이 파도가 되어 이곳에 있는 사람들 모두를 집어삼키고 말았다. 사람들의 그런 마음의 움직임을 민감하게 눈치챈 이르가 재빨리 방향 전환을 한 셈이다.

살아있는 신인 향군이 보호하는 이 나라에 있으면 위급한 재난의 시기에도 구원을 받을 수 있다. 번왕들에게도, 귀족들에게도 그렇게 믿게 함으로써 제국의 안녕을 꾀한다. 그렇게 할 수 있는 절호의 기회를 놓쳐서는 안 된다고 판단한 것이다.

'이제 향군은 꼭두각시 인형이 아니다.'

바로 지금, 향군은 이제까지와는 전혀 다른 힘을 손에 넣었다.

'⋯⋯하지만'

그것은 올리애가 바라던 방법이 아니다.

라오는 고개를 들고서 착잡한 마음으로 발코니에 서 있는 아이샤의 모습을 올려다보았다.

✳

광장 전체에서 울려오는 목소리를 들으면서 아이샤는 간담이 서늘해졌다.

향군으로 인정을 받기 위해 후각을 사용하면서도 대화할 때는 일부러 되도록 평범한 사람으로 느껴지도록 하려고 신경을 썼다.

주쿠치에게 말을 걸었던 이유도 그들을 만났을 때는 평범한 보통 소녀로 여겨졌음을 다른 사람들도 알게 하기 위해서였다.

아이샤는 절대 자기가 신이라고 생각하지 않았다. 그러니까 자기를 보는 사람들도 남들보다 후각이 뛰어나다는 정도로 신이라고 여기지는 않을 거라고 생각했다.

그런데 그것은 아이샤 혼자만의 착각이었던 모양이다.

사람들이 내뿜는 냄새가, 신의 인도하심을 기대하며 간절히 매달리는 냄새가 바람을 타고 큰 파도처럼 밀려들었다.

그 큰 파도 앞에 홀로 선 자신이 너무도 약하고 작아서, 그 사실이 한없이 두렵게 느껴졌다.

'……올리애 님은'

이런 두려움을 항상 느끼며 살아온 것이다.

사람들의 바람은 진지하고 간절하다. 진심으로 자신들을 구해주기를 바라고 애원한다. 향군이라고 말한 이상 그 바람을 받아들이지 않을 수 없다. 이루어줘야 한다. 사람들을 구해줘야 한다.

무릎이 덜덜 떨려서 주체할 수 없었다. 엎드리는 사람들의 모습을 보고 있을 수가 없어서 아이샤는 하늘을 올려다보았다.

깊이를 가늠할 수 없을 정도로 짙은 파란색 하늘이 시야 가득 펼쳐져 있었다. 아득히 먼 곳까지 끝도 없이 펼쳐진 파란 하늘. 얇은 구름이 천천히 바람을 따라 움직였다.

오후 햇살을 받으며 파란 하늘을 바라보고 있으려니 마음이 조금씩 진정되었다.

문득 가느다란 한 그루 눈꽃 전나무의 모습이 마음에 떠오르면서 올리애의 목소리가 들려왔다.

'눈에는 보이지 않아도 그 나무는 많은 것들에게서 힘을 얻어 살고 있었지. 그런 식으로 눈에 보이지 않은 무수한 존재에게 힘을 얻어 살고 있음을 알려주는 사람이기를 바랐어. 나는 그런 존재이고 싶었

어…….'

눈에는 보이지 않는 것들이 나무 한 그루를 살게 하고 있다.

그런 생각이 들었을 때 갑자기 한 가지 생각이 뚜렷하게 마음속에 떠올랐다.

'나는 하늘과 땅과 사람들 앞에 아무런 가식과 거짓됨 없는 나 자신으로 서야 한다.'

혼자만의 힘으로 사람들을 구원하는 빛이 아니라 다른 이들과 서로 의지하며 서 있는 한 그루 나무임을 드러내야 한다.

그런 마음으로 나아가는 수밖에 없다.

아이샤는 숨을 깊이 들이쉬었다. 그리고 광장을 내려다보았다.

"……나의 어머니가 태어나신 곳이"

긴 침묵을 깨고 발코니에서 들려온 목소리를 라오는 긴장하면서 듣고 있었다.

"신의 나라 오아레마즈라였는지 어떤지 나는 모릅니다. 하지만 나의 어머니처럼 다른 세상에서 이곳으로 온 초대 향군이 어떤 생각을 하면서 살았을까에 대해서는 예전부터 종종 상상해 보곤 했지요."

아이샤의 목소리는 일부러 힘을 준 느낌 없이 자연스러웠다. 그 편안한 목소리가 조용한 물결처럼 광장에 퍼져나갔다.

"향사가 되었을 때, 향군마마는 이런 식으로 세상을 바라보신다고 가르침을 받은 말이 있습니다. 큰비가 내리면 산이 무너지고 사람들이 죽을 수도 있다. 그러나 비가 전혀 내리지 않으면 농작물도 초목도 자라지 않는다. 적절한 양의 비가 내려 주기를 모두가 바라지만 신들은 이 세상을 그런 식으로 만들지 않았다. 생물들 간의 관계도 마찬가지다. 사람들이 싫어하고 없어지기를 바라는 벌레도 그 벌레를 먹고 사는 새들에게는 꼭 있어야 하는 식량이다. 그리고 그런 새들이 없으면 벌레가 너무 많아져서 나무와 풀이 힘들어진다. 향군이 바람을 통해 알아내는 천지만물이란 바로 그런 것, 인간에게 유익하지 않은 일들도 많이 있고 그렇게 돌아가는 게 이 세상이다, 라고."

바람이 불어와 아이샤의 머리카락을 흔들었다.

"내가 보는 것도 그런 세계입니다. 인간의 이익만을 추구하려 하면 어딘가에 일그러짐이 나타나고, 그것이 돌고 돌아 인간에게까지 해를 불러들이는 그런 세계이지요."

라오는 오후 햇살이 환하게 감싸고 있는 아이샤의 모습을 바라보았다.

"그러니 내가 할 수 있는 일은 전하는 것뿐입니다. 냄새를 통해 알게 된 일들을 전하는 것입니다. 냄새는 많은 것들을 알려줍니다. 예를 들어 오아레 벼는 흙냄새를 바꾸어 놓습니다. 흙 속에는 아주 아주 작고 다양한 생물들이 살면서 제각기 독특한 냄새를 뿜어냅니다. 여러 가지 냄새들이 하나로 뒤섞여서 그 흙의 냄새를 만들어 내는데 오아레 벼가 자라는 곳에서는 그 흙의 냄새가 변해 버리지요. 오아레 벼를 심으면 다른 곡물이 자라지 않게 되는 이유도 바로 그래서입니다. 그리고 오아레 벼가 바꿔 버린 그 독특한 흙냄새를 민감하게 느끼고 오아레 벼가 어디서 자라는지 알아차리는 생물도 있어요. 저 무시무시한 메뚜기, 히샤는 아마 오아레 벼의 냄새뿐만 아니라 오아레 벼가 바꿔 놓은 흙냄새도 맡을 수가 있을 겁니다. 짐마차의 바퀴나 사람들 신발, 말발굽에 묻은 흙냄새를 따라갈 수 있는 거지요."

사람들은 아이샤의 말에 귀를 기울였다.

"히샤는 무시무시하지만 금방 죽는 벌레지요. 자기 목숨을 이어가기 위해 고향과는 전혀 다른 세계로 들어온 벌레들……. 그 벌레들도 필사적으로 살고 있습니다. 살아남기 위해서 더 많은 알을 낳고, 더욱 멀리까지 날아갈 수 있게 몸을 변이시킵니다. 지금은 수명이 짧고 오아레 벼에 붙은 오요마를 먹지 않으면 산란할 수 없으니까 오요마가 붙은 오아레 벼를 불태우면 전멸시킬 수 있습니다. 하지만 그 벌레도 목숨을 이어가기 위해 필사적이니까, 몇 마리라도 살아남으면 자기 종을 이어가기 위해 앞으로 어떤 변이를 하게 될지 모릅니다. 우리는 지금 그 벌레들과 목숨을 건 경쟁을 하는 셈입니다."

라오는 아이샤가 황제에게 시선을 돌리는 것을 보았다.

"황제 오드셴이여."

아이샤가 부르는 소리에 오드셴은 긴장한 표정으로 "예"하고 답했다.

"당신은 우리가 살 수 있는 길이 무엇이냐고 내게 물었는데, 당신 스스로 이미 그 답을 알고 있을 것입니다."

"……."

"히샤가 어떤 생물이고 오아레 벼와 어떤 관련이 있는지 나는 내가 아는 모든 것을 이미 전했습니다."

오드셴은 생각에 잠긴 채 가만히 아이샤의 말을 듣고 있었다.

아이샤가 온화한 말투로 물었다.

"황제 오드셴이여. 향군으로서 당신에게 묻습니다. 이 나라에 사는 모든 백성을 동등하게 지키기 위해 당신은 어떤 길을 선택하려 합니까?"

제 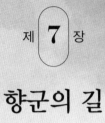 장

# 향군의 길

# 노을이 물든 초원

따스한 봄 햇살이 하얗게 마른 산길과 그 옆의 들꽃을 환하게 비추었다.

올리애가 발걸음을 멈추었다. 아이샤는 자기도 모르게 올리애의 팔꿈치를 잡아 부축하려 했다.

"괜찮으세요?"

올리애가 미소를 지었다.

"괜찮아."

"정말이에요? 여기서 조금 쉬었다 갈까요?"

올리애가 고개를 저었다.

"괜찮다니까. 정말이야. 조금만 가면 되잖아?"

"네, 그야 조금만 더 가면 되기는 하지만……."

"그럼 그냥 가자."

올리애가 천천히 발걸음을 뗐다.

"······꿈만 같다."

봄볕을 얼굴에 받으며 올리애가 말했다.

"이렇게 여기까지 걸어올 수 있게 되다니."

올리애가 걸을 수 있게 되기까지는 정말 오랜 시간이 걸렸다. 걸을 수 있게 된 이후로도 현기증과 두통, 이명, 구토감 등 여러 가지 증상들에 시달렸다.

독 연기를 마시고 쓰러진 이후로 5년이 지난 지금도 그런 증상들이 완전히 없어지지는 않았다.

그래도 올리애는 조금씩 착실하게 회복하였고, 지금은 예전의 아름다움을 되찾았다.

'······오히려 예전보다도 더 아름다워지셨어.'

아이샤는 봄 햇살 속에 환하게 빛나는 듯한 올리애의 옆얼굴을 바라보면서 생각했다.

"마슈는 지금쯤 기도하는 물가에 도착했을까?"

올리애의 몸 상태를 살피면서 여기까지 안내해 온 마슈는 일단 먼저 가서 도착을 알리겠다며 아이샤에게 올리애를 맡기고 조금 전에 산길을 뛰어 올라갔다.

"그럼요. 마슈 님 속도라면 우리가 기도하는 물가에 도착하기 전에 우리를 마중하러 되돌아올 수도 있어요."

그런 이야기를 주고받으면서 두 사람은 천천히 걸어갔다.

예전에 왔을 때는 바짝 마른 계곡이었던 곳에 지금은 눈 녹은 물이 흐르고 있어서 마슈가 다른 길을 따라 이곳까지 안내해 주었다.

올리애의 몸 상태를 고려해서 오르기 쉬운 길을 찾아주었는지 예전보다 시간은 조금 더 걸렸지만 걷기 쉬운 산길이었다.

그 완만한 산길을 따라가다 산꼭대기에 이르자, 눈 앞에 펼쳐진 풍경을 본 올리애는 숨도 쉬지 못할 정도로 감격해서 발걸음을 멈추고 말았다.

아이샤도 잠시 그 풍경에 넋을 잃었다.

처음 이곳에 왔을 때는 풀밖에 없었던 움푹한 땅에 지금은 맑은 물이 고여 아름다운 연못이 모습을 드러냈다.

움푹한 곳 바닥에 있던 구멍 주변이 물로 채워져 있었다. 그 수면에 반짝이는 푸른 하늘이 비쳤다.

봄바람이 수면을 쓰다듬고 지나가자 자잘한 빛을 반사하면서 파문이 퍼져나갔고, 그 물결 위를 노닐 듯이 잠자리가 투명한 날개를 떨면서 날아다녔다.

그리고 청향초가 피어 있었다.

연못이 있는 움푹한 땅을 둘러싸듯 아기자기한 파란 꽃이 흐드러지게 피어 있어 마치 연못에 화관을 씌워놓은 것처럼 보였다. 청량한 향기가 몸을 감싸는 것 같아 아이샤는 자기도 모르게 살포시 웃었다.

"청향초구나."

올리애가 말했다. 아이샤가 고개를 끄덕였다.

초원 저 멀리 하얀 산들이 부드러운 햇살 속에 솟아 있었다.

올리애는 눈이 부신지 실눈을 뜨고서 그 산들을 바라보며 말했다.

"저 산 중의 하나가 신의 문 유길라 산일까?"

아이샤도 하얀 산들을 쳐다보면서 한숨을 쉬었다.

"아마 그럴 거예요. 그 당시에 히샤가 가는 방향이 아니라 히샤가 온 방향을 찾아보았으면 어느 산이 유길라이고, 어디에 오아레마즈라로

가는 입구가 있는지 알아낼 수도 있었을 텐데…….”

올리애가 아이샤 쪽으로 얼굴을 돌렸다.

“가 보고 싶었어?”

아이샤가 쓰게 웃었다.

“반반이에요. 가 보고 싶었지만 가지 않기를 잘했다는 생각도 들어요.”

어머니가 태어난 곳이 어떤 곳인지 보고 싶은 마음은 지금도 있다. 하지만 그때 오아레마즈라의 입구로 가기보다 히샤가 향하는 쪽으로 따라가는 선택을 한 자기 판단에 후회는 없다.

“저 석조 건물이 기도소지?”

올리애의 물음에 아이샤가 고개를 끄덕였다.

“네. 그 옆에 있는 작은 집이 유마 님의 집일 거예요.”

막 그렇게 말한 참에 그 집의 문이 열리면서 마슈가 밖으로 나왔다. 마슈는 이쪽을 향해 바로 눈길을 주더니 빠른 발걸음으로 다가왔다.

마슈의 아버지 유마는 제국 수도로 돌아가지 않았다. 그렇다고 아잘레 마을에 살려고 하지도 않았다. 그는 마을 사람들의 도움을 받아 기도하는 물가의 기도소 옆에 작은 집을 지어 그곳에서 살고 있었다.

그 사실을 알고 난 이후로 올리애는 기도하는 물가에 가보고 싶다는 말을 계속해 왔다. 그러나 산길을 오를 체력이 돌아오기까지 오랜 시간이 필요했다.

올리애는 이제야 오래도록 바라던 염원을 자기 힘으로 이룬 것이다.

“괜찮아?”

두 사람 곁으로 다가온 마슈가 걱정스러운 눈길로 올리애를 살피며 물었다. 올리애가 미소를 지었다.

"괜찮아. 아버님께서는 댁에 계셨어?"

"그래. 이제 슬슬 올 때가 됐다는 생각에 오늘은 늘 하시던 산책도 거르고 기다리셨다 하더라고."

유마의 집은 아담하지만 튼튼하게 지어져 있었다.

활짝 열어놓은 문에 대고 마슈가 아버지를 부르자 안에서 유마가 일어나는 소리가 들렸다.

유마는 작은 거실에 놓인 식탁 옆에 서서 빙긋이 웃고 있었다.

향군궁 정원에서 보았을 때보다 백발이 성성해졌지만 까무잡잡하게 햇볕에 탄 얼굴은 훨씬 건강해 보였다.

유마에게서 청향초 냄새가 났다. 품에 넣고 있는 모양이었다.

'……유마 님도'

리탈란이 되셨을까, 하고 아이샤는 속으로 생각했다.

"실례합니다."

올리애가 인사하면서 고개를 숙이는 것을 보고 아이샤도 허겁지겁 덩달아 고개를 숙였다.

유마가 "실례라니요" 하고 웃으며 말했다.

"언제 오시나 기다리고 있었습니다. 무사히 오실 수 있어 정말 다행입니다. 자, 우선 발부터 씻으시지요."

시원한 물로 발을 씻고, 수건으로 얼굴과 목의 땀을 닦은 후에 두 사람은 거실로 들어갔다.

창문이 모두 활짝 열려있어서 집안은 시원했고, 봄바람 내음이 풍겼다. 마슈의 전갈을 받고 준비해 두었는지 식탁에는 차가운 우물물을 탄 과즙과 구운 과자 등이 차려져 있었다.

"여기까지 오시느라 힘드셨지요? 우선은 목을 축이시지요. 그리고 좀 쉬시는 게 좋을 것 같습니다. 안쪽 침실을 치워 놓았으니 그곳에서 잠시 몸을 눕히시지요. 이런저런 이야기는 그 뒤에 하시면 되니까요."

유마가 권하는 차가운 과즙을 한 입 마시자, 피곤하고 열이 올라 있던 몸이 속에서부터 시원해지면서 생기를 되찾을 수 있었다.

우선은 쉴 수 있게 자리를 마련해 둔 유마의 배려가 아이샤는 무척 고마웠다. 티를 내지는 않아도 올리애는 몹시 피로한 상태일 것이다.

향기로운 나무 열매가 듬뿍 들어있는 달콤한 과자를 먹고 시원한 과즙을 다 마시고 두 사람은 유마의 배려에 감사를 표하면서 안쪽 침실로 들어가 옷을 벗었다.

오래전부터 마련해 두었는지 침실에는 올리애와 아이샤가 잠을 잘 수 있는 간이침대가 있고 그 위에는 마른 풀로 채워놓은 이불이 놓여 있었다. 햇살 냄새가 향기로운 이불 안으로 들어간 두 사람은 순식간에 깊은 잠에 빠져들었다.

눈을 떴을 때는 창문 너머로 보이는 하늘이 벌써 어슴푸레 붉은 빛을 띠고 있었다. 밥을 짓는 냄새가 풍겨왔다. 마슈와 유마가 뭔가 이야기를 주고받는 목소리도 어렴풋이 들렸다.

뭐라도 거들려고 아이샤가 침대에서 몸을 일으키려 하자 올리애가 말했다.

"우리는 좀 더 누워 있자. 저 두 사람이 함께 있을 수 있는 시간은 정말 귀하잖아."

올리애의 말이 맞다는 생각이 들어서 아이샤는 다시 머리를 눕혔다.

그러는 사이 방밖에서 접시를 덜그럭거리는 소리가 나기 시작했다. 그리고는 마슈가 조심스럽게 부르는 소리가 들렸다.

"……일어났어? 저녁 준비가 다 되었는데."

다시 옷을 입고 문을 열었더니 식탁에는 두 남자가 정성껏 차린 음식들이 즐비했다.

마키시들이 특별한 날이면 만든다는 오리구이, 숙성시킨 오리고기를 향료를 섞은 곡물 장에 담갔다가 구운 요리와 산나물, 타파 등이 먹음직스러운 냄새를 풍기고 있었다.

"사내가 내키는 대로 한 음식이라 영 볼품은 없지만 먹을 만은 할 겁니다. 자, 어서 드세요."

유마의 말을 들은 아이샤와 올리애는 신이 나서 먹기 시작했다.

노릇노릇 구워진 오리구이는 쫄깃쫄깃하니 향기로웠고 씹을수록 감칠맛이 살아났다. 오리고기를 타파에 싸서 입에 넣어보니 맛이 좋아 끝없이 들어갈 정도였다.

음식을 먹으면서 올리애가 피식 웃었다.

"왜 그러십니까?"

유마가 묻자 올리애는 손으로 입을 가리면서 말했다.

"우리가 여기 와서 제대로 된 인사나 이야기도 없이 그저 먹고 자고만 하는 것 같아 웃음이 나서요……."

"아아~!"

유마도 빙긋이 웃었다.

"그렇군요. 하지만 그렇게 음식을 맛있게 드시는 모습을 보는 게 저로서는 백 마디 인사를 듣는 것보다 더 기분이 좋습니다. 심한 고초를 겪으셨는데 이렇게 건강한 모습을 뵐 수 있어 얼마나 다행인지 모르겠습니다."

저녁 식사를 마치고 설거지까지 끝낸 후에 올리애가 바깥을 좀 걷고 싶다고 했다.

"연못에 저녁노을이 비쳐서 정말 아름다워. 아이샤, 너도 같이 나가서 걷지 않을래?"

아이샤는 웃으면서 고개를 저었다.

"저는 사양할게요. 두 분이서 오붓하게 산책하세요."

"……뭐야, 왜 놀리고 그래."

올리애가 아이샤의 어깨를 툭 쳤다. 하지만 결국 올리애는 마슈와 둘이서 산책을 하러 나갔다.

아이샤가 집 밖으로 나가서 두 사람이 천천히 노을 지는 초원을 걷는 모습을 바라보고 있는데, 유마가 의자를 두 개 가지고 나와서 현관 옆에 나란히 놓았다.

"함께 앉으시렵니까?"

그 말을 들은 아이샤가 고개를 끄덕이다가 문득 무언가를 생각해냈다.

"잠시만 기다려 주세요. 금방 올게요."

그리곤 집안으로 뛰어들어가 무릎 담요 두 장과 위에 걸칠 것을 들고 나왔다.

"아아, 고맙습니다."

유마가 반갑게 무릎 담요와 걸칠 것을 받아들었다.

슬슬 초여름으로 접어들 계절이었지만 그래도 저녁이 되면 공기가 쌀쌀해졌다. 모직으로 된 따뜻한 무릎 담요를 덮은 두 사람은 한동안 아름다운 저녁노을을 바라보며 말없이 앉아 있었다.

저녁 바람이 불어오자 유마가 입을 열었다.

"……덕분에 저 두 사람은 행복해졌는데."

뭔가 두런두런 대화하면서 걷는 두 사람의 그림자를 눈으로 좇으면서 유마가 말했다.

"이런 상황을 만들어 주시느라 힘든 길을 택하신 건 아닙니까?"

아이샤가 미소를 지으며 고개를 저었다.

"사실은 그렇지도 않답니다."

유마가 뜻밖이라는 표정을 지었다.

"그래요? 정말 그렇습니까?"

"네."

가녀린 올리애의 그림자를 눈으로 좇으면서 아이샤가 말했다.

"저에게 향군궁은 감옥이 아니라서요."


5년이라는 기간 동안 많은 일이 일어났고 많은 변화가 있었다.

그날 황제 오드센은 구원의 벼의 전체 소각을 명령하였고 덕분에 히샤를 근절할 수 있었다. 그러나 그 일로 제국이 입게 된 타격은 매우 커서 오랫동안 불안정한 나날이 계속되었다.

특히 토울라이라와 가까운 지역에서 오아레 벼를 재배하지 못하게 된 서칸탈에서는 서말리키 군을 중심으로 폭동이 빈발했다. 이런 상태를 공격의 호기로 본 진걸국이 주쿠치에게 계속 접촉하며 반역을 부추겼고 그래서 일시적으로는 전쟁의 위기가 닥칠 지경까지 이르렀다. 그러나 주쿠치는 최종적으로 반역을 꾀하지 않았다.

주쿠치를 제국 편에 계속 있도록 한 요인은 대폭적인 감세 조치와 새로운 경제진흥책이었다.

황제는 서칸탈이 타국과의 교역으로 얻은 이익에 부과하던 조세를 면제하는 한편 도로 정비 비용을 보조하여 충분한 교역 이익을 얻을 수 있도록 환경을 조성해 주었다.

전체 소각을 실시하여 재만 남아있던 재배지에 다시 오아레 벼를 심을 수 있게 되면서 제국의 경제도 점차 회복되기 시작했다. 그러나 오아레 벼에만 지나치게 의존하는 구조가 얼마나 위험한지를 절실히 깨달은 황제 오드센은 경제가 안정되어 가는 동안에 오아레 벼 이외의 부국 정책을 모색하도록 부국성에 명령했다.

그 명령을 계기로 적극적으로 실시되기 시작한 경제부흥 정책은 번왕국에도 파급 효과를 미쳤다. 번왕국에서 생산되는 여러 특산물을 제국 전역에 효율적으로 유통하고 번왕국과 제국 쌍방의 생산과 소비를 활성화하면서 서로의 연계를 굳건히 하는 시도가 이루어지기 시작했다.

이러한 움직임 속에서 라오는 아이샤와 더불어 오아레 벼 정책 개혁에 착수했다.

우선 하한의 한계치를 엄격하게 지키도록 비료를 개량했다. 염분을 많이 가진 요치풀 대신에 비슷한 억제 능력이 있는 유마풀로 바꾸고 그 비율 또한 미묘하게 조정했다. 그리하여 비료량은 줄이지 않으면서 바닷가 근처에서도 오아레 벼를 재배할 수 있게 하였다. 또한 제국 전역의 오아레 벼를 구원의 벼에서 예전 오아레 벼로 점차 되돌려 놓았다. 동시에 오요마 발생을 예방하기 위한 《향사 제 규정》의 조항도 부활시켰다.

이 두 가지 조치는 오아레 쌀의 수확량 감소로 이어졌지만 다른 부국 정책이 보완하는 형태로 실시되었다. 그리고 각 농촌마다 정보를 착실하게 수집하여 제국 전역의 기후와 벌레 발생 상황을 파악하는 방법 등도 고안했다.

황제와 부국성, 그리고 향군궁이 기탄없이 논의를 주고받을 수 있는 자리도 새로이 마련되었다. 그 자리를 통해 제국 영역 전체의 경제를 안정시키면서 오아레 벼와 다른 곡물을 공존하게 하는 방도를 다 함께 모색했다.

오아레 벼는 제국과 번왕국의 모든 백성을 먹이는 곡물이기에 여전히 주요한 생산물이지만 그것 하나에만 의존하지 않아도 되는 길을 모색할 필요성이 그제서야 제대로 인식되기 시작하는 참이었다.

제국이 변하기 시작한 이 시기에 향군궁에서도 큰 변화가 일어났다. 와병을 이유로 올리애가 향군의 자리에서 물러난 것이다.

자리에서 일어나지도 못하는 나날이 이어졌음에도 올리애는 아이샤 혼자에게만 무거운 짐을 짊어지게 할 수 없다며 퇴위를 계속 거부했다. 그러다가 아이샤와 깊은 대화를 나눈 올리애는 향군의 존재 방식이 바뀌려면 자기가 퇴위하는 편이 낫겠다는 사실을 깨닫고 향군궁을 떠날 결심을 굳혔다.

구원의 벼가 모조리 불타오르는 가운데 향군의 병환이 깊어 자리에서 물러나고 새로운 향군이 세워진다는 이야기가 온 제국 안에 순식간에 퍼졌다.

생활의 근간이며 절대로 없어지지 않으리라 믿었던 오아레 벼가 불길에 휩싸이고 그 연기가 가득 찬 시점에 오아레 벼의 수호신이던 향군이 병환으로 쓰러졌다. 그리고 재만 남은 토지에 다시금 오아레 벼가 싹 틀 무렵 새로운 향군이 나타났다. 백성들은 향군의 교체를 그런 식으로 이해하였고 새로운 향군을 통해 새 시대가 도래했음을 느낄 수 있었다.

향군궁에서 나가면서 올리애가 아이샤에게 이렇게 속삭였다.

"……관에 들어가지 않고 목숨을 부지한 채로 향군궁에서 나간 향군은 내가 처음이네."

당시 올리애는 아직 자기 힘으로 걷지도 못했고 얼굴도 창백하니 병색이 완연했는데도 그 눈동자만은 기쁨으로 밝게 빛났다. 아이샤는 지금도 가끔 그 눈빛이 생각나곤 했다.

퇴위 후 올리애의 행방에 대해서는 극비로 다루어졌다. 향군궁을 떠난 올리애는 비밀리에 유기노 산장으로 거처를 옮겼다. 올리애는 그곳에서 다쿠 일가의 보호와 보살핌을 받으며 요양했다. 이윽고 혼자 힘으로 일어서고 걸을 수 있게 되었을 무렵, 사정을 아는 사람들의 축복 속에서 마슈와 조촐하게 혼례를 올렸다.

올리애는 자기만 행복하게 살고 아이샤는 차가운 감옥에 갇혀 지내게 되었다며 마음 아파했다. 하지만 아이샤는 얌전히 향군궁 안에 갇혀 살지 않았다.


"마마께서는 떠도는 향군이라는 별명을 가지고 계신다 들었습니다."

유마가 하는 말을 들은 아이샤의 볼이 빨개졌다.

"푸른 벼의 바람 시기뿐만 아니라 계절을 가리지 않고 제국 영토 구석구석까지, 심지어는 오고다의 섬지방까지 다니신다고 하더군요. 더구나 존안을 가리시지도 않고, 논바닥이나 흙탕물에도 서슴없이 들어가신다 들었습니다."

유마가 부드러운 말투로 물었다.

"마마께서는 향군의 존재 방식을 바꾸려 하시는 것 아닙니까?"

아이샤는 유마를 물끄러미 바라보더니 대답했다.

"저는 운이 좋았습니다."

"운이요?"

"네. 히샤 재앙이 제국 전역을 뒤덮은 시기에 향군이 된 덕분에 토양을 개량해야 한다는 명분에 대해 아무도 반대할 수 없게 되었으니까요."

진걸국과 서칸탈의 상황이 아직 진정되지 않은 무렵에도 아이샤는 향군궁과 서말리키 군을 수도 없이 오가면서 토양 개량을 위해 노력했다. 신변의 위험을 걱정하며 말리는 사람들도 많았다. 하지만 아이샤는 서칸탈 방문을 멈추지 않았다. 구원의 벼는 소각했어도 토양을 바꾸지 않은 채 그대로 두면 여전히 위험하다고 생각했기 때문이다.

만에 하나 아직도 미지의 땅과 통하는 길이 열려 있고, 그곳을 통해 히샤가 날아오는 일이 또다시 발생하면 참극이 되풀이될 가능성이 있다는 아이샤의 말이 가진 심각성을 아무도 무시할 수 없었다. 또한 향군을 지키기 위해서라는 명분을 앞세워 주쿠치를 자극하지 않고 서말리키 군에 제국의 정예군사를 파견할 수 있었기에 이르 카슈가도 반대는커녕 오히려 아이샤의 행동을 장려할 정도였다.

아이샤는 서말리키 군의 농부들에게 충분한 임금을 지불하면서 도움을 받아 구원의 벼 때문에 변했던 토양의 냄새가 완전히 사라질 때까지 개량을 거듭했다.

이윽고 아무것도 자라지 않는다고 여겨지던 땅에서 요기보리의 황금색 이삭이 열매를 맺자 농부들은 함박웃음을 지으며 환호성을 질렀다.

한때 굶주림으로 울부짖던 땅에서 울리는 환호성을 들으며 아이샤는 할아버지를 떠올렸다. 그리고 이런 소리를 들을 수 있는 기쁨을 느끼게 해 준 올리애와 마슈, 라오, 그리고 다쿠 일가에게 진심으로 감사했다.

서말리키 군에서 행한 작업이 일단락된 후에도 아이샤는 향군궁에 가만히 있지 않고 각지를 돌아다녔다. 향사와 채사, 농인들, 그리고 현지 사람들과 함께 오아레 벼와 그 외 식물들과의 관계를 조사하고 기록으로 남기는 작업을 계속해 나갔다.

"……그렇군요."

하고 유마가 말했다.

"서칸탈에 가서 토양을 개량하는 모습을 보이며 많은 백성이 향군은 이런 일도 하는 존재라고 인식하게 하신 것이군요. 논바닥에 직접 들어가시고, 농부들과 이야기를 나누고. 그런 마마의 모습을 보면 향군도 신이 아니라 우리와 같은 사람이구나 하고 백성들이 저절로 알게 될 테니 말입니다."

아이샤가 "네, 맞아요." 하고 대답했다.

"올리애 님과 이런 이야기를 수도 없이 많이 했어요. 향군이라는 존재가 가지고 있는 환상을 어떻게 깨야 할까에 대해서 말이지요. 향군을 신으로 우러르는 마음은 오아레 벼에 심하게 의존하는 삶의 방식과 짝을 이루고 있어요. 오아레 벼라는 하나의 곡물에만 지나치게 의존하는 위험성에서 벗어나려면 향군에 대한 환상도 깨야 합니다. 하지만 그렇다고 이 문제를 섣불리 다루었다가는 이 나라의 근간을 위협할 수도 있어서요……."

유마가 고개를 끄덕였다.

"그렇지요. 그러니 마마께서는 좁고 힘든 길을 걸어갈 수밖에 없는 것이지요."

기도소에서 젊은이들이 나왔다.

그들은 이쪽을 향해 고개를 꾸벅 숙이더니 천천히 걸어가기 시작했다. 젊은이들은 저녁 기도의 노래를 부르며 연못을 둘러싼 풀밭을 돌았다.

저녁 바람을 타고 흘러오는 기도곡을 들으면서 아이샤가 한숨을 쉬었다.

"그 좁고 힘든 길이 어디에 있는지, 정말로 있기나 한지, 언제나 방황하고 고민하면서 걷고 있어요. 향군은 나방을 부르는 등불 같은 존재라서 아무리 평범하게 행동하려 해도 사람들의 환상을 불러일으키기 마련이니까요. 내가 나로 있는 한, 향군이 모든 사람을 구하는 신이라고 믿는 사람들의 마음은 변치 않을 겁니다. 좁은 길은 고사하고 어쩌면 막다른 골목을 걷고 있는지도 모르겠어요."

아이샤가 슬며시 미소를 지었다.

"그래도 내가 나인 것을 그만둘 수는 없잖아요. 그러니 내가 할 수 있는 일은 있는 그대로의 나, 꾸밈없는 나 자신의 모습으로 사람들을 마주하는 것뿐이지요."

"……그래서 그렇게 돌아다니시는군요."

"네."

고개를 끄덕인 아이샤가 덧붙였다.

"사실 그렇게 돌아다니는 데에는 다른 이유도 있어요."

"다른 이유?"

"내가 알게 된 것들을 많은 이들에게 전하고 싶어서예요. 모두가 자기 스스로 판단할 수 있도록. 자기 행동이 무엇과 연관이 되고 어떤 결과를 불러오게 되는지 상상할 수 있도록."

"……."

"히샤가 처음 나타났을 때, 시달라 재배지 농부들이 그 벌레의 무서움을 알고 있었다면 사태는 전혀 달라졌을지도 몰라요. 다른 재배지로 퍼지기 전에 여기서 막아 보자고 생각하는 사람이 있었을 수도 있고요. 정성껏 키워 온 벼를 송두리째 불태우는 건 너무 가슴 아픈 일이라서 그런 결단을 못 내렸을 수도 있겠지요. 그렇지만 태우지 않을 때 어떤 일이 벌어지는지 상상할 수 있었다면 과감하게 태웠을 수도 있어요……."

아이샤는 노을 지는 초원을 바라보면서 말했다.

"지식이 있었다면 시골에 사는 농부들도 자신들의 미래를 스스로 구했을 수도 있어요. 그런데,"

아이샤의 얼굴이 한순간에 확 일그러졌다.

"향군이라는 내 존재가 그런 가능성을 방해하고 있는 거예요. 천지만물을 모두 아는 신이 있으니 생각은 그 신에게 맡겨두고 그 말씀만 따르면 된다고 생각하게 만드는 셈이지요. 천지만물을 알기는커녕 모르는 것투성이인 이런 내가 향군인데."

한숨을 쉬고 고개를 절레절레 흔들면서 아이샤가 말했다.

"향군이라는 존재가 있기에 제국은 백성을 지배하기 수월할 수 있겠지요. 하지만 그건 정말 위험한 일이에요. 무서운 일이고요. 하나의 목소리에 수없이 많은 사람이 아무 생각 없이 따른다는 것은."

유마는 한동안 말없이 생각에 잠겨 있더니 이내 입을 열었다.

"저도 오랫동안 그런 생각을 해 온 사람이니만큼 마마의 괘념은 충분히 이해할 수 있습니다. 그러나 히샤 재앙을 경험하면서 저는 오히려 마마께서 말씀하신 것과는 반대되는 측면에서 한 사람의 목소리가 참으로 큰 힘을 발휘한다는 사실을 절실히 깨달았습니다. 사람은 다양합니다. 자기 이익을 절대로 포기하지 않으려는 사람도 많지요. 그런 사람들의 의견까지 모두 존중했더라면 차마 눈 뜨고 볼 수 없는 처참한 사태가 벌어졌을 겁니다."

아이샤가 고개를 끄덕였다.

"어떤 길에도 제각기 어려운 부분이 있지요."

한숨을 내쉬며 아이샤는 저녁 하늘을 올려다보았다.

"그럼에도 나는 여전히 향군을 신격화하지 않는 길을 찾고 싶어요. 지금 바꿔 놓지 않으면 틀림없이 같은 일이 반복될 테니까……. 이 재앙의 기억도 언젠가는 희미해지겠지요. 제국이 이대로 향군과 오아레 벼를 통해 세력 확대를 계속해 나간다면 또다시 오아레 벼 증산을 꾀하는 사람이 나타날 수도 있고, 예속의 굴레를 벗어나기 위해 싹 내기의 비밀을 알려는 사람이 나타날지도 모르잖아요."

아이샤는 머릿속의 생각을 정리하면서 천천히 말을 이어나갔다.

"오아레는 아직도 모르는 점이 너무 많고 안일하게 재배해서는 안 되는 무서운 벼입니다. 싹 내기의 비밀은 예속의 굴레이기도 하지만 사람들을 지켜주는 방패막이기도 합니다. 이 벼의 무서운 점을 모르는 사람들이 제멋대로 재배하게 되면 어떤 식으로 변종이 생길지 모르는 일이니까요. 예속에서 해방되려고 시작한 일이 재앙으로 이어지는 그런 날이 올 수도 있다는 뜻이지요……."

아이샤가 유마에게로 시선을 돌렸다.

"그래서 더 늦기 전에 오아레 벼에 대해 되도록 많은 점을 조사해 두고 싶은 겁니다. 내가 아니면 알 수 없는 점, 냄새를 통해 알아낼 수 있는 점을 가능한 한 많고 자세하게 기록으로 남겨서 많은 사람에게 알려주고 싶어요. 무엇을 어떻게 전하느냐에 대해서는 신중하게 판단해야겠지만 그 판단을 하기 위해서라도 오아레 벼에 대해 더 많이 알아두어야 합니다. 다행히 부국대신의 장남인 유기르 카슈가 님이 적극적으로 협력해 주어서, 그 작업을 향사들과 리아 농원의 채사, 농인들뿐만 아니라 신 카슈가 집안의 로아 공방 직인들도 함께 거들어주고 있지요."

"……아아."

"사람과 사람이 아닌 것 사이의 경계를 이루는 좁은 길은 언젠가 녹아들어 사라져야 한다고 생각해요. 신이 아니라 사람들 스스로가 지혜와 지식을 가지고 길을 찾아갈 수 있는 방향으로 이끌어갔으면 합니다. 그러니까 굳이 냄새에 의지하는 능력이나 존재가 필요치 않은 구조를 만들고 싶어요. 참고할 수 있는 무언가가 있으면 누구나 같은 방식으로 유추해서 생각할 수 있는 법칙 같은 것을 찾아내고 싶은 겁니다."

아이샤가 인상을 찌푸렸다.

"하지만 솔직히 말하자면 너무 무서워요. 나에게 주어진 시간이 다 되기 전에 그런 일을 할 수 있을지……."

유마의 눈이 살짝 커졌다.

"마마께서는 단명하실지 모른다 생각하고 계시는 겁니까?"

아이샤가 저녁 하늘을 올려다보며 대답했다.

"어머니께서 돌아가신 연세를 생각하면 앞으로 10년도 채 남지 않았으니까요."

유마는 한동안 묵묵히 아이샤를 쳐다보다가 입을 열었다.

"이런 말씀으로 위로가 될지 모르겠지만 제 생각에 마마께서는 마마의 어머님이나 제 아내보다 오래 사시지 않을까 하는 생각이 듭니다."

"……."

"마마께서는 초대 향군을 포함해서 미지의 땅에서 온 자가 단명했다는 점 때문에 마마 자신도 그리되지 않겠는가 생각하시는 게지요?"

"네."

유마가 고개를 저었다.

"저는 그리 생각하지 않습니다. 왜냐하면 그분들은 마마와 아주 다르기 때문이지요."

"……네?"

"생각해 보시지요. 초대 향군은 자손을 남기셨습니까?"

아이샤가 깜짝 놀라며 눈을 크게 떴다.

"남기시지 않았지요. 초대 향군뿐만이 아닙니다. 아잘레 마을에 전해지는 이야기 속 미지의 땅에서 온 여자 아이들은 모두 자손을 남기지 않았습니다. 마마의 어머님과 제 아내만 제외하면 말입니다."

유마가 천천히 말을 이었다.

"저는 그쪽 세상에 뭔가 큰 변화가 일어났다고 생각하고 있습니다."

거기서 일단 말을 끊더니 유마가 갑자기 가슴에 손을 얹었다. 괴로운 표정으로 얼굴을 일그러뜨리는 것을 본 아이샤가 놀라면서 유마의 어깨에 손을 얹었다.

"괜찮으세요?"

유마는 그 손을 살며시 밀어내고 답했다.

"괜찮습니다. 그곳을 생각하면 여기가 너무 힘들어져서……."

유마는 가슴팍을 손으로 문지르면서 쓴웃음을 지었다.

"리탈란이 어째서 온 산을 헤매고 다니는지, 어째서 청향초를 가슴에 품고 있는지 이제는 잘 알게 되었습니다. 그곳을 생각할 때마다 이렇게 가슴이 타들어 가듯이 힘들어지기 때문이지요."

유마가 낮은 목소리로 말했다.

"무엇을 이토록 사무치게 그리워하는지, 그조차도 모른 채 돌아가야 할 장소가 어딘가에 있는 것 같은 느낌이 들면서 그곳으로 가고 싶어서 미치도록 애가 탑니다. 그러나 어디로 가야 할지, 어떻게 가야 할지 모르니 그저 이 고통을 견디는 수밖에 없지요……."

가슴팍에 얹은 손에 힘을 주면서 유마가 말했다.

"그나마 청향초를 만지고 있으면 신기하게도 그 괴로운 느낌이 조금은 덜해집니다. 이 꽃도 그곳에서 태어난 꽃이라 그런지도 모르지요. 저에게는 아무런 냄새도 나지 않는 그냥 꽃에 불과한데도 말입니다."

유마는 눈을 감고 한동안 고개를 숙이고 있었다. 그러다가 다시 눈을 뜨고는, 저녁 어둠 속으로 가라앉기 시작한 초원에 피어 있는 청향초를 물끄러미 바라보며 말했다.

"아내는 청향초에서 좋은 향기가 난다고 말하곤 했습니다. 가슴이 시원해지는 맑고 좋은 향기라고."

'……그래서 청향초 냄새가 나는구나.'

아득히 오래전에 어머니가 했던 말이 되살아나서 아이샤는 고개를 푹 숙이며 말했다.

"우리 어머니도…… 청향초 냄새를 아는 분이셨어요."

그 말을 하다가 아이샤는 갑자기 어떤 생각이 머리에 떠올라 고개를 들고 유마를 쳐다보았다.

"그러고 보니 유마 님을 뵙게 되는 날이 오면 꼭 물어보고 싶었던 점이 있어요. 우리 어머니가 어째서 토울라이라에서 멀리 떨어진 번왕국 수도까지 가서 아버지와 혼인하게 되었는지 혹시 그 이유를 아시나요?"

"……아아."

유마는 잠시 생각한 뒤 입을 열었다.

"아잘레 마을 장로였던 장인어른, 마슈의 외조부께서는 마마의 조부님과 친분이 있으셨지요."

"네?!"

"제가 그 사실을 알게 된 당시는 서칸탈의 정세가 미묘한 때여서 만에 하나라도 남들 눈에 띄면 안 되기에 수기에도 적어놓지 않았습니다만……."

유마가 말했다.

"리그달이 번왕국이 되고 동칸탈도 번왕국이 되기를 바라기 시작했을 때, 장인어른께서는 서칸탈도 번왕국이 되어 오아레 벼를 재배하게 되지 않을까 염려하여 켈루안 왕을 만나러 가셨을 것으로 추정됩니다. 장인어른은 먼 옛날 이 땅에서 일어난 재앙의 역사를 알고 계셨던 유일한 분이셨으니까요."

"그 재앙이란 《향군 이전》에 적혀 있는 굶주림의 구름 이야기를 말씀하시는 건가요?"

"예. 다만 장인어른께서 직접 저에게 그런 말씀을 하시지는 않았습니다. 장인어른께서 가끔 이런저런 이야기를 하실 때마다 언급하신 점들을 단서로 제가 그리 추측했을 뿐이지요. 그러니까 그런 점을 염두에 두고 들어 주세요."

"네."

"굶주림의 구름 이야기가 이번에 있었던 히샤 재앙과 같은 일이었다면, 초대 황제 당시 토울라이라에서 오아레 벼를 재배할 때 오요마가 발생했을 것으로 추정해 볼 수 있습니다."

유마가 말하면서 아이샤를 보았다.

"마마께서는 길람섬에 계실 때 바닷바람 속에서도 살아남은 오아레 벼를 보신 적이 있다고 하셨지요?"

"네. 야생 오아레 벼는 바닷바람을 견딜 수 있는 모양이더군요. 비료의 양을 줄여서 야생 오아레 벼와 비슷한 환경을 만들어 주면 살아남는 힘이 강해지는 것이겠지요. 구원의 벼도 바닷바람뿐만 아니라 오요마에게 먹히면서도 살아남을 정도의 강한 힘을 가지고 있었으니까요."

유마가 끄덕였다.

"그렇지요. 하지만 그 강한 힘은 양날의 검입니다. 오요마를 견디지 못하는 오아레 벼는 히샤를 부르기 전에 죽어 버리지만 오요마에게 먹혀도 끄떡없는 구원의 벼는 계속 살아서 결과적으로 히샤를 불러들이게 되니까요."

유마가 하얀 산으로 눈길을 돌리며 말했다.

"저는 초대 향군과 그 당시 백성들이 이 땅에서 경작했던 오아레 벼가 지금 우리가 재배하는 오아레 벼보다는 야생에 가까웠으리라 생각합니다. 토울라이라에서 보리는 자랄 수 있지만 일반 벼는 자라지 않습니다. 토질이 맞지 않아서지요. 그렇게 벼가 자라지 못하는 땅에서 오아레 벼를 재배하려 했으니 어떻게든 살아남을 수 있는 강한 힘을 갖게 하고 싶었겠지요. 그 사람들의 기대대로 오아레 벼는 그런 땅에서도 살아남았습니다. 그 정도로 강한 힘을 가지고 있었지요. 그러나 그런 강한 생명력 때문에 신의 나라와 통하는 길이 열리자 히샤가 날아오게 되었습니다."

처음 이곳에 왔을 때 보았던 광경이 머릿속에 떠올라 소름이 돋은 아이샤는 자기도 모르게 자기 팔을 끌어안았다.

"……그런데, 왜?"

아이샤가 중얼거리듯이 말했다.

"초대 향군은 오아레 벼에 대한 지식이 있었을 텐데 어째서 그렇게 되도록 내버려 두었을까요?"

유마가 한숨을 쉬었다.

"열세 살이었어요. 초대 향군이 이곳에 처음 왔을 때 나이가."

"……아아."

그렇다. 당시 향군은 겨우 열세 살에 불과한 소녀였다.

'얼마나 두렵고 불안했을까?'

겨우 열세 살의 나이에 고향을 떠나 낯선 곳으로 와서 정착해 살아가야 했던 소녀의 처지를 상상해 본 아이샤는 딱하고 애절한 마음에 고개가 저절로 수그러졌다.

유마는 부드러운 말투로 계속했다.

"게다가 아무리 지식이 있었다 해도 생전 처음 보는 토지에 오아레를 심어본 셈이니까 생각지도 못한 변화가 발생했을지도 모르지요. 오요마, 히샤, 팔리샤, 그리고 오아레. 이것들 사이의 관계 자체도 원래 있던 곳과 이쪽 세상과는 전혀 달랐을지도 모르는 일이고요."

하얀 산들을 바라보며 유마가 말했다.

"어찌 되었든 엄청난 재앙을 맞이한 아잘레 백성들은 심한 고초를 겪었겠지요. 그 당시만 해도 팔리샤가 아직 있었을 테니, 오아레 벼가 부르는 소리를 듣고 날아와 히샤를 먹어 치워서 간신히 사태가 수습되었을 겁니다. 그래도 피해가 수습되기 전에 이미 밭뿐만 아니라 산과 들의 초목까지 모조리 히샤에게 당해서 처참한 지경이었을 겁니다. 히샤의 피해에서 겨우 벗어난 아잘레 백성들은 그 뒤로 아마 둘로 나뉘었겠지요. 오아레 벼를 재앙의 벼라 부르며 다시는 재배하지 않겠다는 결심을 한 사람들이 한쪽이고, 반대로 오아레 벼 경작을 포기하지 못하고 신의 나라에서 떨어진 곳에서라면 오아레 벼를 경작해도 히샤가 오지 않을 수 있다는 가능성에 걸어보기로 한 사람들이 또 한쪽이었을 테고요."

"……."

"오아레 벼를 계속 경작하기를 바란 사람들은 오아레 벼를 가지고 고향을 떠났습니다. 그 사람들과 함께 가기로 한 초대 향군은 어떻게 하면 재앙을 부르지 않고 오아레 벼를 재배할 수 있을지 열심히 고민했을 테지요. 그러면서 토울라이라에서 재배했던 방법이 위험하다는 사실을 깨달았을 겁니다. 그래서 초대 향군은 토울라이라에서 사용했던 비료의 양을 금기로 만들었던 것입니다. 사람들이 비료를 그때보다 많이 써서 오아레 벼의 힘을 억제하면 만에 하나 오요마가 발생해도 오아레 벼가 오요마를 견디지 못하고 죽을 테니까요. 그러면 히샤를 불러들일 수가 없지요."

"……하한의 한계치 말씀이군요."

"그렇습니다."

유마가 살짝 쓴웃음을 지었다.

"어떠한 일이 있어도 이보다 비료를 적게 쓰면 오아레는 은혜의 벼가 아니게 된다고 향군이 전했다는 이야기 때문에 하한의 한계치는 독성을 없애는 한계점이라고 사람들이 믿게 되었지요. 그 오해 덕분에 생산 확대를 꾀하던 때조차도 이 법칙만큼은 지켜졌고요……."

유마가 한숨을 쉬었다.

"그러나 하한의 한계치를 지키며 재배했는데도 아마야 습지에서 오요마가 발생했지요."

"그래서 요마가 대량 발생했을 때는 시샤풀을 첨가해서 오아레 벼의 힘을 더욱 억제하라는 규칙을 만들었군요."

유마가 끄덕이더니 자기 얼굴을 손으로 슬슬 문질렀다. 그리고는 어두운 눈길로 산들을 보면서 착 가라앉은 목소리로 말했다.

"초대 향군의 말씀이 더 많이 남아있었더라면 우리가 사는 모습이 지금과는 달라졌을지도 모릅니다. 그러나 초대 향군의 말씀은 소실되었고, 토울라이라를 떠나 더 멀리 길을 떠난 사람들의 후예는 오아레 벼가 가진 절대적인 힘을 이용해 영토를 확장해 나갔지요."

"······우마르 제국의 시작이네요."

"그렇습니다."

"그리고 고향에 머문 사람들은 오아레 벼 경작을 금기로 여기게 되었고요."

"네."

아이샤가 유마에게 물었다.

"그런데 어째서 그 사람들은 오아레 벼 경작을 금기시하게 된 이유인 재앙에 관한 이야기를 후세에 전하지 않았을까요? 그 이야기만 자세히 남겼더라도······."

유마가 싱긋 웃었다.

"'말로 하면 그게 나타난다'는 경계의 말 때문이겠지요."

아이샤는 '그렇지' 하고 생각했다. 예전에 마슈에게 들었던 이야기를 떠올렸다.

"그렇군요. 그래서······."

"그렇습니다. 말로 표현하면 그 재앙이 다시금 현실로 나타나게 될까 두려웠던 겁니다. 그러나 완전히 잊었던 것은 아닙니다. 구전은 되었으니까요. 아잘레 일족의 장로 한 사람만 전해 듣고 후대에 남길 수 있는 구전으로 말입니다."

"……그래서 마슈 님의 외조부께서 두려워하신 거군요. 서칸탈이 우마르 제국의 번왕국이 되면 오아레 벼를 이 땅에서 경작하게 되지 않을까 해서."

말하면서 이 이야기가 어디로 이어질지 짐작할 수 있게 되었다. 아이샤는 그 생각에 아연실색했다.

"그렇다면 우리 할아버지께서 오아레 벼를 끝끝내 받아들이지 않은 이유도……?!"

유마가 끄덕였다.

"그 또한 추측에 불과하기는 하나 아마 장인어른의 이야기를 믿으셨기 때문이겠지요."

아이샤는 말을 잇지 못한 채 유마를 빤히 쳐다볼 뿐이었다.

"장인어른께서는 저에게 켈루안 왕을 만났다는 말씀을 하신 적이 있습니다. 어째서 아잘레 사람들이 켈루안 왕을 경애하느냐고 여쭈었을 때 그분이 훌륭한 사람이기 때문이라고 대답하셨지요. 여러 번 만나다 보니 그분을 경애하게 되었다고 하셨습니다."

"……그래서 우리 어머니를……?"

"아마도 그렇겠지요."

유마는 먼 옛날의 광경을 떠올리듯 아련한 눈길을 허공에 보냈다.

"제가 아내와 혼인했을 때 장인어른이 말씀하셨습니다. 우리 딸에게는 천부적인 재능이 있다. 자네는 아내가 해 주는 음식만 먹으면 절대로 식중독에 걸리거나 독살당할 일은 없을 것이다, 라고요."

아이샤는 그 말을 듣자마자 어머니의 얼굴이 눈앞에 떠오르면서 목소리가 귓가에 울렸다.

'이건 히링이란다. 알겠지?'

그러면서 히링의 냄새를 조심스레 맡게 해 주었을 때 어머니의 손가락에서 나던 냄새가 코 안에 되살아나서 아이샤는 자기도 모르게 눈을 꼭 감았다.

사람을 해치려는 자가 뿜어내는 냄새를 숙지하고 있던 어머니. 그것을 가르쳐 주었던 어머니…….

오래전에, 태어나기 한참 전에 벌어졌던 일이 눈에 보이는 듯해서 아이샤는 가슴속에 뜨거운 무언가가 퍼져나가는 느낌이 들었다.

"……그러면 마슈 님의 외조부님께서는 우리 할아버지를 지켜주시기 위해 우리 어머니를……?"

"맞습니다. 오아레 벼를 열망하는 씨족들의 반발과 음모에서 켈루안 왕을 지키기 위해 마마의 어머님을 켈루안 왕 곁으로 보냈으리라 저는 생각합니다."

어떤 인생이었을까, 하고 아이샤는 상상해 보았다.

어머니의 인생은 어땠을까? 누군가의 손에 이끌려 낯선 곳으로 와서 토울라이라에서 자라다가 아직 어린 나이에 켈루안 왕의 곁으로 보내졌고 나중에 그 왕의 며느리가 되었다.

오아레 벼를 거부해서 많은 씨족들로부터 미움을 받았고 수많은 백성을 굶주리게 했다는 죄목으로 번왕의 자리에서 쫓겨난 할아버지를 곁에서 지켜보며 어머니는 어떤 마음으로 살아가셨을까?

'어머니가 살아 계셨다면……'

물어보고 싶었다. 어떤 마음으로 살아오셨는지 들어보고 싶었다. 눈물이 볼을 타고 흘렀다. 아이샤는 엉겁결에 얼굴을 두 손에 묻었다.

어머니도 다른 사람들이 이해하지 못하는 냄새의 세상 속에 외롭게 지내면서 할아버지를, 아버지를, 자식들을 건사하며 열심히 사셨던 것이다.

등에 유마의 손길이 느껴졌다. 아이샤는 얼굴을 가린 채 그 손의 따스함을 느꼈다.

"……어머님께서는 참으로 힘든 삶을 사셨을 겁니다."

유마의 목소리가 들렸다.

"그래도 지금 하늘에서 내려다보신다면 아마 마마께서 하신 일을 보고 기뻐하실 겁니다."

저녁 기도를 드리며 풀밭을 돌고 있는 젊은이들의 무리가 가까이 다가왔는지 한동안 들리지 않던 기도곡 소리가 다시 들려왔다.

저녁 바람을 타고 들리는 그 노래는 사람이라는 약하고 작은 존재가 광대한 하늘과 땅에서 아무쪼록 무사히 강건하게 살게 해 달라는 바람을 담은 기도의 목소리였다.

그 소리를 들으면서 유마가 나지막한 목소리로 말했다.

"이쪽에서 일어난 일을 알 수 있다면 장인어른께서도 기뻐하실 겁니다. 구전되어 내려온 경고가 제대로 전해져서 좋은 결과로 이어졌으니까요."

아이샤는 깊은 숨을 내쉬며 얼굴을 가리고 있던 손을 내리고 고개를 들었다.

"……고맙습니다."

저녁 바람이 눈물에 젖은 뺨을 서늘하게 만지고 지나갔다.

하늘은 푸른 어둠으로 변해가는데 낮은 곳에는 아직 붉은 기운이 남아서 하얀 산들을 어슴푸레 물들이고 있었다.

"……우리 어머니 같은 소녀들은 무슨 이유로 고향을 떠났을까요? 자기 고향을 등지고 낯선 땅에 와서 살게 된 이유가 뭘까요?"

유마는 하얀 산에 눈길을 고정한 채 대답했다.

"그 소녀들은 씨앗인지도 모릅니다."

"씨앗이요?"

"네. 풀이나 나무들이 후손을 남기기 위해 먼 곳까지 날려 보내는 씨앗 말입니다."

한숨을 쉬더니 유마가 말했다.

"직접 들었는지 아니면 꿈이었는지 확실히 알 수는 없지만 누군가 저에게 그런 말을 했던 것 같습니다. 미지의 땅에서 날아 들어온 새여, 부디 멀리까지 씨앗을 데려가 주오, 라고. 무슨 이유에서인지 저는 소녀를 데리고 오지 않았습니다만……."

유마는 자기 가슴팍에 손을 얹더니 가슴을 천천히 문질렀다.

"아마 저는 그쪽 세상에서 살았을 때 있었던 일들을 모두 기억하고 있을 겁니다. 다만 그 기억은 마음 뒤편의 어두운 곳에 가라앉아 버려서 떠올리려고 해도 생각나지 않을 뿐. 가끔, 정말 아주 가끔, 갑자기 풍경이나 광경이 떠오르거나 목소리가 들리는 경우가 있지요. 하지만 그 또한 꿈속에서 있었던 일처럼 꼭 붙들고 있으려 해도 허공을 잡는 것 같이 어느 순간 사라져 버립니다."

유마가 한숨을 쉬었다.

"그래도 저의 이 망상 같은 생각이 그쪽 세상에서 보고 들은 기억의 단편이 맞다고 한다면, 아마 그쪽 세상에서는 무언가가 끝나가는 것이 겠지요. 그래서 이쪽 세상과 연결된 통로가 열릴 때마다 소녀를 이쪽으로 보냈던 게 아닐까 합니다. 명맥을 이어가기 위해서."

"……."

"생명이 다해서 시들어버리기 전에 씨앗을 멀리 날려 보내는 들꽃처럼, 그쪽 세상 사람들은 이쪽으로 이어지는 길이 열릴 때마다 이쪽 세상으로 씨앗을 날려 보낸 것이지요. 다만 그 씨앗들은 좀처럼 뿌리내리고 싹을 틔우지 못했지만."

유마가 천천히 고개를 돌려서 아이샤를 바라보았다.

"마마와 동생분, 그리고 마슈는 이쪽 세상에서 처음으로 싹을 틔운 생명인지도 모릅니다. 그쪽 세상의 생명과 이쪽 세상의 생명이 하나가 되어 태어난 새로운 생명이지요."

해가 완전히 떨어져서 주변은 이미 푸른 어둠 속에 가라앉았고 바람이 차가워졌다. 그러나 유마에게서 풍겨오는 부드러운 냄새는 옛날에 샘물 옆에다 아이샤를 눕히고 가만히 쓰다듬어주던 노인의 따스한 손길을 떠올리게 했다.

"저는 오랜 세월 동안 오아레 벼에 대한 의존을 두려워하며 살았습니다."

유마는 저녁 어둠 속에 가라앉은 산들을 바라보면서 말했다.

"신 카슈가 가문 직계 남자의 삶에 적응하지 못해 도망치듯 틀어박혀 살던 도서채 서고에서 《향군 이전》과 《여행기》를 처음 마주하게 되었지요. 그리고 그 서적들을 읽으면서 말로 하지 못했던 목소리들을 들었습니다. '오아레 벼를 계속 재배하면 언젠가 재앙이 일어날지도 모른다.' 알고는 있으면서도 공공연하게 경고하지 못했던 조상들의 고뇌를 느낄 수 있었어요."

"……."

"사람들은 오아레 벼가 사라질 수도 있다는 가능성 따위는 털끝만큼도 생각하지 않고 산다. 그런데 만약 조상들이 경험한 굶주림의 구름이 다시금 이 땅에 나타나게 되면 이 제국은 어떻게 될까? 그런 상상을 해보고는 망연자실해졌습니다. 조상들이 살던 시절과는 비교할 수 없을 정도로 거대해진 이 나라에 그런 재앙이 닥치면 어떻게 될 것인지 생각하는 사람이 아무도 없구나. 그 사실 자체가 너무도 무서웠습니다."

유마의 옆얼굴은 저녁 어둠 속에 가라앉아 희미한 윤곽만 간신히 보일 뿐이었다.

"저는 오아레마즈라를 찾아다니기 시작했습니다. 그곳을 찾을 수만 있으면, 오아레 벼라는 곡물이 어떤 곳에서 생겨난 어떤 벼인지 알 수만 있다면 황제 폐하나 카슈가 집안을 움직일 수 있으리라 믿었기 때문이지요."

유마는 잠시 입을 다물고는 짙은 파란색으로 변해 버린 산들을 바라보았다. 그러다 다시 입을 열었다.

"신비한 운명의 장난으로 저는 오아레마즈라에 갔고, 그곳에서 오랜 시간을 보냈습니다. 그쪽 세상에서 살다가 돌아온 지금 저에게 오아레 벼를 기피하는 마음은 없습니다. 그것 또한 생명이니까요. 그쪽 세상에서 이쪽으로 전해진 생명입니다. 초대 향군에 의해 이쪽 세상으로 왔고, 이곳에서 지금껏 살아온 오아레 벼는 이제 이쪽 세상의 생명이라고 생각합니다."

유마가 천천히 아이샤 쪽으로 고개를 돌렸다.

"한 가지, 벼에 과도하게 의존하는 일은 당연히 피해야겠지만 지금 우리가 해야 할 일은 오아레 벼를 배제하는 것이 아니라 그것과 공존하는 것이겠지요. 초대 향군도 그 방법을 찾기 위해 특수한 비료를 만들어 내서 이쪽 세상의 곡물들과 공존할 수 있게 했습니다. 그러나 그 당시와 지금은 나라의 크기를 비롯하여 모든 것들이 크게 달라져 버렸습니다. 오아레 벼와 공존하는 형태 또한 그에 걸맞게 변해야겠지요."

그렇게 말하면서 유마가 미소를 지었다.

"그 새로운 공존의 방법을 모색하는 것이 이 시대의 향군인 마마의 일일 것입니다."

아이샤는 고개를 끄덕이고 저녁 어둠 속으로 가라앉은 연못과 산을 향해 눈길을 돌렸다.

예전에 한 소녀가 저곳을 통해 이 땅에 왔다. 생명을 이어갈 사명을 가진 채 오아레 벼를 들고 이 땅에 와서, 이곳에서 살다가, 숨을 거뒀다.

그 소녀가 들고 온 오아레 벼는 이 땅에 뿌리를 내리고 굳건한 생명력으로 살아남아 사람들의 삶을 바꾸어 놓았다.

그리고 오아레 벼를 얻은 이 땅의 사람들은 그 수가 점점 늘어나 풍요로운 삶을 영위하고 있다.

생명은 어찌 이리도 강한 걸까, 아이샤는 생각했다.


어느샌가 노랫소리가 그쳤다. 젊은이들은 조용한 가운데 저녁 어둠 속을 걷고 있었다.

산도, 연못도, 사람도 푸른 어둠 속에 녹아들어서 제대로 보이지 않게 되었다. 하지만 각자가 내뿜는 냄새는 오히려 더욱 선명하게 떠올라 서로 호응하고 겨루며 의지하고 있었다.

하늘과 땅에 가득 찬 방대한 생명들. 각자의 냄새를 내뿜으며 서로 반응을 주고받으며 어우러지는 생명들.

하지만 내 냄새 소리에 반응해서 날아와 주는 존재는 없다.

문득 그런 생각이 들자 참을 수 없이 강렬한 고독이 느껴졌다.

눈에 눈물이 고여서 아이샤는 한숨을 내쉬며 하늘을 올려다보았다.

밤하늘 아득히 높은 곳에 작은 별 하나가 반짝이고 있었다.

그 별을 보고 있으려니 외로움 저편에서 고요하고 맑은 마음이 모습을 드러냈다.

'……나는 듣는 자로 족하다.'

저녁 바람 속에 무수한 냄새 소리가 들려왔다. 사람들 가운데 편안히 있을 때는 잊고 있던 소리였다.

홀로 사람들의 무리에서 떨어져, 그 사람들의 목소리가 멀어지면서 초목의 소리와 다르지 않을 정도의 속삭임으로 바뀌게 되면 그제야 모습을 드러내는, 이 끝닿은 데가 없는 세계. 그곳에 몸을 적신 채 그저 듣기만 한다.

초대 향군도, 어머니들도 이 고독 속에 살았다.

약한 자는 살아남을 수 없는 가혹한 세상에 보내졌고 다른 사람들은 알 수 없는 고독 속에 살면서 오히려 그것을 힘으로 바꿔 타인을 도우며 열심히 살아온 소녀들이 있었다. 그리고 그 끝에 내가 있다.

그 머나먼 여정이, 가늘지만 하얗게 빛나는 길이 보이는 것만 같았다.

'나도 그 길을 걸어가자.'

고독이 보여주는 길을.

생명이 있는 한 향기로운 냄새를 내뿜으면서.

수많은 냄새들과 어우러져서.

많은 생명들과 서로 의지하면서.

올리애와 마슈가 연못가를 벗어나 이쪽으로 다가왔다. 올리애는 예전과 달리 오늘은 겉옷을 제대로 걸치고 있었는데도 쌀쌀함을 느끼는지 팔을 문지르는 것이 보였다.

마슈가 위에 입고 있던 옷을 벗어서 올리애에게 걸쳐 주었다. 훅하니 풍겨온 따스한 사람 내음에 아이샤가 빙그레 웃었다.

돌이켜 생각해보니 꽤나 오랜 기간 동안 식물과 관련된 이야기를 쓰고 싶다는 생각을 막연히 해 왔습니다.

하지만 쓰고 싶은 이미지가 머리에 떠오르지 않아 어째서일까 궁금했습니다. 그러다 언젠가 '그렇구나' 하고 문득 떠오른 생각이 있었습니다.

식물이 '너무 조용해서' 그렇다는 걸 깨달았습니다.

식물은 독수리처럼 날아오르지도 않고, 사슴처럼 뛰어다니지도 않습니다. 길을 떠나지도 않지요. 그래서 쓰고 싶다는 욕심이 들게 하는 어떤 자극을 주지 않는구나 하고 생각했습니다.

그 뒤로도 오랜 시간이 흘렀는데 어느 한 시기에 연달아 몇 권의 책을 만나게 되었습니다.

우선은 롭 던(Rob Dunn)의 《바나나 제국의 몰락》을 읽었는데 무척 재미있으면서도 많은 자극을 주는 책이었습니다. 우리가 아무 생각 없이 먹는 바나나에 숨겨진 역사와 그 너머로 보이는 미래, 식량이 안고 있는 위태로움에 아연실색했습니다.

사람과 식물의 관계를 생각하다 보니 식물과 벌레의 공진화(coevolution)도 궁금해져서 공진화에 관한 책과 생물간 네트워크에 관한 책 등도 읽기 시작했습니다. 그러다 알게 된 책이 다카바야시 준지高林純示의 저서 《벌레와 초목의 네트워크》였는데 이 책이 또 놀라울 정도로 재미있었습니다.

예전부터 식물이 벌레나 인간 등에게 상처를 입으면 냄새를 내뿜고, 그 냄새를 알아차린 다른 식물이 반응한다는 현상에 흥미를 느끼고는 있었습니다. 그런데 이 책을 읽고는 '식물이 이 정도로 활발하고 교묘하게 다양한 커뮤니케이션을 하고 있었단 말인가!' 하고 놀라면서도 가슴이 두근거렸습니다.

그리고 후지이 요시하루藤井義晴의 저서인 《알렐로파시(allelopathy)》를 만나고는 더욱 놀라움을 금치 못했습니다. 이 책의 재미는 정말 각별했습니다. 식물이 방출한 물질이 다른 식물이나 곤충, 미생물, 소동물, 그리고 인간에게까지 무언가 영향을 미치는 현상인 알렐로파시. 식물끼리의 관계가 이렇게나 복잡하고 거기에 인간도 관여되어 있다는 점을 알고는 가슴이 뛰었습니다.

이런 책들을 읽다 보니 식물이 커뮤니케이션의 수단으로 사용하는 '냄새'에 흥미가 생겼습니다. 그래서 읽게 된 책이 마츠이 켄지松井健二 · 다카바야시 준지高林純示 · 토하라 가즈시게東原和成 편저 《생물들을 이어주는 '냄새' — 에콜로지컬 폴라타일즈(Ecological Polatiles)》였는데 이 책을 읽고서 제 머릿속에 이번 이야기의 씨앗이 뿌려졌습니다.

식물은 화학물질을 사용하여 주위와 다양한 커뮤니케이션을 합니다. 식물이 조용한 존재라고 생각한 이유는 제가 그런 화학물질, 즉 냄새를 느끼지 못해서였지요. 식물이 내뿜는 냄새의 의미를 이해할 수 있으면 그들이 주고받는 수많은 대화가 '들려올' 텐데. 그런 생각을 했을 때 갑자기 돌로 지어진 높은 탑의 창문을 활짝 열고 햇살과 바람을 얼굴에 한가득 받으면서 그 냄새를 느끼고 있는 소녀의 모습이 눈앞에 보였고, 《향군》이라는 제목이 머릿속에 떠올랐습니다.

다른 사람은 느끼지 못하는 냄새의 대화를 알아듣는 소녀가 있다면 그녀의 세상은 아주 풍요로우면서도 한편으로는 무척 고독하겠구나. 그런 생각이 머릿속에 펼쳐지면서 이 이야기가 시작되었습니다.

그렇게 2019년도부터 쓰기 시작했는데 집필은 생각만큼 순조롭게 진행되지 않았습니다. 연세가 드신 아버지의 병환이 깊어지면서 남은 나날을 어떻게 지내시게 할 것인지 의료적 선택을 해야 하는 날들이 오래 지속되었기 때문입니다.

그러다가 코로나 팬데믹 사태가 벌어졌습니다. 아버지는 그 질병이 아닌 노환으로 돌아가셨는데도 어머니를 보내드릴 때처럼 안아드리지도 못한 채 보내야만 했습니다.

그래도 이 힘든 시기를 가족과 비서분들, 동료 작가인 하기와라 노리코萩原規子 씨와 사토 다카코佐藤多佳子 씨 등 친구들의 도움으로 잘 견디면서 3년에 걸쳐서 겨우 초고를 마칠 수 있었습니다.

"언젠가 이야기를 쓰게 되면 드릴게요." 하고 말씀드린 지 20년 이상이 되어서야 겨우 그 약속을 지킬 수 있었던 분게이슌주文藝春秋의 편집자님들에게 초고를 건네드렸고, 기뻐하시는 모습에 덩달아 기분이 좋아지기는 했지만, 그로부터 다시 즐겁고도 괴로운 '마무리' 작업이 시작되었습니다.

《향군》은 저의 전문 영역이 아닌 다양한 분야의 지식이 필요한 이야기여서 세상에 내놓기 전에 검증을 해두어야겠다는 생각에 각 분야의 전문가분들에게 자문을 구했습니다.

선생님들과의 줌 미팅은 그 자체만으로도 다큐멘터리를 만들 수 있지 않을까 싶을 정도로 흥미롭고 재미있었습니다. 또한 책으로 배우는 것만으로는 알 수 없었던 다양한 점들을 알게 되면서 충격을 받는 나날이기도 했습니다.

우선은 기후학자인 미카미 다케히코三上岳彦 선생님과 자연지리학자인 우루시하라 가즈코漆原和子 선생님을 줌으로 만났습니다. 그 미팅에서 학문이 미천한 제가 알아차리지 못한 점이나 착각하고 있던 점에 대한 자세한 가르침을 받아 토울라이라의 묘사를 완성할 수 있었습니다.

또한 집필 전에 제가 큰 자극을 받은 책의 저자인 여러 선생님들께도 자문을 요청했습니다. 후각 전문가인 토하라 가즈시게 선생님께 냄새에 대하여 배웠고, 후지이 요시하루 선생님께서 알렐로파시에 대해 가르쳐 주셨으며, 다카바야시 준지 선생님으로부터 식물과 벌레의 커뮤니케이션에 대해 상세한 가르침을 받았습니다.

선생님들은 하나같이 참으로 훌륭하신 분들이어서 제가 미처 알지 못했던 점들을 예리하게 지적해 주셨습니다. 이 이야기는 이 다섯 분의 선생님들 덕분에 지금의 모습을 갖출 수 있었습니다.

사실은《고독한 메뚜기가 떼를 지을 때》등으로 유명한 마에노 우르도 코타로前野ウルド浩太郎 선생님께도 가르침을 받고 싶었으나 히샤도 그렇고 서칸탈에

서 병충해를 일으킨 메뚜기도 실재하는 곤충이 아니라서 바쁘신 선생님께 시간을 내주십사 부탁드리기가 죄송하여 눈물을 머금고 포기했습니다.

물론 《향군》은 소설이기 때문에 주인공인 아이샤의 능력을 비롯하여 오아레벼와 오요마, 히샤, 눈꽃 전나무 등 등장하는 식물과 곤충 등은 거의 대부분 제가 상상해서 만들어 낸 허구입니다. 따라서 그 능력이나 생태는 현실의 생물과는 다릅니다.

그런 가공의 생물 이외에 실재하는 생물에 대한 묘사 중에서 저의 이해 부족이나 착각 등으로 인해 혹시라도 이상한 점이 있다면 모두가 저의 책임임을 밝혀둡니다.

이 이야기에는 제가 알고 놀랐던 식물과 곤충들, 미생물 간의 다양한 주고받음으로 가득 찬 세상과 우리에게는 들리지 않는 '냄새 소리'에 대한 저의 마음이 가득 담겨 있습니다.

이런 생태계의 모습에 흥미를 느끼게 된 분이 있다면 제가 읽고 감동했던 선생님들의 저서를 꼭 읽어 보실 것을 추천합니다. 장담하건대 생물들의 다채로운 세계에 틀림없이 매료되실 것입니다.

바쁘신 가운데 각자의 전문 분야에 대해 친절하게 가르쳐 주신 미카미 다케히코 선생님, 우루시하라 가즈코 선생님, 토하라 가즈시게 선생님, 후지이 요시하루 선생님, 다카바야시 준지 선생님. 선생님들의 위대한 연구가 저를 여기까지 이끌어 주었습니다. 진심으로 감사 인사를 드립니다.

깜짝 놀랄 정도로 선명하고 아름다운 그림으로 이 책을 채워주신 mia 님과 편집 디자이너이신 오쿠보 아키코 님에게도 감사하다는 말씀을 전하고 싶습니다.

진심을 다해 편집해 주신 다케다 노보루 님, 지도를 만들어 주신 사이토 유키코 님, 오랜 기간 끈기 있게 기다려 주신 하나다 도모코 님, 그리고 오랫동안 가깝게 지내 온 의리로 담당이 아니신데도 '향군 팀'의 일원이 되어 이 책이 나오기까지 도와주신 야마모토 고키 님, 세오 야스노부 님, 시노하라 이치로 님, 요시다 나오코 님. 힘든 시기에 줌으로 힘을 주셨던 하기와라 노리코 님, 사토 다카코 님. 마지막으로 언제나 공사 양면으로 전면적인 도움을 주신 비서님들(가토 아키코, 후쿠다 하루코, 마에다 사오리), 그리고 나의 동생 요이치로에게 이 자리를 빌려 진심으로 감사의 마음을 전하고 싶습니다.

여러분이 도와주신 덕분에 《향군》이 무사히 세상에 나올 수 있었습니다. 진심으로 감사드립니다.

2022년 2월 히요시혼마치에서

우에하시 나호코 上橋菜穂子

이 책을 쓰기 전에 만나서 매료되었던 책들 중 극히 일부를 소개해 드리고자 합니다. 흥미가 있다면 꼭 한번 읽어 보실 것을 추천합니다. 시리즈 이름이나 간행연도 등은 생략합니다.

- 이노우치 준지井濃內順 저《냄새와 곤충의 교묘한 세계 — 냄새에 지배당하는 곤충의 신비 —》
- 에사시 요지江刺洋司 저《식물의 삶과 죽음》
- 오구시 다카유키大串隆之·고나미 히데오近藤倫生·남바 도시유키難波利幸 편《생물간 네트워크를 알아본다》
- 기리타니 게이지桐谷圭治 저《곤충과 기상》,《'그냥 벌레'를 무시하지 않는 농업 — 생물다양성 관리 —》
- 고야마 주로小山重郎 저《해충은 어떻게 태어났는가 — 농약 이전부터 유기 농업까지 —》, 《곤충과 해충 — 해충 방제의 역사와 사회 —》
- 사이토 가즈키斎藤和季 저《식물은 왜 약을 만드는가》
- 시마다 유키히사嶋田幸久·가야하라 마사츠구萱原正嗣 저《식물의 몸 안에서는 무슨 일이 일어나고 있나 — 움직이지 않는 식물이 살아가기 위한 시스템 —》
- 종생물학회 편《공진화의 생태학 — 생물간 상호작용이 만들어내는 다양성 —》,《종간 관계의 생물학 — 공생·기생·포식의 새로운 모습 —》

- 다카바야시 준지高林純示 저 《벌레와 초목의 네트워크》
- 다카바야시 준지高林純示 · 니시다 리츠오西田律夫 · 야마오카 료헤이山岡亮平 저 《공진화의 비밀을 캐다 — 화학의 눈으로 본 생태계 — 》
- 데이비드 몽고메리 David Montgomery 저 《흙 · 소 · 미생물 — 문명의 쇠퇴를 막는 흙의 이야기》, 《흙 : 문명이 앗아간 지구의 살갗》
- 후지이 요시하루藤井義晴 저 《알렐로파시 — 다감물질의 작용과 이용 — 》, 《식물들의 살아남기 대작전》, 《식물들의 조용한 전쟁 — 화학물질이 조종하는 생존경쟁 — 》
- 후지하라 다츠시藤原辰史 저 《벼의 대동아공영권 — 제국 일본의 '녹색혁명' — 》
- 피터 볼레벤Peter Wohlleben 저 《나무의 알려지지 않은 생활 — 삼림관리관이 들은 숲의 소리 — 》
- 마에노 우르도 고타로前野ウルド浩太郎 저 《고독한 메뚜기가 떼를 지을 때 — 사막메뚜기의 변이와 대발생 — 》, 《메뚜기를 없애러 아프리카로 간다》
- 마츠이 겐지松井健二 · 토하라 가즈시게東原和成 편저 《생물들을 이어주는 '냄새' — 에콜로지컬 폴라타일즈(Ecological Polatiles)》
- 롭 던Rob Dunn 저 《바나나 제국의 몰락》

향기의 소리를 듣는 자

# 香君 下 머나먼 길

**발행일** | 2023년 3월 3일 초판 1쇄
**지은이** | 우에하시 나호코
**옮긴이** | 임희선
**펴낸이** | 장영훈
**디자인** | 디자인글앤그림
**일러스트** | (주) 이츠북스
**인쇄** | (주) 교보피앤비

**펴낸곳** | 사유와공감
**등록번호** | 제2022-000216호
**주소** | 서울특별시 강서구 화곡로 416 17층 1720호
**대표전화** | 02-6951-4603
**팩스** | 02-3143-2743
**이메일** | 4un0-pub@naver.com
**SNS 주소** | 블로그 https://blog.naver.com/4un0-pub/
페이스북 www.facebook.com/saungonggam
인스타그램 www.instagram.com/saungonggam_pub
홈페이지 https://www.4un0-pub.co.kr

**ISBN** | 979-11-98088-5-5(03830)

**사유와공감**은 항상 독자 여러분의 아이디어와 원고 투고를 기다리고 있습니다. 책으로 만들고 싶은 원고가 있으시면, 간단한 기획안과 샘플 원고, 연락처를 적어 **4un0-pub@naver.com**으로 보내 주세요.